Selva

PAULO FREIRE

Selva

BAMBUAL
editora

Copyright © 2021 Paulo Freire

Coordenação editorial
Isabel Valle

Preparação e revisão de texto
Andressa Bezerra Corrêa

Design e ilustração da capa
Kiko Farkas

Projeto gráfico e editoração eletrônica
Leandro Collares | Selênia Serviços

DADOS INTERNACIONAIS DE CATALOGAÇÃO NA PUBLICAÇÃO (CIP)
(CÂMARA BRASILEIRA DO LIVRO, SP, BRASIL)

Freire, Paulo
    Selva / Paulo Freire. – Rio de Janeiro : Bambual Editora, 2021.
    368 p.

    ISBN 978-65-89138-12-9

    1. Ficção brasileira I. Título.

21-77049   CDD-B869.3

Índices para catálogo sistemático:
1. Ficção : Literatura brasileira B869.3

Aline Graziele Benitez - Bibliotecária - CRB-1/3129

www.bambualeditora.com.br
conexao@bambualeditora.com.br

Quando escrevo, parece que as palavras vão se encaixando ao som de uma violinha. E se estou compondo, acontece a mesma coisa, um causo sempre surge para conduzir a música. Dessa forma, *Selva* foi escrito com uma trilha sonora ao fundo. Como no cinema, capítulo a capítulo, cena a cena, a trilha dá corpo aos personagens e acontecimentos.

O mestre Badia Medeiros, do sertão mineiro, gostava de usar uma palavra: "esbrangente". Explicava assim: quando você cerca um terreno, esse limite abrange suas terras. Mas se o terreno tem uma mina d'água, ela nasce ali dentro, passa a cerca e segue seu caminho, esbrangindo.

Espero que esta trilha violeira, que pode ser acessada pela leitura dos QR Code ao final de cada capítulo, possa esbrangir a aventura do romance para dentro da siora e do siô. Vai ouvindo...

1. Juqueriquerê

CONTRATO ENTRE PARTES

Gostaria de continuar vivendo sozinho até o fim da minha vida. Refiro-me à possibilidade, igual à que viveu minha mãe, de vir a sofrer de sintomas de demência. Se isso ocorrer comigo e eu não conseguir conduzir satisfatoriamente minha vida, por favor, providenciem minha internação em instituições especializadas para esses casos. Em hipótese nenhuma desejo permanecer em casa de minha filha, Selva, nem ser cuidado diariamente por ela. Este é um desejo de amor e respeito.

Procurarei deixar com minha irmã, Vera, recursos específicos para essa internação e cuidados com minha saúde.

Ass.: Lúcio

Termina de escrever o documento, liga para sua filha e pergunta se ela pode vir à sua casa, diz que precisa de ajuda. Lúcio mora em Jundiaí; Selva, em São Paulo. Preocupada com o pai, que nos últimos tempos tem passado por muitos exames médicos, Selva vai para a rodoviária e pega o primeiro ônibus para Jundiaí.

Depois de desligar o telefone, Lúcio levanta-se da cadeira e olha com atenção sua estante de livros. Retira um Machado de Assis, depois um Erico Verissimo; leva os livros até a mesa. Folheia um, depois o outro. Senta-se, lê mais um pouco, põe a cabeça no meio das mãos, forçando a concentração. Então joga com violência os livros no chão:

– Não adianta, não consigo entender mais nada!

Liga para a clínica de repouso e diz que fará a mudança naquele mesmo dia; depois para a irmã, explicando mais uma vez que está com medo de ficar igual à mãe, que não quer dar trabalho para a família nem quer ninguém estragando a própria vida para cuidar de um velho gagá.

– Tá bem, Lúcio... Já entendi.

– Estou indo agora para a clínica.

– Agora?

– Sim, a Sel está vindo me buscar, a mala está pronta. Não entendo mais meus livros... Vou antes que seja tarde. Não se esqueça: quando acabar o dinheiro, me jogue em um asilo, em um hospital público, mas não me leve para sua casa!

– Tá bem...

– Nem deixe a Sel cuidar de mim!

– Pela milésima vez: sim, entendi!

– Você desperdiçou grande parte da sua vida cuidando da mamãe, então...

– Lúcio, eu vou desligar...

– Promete!

– Prometo.

Vera desliga o telefone na cara de Lúcio. Uma hora depois, ele escuta o assobio de Selva; vai até a janela da sala e acena para a filha:

– Tô descendo. Guenta aí!

Abre a porta de casa, com uma mala na mão. Beija a filha, vai até seu carro e abre o porta-malas.

– O que é essa mala, pai?

Lúcio dá a chave para ela.

– Você dirige. Mas, antes, leia isso aqui.

Entrega o documento para Selva e vai ajeitar a mala no carro. Depois se acomoda no banco do passageiro, enquanto a filha termina de ler.

– Que porra é essa, pai?

– Tá bem fácil de entender.

– Essa carta, essa mala... Que porra é essa?!

– Dirija, filha. Vamos passar primeiro no cartório, depois você vai me levar num lugar. Tá com tempo?

– Desembucha!

Selva arranca. O pai explica. Está tendo grandes lapsos. Caiu na cozinha na noite anterior e ficou por alguns minutos sem saber onde estava. Há um bom tempo não consegue entender um parágrafo inteiro de um livro. Lê, mas não entende. Os exames que fez são suficientes para prever que vai ficar igual à mãe.

– Ninguém sabe ao certo, pai. A medicina evoluiu e você não entende nada disso.

Selva segura o choro, fica firme. Chegam ao cartório. O pai agarra o braço da filha e diz:

– Esse documento legalmente não vale nada. Mas você vai assinar, eu vou assinar. Vamos reconhecer firma. É nosso pacto! Se você descumprir e desperdiçar sua vida pra limpar a bunda de um velho, do seu pai, vai ser uma traição escrota de sua parte.

– Pai, pra que...

– Entendeu? Selva, repara bem no final do texto. Este documento já está pronto faz algumas semanas, antes que eu piorasse de vez. Leia o final, Sel, em voz alta!

Selva respira fundo e lê:

– Em hipótese nenhuma desejo permanecer em casa de minha filha, Selva, nem ser cuidado diariamente por ela. Este é um desejo de amor e respeito.

– Isso! Amor e respeito, Sel! Vamos assinar.

Entraram no cartório, assinaram duas vias, reconheceram firma e voltaram para o carro.

– E essa mala, pai?

– Já achei um lugar, uma clínica. Não posso mais morar sozinho. A Vera vai alugar meu apartamento. O dinheiro do aluguel é suficiente para pagar a clínica. Você vai me deixar lá. Fica com esse carro.

Se precisar, vende também. Desculpa, mas não tenho mais nada. Vai nesse endereço.

Selva lê o endereço da clínica, liga o carro e segue as indicações. Fica quieta, lágrima escorrendo, mas quieta. O pai está olhando para a frente. Com o semblante duro.

– Você não é disso, Sel. Para de chorar, filha!

Chegam à clínica. Uma grande casa, ensolarada. Na recepção, a dona do local (uma senhora gentil e atenciosa) leva os dois para conhecerem o funcionamento da clínica, informando sobre os horários das refeições e as atividades. Selva não diz uma palavra e Lúcio faz um tremendo esforço para parecer satisfeito com sua nova casa. A dona da clínica mostra o quarto, deixando os dois a sós. A filha ajuda o pai a guardar suas coisas, depois abre a janela. O sol bate em cheio na figura de Lúcio, arrumando suas camisas em uma gaveta. Uma tristeza monumental cai sobre os ombros de Selva.

O abraço de despedida tem um tom de desespero. O pai larga a filha e diz:

– Pronto, Sel, agora vá fechar meu apartamento. Por favor, coloque uma certa ordem e depois entregue as chaves para sua tia Vera.

Selva passa a mão pelo rosto do pai, vira as costas e sai do quarto. Na recepção só consegue acenar com a cabeça para a secretária. Entra no carro e dirige sem perceber nenhuma rua, carro, gente, nada – parece estar cruzando um grande vazio. Chega na casa de Lúcio, vê os livros jogados no chão e recolhe um por um, guardando no lugar certo os queridos companheiros da vida dele. O choro está engasgado em sua garganta: um pai tão novo com o mesmo sinal de demência da avó. Pega as canetas também espalhadas pelo chão e põe em cima da escrivaninha. Encontra uma folha meio amassada com o seu nome escrito: "Sel, ceda ao desejo e apure-o". Depois, mais embaixo da folha: "Foi você que me disse isso?".

Liga para a clínica e pede para falar com o pai. Conta para ele que achou o tal papel. Lê a frase e pergunta se ele está querendo lhe dizer algo. Lúcio responde não fazer a menor ideia do que se tratava – talvez alguma anotação antiga, ou uma provocação à agitação que mora dentro de sua filha.

Então ela desliga o telefone. Finalmente chora, convulsivamente. Chora pelo pai, pela mãe, pelo cheiro do pai no apartamento bagunçado, pelo futuro incerto e vazio. Até que olha aquele papel em sua mão e lê mais uma vez: "Ceda ao desejo e apure-o"... Então se levanta, dá uma arrumada ligeira em tudo, fecha bem a casa, entra no carro e vai até a casa de sua tia para entregar a chave e dividirem as aflições.

Selva nasceu Maria do Céu. Lúcio queria que a filha se chamasse Selva, mas a mãe não quis de jeito nenhum, então conseguiram chegar a um acordo: Maria do Céu. E seu apelido ficou Céu, ou Sel, quase um meio-termo. A mãe de Sel, Cacilda, morreu quando ela tinha onze anos. Selva cursou o ensino médio na década de 1990, em uma escola que favorecia o amor e a liberdade. Experimentou maconha, ácido e cocaína; depois cogumelo e quase morreu quando tomou lírio. Estava em Visconde de Mauá e teve experiências péssimas, levadas pelo barato do lírio. A braveza do rio, o tamanho das pedras, perdeu totalmente o respeito pela natureza e quase foi levada por ela. Aprendeu que essa intensidade poderia levar à morte.

Sempre quis mais. Muito mais. Tinha uma insatisfação permanente para qualquer assunto. Se subia um morro, precisava conhecer o seguinte; se ficava apaixonada, não aguentava quando o fogo diminuía e partia para outra paixão. Quando conhecia uma nova planta, aí, pronto... Planta. O seu próprio apelido já dizia tudo: Selva. Muitas vezes se sentia mais planta que gente. As suas e as da rua, a mata, a floresta. Tinha grande curiosidade sobre a medicina que vinha das plantas, cuidava de seus vasos com o desejo de manter a vida pulsando.

Na adolescência, o amor veio misturado com o sexo. Difícil de distinguir. Suave a princípio, mas parecendo que queria resolver tudo de uma vez. Se tinha vontade, o assunto ia às alturas. Se não quisesse, não queria nem se viesse vestido de amor profundo. Paixões violentas, rápidas, ao mesmo tempo que um grande desejo por amores duradouros. Difícil era conseguir um parceiro – ou uma parceira – que acompanhasse esse fogo todo. Conversava com suas plantas. Costumava se imaginar em um lugar só seu, com o chão de xaxim, gerações de xaxim, um em cima do outro, macio. Fechava os olhos e conseguia sentir a umidade entrando pelos pés, passando pelas pernas, o sexo, a boca do estômago, os braços, os lábios, olhos, até seus pensamentos florescerem.

Fez vestibular e entrou em uma faculdade de biologia, em São Paulo. A faculdade a aborrecia. Saía das aulas com a impressão de perder tempo, não concordava com o ensino engessado e não se conformava com certas matérias. Dividia uma república na Barra Funda com outros quatro estudantes. Quando levou seu pai para interná-lo na casa de repouso, cursava o terceiro ano de biologia.

Nessa época estava apaixonada por um rapaz calmo e bonito, estudante de história, que trabalhava em uma papelaria. Percebendo a impaciência que vivia naquela moça, ele tentava segurá-la no chão, queria fazer o desejo represar. Costumava esperá-la em uma esquina, no caminho da faculdade para sua casa. Quando se encontravam, saíam de mãos dadas. Procuravam caminhos diferentes, dando grandes voltas antes de chegarem na república.

Uma noite, enquanto se arrumava para ir a uma festa com o namorado, Selva pegou sua bolsa em cima da mesa e deparou com o bilhete do pai: "Ceda ao desejo e apure-o". Achou que o moço precisaria disso. Iria lhe fazer bem ceder ao desejo. Muitas vezes ficava impaciente com tanta calma, achava o moço compreensivo demais. Quando se encontraram na festa, disse mais ou menos isso a ele e terminou com a frase do pai. O rapaz esboçou um sorriso, ao mesmo tempo que se preocupava – os olhos de Selva não se fixavam em lugar nenhum.

Era um sarau organizado pelos alunos de Humanas. Muitos se apresentavam espontaneamente, cantando, dançando, recitando versos, declarando amores. Outros eram forçados a sair do casulo. Tinha um poeta quieto que foi obrigado a dizer alguns versos, com a cabeça baixa e o desejo de sumir dali. Seus versos possuíam imagens fortes e muitas vezes sem um nexo aparente. Selva sentiu atração pelo desespero do poeta. Foi até ele, depois pegou seu namorado pela mão e levou os dois para o quintal. Sel primeiro beijou o poeta, em seguida fez com que os dois se beijassem. Beberam, fumaram, aceitaram uma balinha. Voltaram para sua república e fizeram amor. Os três. Nem o poeta nem o moço ficaram à vontade. Sim, sentiram o desejo, forte, mas incomodados com a loucura de Sel, que seguia bebendo, fumando e querendo guiá-los em suas carícias. Até caírem no sono. O poeta levantou-se logo em seguida. E fugiu. Antes de amanhecer, o moço também foi embora.

Selva acordou e foi para a faculdade, atrasada. Mas sentiu que não queria estar ali. O curso morno em contraste com a noite virada gerou uma decisão dentro dela: saiu batendo a porta da sala de aula. Na esquina de baixo, encontrou o namorado. O contraste da mão quente e envergonhada do moço misturava-se à lembrança da noite de desespero passada com o poeta. Chorou de aflição. Ele beijou os olhos molhados de Selva, com seu jeito, terno e carinhoso.

Selva saiu do abraço, impaciente, com o olhar desapontado.

– Não adiantou nada o que aconteceu ontem à noite? Nada?

Virou as costas e foi embora, deixando-o sozinho no meio da calçada. Sentiu-se só, insuportavelmente só, decidiu que precisava viver em outro lugar, sem desejos violentos, na maciez e umidade de um chão de xaxim. Foi visitar o pai, como sempre fazia quando tinha uma dúvida desse tamanho. Quando chegou na clínica, Lúcio estava agitado e foi logo dizendo:

– Sel, preciso te contar uma coisa!

Ela segura a mão do pai e sorri.

– Filha, lembrei de um acontecido da minha infância. Minha avó me levava para passar férias com ela em Águas de Lindoia. Ficávamos uma semana em um hotel, só com velhos. Na terceira vez que me obrigaram a ir até lá, tive um impulso e cedi a ele.

Lúcio falava com sua filha e vez ou outra apertava a sua mão.

– Pai, sim, "ceda ao desejo e apure-o"...

– Hoje mesmo, olhando pela janela, vi o acontecido com a vó bem na minha frente. Vai ouvindo. O hotel tinha uma escadaria. Estávamos no andar de cima. Minha avó insistia que fôssemos almoçar, que não me atrasasse. Respondi um "tá bom, vó", sem paciência nenhuma. Ela continuou explicando que poderíamos perder nosso lugar na mesa se não chegássemos na hora marcada. Tapei meus ouvidos, porque ela não parava de falar. Então, quando ela virou as costas e pôs o pé no primeiro degrau para descer a escada... vapt!

– Vapt o quê, pai?

– Joguei ela lá de cima. Matei ela. Sim, sua bisavó morreu ali mesmo.

Lúcio ficou quieto. Selva a princípio sorriu, mas depois percebeu que podia ser sério. Já não sabia se aquilo era verdade ou delírio.

– Pai, é sério isso?

– E sua mãe...

– O que tem minha mãe?

– Foi você que deu a ela o endereço aqui da clínica?

Lúcio aperta a mão da filha com força. Ela fica na dúvida se lembra ao pai que a mãe estava morta havia muitos anos. Chega um enfermeiro, hora dos remédios. Lúcio toma com má vontade. Quando o enfermeiro sai, ele diz:

– Sel, muita farmácia, pouca saúde, os males do Brasil são.

– Pai, não é "muita saúva" que o Mário de Andrade dizia?

– Que Mário de Andrade? Era o Macunaíma!

Selva achou graça. Mesmo variando, seu pai mantinha a referência. Então Lúcio segura o braço da filha e pergunta:

– Você já entrou para os pés descalços?

Selva olha para o pai e provoca:

– De onde o senhor tirou isso?

– Ué, não foi por causa deles que você veio? Quem atende primeiro qualquer doente na China é o pé descalço. Treinado para atender a família, mesmo aqui nesse fim de mundo. Hein, Sel? Promete para mim que você não vai dar dinheiro para as farmácias. Estuda, mas com o pé na lama. E descalça. Aprende o mato. Como aquele moço pantaneiro dizia? Hummm... Sim! "As tardes são mais aproveitadas pelas garças do que pelos homens." Selva. Sel-va! Por que sua mãe não me deixou dar esse nome? Vai chamar sua mãe, Sel, ela está no meio da gente morta. Que cara é essa? Um canteiro é mais importante que uma farmácia. Vai embora, chega de gente morta!

Lúcio para de falar, segurando o braço da filha. Na primeira oportunidade que ela sente a mão do pai afrouxar, puxa seu braço, dá um beijo na testa de Lúcio e sai. Olha a marca das unhas de seu pai afundando a pele de seu braço. Dói. Passa na recepção e vê uma carteira no balcão. Num impulso abre a carteira, olha o documento, vê que é da secretária, que combina em idade e cabelo com ela. Leva a identidade embora.

Volta para São Paulo, apanha algumas roupas, coloca numa mochila, põe gasolina no carro do pai, pega a estrada e vai para Caraguatatuba. Almoça e segue rumo a São Sebastião. Quando passa pelo bairro do Porto Novo, entra em uma estrada de terra e vai até a foz do rio Juqueriquerê. Vê que não tem ninguém por ali. Então sai do carro, caminha até a praia, tira sua calça, com tudo que tinha no bolso, documentos, cartão de banco, chave de casa, molha e mistura em uns galhos na beira do rio. Ajeita bem, como se tivessem sido levados até ali pela correnteza. Guarda só a identidade da moça da casa de idosos e sua carteira de motorista. Joga a camisa no rio. O sapato.

Senta-se na praia, só de calcinha, e fica olhando o horizonte: o mar, o céu nublado, cinza. À sua frente, o paredão da Serra do Mar.

Selva sente frio, apanha na mochila um vestido e uma sandália. Confere um dinheiro que tinha guardado. Caminha pela mata rasteira na beira da praia e volta até o carro do seu pai. Deixa a chave no banco e escreve assim num papel: "Acabou".

Caminha em direção a Caraguatatuba, achando um pouco ridícula toda aquela encenação que havia feito. Quando encontrassem o carro e suas roupas na beira do rio, queria que achassem que ela tinha se afogado, com aquele bilhete ainda mais ridículo de adeus.

Quis apagar todos os seus traços, toda sua vida, que intensamente agora não parecia haver nenhum sentido. Deixaria tudo para trás e seria uma planta. Uma flor, miúda que fosse. Ou o galho alto de uma gameleira. A folha da jaca, generosa e brilhante. Naqueles anos, as caronas eram fáceis. Ainda mais no litoral. E seguiu para o nordeste, sempre com o mar à sua direita. Trabalhou em um bar. Depois em uma pousada. Usava o documento da moça que ela havia roubado na clínica para preencher suas fichas. Não avisou ninguém, nem a tia. Morreu, estava morta... Maria do Céu escorria pelas águas do rio Juqueriquerê.

Ouça a trilha sonora do capítulo 1. Juqueriquerê utilizando o QR Code ao lado.

2. As fugas

No terreiro da casa, enquanto Joana preparava os embornais, Manoel apontava estrelas no céu e explicava para os filhos:

– Vocês estão vendo, cuspido e escarrado, bem na nossa frente. Quando é tempo de seca aqui no sertão da Gameleira e a gente vê a criação morrendo, a plantação toda perdida, só tem duas coisas pra se fazer: uma é rezar, pra tudo quanto é santo, sem deixar nem unzinho de fora. A outra é observar duas constelações no céu: o monte de Eva e o monte de Adão. Vejam ali.

Os meninos, sentados em volta do pai, olham para as constelações que Manoel indicava.

– Reparem no monte de Eva.

Mostra certinho as estrelas, uma após a outra, até os filhos conseguirem ver. E continua:

– Quando o monte de Eva some do céu é bom sinal, significa que ela saiu para buscar chuva. Mas se tempos depois o monte de Eva volta, e mesmo assim não choveu, é simples: foi porque Eva não encontrou a chuva. Caçou por tudo quanto é canto e nada. Que nem agora. Olha lá o monte de Eva, mas nada de chuva.

A terra seca, esturricada, junto com a falta de perspectiva e a fome na família, favoreceram a decisão. Joana e Manoel souberam de uma esperança vinda lá de São Paulo: trabalhar na colheita do café. Diziam que no começo era difícil, mas depois daria para ganhar um dinheirinho, garantir o sustento da família e até comprar uma terrinha, se Deus ajudasse. Arrumar-se e ficar por lá mesmo, trabalhando em uma fazenda, longe da seca e do sofrimento. Pelo menos foi essa a promessa feita. A terra no São Paulo era roxa e a chuva não faltava. Diziam até que tinha uma chuva que morava ali. Às vezes ela sumia, a chuva, mas não custava muito a voltar. Não era que nem em Gameleira, norte de Minas Gerais, produzindo miséria, na grande seca de 1950.

A família embarcou em um caminhão até Montes Claros. Dali pegou o trem. Ninguém nunca tinha visto o trem até então. Manoel, Joana e seus sete filhos. O menor, João, inteirava oito meses; o maior, Cesário, quinze anos. Fizeram algumas baldeações, o destino era a cidade de Lins, no estado de São Paulo. O dinheirinho que tinham e o que não tinham, com a venda do pouco que possuíam, foi todo para comprar as passagens. A família carregava umas matulinhas com a comida para a viagem. Saco para levar suas roupas. O sonho, a coragem e o desespero de se largar no mundo.

Assim que desembarcaram em Lins, o encarregado da fazenda esperava por eles na estação. Levou a família para perto de dois caminhões. Outras famílias já estavam por ali. O encarregado subiu na carroceria do caminhão, pediu a palavra e explicou os deveres que teriam em sua nova vida. Disse que o patrão da fazenda não aceitaria moleza de ninguém, era um homem duro e justo, porque estava sendo muito bom com todos eles, acenando com a felicidade em uma terra cheia de futuro.

No final da breve conversa, diz para todos subirem nos caminhões. As famílias se ajeitaram nas carrocerias e foram levadas para uma fazenda. Passam por um caminho bonito, no meio de um bambuzal, até chegarem a um grande alojamento. Todos descem dos caminhões, e o encarregado manda que entrem e ajeitem seus pertences lá dentro. O barracão estava carregado de camas, muito próximas umas às outras. Manoel e Joana procuram um canto onde pudessem acomodar a família e suas coisas.

Logo surge um novo funcionário e leva todos para almoçarem, são umas sessenta pessoas. A camaradagem vai se formando entre as famílias, as informações desencontradas, dúvidas e aflições divididas. Depois do almoço, são encaminhados para os trabalhos. Manoel e os quatro filhos maiores vão para a roça. Joana cuida dos menores no alojamento e é avisada que no dia seguinte iria trabalhar de faxineira na casa-grande da fazenda. Quando ela pergunta ao funcionário como iria cuidar dos filhos pequenos, enquanto trabalhava para a patroa, ele vira as costas e sai. Isso não era problema dele. Depois de uma noite povoada de grandes sonhos, Joana deixa sua filha de onze anos, Maria Flor, cuidando dos dois menores e vai trabalhar na fazenda.

Dia após dia, lavoura e faxina. Vida dura e muitas vezes parecendo sem sentido, já que toda a produção da família ia para o armazém do patrão. O dinheiro não parava no bolso de ninguém. As famílias iam se virando, amparando-se nas dificuldades. Trabalharam na colheita do café. Depois, apostando numa melhora, ficaram também para o plantio. Serviço duro na terra dos outros. Algumas pessoas foram embora. Outras, escorraçadas pela justiça do patrão, fugiram em busca de algo melhor. Manoel e os filhos maiores continuaram trabalhando por ali, com o café, preparando o terreno, arando a terra, abrindo as covas para os grãos. Joana seguia na casa-grande, enquanto os filhos se cuidavam como podiam.

Às vezes, o patrão entrava no alojamento dos trabalhadores e, em breves palavras, explicava sobre a crise do mercado do café e os problemas na entressafra. E ao final deixava que o capataz relatasse para todos os valores das dívidas que seguiam aumentando, deles para com os patrões: as despesas com o alojamento, os cuidados com os trabalhadores que o patrão dizia que eram muitos, e os mantimentos que ele descontava no pagamento.

Os meninos cresciam embalados pelas dificuldades e seus grandes sonhos. Cresciam em todos os sentidos: no tamanho, em importância no trabalho e na independência dos pais. Algumas vezes eram convocados a subirem no caminhão para buscar compras ou levar mercadorias para as cidades. Quando iam a Bauru, voltavam muito admirados. Nunca tinham visto uma cidade daquele tamanho. Seus pais, os irmãos, os camaradas todos juntavam-se para contar e escutar histórias sobre a cidade grande. Quem visitava Bauru sempre acabava aumentando o tamanho do que era observado, de acordo com as expressões de quem escutava. Os filhos maiores diziam ser o lugar certo para se viver, com tantas oportunidades para um trabalho mais leve. Ali, sim, acreditavam que poderia render algum dinheiro.

Manoel e Joana não gostavam da cidade. Fora isso, viam que a situação da família não estava melhor que a de antes, na sua terra. Na fazenda trabalhavam de sol a sol, nada ficava para eles – e parecia que não lhes sobraria nada, além de fazer vale com o patrão, se acabar de trabalhar e não dar futuro nenhum para os filhos.

Em meio a essa desesperança, chega na fazenda um carro com três médicos, que passam o dia na sede, conversando com o patrão. Começa a circular entre as pessoas, por notícias que vinham da cozinha, ou de algum empregado dentro da casa, que haveria uma nova possibilidade de serviço e muito bem remunerada.

No final do dia são chamados alguns trabalhadores, Manoel entre eles, para conversar com os médicos e o patrão. Diziam sobre uma oportunidade científica em São Paulo, na capital. Um trabalho muito importante para todo o Brasil, e mais uns termos técnicos difíceis de entender. Era uma boa proposta de dinheiro, que iria dar melhores condições para a família. Mesmo desconfiado com a facilidade oferecida – muito dinheiro em tão pouco tempo de serviço –, Manoel viu a oportunidade de sair da miséria. Apresentou-se como voluntário, junto a outras cinco pessoas. Os médicos precisavam de mais alguém para fechar a conta. Manoel respondeu ligeiro que seu filho mais velho, Cesário, também iria. Para finalizar a conversa, o patrão ofereceu uma limonada a todos e mandou estarem prontos bem cedo na manhã seguinte, para seguirem viagem para São Paulo.

No barracão, Manoel chamou Joana e Cesário, então explicou a eles o que tinha entendido da conversa: participariam de uma experiência para a cura definitiva da febre amarela. Os médicos disseram que era de pouquíssimo risco, devendo passar dez dias em São Paulo. A paga era muito boa – e com a ida também de Cesário, dobrariam os ganhos. Garantiam que era um trabalho rápido e seguro, que logo estariam de volta para a fazenda. Claro, estava na cara que o patrão levaria uma comissão por estar emprestando seus empregados.

Acostumado com os malandros das feiras, que escondiam as bolinhas nas latinhas, marcavam os baralhos e outras espertezas, Manoel sabia que não podia confiar em facilidades. Mas com o desespero crescendo, junto à falta de perspectiva do trabalho na fazenda que não rendia nada, mais a feição dos filhos cansados e a mulher se matando para conseguirem sobreviver, resolveu arriscar. Joana passou a noite rezando, buscando um caminho onde a esperança e a desconfiança pudessem conviver.

Chegando à capital, os doutores separam os voluntários. Levam pai e filho a um casarão, no bairro de Campos Elíseos. Lá, jantam fartamente. Então dizem que cada um ficará em um cômodo para as experiências. Antes de serem separados, o pai exige o dinheiro prometido.

– Claro, meu amigo. Nós prezamos pela confiança.

O homem vai até a sala, traz um envelope e entrega a Manoel:

– Aqui está o sinal. No final, entregamos o resto.

Manoel quis achar ruim, mas abriu o envelope e viu uma quantidade de dinheiro como nunca havia visto. E as pessoas se tratavam por doutores. E tinham dinheiro. E deram jantar... O filho, desconfiado, abraçou o pai; em seguida, cada um entrou num quarto. O pai ainda perguntou:

– Dez dias?

– Sim, depois levamos vocês de volta.

Entregam para eles um documento para assinar. Pai e filho eram analfabetos. Rabiscam um X em cima de uma linha, depois molham o polegar em uma tinta e aplicam no papel, que estava escrito assim:

Declaro que me sujeito, espontaneamente, a prestar-me à experiência sobre a febre amarela, deixando-me picar por mosquitos que tenham sugado sangue dessa moléstia, ou misturar-me às roupas de pessoas infectadas, não obstante os perigos a que me exponho e que, detalhadamente, me foram descritos pelo sr. dr. diretor sanitarista. Vou firmemente sujeitar-me a essa experimentação, no interesse de contribuir para a solução de um problema que interessa grandemente à humanidade, especialmente ao Brasil, e com o qual se preocupam atualmente os homens de ciência.

Com o documento, esses doutores garantiam alguma legalidade para o que estavam fazendo. Depois de separarem pai e filho, na manhã seguinte começaram seus experimentos. Estavam verificando duas possibilidades para a transmissão da febre amarela. No braço de Manoel, em horários alternados, colocavam mosquitos para que ele fosse picado. Ele escutava os doutores comentarem que um mosquito tinha sido trazido de Santos; o outro, de Campinas. No dia seguinte, trouxeram mais três mosquitos, que vinham de hospitais com outros doentes infectados. No terceiro dia, colocaram no braço de Manoel mais quatro mosquitos – os doutores pareciam muito excitados, eram mosquitos que vinham de pacientes terminais, desenvolvendo a febre amarela em seu estado grave.

Enquanto isso, no quarto ao lado, onde estava Cesário, abriram uma caixa e tiraram peças de roupas amareladas e fedidas.

Esticaram em cima da cama e disseram que seria um pouco nojento, só isso. Parecia ser uma experiência sem qualquer risco, apesar de cheirar muito mal. Conversavam entre si, os doutores, que eram roupas guardadas com sangue e vômitos de pacientes que haviam contraído febre amarela, que se encontravam em estado avançado da doença ou já tinham entrado em óbito. Essas roupas vinham embaladas em sacos, colocadas em caixas e lacradas.

Os doutores tinham pressa, vários estudos estavam sendo desenvolvidos para a erradicação da febre amarela no Brasil. Eles agiam em segredo, queriam chegar a uma solução antes de todos, para poderem comercializar sua descoberta.

Cesário era muito curioso e os doutores perceberam sua inteligência, então lhe explicavam, com jeito e por meias-palavras, que saberiam se a epidemia era uma questão de política sanitária através do contato ou uso dessas roupas. Diziam que ficasse tranquilo: os vírus não trariam risco a ele, mas só a comprovação da possibilidade que as pessoas poderiam contrair a doença através das roupas guardadas com sangue e vômitos de pacientes. Conversas de idas e voltas que mais confundiam que explicavam.

Os doutores vinham cobertos de luvas e máscaras, abriam as caixas, manuseavam as roupas e estendiam na cama. Pediam para Cesário dormir em cima delas. Depois saíam do quarto e vigiavam, por uma fresta na porta, para ver se ele estava cumprindo com o combinado.

No dia seguinte vieram fronhas. Os doutores, antes de entrar, comentaram que seria de extrema importância esse experimento. Pois eram peças usadas por pessoas que tinham morrido na véspera, com vômitos dos pacientes de febre amarela. No terceiro dia, pediram para que Cesário balançasse as roupas e fronhas, respirando fundo em frente a este sacolejo, antes de dobrar e guardar nas caixas.

No quarto dia, Manoel não acordou bem, sentiu-se febril. Quis chamar alguém, bateu na porta. Então escutou barulhos vindos da rua, sirenes. Os doutores gritavam, aflitos: "É a polícia. Corre!". Manoel ouve os gritos dos policiais batendo na porta. Apavorado, começa a chamar pelo filho. Primeiro baixinho, depois gritando: "Cesário, Cesário!". Prontamente, vem a resposta: "Pai! Você está bem? O que está acontecendo?".

Escutam um estrondo. A porta da rua é arrombada. Vozes de prisão, dentro e fora da casa. As janelas dos quartos estão lacradas. Manoel grita por socorro. Cesário também. Os policiais empurram com violência as portas dos quartos e dão voz de prisão para os dois, mas veem o estado que estão e logo entendem o que está acontecendo.

– Vocês estão bem? Venham conosco!

A polícia os encaminha para a viatura. Na delegacia, os policiais explicam a Manoel e Cesário que os dois foram vítimas de experimentos clandestinos de pretensos doutores. Em uma sala ao lado, os doutores tentam se defender, aos berros, dizendo que tinham documentos assinados pelo pai e o filho, autorizando as experiências. Manoel não se sente bem, mas fica firme e pede pelo amor de Deus para que os policiais os deixem voltar para casa. Depois de colherem os depoimentos, os policiais liberam Manoel e Cesário, levam os dois para a rodoviária e eles embarcam para Bauru no mesmo dia. De lá, vão para Lins e conseguem uma carona até a fazenda.

A família fica admirada com o dinheiro que o pai traz no bolso. E era apenas o sinal do trabalho feito, mas não concluído. Manoel e Cesário riam contando o que tinham feito para ganhar tanto dinheiro. Sim, mais tranquilo e nojento impossível: dormir em meio à roupa mijada ou vomitada e deixar mosquito picar o braço. Isso era uma coisinha de nada para quem está acostumado com a lida da roça, ou a servir de alimento pro tanto de mutuca, pernilongo, borrachudo, muriçoca que existe nesse mundo de meu Deus.

No dia seguinte, o pai piorou. Sentiu calafrios, febre, mal-estar, dores pelo corpo. O alojamento em que dormiam era apertado. Manoel não aguentou trabalhar, passou o dia deitado, enquanto a família foi pra lida. Cesário, com muito cuidado, passou a se informar com os funcionários da fazenda sobre o valor de uma terrinha por ali, para ver se conseguia algo com o dinheiro alcançado e muito bem escondido. Enquanto isso, dentro do alojamento, os mosquitos trabalhavam em seu pai... À tardinha, quando todos voltavam cansados do trabalho, os pernilongos davam uma trégua a Manoel e mudavam de hospedeiros. O alojamento tinha muita gente.

Não demorou para outros caírem doentes. Um dos filhos de Manoel, Justino, também. Vômitos, olhos amarelados, sangramento, gritos noturnos. Rapidamente o mal se alastrou, o alojamento virou um inferno. O encarregado mandou todos saírem dali e colocou fogo no alojamento. Para os que estavam doentes, ele apontou o estábulo. As famílias corriam com seus pertences em meio ao fogo, para depois socorrerem seus parentes junto às bostas dos cavalos.

Manoel não resistiu e morreu na manhã seguinte. Justino, no outro dia. Espalhou-se a notícia da peste, os empregados foram mandados embora. Joana viu que não teria tempo para luto: ainda lhe restavam seis filhos para criar. Cesário ficou firme ao lado da mãe. Os corpos dos infectados pela febre amarela eram levados de carroças da fazenda para o cemitério de Lins e enterrados em uma vala comum, especial para os empesteados. Procissões de carroças com corpos misturados e cobertos por lonas.

Joana vai ao cemitério com os filhos, oram pelo pai e pelo irmão, choram, mas têm pressa. Saem de lá direto para a estação ferroviária. O trem sairia dali a duas horas. Joana resolve voltar para Gameleira, não tinha mais o que fazer em Lins sem o pai da família. Lá no sertão pelo menos tinham os parentes que, mesmo na penúria, estavam sempre dispostos a ajudar. Dá o dinheiro para

Cesário na estação e pede para comprar as passagens. O primogênito vai até os guichês e volta com a notícia: o valor total das passagens é perto de todo o dinheiro que eles têm. Não sobraria quase nada. Então ele diz:

– Mainha, com o consentimento da senhora, peço para ficar. Vi muita vantagem em São Paulo. Quero sair daqui, dessa desgraça da doença, mas não volto pra Gameleira. E se gastar uma passagem a menos, ainda vai sobrar um dinheirinho com a senhora.

A mãe abraça o filho, com os olhos secos. Não sabe o que dizer, nem oferecer coisa melhor para ele. Além do que, sentia muita esperança na voz do filho. Esse sentimento que ela carregava vinha de ter carregado primeiro dentro do corpo, depois pelo chão duro do sertão, cada um deles. O rapaz está firme. Na sua cachola brilhavam os casarões de São Paulo, a janta caprichada, a polícia e os doutores. Era um mundo muito diferente.

Neste preciso instante, Maria Flor, a irmã mais velha, corre para abraçar a mãe e o irmão. Com a voz embargada, chorando, diz:

– Mainha, também fico. Conheci um moço. Ele me chamou para trabalhar em uma casa de família, em Bauru. É muito importante lá e não tem doença... Me deixa ficar?

Joana olha, dura, para a filha. Mas vê o mesmo sentimento do irmão, a esperança cega em alguma coisa que eles não conhecem. Abraça a filha e manda Cesário comprar logo as passagens. Faz as contas: um adulto, três crianças pequenas e uma de colo. Cesário vai até o guichê e pede as passagens. Confirma o horário, o trem estava atrasado, teriam que esperar quatro horas ali na estação para a primeira etapa da viagem. Entrega os bilhetes e o troco para a mãe, que guarda tudo em sua bolsa e diz para os filhos:

– Vamos precisar desse dinheiro... Vocês dois se viram. Adeus! Tentem não se apartar.

– A gente volta para buscar vocês na Gameleira, mainha, vamos dar muitas condições para toda a família.

– Não vão decepcionar seu finado pai, não se metam em desgraça nenhuma!

– Não, mãe, pode deixar.

Os dois filhos parecem não saber o que fazer. Querem ir embora, mas se sentem na obrigação de ficar até o fim. Até que Joana diz:

– Podem caçar seus rumos. Têm muito que caminhar.

Cesário e Maria Flor abraçam todos os irmãos. Um por um. A mãe não se deixa abraçar. Até que vão embora. Joana senta-se em um banco, enquanto um filho mama em seu peito. Os outros cuidam-se, brincando na estação e comendo biscoito de polvilho dos pacotes que Cesário comprou para eles.

Finalmente embarcam, Joana e os filhos: Maria do Socorro, Teófilo, João e Helena. Pegaram um trem, outro, baldearam. Depois de três dias, chegam em Montes Claros. No meio da viagem, a febre veio. Joana disfarçou o mal-estar, não podia esmorecer. Em Montes Claros foram direto para a pensão de dona Lígia, onde sempre se hospedavam as pessoas da Gameleira.

Dona Lígia acomodou a família em um quarto, deu banho, comida e cama para eles se recuperarem da viagem. Viu que Joana não estava bem, com a temperatura alta, quis levá-la ao hospital. Mas a mulher era teimosa, sabia que precisava ser ainda mais forte e convenceu dona Lígia que só precisava de uma noite de sono. Tinha que chegar na Gameleira com os filhos e dar continuidade para a vida. Na manhã seguinte, a dona da pensão conseguiu carona para a família na carroceria de um caminhão que levaria compras para o mercado de Gameleira.

Joana, no limite de suas forças, desembarca com seus quatro filhos na praça central de Gameleira. Dali, seguem direto para a casa de sua cunhada, Cida, irmã de Manoel. Era a parente mais querida, que iria recebê-los sem qualquer dúvida. Mas a mais pobre também. Vivia em uma casinha de dois cômodos. Ela abraçou a todos, deu sua cama para Joana, chorou muito ao saber da morte do irmão e do sobrinho. Depois de ajeitar as crianças, foi deitar-se numa rede.

Na manhã seguinte, Joana piorou de vez. Parecia que estava esperando só chegar a salvo com seus filhos para se abandonar à doença. A filha do meio, Helena, também apresentou uma febre alta. Joana entregou a filha para Cida e pediu que a levassem para um hospital, na cidade mais próxima.

Não teve quem a convencesse de ir junto com a filha. Ela dizia que tinha medo de ser internada, sentia-se apaziguada por ter trazido a família de volta para casa. Joana morreu dias depois. Da filha do meio, que foi internada no hospital de Barra da Vaca, ninguém mais teve notícias.

No velório de Joana, os irmãos se apertavam em um canto – sentiam precisão de ficarem grudados uns nos outros. Depois do enterro, foram tomar café na casa de dona Sílvia, a diretora do colégio da Gameleira. Ali, no terreiro da casa, Cida conversava com os vizinhos, fingindo não parecer desesperançada com esse tanto de criança que teria para criar dali para a frente.

Até que apareceu Luduvina, carregando uma fornada de biscoitos para ajudar no velório. A mulher entrou pisando duro, mal cumprimentou as pessoas e foi apresentar as condolências para sua amiga Cida. Dão um forte abraço. Luduvina morava sozinha em um pequeno sítio, na saída do povoado. Depois de oferecer o biscoito a todos, Luduvina chama Cida num canto e diz que justamente estava precisando de um menino. Alguém para ajudá-la em casa e na roça. Cida percebeu o socorro oferecido, chegou a molhar os olhos. Sabia que seria muito bom, para qualquer um de seus sobrinhos, a convivência com uma mulher tão boa e firme. Então chamou Teófilo e deu o menino para Luduvina.

No final da tarde, com tudo conversado e decidido, Teófilo deu uma olhada ligeira na direção dos irmãos, pediu a bênção para a tia e foi embora. Seguiu andando atrás de Luduvina, que caminhava em direção à estrada, sem nem olhar para trás para ver se o menino a seguia. Nas portas das casas, as pessoas comentavam a sorte que aguardava o menino Teófilo. Órfão, tão franzino, tratando de andar ligeiro atrás da nova mãe...

Luduvina conversava com as águas. Nunca ninguém a viu amasiada com outra pessoa. Tocava caixa nas festas de batuque e ponteava viola no lundu. Sabia a ladainha em latim e a encomendação das almas. Batia até em homem quando era preciso. Diziam que Luduvina tinha o corpo fechado.

Ouça a trilha sonora do capítulo 2. As fugas utilizando o QR Code ao lado.

3. O homem de um braço só

– Moço, o senhor não vai levar esses cocos?

Selva apontava para dois cocos jogados na areia, ao lado do carrinho onde o homem colocava suas ferramentas.

– Se a menina ajudar a levar minhas coisas até a rua de cima, pode ficar com os cocos.

Quando o homem virou-se para responder, Selva percebeu que ele só tinha um braço. Como era possível, se ela havia visto o homem abrir coco para um turista sentado na praia? Selva disfarçou seu espanto, parou de olhar para o corpo dele, que falou já sem paciência:

– Vai querer o coco ou não?

Ligeiro, Selva pôs os dois cocos em cima do carrinho, ajeitou as ferramentas que o homem tinha jogado ali dentro e foi atrás dele. Entraram por uma pequena rua, saíram em uma praça e pararam em frente a um bar.

– Pode deixar aí o carrinho. Se quiser abrir seu coco agora, o facão está no embornal.

Selva pega um dos cocos e o apoia em um lugar mais firme, no chão; vai até o embornal, apanha o facão e começa a bater no coco. Desajeitada, pois nunca tinha feito isso. Um rapaz, sentado em um banquinho na porta do bar, diz:

– Ô Jonas, sua amiga está levando um coro do coco.

Todos riem. Jonas, o homem de um braço só, vai até ela, pega o coco, coloca em cima de um pequeno banco na frente do bar e, em poucos golpes, abre a fruta. Com um braço só. Depois abre o outro. Volta para dentro do bar. Selva bebe toda a água e bate com o facão no coco até conseguir abri-lo. Come a carne dele, sem dar atenção aos gracejos das pessoas. Enquanto toma sua cerveja, Jonas percebe que a menina deve estar com fome. Sai do bar e diz que se ela levar a carriola e preparar o almoço em sua casa, enquanto seus filhos não chegam, pode comer lá.

Selva sente alguma confiança. Jonas convidou-a na frente de todos, não ia tentar fazer nada com ela. E tranquilizou-se ao saber que seus filhos estariam por ali. Chegando em casa, Jonas apontou a geladeira, disse que tinha peixe, tempero, algum arroz na estante, que se ocupasse de tudo. Saiu para o terreiro, deu a volta na casa, guardou a carriola e ficou ajeitando suas ferramentas. Selva o seguia com os olhos, pela janela da cozinha. Mas os pensamentos iam longe dali.

Enquanto preparava o peixe, Selva desligou-se do mundo e matutou como as situações encaixavam-se em sua jornada. Desde que havia largado as roupas e documentos no rio Juqueriquerê, não teve parada. Trabalhou em alguns lugares, tomou muito banho de mar, conheceu novas plantas. Sentia uma vontade incontrolável de continuar subindo a costa do Brasil. Quando chegou em Ilhéus, dormiu em uma pensão e, naquela mesma manhã, andando pela Praia da Avenida, foi abordada por um guia de turismo, perguntando se ela estava interessada em um passeio. Selva achou graça no modo como ele falava, parando um tempo em cima de algumas vogais, quase querendo gaguejar. Respondeu para o guia que não tinha dinheiro para passeio, mas se ele pudesse lhe indicar alguma pousada ali por perto, que estivesse precisando de uma funcionária por alguns dias, ela lhe seria muito grata.

Conversa vai, conversa vem, de repente o guia pede licença, corre até um ônibus estacionado ali ao lado, acorda o motorista e volta para o lado de Selva.

– Olhe, moça, estou trabalhando com esse grupo de turistas. Eles estão chegando das compras, vou levá-los de volta para o hotel, em Itacaré. Lá é bonito, tem umas pousadas e é bem mais sossegado.

Quem sabe não encontra o que está procurando... Se você quiser, dou um jeitinho de te levar no ônibus.

Selva abre um sorriso agradecido e segue o guia. Depois que todos passageiros entram, ele sobe no ônibus e pergunta se alguém se importaria que aquela moça que trabalhava na área de saúde os acompanhasse. Gritaram animados para que Selva entrasse logo. Sentada ao lado do guia, perguntou, sussurrando: "Área de saúde?". Ele riu. Conversaram mais um pouco. Então o guia virou-se para a turma e continuou seu trabalho, combinando os próximos passeios.

O ônibus parou em frente ao hotel, Selva agradeceu a carona, despediu-se e foi andar na praia. Ali avistou o homem que vendia coco, colocando as ferramentas em seu carrinho. Esse homem que abria coco com um braço só. E que agora entrava na cozinha, enquanto ela preparava o peixe, refazendo seus dias cachola adentro. Durante todo o momento em que lidava com o peixe, Selva seguiu os passos de Jonas pelo terreiro de sua casa. Então ele perguntou:

– Como chama a menina?

– Sel.

– Sel?

– É meu apelido... Meu nome de verdade é Teresa. – Selva já tinha se acostumado com aquele nome, depois de tanto usar a carteira de identidade que havia roubado na clínica onde seu pai estava hospedado. Agora ela era a Maria Teresa Souza.

Jonas foi até a pia.

– O que "Sel" tem a ver com "Teresa"?

– Nada. Na verdade, tem a ver com "Selva", apelido que ganhei desde menina, coisa de parente...

– Se eu contar o que aconteceu com o meu braço, você para de me olhar desse jeito?

Selva fica envergonhada. Sim, sem perceber, seguia reparando na destreza de Jonas em fazer tudo com um braço só. Olha pra pia, sem graça, e continua a preparar o peixe.

– Desculpe...

Jonas conta sua história. Perdeu o braço em uma luta de facão. Era moleque de rua, morava pelas ruas de Ilhéus e, junto a alguns amigos, roubaram a loja da pessoa errada. O sujeito era louco, violento, estava bêbado. Ele sabia onde se escondiam os moleques do porto e correu atrás de todos. O primeiro que alcançou foi um menino que não era muito esperto. Começou a bater nele, com vontade. Com muita vontade. Espancar. Então Jonas e os outros amigos foram ajudar, cinco moleques. Dominaram e bateram no sujeito, até que ele pegou o facão e: zás-zás-zás! Jonas acordou no hospital com um braço só.

Selva olhava para ele, com o peixe na mão, imóvel.

– Menina, relaxa, já estou acostumado. Sou assim desde menino. Qualquer coisa que a gente tiver dois no corpo, pode ficar sem um deles: olho, ouvido, braço, perna. Os turistas acham bonito meu serviço com um braço só, abrindo coco, e meu carrinho virou atração. Na temporada, claro... Senão é esse movimento vazio que você viu hoje, sem base.

Os filhos chegam para o almoço, um casal. A menina chamava-se Silvana e o menino, João. Já adolescentes, estranharam aquela moça cozinhando para eles. O pai nem explicou nada. Encheu o copo de pinga e sentou-se em frente à casa. Selva puxou assunto com os meninos, que foram se acostumando com sua presença. Depois que Jonas encheu o copo pela terceira vez, sentou-se na sala e começou a falar alto. Desfilou um desprezo que sentia por muita coisa viva nesta terra. Selva aborreceu-se com o modo como ele lidava com os filhos. Quer dizer, não lidava. Era como se eles não estivessem ali. Era como se apenas sobrevivessem juntos. Bebeu mais uma pinga. Almoçaram em silêncio.

Depois de comer, o homem pegou de cima do seu guarda-roupa um livro, beijou a capa, passou por sobre sua cabeça, fazendo três círculos, enquanto o devolvia ao lugar de origem e deitou-se em sua cama. Selva seguiu conversando com os filhos, enquanto os ajudava a arrumar a cozinha. Sentaram-se no quintal, chupando laranja, e ela buscou saber quais eram os sonhos dos meninos. Contaram que, ali onde moravam, só tinha movimento nas férias ou final de semana, então viviam eles com eles próprios, a rispidez do pai, as obrigações da casa, as aulas na escola municipal, os jogos de futebol no campinho e os namoricos embaixo de alguma árvore. João tinha dezessete anos; e Silvana, catorze.

A conversa foi minguando, os meninos falaram para ela descansar um pouco na rede armada embaixo dos coqueiros e foram cuidar da vida. Selva deitou-se na rede, sentiu a brisa do mar, a beleza do coqueiro, suas palhas, o milagre da água tão doce dentro do fruto e cochilou. Acordou com um chamado, uma lembrança que a fez levantar-se da rede. Alguma coisa que Jonas havia feito e ela precisava saber o que era. O homem roncava. Os meninos não estavam por ali. Selva pegou um banco e colocou-o junto ao guarda-roupa. Conferiu se Jonas estava mesmo dormindo – sim, roncava, bêbado. Obedeceu à intensidade de sua curiosidade e apanhou o livro de cima do móvel. O livro que Jonas tratava melhor que os próprios filhos.

Olhou a capa, era toda preta com desenhos dourados. Abriu algumas páginas e leu a oração: "São Cipriano saiu, eu saí, São Cipriano andou, eu andei, São Cipriano achou, eu achei. Assim como à Nossa Senhora não faltou leite para seu bento filho, pois para mim nada me faltará". Pulou algumas páginas e encontrou: "Na proteção de São Cipriano eu entro, com a chave do senhor São Pedro eu me tranco, a São Cipriano eu me entrego, com as três palavras do Credo, Deus me fecha".

Sentiu um quenturão subindo por seu pescoço. Foi a primeira vez que Selva sentiu na pele algo que podia mais do que ela, maior do que a sua vontade de devorar tudo. Largou o livro em cima do armário, com muito cuidado, para não acordar Jonas nem o próprio São Cipriano, e saiu para andar na praia. Foi longe, muito longe, não enxergava nem uma gota do mar que seguia sempre ao seu lado, caminhava em sua própria selva, numa carreira embalada pelo guelém-guelém das ondas. Precisava andar, se cansar, se acabar de exaustão, até que aquilo parasse de incomodá-la, a boca do estômago fechada, como se fosse uma defesa para não receber o que sentiu em cima do banco, com aquele livro nas mãos. E repetia, em voz baixa, até gritar:

– O livro do homem. O livro da capa preta. O livro da capa preta de São Cipriano!

Então Selva vê que a praia terminava ali à sua frente. Tinha chegado em um manguezal. Ficou fascinada com os galhos retorcidos, os complexos desenhos do mangue, sentou-se e observou. As raízes aéreas, a indecisão entre a terra e o mar. A capacidade do mangue em respirar nos dois ambientes revelava sua própria vida. O mangue lhe mostrava sua impossibilidade de trilhar um só caminho, que nada lhe seria claro, ou reto, uniforme. Via a sua trajetória inteira ali dentro.

Passou um bom tempo quieta, observando, até sentir a respiração acalmar. Então começou a mexer na areia e atentar no movimento dos caranguejos, siris, guaiamuns, sururus, mexilhões. Viu que se misturavam às raízes, afundando na água. Imaginou o que havia de alimento naquela vegetação, para nutrir o tanto de animal que vivia por ali. Até que escureceu. Voltou correndo pela praia, sem olhar para trás, com medo de deparar com o livro da capa preta sendo devorado pelos siris e caranguejos do mangue.

Chegou ao centro de Itacaré, onde havia conhecido Jonas, e procurou uma pensão, algum lugar onde pudesse dormir. Em frente a uma casa, viu uma placa de "aluga-se quartos" e bateu palmas. Uma senhora simpática apareceu, dona Glória. Combinaram os valores. Selva pagou duas diárias adiantadas e ganhou a janta daquela noite. Tomou um banho demorado. Foi para a cozinha e encontrou dona

Glória terminando de preparar uma sopa de legumes. Contou que era a diretora da escola. Enquanto Selva tomava a sopa, dona Glória ficou parada, encostada na porta da cozinha, olhando para o quintal. Com um pano de prato no ombro, às vezes dava uma olhadela para aquela moça, com tanto apetite. Seus olhos, acostumados a lidar com os jovens, procuravam saber o que acontecia na vida daquela menina, que parecia tão deslocada de seu mundo.

Depois da sopa, Selva fez questão de ajudá-la a arrumar a cozinha. Enquanto lavava os pratos, a diretora chamou:

– Teresa...

– Dona Glória, por favor, me chame de Sel, ou se quiser, Selva, como meu pai dizia. Não gosto de Teresa...

– Muito bem, Sel... Olhe, não quero, nem preciso saber de onde você vem. Mas me parece que não está tendo uma vida fácil. Estive pensando aqui: preciso de alguém para me ajudar na escola. A paga é pouca, no começo não posso registrar. É para fazer de um tudo: ajudar os pequenos, dar alguma aula para os grandes, acolher aluno doente, ajudar na limpeza. Me parece que você dá conta disso. E talvez esteja precisando. Um mês de experiência, fica morando aqui em casa, sem despesa nenhuma. Quer?

Depois de tantos anos ensinando, com as gerações passando por suas mãos, a diretora sentiu confiança naquela moça. Sabia que ela carregava algum desamparo grande, mas também uma capacidade de ternura que poderia ajudá-la em sua escola tão carente. Viu que a moça pedia ajuda. Dona Glória ainda se encantava com esse momento em que os jovens despencam para seus rumos.

– Só queria combinar uma coisa com você, Sel: vamos dizer que é minha sobrinha, que veio de São Paulo passar uns dias comigo. O pessoal é muito desconfiado, são capazes até de não deixar os filhos virem à escola se souberem que tem uma estranha por aqui.

Selva aceitou. Disse que nunca tinha feito esse serviço de escola e que um mês seria bom para ver se daria certo. Além da simpatia imediata pela franqueza daquela senhora, duas emoções muito fortes faziam com que ela aceitasse o convite: conhecer o mundo do mangue e o livro da capa preta.

As crianças da escola gostaram muito do jeito de Selva, parecia que ela não tinha idade. Os pais estranharam que ela pouco se dirigia a eles, só olhava e conversava com seus filhos. Dona Glória tentou orientá-la a olhar também para os pais, mas sem muito resultado. Uma manhã, indo para a escola, Selva e Glória passaram ao lado da casa de dona Maria Preta. Ela estava no quintal, com uma garrafa de Coca-Cola cheia de água, emborcada em cima da cabeça de uma mulher, com o gargalo virado para baixo. Selva quis parar, mas a diretora puxou seu braço. Mais adiante, perguntou o que era aquilo. E Glória respondeu:

— Sel, você não pode parar em frente à casa das pessoas que estão com esse tipo de trabalho. A Maria Preta estava curando a dor de cabeça da lua, me parece. É quando a água não ferve. Se ferver, é do sol. A fervura da água na cabeça indica o tratamento.

— Como assim? Que dor de cabeça é essa? É diferente o remédio para o sol ou a lua? É remédio do mato ou da farmácia? O que tem dentro daquela garrafa? Só água?

Selva fazia uma avalanche de perguntas à dona Glória, que sorria e tentava responder. Chegaram à escola. Selva trabalhou normalmente e no final da tarde foi bater na casa de dona Maria Preta. Mentiu que estava com muita dor de cabeça e precisava de um remédio. Se ela não poderia arrumar. A mulher perguntou:

— Dipirona serve?

Selva olhou bem para ela, para ver se estava brincando. Dona Maria continuou:

— A menina não tem como pagar um remédio?

— Não quero dipirona. Não gosto de farmácia.

— Mas por que a menina está mentindo pra mim?

– É que eu vi a senhora hoje curando uma mulher. E, às vezes, tenho dor de cabeça à noite. Juro.

– Me traz pó de café que te dou uma garrafada.

Selva foi até o mercado e comprou café e açúcar. Levou até a casa de dona Maria, que estava na porta, esperando.

– Entra.

Selva entrou no quintal. Maria pediu que ela esperasse, foi guardar o café e o açúcar, mas logo voltou com uma garrafa escura.

– Toma.

– O que é isso, dona Maria?

– Garrafada, não tá vendo? Cura dor de cabeça.

Selva se anima com a oportunidade de aprender sobre esses remédios, conhecer do que eram feitos, quais plantas utilizadas e finalmente fugir das farmácias, atendendo ao pedido de seu pai.

– Dona Maria, o que tem aqui dentro da garrafa? Que mal pergunte...

– Do que eu posso falar, só mel e cachaça. Se contar quais ervas têm, elas não curam mais.

– Dona Maria, a senhora não quer me ensinar a...

– Não.

– Mas eu nem perguntei pra senhora!

– Não tenho nada pra ensinar.

– Quanto é a garrafada?

– Não posso receber, senão perco tudo. Mas o café eu aceito.

– Por que a senhora não me mostra as ervas? Eu ajudo no que precisar.

– Você é da cidade, não nasceu aqui. Não tem condição de ajudar. A farmácia te serve.

Virou as costas e entrou. Naquela noite, Selva grudou em dona Glória. Junto com a confiança que a diretora lhe transmitia, sentia que não precisava mais manter aquela mentira de Teresa, sua nova identidade era um assunto que lhe aborrecia. Então contou sua vida, desde o começo. Que seu nome era Maria do Céu, ou Selva. Que a mãe tinha morrido. Contou sobre o pai perdendo o juízo e como ele mandou que se afastasse das farmácias e tirasse os sapatos. Que tinha amado o mangue e não entendia como aquela vegetação era capaz de alimentar tantos animais, nem como as raízes podiam voar daquele jeito. Que tinha abandonado a faculdade para ser planta. E que gostava muito da escola, das crianças e dela. Só não teve coragem de lhe contar sobre a sua morte no rio Juqueriquerê.

– Dona Glória, eu preciso muito aprender essa ciência da dona Maria Preta. Por que será que ela não me aceita?

A diretora explicou que com a dona Maria Preta não conseguiria nada. Ali era assunto de família. O pai aprendeu com a avó. E esse conhecimento ia morrer com Maria Preta, pois seus filhos foram embora, não quiseram aprender, acharam que aquilo tudo era um atraso de vida e agora vivem espalhados pelo mundo.

– Além do que, Sel... Selva... Maria do Céu... Vou continuar te chamando de Sel, pois as crianças estão acostumadas, tá bom? Além do que, Sel, quem hoje em dia ainda acredita em garrafada?

Selva balança a cabeça e responde:

– Quem diz que isso é coisa de gente ignorante não tem noção da própria ignorância.

Dona Glória estica a mão em sua direção.

– Deixa eu ver, Selva, dá essa garrafa aqui.

Selva lhe entrega a garrafa de Maria Preta. Glória despeja um pouco em um copo, olha bem, cheira e dá um golinho.

– Hummm. Isso parece taiuiá, abobrinha-do-mato. Já viu?

– Taiuiá? Que nome bonito! Não conheço...

– Isso dá aqui, demais. Uma trepadeira. O cheiro é dela... Olha, Selva, quando minha filha nasceu, o pai de dona Maria Preta mandou eu passar um melado de cacau no mamilo do meu seio, que estava rachando. Foi a minha valença! Aqui não tinha farmácia. Parece que isso pode até ser bom. Isso, de não ter farmácia, pois acaba atiçando nossas necessidades para outros cantos. Mas tem que saber o que está fazendo, não é todo mundo que possui essa ciência. Tem que ter cuidado.

Selva conta de seu curso na faculdade, em São Paulo. E que sentia falta de uma matéria que juntasse o conhecimento das ervas com a forma de utilizá-las. Sonhava em ter um herbário, como uma professora tinha lhe explicado, para cuidar das plantas e ter um controle sobre o seu crescimento e sua utilização. Conversaram até tarde. Glória contou o que sabia: disse que, bem antigamente, no tempo de seu avô, as pessoas tinham um conhecimento mais próximo das plantas, mas que isso acabou virando atraso. Nenhum jovem se interessaria por algo que servisse como motivo de riso para os outros, que fosse tratado como ignorância.

– Selva, Ilhéus já está grande demais. Aqui tem muita farmácia. Se é essa ciência que está buscando, você tem que ir a algum lugar mais vazio de gente e cheio de planta. Um sertão qualquer. Vamos dormir?

– Mas o povo diz "sertão" como se fosse um lugar assim, conhecido... só que sertão não tem no mapa. Parece ser mais uma ideia que um lugar.

Enquanto Selva e dona Glória guardam a louça do jantar, a diretora diz:

– Já que você diz que quer ser planta, acho que posso dizer, nessa sua língua, um lugar onde fica o sertão.

– Não entendi.

– O pai de dona Maria Preta era desse fundão do norte de Minas, oeste da Bahia, da roça mesmo. Do sertão. Ele dizia que o cerrado tem tudo o que a gente precisa e até o que ainda vamos achar alguma serventia.

Depois de um largo bocejo, dona Glória diz que já está muito tarde, que vai dormir. Dá boa-noite e abraça forte a amiga.

Selva se deita e adormece rapidamente. Tem um sonho agitado, vê a seiva escorrendo por seu corpo. Recolhe o líquido em uma grande panela. Dessa seiva, prepara várias garrafadas e distribui entre as pessoas. Mas ninguém aceita, não lhe dão atenção, riem das garrafas. Selva começa a gritar com todos, diz que vão morrer se não beberem, que o fim do mundo se anuncia. Vários homens com um braço só saem do mar carregando suas garrafas. Maria Preta briga com ela, diz que fez tudo errado, joga uma garrafa no chão, bem à sua frente, espatifando o vidro.

Então Selva acorda, suada, com sede e muita dor de cabeça. Bebe vagarosamente um copo cheio da garrafada da Maria Preta, tentando descobrir que gosto tem. Não descobre, mas desconfia: uma mistura de seiva do mangue com suor do sertão.

Ouça a trilha sonora do capítulo 3. O homem de um braço só utilizando o QR Code ao lado.

4. Teó

Luduvina mora só. Não tem marido nem filhos. As pessoas desconfiam de seu modo de viver, mas ninguém tem coragem de afrontar. Luduvina não aceita desaforo e já deixou muito cidadão no chão, doído e arrependido de algum comentário duvidoso e infeliz.

Ela adota Teófilo como filho, da sua maneira. O menino trabalha na roça e também vai aprendendo pequenos serviços de marcenaria. Tem saudades dos irmãos, mas desde pequeno já entende o caminho da sobrevivência.

Na noite de Natal, a Folia de Reis chegou na casa de Luduvina. Teófilo já havia visto outras folias, antes da aventura em Lins, criança pequena, mas essa lhe pareceu muito especial. Na verdade, não conseguia desgrudar os olhos de Zé da Lira, folião de guia e violeiro. Ele morava em um sitiozinho ao lado. Luduvina e ele eram vizinhos, mas mantinham um contato frio, só o bom-dia necessário e a solidariedade sempre pronta de quem vive de acordo com a natureza.

Zé da Lira estufava o peito para cantar, ponteava viola se mostrando e, na hora de sapatear o lundu, era o primeiro a se apresentar. Ou o último, de acordo com a conveniência. Já tinha se encontrado algumas vezes com o filho adotivo de Luduvina, até achou graça naquilo de arranjar filho. O menino lhe parecia sério demais. Então embarcava na seriedade dele, só para fazer troça, resmungando algo incompreensível sempre que cruzavam seus caminhos.

Os foliões cantaram toda a história do nascimento de Cristo, a fuga para o Egito e a perseguição de Herodes. Então começaram as brincadeiras. Luduvina era logo chamada para participar, os foliões apreciavam muito seu ponteado de viola e as músicas que ela inventava, sabe-se Deus onde. Zé da Lira parecia incomodado com o sucesso da vizinha, mas mantinha o respeito devido. Com o ponteado já desenvolvido, a caixa se junta à viola, ao balaim, ao reco-reco, ao violão e à rabeca! Pronto. A brincadeira pegava fogo na casa de Luduvina. Acocorado em um canto da sala, Teó observava tudo com uma admiração sem limites. Não sabia que a madrasta, com sua dureza, era capaz de tanta delicadeza tocando viola.

Na manhã seguinte, muito cedo, Luduvina acorda com um som de viola. Entra na sala e vê o menino tentando tocar. Tira o instrumento da mão dele e diz:

– Você não tem pai nem mãe, Teó! Agora só tem a mim. Não precisa tocar viola, precisa trabalhar.

Dá um empurrão na cabeça do menino, que se manda para o terreiro. Sua primeira obrigação é cuidar dos porcos e galinhas. Luduvina chama no meio da manhã para tomar café. Depois joga a enxada nas costas, passa para Teó o serviço do dia, manda que ele leve seu almoço na roça e arremata:

– Teó, ai de você se te pegar vadiando!

Com o passar dos dias, os dois foram se ajeitando. O que preocupava e aborrecia Luduvina era que muitas vezes Teófilo parava o que estava fazendo e ficava olhando o voo de um papagaio, a movimentação de uma lagartixa, ou mesmo um canto da roça sem nada de especial, com o pensamento longe dali. A mulher ralhava demais com ele, dava uns cascudos em sua cabeça e o lembrava de suas tarefas.

Teó procurava obedecê-la em tudo e foi criando um medo danado da nova mãe. Quando ela estava por perto, nem respirava, pegava sério no trabalho, querendo agradá-la. A questão era quando o menino escutava o som da viola. Muitas vezes Luduvina sentava-se no terreiro da casa, com seu pito na boca e a viola nas mãos. Tinha hora que mudava a afinação do instrumento para pontear os toques do "Casamento", "Sapo e o Veado", "Inhuma", "Conselheiro". Sem que sua mãe de criação percebesse, Teófilo se escondia em qualquer lugar seguro para apreciar. Era um chamado irresistível, mas uma admiração muda, calada. Se Luduvina descobrisse que ele estava ali, escutando, sem cuidar das obrigações, levaria um tranco na cachola e a ordem de caçar o que fazer.

Até que um dia, quando a mãe saiu para ir à venda, meia légua de sua casa, Teó seguiu de longe seu vulto sumir na beira do cerrado. Então pegou a viola. No começo batia nas cordas bem baixinho, depois foi se ajeitando com as mãos nas cordas e no braço do instrumento. Tentou imitar o que escutava. Mas sempre de olho na estrada, para não ser pego fazendo coisa errada. O chamado da viola era irresistível. Teó baixou a guarda na vigia – o tempo passou ligeiro que ele nem percebeu –, e Luduvina pegou o menino tocando, bem no meio de um dia de serviço. Isso lhe custou alguns safanões, doídos, sem contar as ameaças de mandá-lo embora.

Na terceira vez em que viu Teó mexendo na viola, ao perceber que já tocava alguma coisa, Luduvina se aborrece de vez e dá uma peia no moleque. Desafina todo o instrumento e esconde a viola em cima do guarda-roupa, longe do alcance da altura do menino. Qual... Se ele estava conseguindo encontrar um caminho de felicidade na música, que dificuldade podia haver em descobrir a violinha quieta, em cima do guarda-roupa?

Pois na primeira oportunidade, quando teve certeza que Luduvina já ia longe para cuidar do feijão recém-plantado, Teó ajeitou o banquinho em cima de uma mesa e pegou a viola. Sentou-se na cadeira e ponteou. Mas as notas não saíam, estava toda desafinada. Ele lembrou como as pessoas mexiam nas cravelhas do instrumento e as notas iam subindo, descendo, conforme giravam essas cravelhas. Então começou a mexer, a descobrir o encaminhamento das cordas, a tensão que dava a nota certinha, a música que se apresentava quando acertava as casas no braço da viola. Era muito estimulante, uma nota juntava com a outra e mais outra, vinha a vontade de repetir tudo, de novo e de novo, pois a música surgia e Teófilo sentia seu ponteado ficar cada vez mais bonito. Mas ficou tempo demais nessa descoberta...

Luduvina chega em casa. O primeiro impulso é espancar o menino, mas se segura quando percebe como as cordas que Teó soltava e apertava com as cravelhas obedeciam à afinação, ajustavam-se. Em pouco tempo, o menino já começa a pontear um lundu. Então Luduvina tomou uma decisão. Teó estava tão envolvido e absorto, que nem reparou na nova mãe aproximando-se. Quando se deu conta, já era tarde demais. Ali estava Luduvina, bem na sua frente, na distância de espancamento. Com uma mão ele segura a viola, com a outra protege a cabeça.

A mulher tira a viola de sua mão, coloca em um canto da sala, leva o menino para a cozinha, segurando firme seu braço. Pede que ele espere ali sentado. Teó está tremendo, apavorado, já imaginando a surra que vai levar. Então Luduvina tira uns panos de cima da mesa, traz um caderno e começa a ensinar as letras para Teó. O menino não entende por que não está sendo espancado... Bem no instante em que começa a ser alfabetizado.

Zé da Lira cai de cama, adoentado, então Luduvina pede para que Teó leve almoço e janta para o vizinho. Durante quatro dias, Teó cuida do homem e, aos poucos, vai se formando uma camaradagem entre eles. Zé da Lira se interessa pela história passada em Lins, principalmente com o relato da febre amarela, que matou os pais e um irmão de Teó. Uma tarde, depois de deixar a marmita da noite em cima do fogão, Teó cria coragem e pede para ver a viola. Zé da Lira busca em seu quarto, afina e estica para o menino. Mas Teó não tem coragem e pede para que ele toque. Então Zé ponteia um lundu, outro, faz cocos de viola, cantarola um pouco. Quando se cansa, dá a viola para Teófilo, dizendo:

– Vou deitar. Pode treinar um pouco, depois deixa a viola em cima da mesa.

Teó vai para o terreiro e tenta imitar o que havia visto. Depois de um tempo, escuta a voz de Zé da Lira, gritando, dentro do quarto:

– Por aí, não! Volta o ponteado pra trás. Esse caminho tá errado.

O menino para de tocar, mas Da Lira insiste:

– Vai, Teó, você tem influência. Volta o ponteado!

Os dedos e os sentidos de Teófilo procuram a música, enquanto Zé da Lira continua a guiá-lo, apenas pelo ouvido, à distância.

– Aí, aí. Isso. Depois só vai te faltar sentir o amor na carne, pra viola ter serventia. Continua, menino!

Mesmo depois que Zé da Lira se recuperou, Teó costumava ir visitá-lo. Luduvina não gostava muito da companhia, mas o menino era trabalhador e muito esforçado com as letras que estava aprendendo; além do mais, o que fazia do seu tempo livre era problema dele. Já estava ficando grande.

Nas festas de final do ano, Teó já tocava viola nas Folias de Reis. Ainda não era um folião, nem idade para isso tinha, mas participava do terno e das brincadeiras. Começa a pegar alguns serviços de marcenaria, sempre entregando os ganhos para Luduvina. Segue visitando Zé da Lira, mas agora um tanto desconfiado, pois escutava as pessoas contarem histórias do violeiro ligadas a eventos extraordinários, de pacto com o sem-nome...

Um domingo, depois das obrigações, sai para o povoado, para encontrar-se com uma moça, Doralice. A mãe pede que ele passe antes em casa de Zé da Lira, para ver se o vizinho precisava de algo do comércio. Pensando no ódio e amor entre os vizinhos, Teó foi. Nenhuma intimidade em meio a todos os cuidados, não conseguia entender. Chama Zé da Lira no terreiro, mas ninguém responde. Nisso, vê uma revoada de patos-selvagens cruzando o céu. Admirado, fica assuntando o sistema deles: tem sempre um voando na ponta, guiando o caminho. Matutava: o que será que esse pato-guia está enxergando lá na frente, que vai tão decidido na direção escolhida? Enquanto os patos não somem de sua vista, Teófilo não larga o voo deles. Até escutar o som da viola dentro da casa. Chama mais uma vez Zé da Lira; como ninguém responde, abre a porta. O homem não está na sala. A viola, pendurada na parede, soa novamente, de leve. Um pequeno arpejo, como se alguém desse uma ponteada...Teófilo olha em volta, cismado. Vai em direção à viola, e uma mariposa sai voando de dentro dela. Decerto o bicho entrou lá e, enquanto tentava sair, batia nas cordas. Já tinha escutado que muita mariposa que tem por aí é bruxa enfadada... Chega mais perto da viola, estica o braço e escuta a voz de Zé da Lira, atrás dele:

– Quer pontear, Teó?

O menino fica parado feito estátua, com vergonha. A mariposa segue voando, sem rumo, à sua volta. Da Lira se achega, pega a viola, afina, toca um ponteado arrojado. Então larga a viola na mão de Teó, vai até a porta, acende o pito e cospe no terreiro. O menino sente um quenturão no peito, uma vontade violenta de tocar. Então ponteia o instrumento. Primeiro com cuidado, seguindo o rumo de alguma música, como se tivesse o pato-guia puxando a melodia lá na frente, com os dedos carinhando as cordas. Até que um sentimento atravessado o arrancou do voo planejado. Uma tristeza sem base se firmou e tomou seu corpo inteiro. Passou a tocar desembestadamente, um maluco batendo nas cordas. Aquilo nem música era mais, parecia um desejo de despejar na viola um mundo de aflição que vinha sentindo em sua vida, desde os tempos de Lins, a morte dos pais, a distância dos irmãos, a convivência com a rudeza de Luduvina. As mãos cutucavam a viola numa barulheira desenfreada. Enfim sente os braços cansados e começa a se acalmar, larga a viola com todo carinho num canto e sai correndo. Sem escutar o que o homem lhe dizia, palavras como "fica", ou "volta", ou "cuidado"...

Nessa noite encontra-se com Doralice. Passeia com ela na beira do rio. Dá seu primeiro beijo. Sente que está tudo acontecendo ao mesmo tempo. No caminho de volta, já bem escuro, quando chega perto da casa de Zé da Lira, aperta o passo e corre ligeiro para a casa de Luduvina. Tranca a porta e dorme.

Semanas depois, no meio da noite, o menino escuta uma ventania danada e uma janela da casa bater. Vai fechar a janela e vê um clarão do lado de fora, na direção do Zé da Lira. Fecha a janela e sai no meio da ventania. Cruza com os redemoinhos de poeira pura, levados pelo vento, girando pelo escuro do caminho. Passa um bom tempo encasquetado com a direção do redemoinho, se o giro vinha da esquerda para a direita, ou ao contrário. Enxerga o clarão na casa de Zé da Lira. Vai até a porteira e vê o homem com a viola emborcada no peito. Parece que tocando sozinha. Não tinha certeza se aquilo acontecia de verdade, se era do lado de fora ou dentro dele mesmo, de tanto que lhe contavam as histórias extraordinárias. O homem de braço aberto recebendo o vento na cara. Na fuça. O redemoinho girando em volta do pé feito de cabra. A luz, o clarão, Teó lida com o desejo de tocar aquela viola, aquela que está no peito do violeiro, de onde sai uma música tão arrojada, com uma beleza incompreensível. Então o menino corre, corre, sem direção, fugindo do ponteado e da luz que chegou a cegar seus olhos. Queria mais, queria novamente, mas só a corrida lhe servia. Cortou-se em espinheiros. Estava muito escuro. Até que desmaia de cansaço, quase uma légua longe dali.

Luduvina o encontra, desacordado, na manhã seguinte. Enquanto voltavam para casa, pergunta o que tinha acontecido. O menino conta tudo. O clarão, o redemoinho girando para um lado e para o outro, a viola emborcada no peito de Zé da Lira, a fama do pactário, a corrida desembestada, o modo como ele próprio descobriu que a viola podia enfrentar qualquer sentimento ruim e o voo da mariposa decerto uma bruxa enfadada que morava dentro da viola de Zé da Lira.

Foi chegar em casa e a mãe pedir pra ele buscar o relho. Sabia o que o esperava, mas devia respeito a ela, que o criava, ensinava as letras, dava-lhe o que comer e onde dormir. Buscou o relho e entregou à senhora. Protegeu o rosto e levou a maior surra da sua vida.

– Quando terminar de chorar, moleque, varre seu choro pro terreiro e garra na enxada. Você não tem pai nem mãe, só tem que trabalhar. E parar de ficar à toa, olhando pro vazio, caçando assunto que não se deve. Tem sua vida pra desperdiçar? Tá lidando com bruxa e capeta? Ara, isso é conversa de vagabundo! Não foi pra isso que a comadre Cida deu você pra mim, atentado. Pois tome peia! Aqui é no tempo exato, e não no atalho do capeta.

O menino engole o choro. Se acaba de trabalhar na enxada, violento, o serviço estancando a dor da peia. Volta pra casa, exausto. Não janta, vai dormir. A mãe não fala com ele. Teó se levanta no meio da noite e sai em silêncio. Sabia que precisava buscar algo, buscar fogo, assunto de importância. Abre a porta bem devagar para não acordar Luduvina. Pisa primeiro macio, mas, conforme afasta-se da casa, corre ligeiro rumo ao povoado de Gameleira. Vê o caminhão de leite parado ao lado do armazém, sobe e se esconde entre os galões. Antes de amanhecer, escuta ligarem o caminhão. Viaja mais de hora ali, escondido, com o veículo em movimento, imaginando o mundo. Em uma parada do caminhão para abastecer, ele pula da carroceria e sai andando pela estrada, a pé. Em seu coração de menino sente que vai em direção às importâncias.

Depois de caminhar um bocado, percebe que está chegando a uma cidade. Não sabia onde estava, nunca tinha andado por ali. Passa o dia pelas sombras e dorme encostado na parede de um posto de gasolina. É acordado na manhã seguinte, com o frentista cutucando a sua perna.

– Sai daqui, moleque!

Teó está com fome. Muita fome. Vê uma placa em um caminhão: "Procuro ajudante". Lê movendo os lábios. O motorista pergunta ao menino se sabe ler. Teó responde que sim, dizendo o que estava escrito. E que era bom de fazer contas. O motorista perguntou se ele queria fazer uma viagem, entregando mercadoria e conferindo as vendas. Teó respondeu que sim, depois abaixou mais a cabeça e disse:

– Estou com fome.

– Você não tem pai, mãe? Onde é a sua casa?

– Morreu todo mundo.

Leva Teófilo até um bar, pede sanduíches e comem à vontade. O motorista pergunta:

– O menino conhece Ilhéus?

– Não, senhor.

– Pois vai gostar demais, aquilo sim é uma cidade.

Foram dois dias de viagem, com algumas paradas para entregar mercadorias. O motorista o deixou no centro de Ilhéus, com um dinheirinho no bolso pelo serviço feito. Teó nunca havia visto uma cidade daquele tamanho, ainda maior que Bauru. Andando pelas ruas, assustado, ficou admirado como parecia que as pessoas não se conheciam, ninguém se cumprimentava. Não davam pela sua presença nos lugares. Anda, passeia sem rumo, surpreso com as grandes construções. Gasta todo dinheiro que havia ganhado do caminhoneiro já no primeiro dia, com almoço, janta e refrigerantes. Dorme em um banco de praça, em frente a uma igreja.

No dia seguinte, ainda assuntando a beleza da cidade, Teó vê ao longe uma casa grande, muito diferente. Conforme se aproxima, vai formando uma palavra em sua boca: Na... Vi... O... Navio! Nunca tinha visto um de perto. E falou, baixinho:

– Ora, se tem navio por aqui é porque tem o... o... o mar!

Viu aquele mundo de água. Nunca imaginou que fosse tão grande. Pensou: o mar é um mundo. Ficou repetindo as três palavras: navio, mar e mundo. Procurou um lugar onde pudesse acomodar toda a emoção de ver o mar. Sentou-se no cais do porto. Passou muito tempo por ali. Quando a fome apertou, saiu buscando alguma solução.

Vê um casal pedindo esmolas em uma esquina. Anda mais um pouco e faz o mesmo. Consegue algumas moedas. O casal se aproxima e diz que ele deve dividir o ganho por estar em seu território. Teó, assustado com tudo, estica o dinheiro para eles.

– Você tem onde dormir?

Balança a cabeça de um lado para o outro.

– Então vem.

Passam por um mercado, compram alguns mantimentos e caminham até uma construção abandonada. O homem tira de trás da parede um fogareiro pequeno com um bujão de gás. Apanha um balde, vai até uma casa vizinha e enche de água. Aparece com umas panelas e começa a preparar a janta. Dizem para Teó que pode morar ali com eles, se o menino aceitar dividir o que ganha na rua. A construção abandonada é na rua do Porto, defronte ao rio Cachoeira. Enquanto jantam, a mulher explica para Teó que não pode confiar em ninguém, muito menos no rio Cachoeira, bem à sua frente, com sua fama de engolidor de casa e gente.

Solidariedade na pobreza. Mesmo que tirando vantagem, um ajuda o outro a sobreviver. Acostumado a trabalhar, Teó logo arruma uns bicos no porto. Algumas pessoas lhe dão roupas, vive descalço, criando cascão na sola do pé. Um dia, carregando as compras de uma família, vai até a praia. A areia branquinha. Vê algumas pessoas nadando, então entra no mar devagarinho. Uma das melhores sensações de sua vida. E não precisava nada para aproveitar: nem dinheiro, nem casa, nem pai, nem mãe. A praia era um acolhimento oferecido, imenso.

Teó passa mais de ano no cais do porto de Ilhéus, fazendo bicos e dividindo de vez em quando a construção com o casal pedinte. Junta-se a outros meninos de rua. Em algumas voltas com os líderes dos meninos, pratica pequenos furtos. Mas, muito medroso, é desprezado para os serviços maiores, abandonado com certa crueldade de apelidos. Em um beco do porto reuniam-se para fumar, beber e dividir o ganho da noite. Conversavam, namoravam, além de sonhar com algo maior para suas vidas, ser artista, jogador de futebol, ou coisas ainda melhores que nem sabiam se existiam.

Uma madrugada, enquanto os meninos dormiam no beco, aparece um homem nervoso, bêbado, dizendo que ia pegar o moleque filho da puta que tinha roubado sua loja. Escutando a gritaria e já imaginando o assunto, todos saem correndo, mas Teó, ainda acordando, sem entender direito o que estava acontecendo, não consegue fugir e o homem o agarra pelo pescoço. Começa a bater em Teó. Bater forte, xingar. Espanca o menino.

A um assobio, os moleques aparecem para defender o amigo. Todos ao mesmo tempo chutam, esmurram e empurram o homem, livrando Teó. O comerciante cai e bate a cabeça no chão. Grita de dor, passa a mão pelo cabelo e vê o sangue. Então puxa o facão. Os moleques correm, ele vai pra cima. O primeiro golpe ele erra; o segundo, também; no terceiro, arranca o braço de um dos meninos, Jonas.

O braço caiu, direto, de um golpe só. O homem some dali e os meninos se desesperam, gritam "socorro!" e "filho da puta!" ao mesmo tempo. Logo vem uma ambulância e leva o moleque ferido.

O motorista da ambulância diz para a turma o nome do hospital para onde estão levando o ferido e pede para que os meninos avisem a família. Qual... menino de rua não tem família. Então vão para o hospital, correndo, entram ruidosamente na recepção, gritando pelo amigo. Os enfermeiros chamam os seguranças, que arrancam a molecada da sala de espera.

Todos vão embora, menos Teó. Dorme três noites na recepção do hospital, faz amizade com uns funcionários que acabam deixando-o visitar o amigo. Teó entra na enfermaria e encontra Jonas em uma cama, tomando sopa. Chega perto e percebe que ele só tem um braço, aquele da mão que segura a colher. Jonas olha para ele e sorri. Pergunta dos outros amigos. Teó só consegue balbuciar uma palavra: "Desculpa...".

– Desculpa do quê? Foi aquele desgraçado que me acertou!

– Vocês foram me ajudar, e agora...

– Cala a boca, Teó! Se veio aqui pra ficar com essa cara de bosta, pode ir embora!

Teófilo senta-se na cadeira ao lado da cama e se acalma. Conta que conversou com a polícia e lhe disseram que o homem estava preso. Jonas fala das enfermeiras bonitas cuidando dele, das comidas de graça e de seus novos planos.

– Teó, apareceu um moço aqui, assistente social. Disse que vai arrumar uma casa para eu morar e escola também. Que não posso mais ficar na rua, ainda mais desse jeito. Não volto pra rua, Teó, não quero que sintam dó de mim, chega. Você também não tem força pra viver na rua. Volta pra sua casa.

– Casa...

– Casa, ué! Todo mundo tem família. Qualquer coisa. Pode ser uma bosta, mas você vai morrer se continuar desse jeito.

Teó fica quieto, procurando não olhar o lado sem braço do seu amigo, que lhe diz:

– Abre essa gaveta aqui.

Aponta com o queixo uma mesinha ao lado de sua cama.

– Pega o cartão aí dentro. Você sabe ler, está escrito "Polo", esse é o nome do cara.

Teófilo mexe na gaveta e encontra o cartão.

– Pode ficar com o cartão. O assistente social é legal, vem sempre aqui. Liga pra ele, senão você vai morrer no beco.

Teó pega o cartão, despede-se do amigo e vai embora do hospital. Pela primeira vez, depois de muito tempo, sente a necessidade urgente de ter uma família. Caminha até a rodoviária, pedindo para todos que passavam uma ajuda para inteirar sua passagem. Já com um bocado de trocado na mão, procurou o guichê de ônibus para Minas Gerais. Tinha aprendido com Luduvina, nas cartilhas, que seu estado era Minas Gerais. Lia os nomes das cidades estampadas nos guichês, até encontrar Montes Claros. Sim, ali era perto de Gameleira. Encosta no guichê, pede uma passagem para essa cidade, o funcionário diz o valor. Teó tira o bolo de dinheiro da esmola do bolso e começa a contar. O valor não fecha. O funcionário está cansado, a fila parou, o menino conta o dinheiro novamente. O funcionário pede que, se ele não tivesse o dinheiro, que saísse dali, pois tinha gente com pressa atrás, na fila. O menino fica de lado, pedindo dinheiro aos passageiros que chegam até lá para comprar seus bilhetes. Um rapaz, com um violão pendurado nas costas, é o próximo da fila. Olha para o menino, pergunta quanto ele tem. Então manda dar o maço da esmola para o funcionário do guichê e completa o valor da passagem. Compra o seu bilhete, entrega o de Teófilo, escuta um "Deus te ajude" e vai embora.

Teó deita-se em um banco da rodoviária, de olho no horário do ônibus. Vez ou outra um guarda se aproxima e tira o pé encardido do moleque de cima do banco. Vai para a plataforma e espera o ônibus estacionar. Entra ligeiro, procura o seu assento e encolhe-se perto da janela. Os outros passageiros, conforme vão entrando, buscam os lugares vazios, de preferência longe do menino judiado, sujo e de pés descalços.

Ouça a trilha sonora do capítulo 4. Teó utilizando o QR Code ao lado.

5. Maria Flor

Após despedirem-se da família na estação, sob o impacto das mortes do pai e do irmão causadas pela epidemia de febre amarela, Flor e Cesário andaram um tanto pelas ruas de Lins. Calados, remoíam o incerto futuro que tinham pela frente. Até que Cesário para em uma esquina e pergunta para Flor:

– É verdade isso sobre o moço, que você contou pra mãe? Que você tem para onde ir?

Flor, um pouco envergonhada, respondeu que sim.

– Irmã, você não vai entrar pra vida, né? O nosso pai...

– Cala a boca, Cesário!!! Cê é besta? Claro que não.

– Porque se você for desencaminhar...

– Cala a boca! Eu vou trabalhar e ver até se consigo ajudar a mãe. Só não queria voltar pra Gameleira...

Cesário vira a cabeça, olha para os lados, para o céu.

– Deus vai guiar e ajudar a gente.

Põe a mão no ombro de Maria Flor e diz:

– Desculpa, irmã, se falei aquilo. Mas é que a gente precisa zelar um pelo outro...

Continua olhando para o céu, talvez procurando algum sinal de ajuda desse Deus que, ultimamente, parece ter andado tão distante deles todos... Flor percebeu um certo descontrole no olhar do irmão. Ele respirava ligeiro e apertava seu ombro com força.

– Ai, Cesário, meu ombro!

– Desculpe, irmã!

– E você, Cesário, tem para onde ir?

– Eu só quero me pinchar lá pro São Paulo. Ainda não sei como. Ali é um lugar importante, com muita oportunidade de... – Olha para o céu mais uma vez, depois para Flor e conclui a frase. – Muita oportunidade de felicidade e muita gente safada!

Os dois riem. Continuam a andar. Flor diz que no meio da tarde tinha acertado uma carona que a levaria para Bauru. Eles conheciam um restaurante em Lins que poderia lhes servir almoço em troca de algum trabalho. Sentaram-se em uma praça na esquina do restaurante, esperando abrir. Então Flor conta para o irmão toda a história, do convite que havia recebido para trabalhar numa casa de família.

O encarregado da fazenda em Lins fazia compras em um armazém de Bauru e sempre levava algum empregado para ajudá-lo nessas viagens. Quando chegavam ao armazém, o encarregado deixava a lista de compras para o empregado finalizar o serviço, separar a mercadoria, carregar o caminhão, então ia para o bar na esquina, jogar baralho e tomar sua cachacinha. Tanto Flor quanto seus irmãos mais velhos gostavam quando eram chamados para essas viagens, pois era um descanso na trabalheira da fazenda, além de encantarem-se com todas as novidades e sonhos que uma cidade grande proporcionava.

Muitas vezes quem atendia no balcão era Raul, o filho do dono do armazém. Tinha o olho claro e o cabelo amarelo sempre bem penteado. Flor gostava da prosa dele. Enquanto ajeitava as compras no balcão, Raul ia puxando assunto com Maria Flor. Foram achando graça no jeito um do outro, criando camaradagem. O moço acenava com muitas coisas bonitas. Trazia assuntos de esperança, de dançar em baile com amigos, passear de charrete, ir ao circo. Flor escutava e respondia que nem conseguia imaginar como isso seria. Contava para Raul que sua vida até então tinha sido fugir da seca no sertão, trabalhar de sol a sol na casa-grande da fazenda e cuidar dos irmãos mais novos.

Raul escutava Flor com atenção, às vezes parava o que estava fazendo para olhar a moça contar sua história. Então balançava a cabeça e dizia:

– Ah, Flor, nós vamos dar um jeito de você conhecer isso tudo.

E seguia falando da beleza que era passear em um tanque perto da cidade, onde ele ia se banhar com os amigos. Acenava com divertimento, enquanto Flor ajustava em sua imaginação como poderia ser aquele mundo. Numa tarde em que o encarregado tomou uma cana a mais no bar e enrolou-se em uma animada partida de truco, Maria Flor teve tempo de contar a Raul toda a viagem que haviam feito do sertão da Gameleira até Lins, além de detalhes da vida que levavam na fazenda. O moço então pegou em sua mão, de um jeito tão manso que ela nem percebeu. E Raul tinha uma mão fina, diferente da mão de seu pai e seus irmãos, e mais fina até que a de suas irmãs, de sua mãe e a dela própria! Então puxou bruscamente a sua mão. O rapaz assustou-se, pegou de novo e fez um carinho nela. Maria Flor baixou os olhos e disse, envergonhada:

– Sua mão é macia, a minha não...

Raul então mudou o tom da conversa, já não contava mais seus passeios na cidade, as atividades que tinha. Agora sugeria que Flor viesse para esta realidade, que também era possível divertimento. Dizia com firmeza que Flor não tinha obrigação nenhuma de seguir sempre uma mesma vida, como se não houvesse possibilidade de mudança.

Esse último encontro com o moço foi na véspera da chegada de Cesário e seu pai do experimento que tiveram em São Paulo. Acompanhando a doença do pai, do irmão, depois das outras pessoas no barracão, ela esforçava-se em manter a esperança, lembrando o carinho de Raul. No dia que queimaram o barracão para tentar acabar com a peste, o motorista do fazendeiro veio procurá-la, discretamente. E entregou-lhe um bilhete, dizendo que era de Raul.

Maria Flor não sabia ler. Depois de ajeitarem-se no curral, correu até a casa-grande. Entrou esbaforida na cozinha e pediu para

Dora, a cozinheira negra que tinha leitura, contar para ela o que estava escrito. Dora achou graça na aflição da menina, levou-a para o terreiro da casa, sentou-se em um muro baixo e leu a carta para Flor.

Flor, minha amiga.

Soube da peste e as doenças na fazenda. Você não pode mais ficar aí. Venha para a cidade! Olha, acho que arrumei um trabalho para você, na casa de uma família. Vai receber um salário, e tem um ou dois dias de folga por semana, dependendo do serviço. A gente vai banhar no tanque e passear de charrete nos domingos! Imagina? Tem um circo estacionado bem aqui perto, com uma sala cheia de espelhos e até uma mulher com barba de verdade! Barraca de tiro e de algodão-doce na porta do circo. E mais! Palhaço muito engraçado e uma malabarista pendurada na corda que dá um frio danado na barriga que ela possa despencar lá de cima. Mas venha ligeiro, senão essa família pode arrumar outra pessoa para o trabalho. Tenho muitos amigos que vão gostar de você!

Um abraço do Raul

Maria Flor pediu que a cozinheira lesse a carta mais uma vez. Depois outra, e mais outra... Dora ria e recomeçava. Antes de a menina ir embora, ela ainda lhe disse:

– Olha, Flor, cuidado com prosa de homem. Eu sei bem do que eles gostam. Você é muito novinha para atinar com isso. E é muito bonita para acreditar nessas promessas todas...

Maria Flor agradeceu, abraçou forte a mulher e foi embora. A carta ecoava na sua cabeça; o conselho de Dora, nem tanto...

Cesário escutava atentamente a história de Flor que, nesse momento, buscou no bolso a carta de Raul. Mostrou para o irmão, e disse:

– Irmão, nesses últimos dias na fazenda, agoniada com a doença do pai e do irmão, só encontrei consolo aqui, nas palavras do Raul.

Parou um pouco para respirar e continuou:

– Depois que nosso irmãozinho e o pai morreram, tomei o maior susto quando a mãe resolveu que a gente ia voltar pra Gameleira. Apavorei de vez. Não disse nada para ninguém, mas sabia que eu não queria voltar de jeito nenhum.

– Nossa, Flor, pra mim foi a mesma coisa! Será que algum irmão nosso também não pensou nisso?

– Não sei... Mas não tiveram força pra apartar da mãe. Então, quando você disse que não voltaria pra roça, admirei demais sua coragem. Aproveitei que a mãe já tava no meio do susto mesmo e contei minha decisão.

– Pronto! Espantei quando você disse que também ficaria! É um sofrimento pra nós todos, isso de viver apartado, mas Deus vai proteger a mãe e nossos irmãos.

Depois de um silêncio, Cesário segurou no braço de Flor e disse:

– Vou pedir muito a Deus que te guie e te proteja também. – Olhou para o céu e continuou: – E que Ele não se esqueça de mim! Que me guie lá em São Paulo e que nos dê condições para ajudar a mãe.

– Amém.

– Olha, Flor, eu lembro bem do moço do armazém, o Raul. Diga sempre a ele onde posso te encontrar, para que um dia eu venha te buscar. Depois a gente traz toda a família! Quem sabe vamos morar em um casarão bonito como aquele em que fiquei mais o pai, nas experiências da febre amarela...

E saiu contando para a irmã, animado, mais uma vez, todas as vantagens que havia visto naquele mundo de cidade.

Quando começou o movimento de gente no restaurante, Flor e Cesário se aproximaram, conversaram com o dono, perguntando se poderiam fazer algum trabalho em troca do almoço. O homem logo arrumou serviço para eles.

No meio da tarde foram para o local onde saía a condução para Bauru. Um motorista de caminhão havia oferecido carona para Flor, mas emburrou quando ela apareceu com o irmão, pedindo que fosse junto. Concordou de má vontade, dizendo para subirem logo na carroceria.

Balançavam na carroceria do caminhão, quietos, remoendo sonhos que eles não eram capazes de visualizar. A promessa de felicidade misturava-se com a dor da despedida da família. Desceram na entrada de Bauru, agradeceram ao motorista e saíram andando em direção ao centro da cidade. Cesário caminhava ligeiro. Maria Flor foi ficando para trás, mas achou até bom ver o irmão se distanciar. Parece que Cesário também. Naturalmente, foram afastando-se. Quando Cesário chegou a um cruzamento, resolveu virar à direita. Tinha confiança que o desejo de uma nova vida o guiasse. Obedecia a seus instintos. Flor seguiu em frente na avenida, sem dizerem um adeus, nada.

Depois de alguns minutos, Flor conseguiu localizar-se em Bauru, e lembrou-se de como chegar ao armazém da Ilha Terceira, onde Raul trabalhava. Quando chega ao local, Raul está atendendo um freguês. Do lado de fora do armazém, ela espera o freguês sair. Então entra devagarinho, para no canto da porta e dá bom-dia. A fisionomia de Raul se ilumina, abre um largo sorriso, vai até ela e a traz para dentro do balcão. Busca um café, depois uma broa e pede para que fique à vontade, enquanto termina seu dia de serviço. Entre um freguês e outro, Raul desfila para a moça um bocado de divertimento que eles teriam. Foi o café mais acolhedor que Maria Flor tinha tomado até então em sua vida.

Nesse mesmo dia, Raul leva Maria Flor até a família que poderia contratá-la. Um casal de comerciantes, com quatro filhos. Ela faria de tudo na casa. Ficaram felizes quando souberam que Flor tinha experiência com crianças, por ter ajudado a cuidar de seus irmãos menores. Eram amigos do pai de Raul, tinham confiança no menino e simpatizaram com a moça. Foram tomar um refrigerante na cozinha e o homem disse:

– Vamos fazer uma experiência então. Maria Flor, quando você pode começar?

Ela responde, olhando para o chão.

– Ué...

Então Raul explica a situação:

– Olha, a família dela acabou de embarcar para Minas, então acho que você está livre, né, Flor?

A menina faz que sim com a cabeça. A mulher olha para o marido, que dá um leve sorriso, e arremata a questão:

– Hummm... Maria Flor, o que acha de fazermos uma experiência? Você janta, já dorme aqui e começa amanhã. Que tal?

– Sim, senhora.

– Suas coisas, roupas, estão aqui?

Flor aponta para uma sacolinha, no chão ao seu lado, e responde:

– Sim, senhora.

– Muito bem, estamos conversados. Vamos jantar. Venha me ajudar.

Flor levanta-se, é apresentada para os filhos e ajuda a servir o jantar. Depois lava os pratos e arruma a cozinha, enquanto Raul conversa na sala com o dono da casa. Cozinha arrumada, Flor acompanha o rapaz até o portão da casa. Ficam proseando ali. Sente um vazio chegando, mas a animação de Raul lhe dá algum conforto. Combinam de encontrar-se no fim de semana, dali a três dias, para passear e conhecer os amigos que ele tanto falava.

A patroa aparece, dá boa-noite para Raul. Flor estende a mão e despede-se do amigo, tem os olhos úmidos e agradecidos. A dona da casa mostra o quarto de Maria Flor, junto à cozinha. Dá algumas instruções para a manhã seguinte. Então deseja boa-noite e vai sentar-se com o marido na sala.

Flor entra no quarto, ajeita sua sacolinha em uma cadeira ao lado da cama. O quarto é pequeno, tem a cadeira, a cama, além de um armário cheio de caixas, potes vazios e ferramentas, grudado no pé da cama. Mas para Flor o quarto era enorme. Nunca teve um espaço só para ela. Era imenso como o tamanho do vazio que sentia, com a morte do pai, a partida da mãe. Ela sentia-se agoniada, naquele quarto estranho, junto à esperança de conhecer o circo e passear com amigos. Deita-se na cama. Apalpou o travesseiro, esticou-se na cama, chorando. Ao mesmo tempo que sentia prazer com o perfume dos lençóis, veio uma saudade imensa do cheiro da sua família. Imaginou-os sacudindo dentro de algum trem, voltando para o sertão da Gameleira. Abafou o choro no travesseiro, não queria incomodar os patrões. E embarcou em um sonho com trens, fazenda, veredas, banhos de rio e roda-gigante.

Foram tempos felizes para Maria Flor. Apesar de trabalhar o dia inteiro, o serviço era muito mais leve do que estava acostumada. Todo domingo os patrões a deixavam sair, algumas noites e alguns sábados também. Combinaram que seria sempre o Raul quem deveria buscá-la e trazê-la de volta. A mãe da família fazia de conta que estava de olho na moça que, acostumada com a rigidez de seus pais, sentia-se acolhida na atitude de sua patroa.

Maria Flor conheceu o tanque logo no primeiro domingo. Ficou conhecida como a namorada do Raulim, mesmo sendo um namorinho leve. Carinho e beijo no portão. No circo tinha a risadaria com o palhaço e agarrar um no outro quando passavam susto no número do trapézio. Na saída, o beijo. Na volta do tanque, as mãos dadas. Nos passeios inventados, mão, beijo e carinho. Novidades que ela ia obedecendo conforme o que seu corpo sugeria, mas tomando o cuidado de preservar a honra, conforme ensinamento e ordens de seus pais.

Virgínia, a filha mais velha de sua patroa, era dois anos mais velha que Maria Flor. Tornaram-se amigas, na medida que podem virar amigas a filha da patroa e a empregada. Chegaram até a estarem na mesma turma que frequentava o tanque, banhando-se de bermuda e camiseta, junto com os meninos.

Uma noite, Virgínia foi até o quarto da empregada. Queria conversar. Com jeito, foi perguntando o que Maria Flor fazia com o Raulim. Flor sentiu muita vergonha, mas veio uma vontade incontrolável de contar algumas coisas. Sentindo-se confiante, perguntou para Virgínia o que era possível fazer em um namoro e até onde poderiam ir. Depois falaram sobre gravidez. Maria Flor ficou espantada: não sabia que, se o namorado a penetrasse e gozasse dentro dela, poderia engravidar. Nunca teve oportunidade de conviver com ninguém que lhe dissesse essas coisas.

A partir desse momento, o clima de camaradagem entre as duas foi crescendo. Saíam juntas, Virgínia pedia para a mãe liberar Flor de alguns serviços domésticos, para que pudessem fazer algum passeio. Uma noite encontraram-se com os amigos para beber cerveja perto de onde estava montado o circo. Flor recusava a bebida, mas gostava de refrigerante e divertia-se muito com as conversas e brincadeiras compartilhadas. Sabia que não poderia ficar até muito tarde, pois na manhã seguinte acordava cedo para preparar o café da manhã da família. Quando sentiu que era hora de ir embora, viu que Virgínia e o namorado não estavam junto a eles. Alguém apontou para o final da rua, com cara marota. Flor foi discretamente na direção apontada. O casal estava perto de uma cerca, grudado no muro do final da rua. Maria Flor ficou atrás de uma árvore, viu que não poderia interromper. Impressionou-se com a maneira como o namorado de Virgínia se agarrava a ela. Os dois encostados no muro, gemiam e se esfregavam. Flor voltou ligeiro para o meio da turma.

Pouco depois, Virgínia e o namorado apareceram. E não tardaram as gracinhas dos amigos. Um dizia:

– Que que tem lá no fim da rua que vocês demoraram tanto?

Outro provocava:

– Quase que fomos lá ajudar, de tão preocupados que ficamos.

O casal só ria e desconversava. Flor disse que precisava ir para casa, então ela e Virgínia despediram-se de todos e voltaram conversando, animadas, embaladas pela noite quente de Bauru. Quando entraram em casa, foram para o quarto de Flor conversar mais um pouco. Virgínia primeiro lavou-se no banheiro de empregada, revelando que o namorado havia gozado em suas pernas, enquanto roçava nela. Maria Flor arregalava os olhos. Virgínia achou graça e disse:

– Maria Flor, você nunca fez isso, né? Olha... Acho que é bom você saber como é... Já sei, vou te ensinar!

– O quê?

– Tranquilo, Flor, relaxa. Pra você estar preparada quando isso acontecer. É só brincadeira. Vamos!

– Aonde?

– Aqui mesmo, ué. Fica em pé, Flor. Isso, agora encosta na porta.

Virgínia aproxima-se e rapidamente começa a esfregar-se em Maria Flor. No começo, a moça acha graça, mas Virgínia a manda ficar quieta. Acaricia os braços e o pescoço de Flor, que está muito assustada, mas aos poucos vai se acomodando na delicadeza da filha da patroa.

– Agora vou abrir sua camisa, Flor, só um pouquinho.

Ela não se move. Virgínia acaricia os seios de Flor, enquanto beija a sua nuca. Flor descobre-se em um lugar onde convivem o susto e o prazer. Uma sensação que até então desconhecia vai sendo revelada aos poucos. Virgínia sussurrava no ouvido da amiga:

– Abre mais a perna, Flor. Isso...

Primeiro suavemente, mas aumentando a pressão cada vez mais, Virgínia beija a boca de Maria Flor, enquanto lhe acaricia o sexo com os dedos. Flor nunca havia sentido algo com tanta intensidade de alegria, nem em banho de vereda nas tardes quentes do sertão da Gameleira. Ficaram assim, juntas, beijando-se em um tempo sem medida. Maria Flor perdeu a noção de onde estava. Acordou com frio, de madrugada, sozinha, com a janela entreaberta e a cortininha filtrando a luz de lampião da rua.

Com o passar do tempo, a patroa de Flor começa a lhe ensinar as letras e os números. Os dias seguem ligeiros, com trabalho, encontros e novidades. Maria Flor sente muita falta da família e sofre por não ter notícias de casa, além de ficar imaginando como seria a vida de

Cesário tentando a sorte em São Paulo. Virgínia visita Flor mais algumas vezes, ao mesmo tempo que Raulim começa a tentar namoros mais ousados. A menina fica confusa com a paixão, o amor e o desejo atuando em sua educação rígida sertaneja.

Varrendo o quintal da casa num final de tarde, vê seu patrão chegar. Muito animado, diz para ela:

– Flor, chama todo mundo para a sala, tenho uma grande novidade para a família!

Aos poucos os filhos vão entrando na sala, a patroa também, enquanto Flor prepara a janta na cozinha. Dali consegue escutar algumas palavras entrecortadas, ditas com orgulho e veemência: grande oportunidade, escolas melhores, carro novo, São Paulo, negócio imperdível, mudança, casarão, vida nova, sucesso, dinheiro.

A mulher levanta-se e abraça o marido. Flor percebe, pela porta entreaberta da cozinha, os filhos se olhando, curiosos. E começam uma avalanche de perguntas para o pai: quando, escola, amigos, bicicleta, qual carro, casarão, quando, quando, quando?

No jantar, traçam planos. Flor não consegue realizar o que estava acontecendo. Entendeu que era uma mudança... para São Paulo, onde andava seu irmão. Um barulho, como se fosse um apito muito fino, instalou-se em seu ouvido. Serviu a mesa, tirou a mesa e, depois de lavar os pratos, a patroa veio lhe explicar a novidade: seu marido havia recebido uma proposta de trabalho irrecusável. Iria melhorar muito a vida da família, era como se fosse uma grande promoção em uma empresa. Ele iria na frente, para acertar todos os detalhes, e a família partiria em seguida.

– Maria Flor, no começo ficaremos hospedados na casa do sócio de meu marido. A casa é boa, grande, mas eles já têm seus empregados. Não poderemos te levar. Mas gostei muito de você e até já sei para quem te indicar. Tenho um tio que mora em Penápolis, aqui perto, que está precisando de alguém. Ele é solteirão, muito honesto e mora sozinho. Vou falar amanhã com ele. Será ótimo para vocês dois! Depois podemos combinar de, quando estivermos instalados em São Paulo, ele te levar para passear e nos visitar.

A patroa contava a novidade, feliz pelas novas perspectivas de vida da família. Também se mostrava orgulhosa por poder encaminhar Maria Flor para o tio de Penápolis.

– Olha, Flor, o tio é um pouco sistemático, mas você vai continuar empregada e certamente terá muito menos trabalho de casa, cuidando só dele. Já sei, vou conversar com ele para te colocar na escola. Flor, você vai aprender a ler e escrever num instante!

O zumbido não parava no ouvido da moça. Não era alto, mas constante, e reverberava por toda a cabeça. Depois de conversar com a patroa, Flor jantou na cozinha. Quando foi recolher a roupa do varal, escutou Virgínia sair, animada, para contar a novidade para o namorado. Ela sentiu que precisava da Virgínia, ou do Raul, um carinho que fosse. O barulho no ouvido aumentou quando se lembrou da sua casa na Gameleira e até sentiu um pingo de saudades da vida que levava na fazenda, pelo menos ali a família estava junta...

No final de semana seguinte, contou para Raulim a novidade. O rapaz ficou revoltado, disse que daria um jeito, que ela não podia ir embora. Contou que Penápolis não era assim tão perto e que todos seus amigos estavam gostando muito dela.

– E eu então, Flor!? Não quero que vá embora de jeito nenhum!

Passaram o dia fazendo os planos mais mirabolantes e ousados, para que Maria Flor ficasse em Bauru. Raulim chegou até a propor de fugirem juntos para algum lugar, se nada desse certo. Porém, os dias foram passando e, enquanto eles estavam nos planejamentos, a patroa de Flor já havia se adiantado e procurado o tio, oferecendo-lhe sua empregada.

Até que o tio aparece. Flor escutou baterem na porta e foi atender. Um senhor educado, de unhas longas e cabelo bem escovado, disse quem ele era e mandou a menina chamar sua patroa. O apito no ouvido aumentou de intensidade. Flor sentiu as pernas bambearem, passou o dia fazendo suas obrigações, alheia a tudo. Estava tão bem ali em Bauru, a família, os novos amigos, o banho no tanque. Quem era esse senhor de anel no dedo, cheio de palavras macias e doces para os sobrinhos, que de canto de olho seguia os passos de Maria Flor pela casa?

No meio dessa noite, Virgínia entrou de mansinho no quarto de Flor, interrompendo seu choro. Deitou-se com ela. Flor apertava com força a amiga, em um surdo pedido de socorro. Virgínia achou que aquilo fosse amor e desejo. Com sentimentos tão diversos uma da outra, entregaram-se ao namoro. No dia seguinte, a patroa arrumou uma mala para Flor. Colocou alguns presentes e roupas, então disse que seu tio a levaria, nessa mesma tarde, no ônibus para Penápolis.

Todos abraçaram a empregada e desejaram boa sorte. O patrão de Flor acompanhou-os à rodoviária e nem esperou que embarcassem, despedindo-se rapidamente. Olavo – esse era o nome do tio da patroa – deixou que Flor se sentasse na janela, aproveitando a vista, e sentou-se satisfeito ao lado da menina. Pegou o lenço do bolso para secar um filete de baba que escorria pelo canto da sua boca. Fingiu que olhava pela janela, até encostar suas pernas na menina, que se retraiu no canto da poltrona. Olavo logo começou a roncar. Uma chuva pesada caía na estrada. Flor encostou a cabeça no vidro do ônibus e, quando percebeu, estava entoando uma reza que seu finado pai repetia. Em tempos de seca, o velho Manoel pedia para todos os santos, sem deixar nem unzinho de fora, que viessem acudi-los.

Ouça a trilha sonora do capítulo 5. Maria Flor utilizando o QR Code ao lado.

6. Candinha

Do céu ao inferno. Já na primeira noite, Olavo estupra Flor. No dia seguinte, passa as tarefas para a menina, sai para a rua e volta com uma caixa de chocolates. Deixa no quarto de Flor, um quarto bem melhor que o de Bauru, mais espaçoso, até penteadeira tinha. Até janela! Mas Flor não encontra lugar na casa, fica pelos cantos e passa a maior parte do tempo no quintal todo cimentado nos fundos do terreno.

Sempre que Olavo bebe, ele apalpa Flor e a segue pelos cômodos. Estupra Flor vezes seguidas. Acuada, nesses momentos com o homem dentro dela, encontra um único lugar possível para aturar o que estava passando: a morte. Flor pensa na morte. No pai morto dentro do caixão. No irmão sendo enterrado, nas procissões de corpos empesteados jogados em cima das carroças de Lins. Morta, procura sentir-se morta. Tenta separar-se em duas: a morta que está sendo estuprada e a que teima em ter alguma esperança. Passa os dias apavorada, esperando Olavo voltar do trabalho e provocar a sua morte.

Uma noite, embriagado e frustrado por não conseguir ter ereção, Olavo espanca Flor até se cansar, depois apaga no sofá da sala. Flor certifica-se que o homem está dormindo, abre a porta e foge para a rua. Do jeito mesmo que ela estava depois da surra, com o vestido rasgado e as feridas pelo corpo. Caminha até sair da cidade. Uma noite escura, sem lua. Afasta-se das luzes das últimas casas. Quando amanhece, sai da estrada, entra em um pasto e segue em direção à mata fechada. Esconde-se no meio das árvores.

Perde a noção de quantos dias passa ali, tremendo de medo que o homem viesse atrás dela. Sonha seguidamente que o pai, Cesário e

Raulim apareciam, juntos, para levá-la de volta para casa na Gameleira. Come alguns frutos, raízes e bebe água do riacho. Dorme em um buraco, que separa o pasto da mata. Quando vê alguém se aproximar, já tem seus esconderijos certos. Machucada, suja, descalça e apavorada, olha para os animais da mata e deseja ser um deles. Começa a imitar seus movimentos e até suas falas, tentando se comunicar com corujas, tatus, caititus e urutaus.

Em uma manhã, um caminhão para ao lado do pasto e descem alguns trabalhadores. Maria Flor vê os homens chegarem, vai até o canto do buraco onde está escondida e cobre-se com palhas de coqueiro. Fica imóvel, quieta, esperando a hora de eles irem embora. Os homens aram o terreno, cantam e almoçam perto do riacho. Logo voltam a trabalhar. Flor espia por entre as palhas, temendo que o tio aparecesse no meio deles. No final da tarde, o caminhão volta para buscar os trabalhadores, levantando poeira na estrada de terra, buzinando sem parar. Sebastião, um homem negro e alto, chama os companheiros:

– Vamos embora, gente. O motorista tá com pressa!

Ajeitam suas ferramentas e seguem para o caminhão. Um dos homens vai se aliviar na beira do mato. Aproxima-se do buraco e mija forte, bem em cima das palhas do coqueiro. Com isso, Maria Flor se assusta e dá um urro. O homem para de mijar e procura de onde vem o barulho. Vê algo se mover no buraco e chama os companheiros:

– Ô rapaziada, vem cá! Tem um bicho esquisito aqui!

Os homens se achegaram, olhando por cima do buraco. Sebastião pede que todos fiquem quietos, pega um pedaço de pau e aproxima-se das palhas do coqueiro. Só conseguia enxergar o brilho de dois olhos lá dentro. Puxou uma palha, outra, descobrindo a menina, encolhida em um canto. Maria Flor tinha uma aparência tão castigada que Sebastião pensou que se tratasse de um animal. A uma distância segura, empunhando seu facão com a outra mão, Sebastião cutuca o que achava ser um bicho com o pedaço de pau.

A menina grunhe alto, seguindo em seu desespero. O homem grita:

– Sai daí, bicho desgraçado! Sai!

Cutuca mais uma vez, forte. Os amigos se aproximam.

– É onça, Sebastião. Mas é filhote. Se ela pular, mete o facão nela!

Outro grita:

– Decerto é cachorro-do-mato, não mata, não!

Outro diz, rindo:

– É corpo-seco, Sebastião, cuidado!

Sebastião levanta o pedaço de pau, prepara o facão e grita:

– Quero ver se não sai agora, peste, bicho dos infernos!

Vai até a boca do buraco, puxa para cima a última palha do coqueiro e aproxima ligeiro o facão do animal. Flor vê as pessoas à sua volta, amedrontadas e ameaçadoras, sentindo o perigo no brilho do facão que se aproxima. Escuta que a chamam de onça, cachorro-do-mato, corpo-seco... Então geme:

– Eu sou gente. Não sou bicho! Eu sou gente...

Alguém grita:

– Oxe! O bicho tá falando!

Então Sebastião para o movimento do facão, joga ele de lado e examina direito dentro do buraco. Maria Flor afasta os cabelos desgrenhados da frente dos olhos, estica os braços e diz:

– Não me machuca. Eu sou gente.

Sebastião pula para dentro do buraco. Levanta Maria Flor. A menina está tremendo, em farrapos, suja, o cabelo empastelado, o pé grosso e encardido. Ele carrega Flor até o caminhão, acomoda a menina na carroceria e todos olham, espantados, o estado dela. Tentam conversar, mas ela não responde, tremendo. O motorista dá a partida e segue levantando poeira na estrada de terra.

Os trabalhadores vão descendo pelo caminho. O bichinho (que parece uma menina) está aninhado no peito de Sebastião. Tem algo que tranquiliza a todos: parece que os trabalhadores sabem que a menina – se aquilo for mesmo uma menina – está bem encaminhada.

A cada parada do caminhão para despejar os trabalhadores, eles pulam da carroceria e despedem-se, dizendo:

– Primeiramente Deus e depois a Candinha hão de aprumar o bichinho.

Finalmente chegam perto da casa de Sebastião. Ele desce com a menina, olha para Flor e pergunta:

– A menina consegue andar?

Flor faz que sim com a cabeça, sente a mão grande e forte de Sebastião segurar a sua com delicadeza, então os dois caminham por uma trilha. Chegam a um bairro de casas pequenas, com quintais bem cuidados. Já está escuro. Entram por um portão e ele grita:

– Ô Candinha, vem cá, irmã!

A porta se abre e uma mulher de pouco cabelo, grisalha, segura um lampião iluminando o caminho.

– Sebastião, é você, nego? Ué, quem é isso aí?

E dá uma risada gostosa.

– Olha o estado que a coitada está, Candinha! Trouxe pra você cuidar.

Candinha sai de dentro da casa e dá o lampião para Sebastião segurar. Então abraça Flor, sem conversar nada. Ri. Leva a menina para os fundos da casa, apanha uma toalha no varal. Tira a roupa da menina e faz ela se sentar num tanque. Abre a torneira e dá um sabão para ela. Flor treme de frio.

– Ensaboa, menina. Tá encardida!

Candinha ri enquanto esfrega as costas da menina com força. Depois enfia a cabeça de Flor embaixo da torneira. Enrola a menina na toalha, entra na casa, pega uma calcinha e o vestido menor que ela tinha, põe na criança e a ajuda a sentar-se em um cepinho, ao lado do fogão a lenha.

– Vai ficar quentinha, minha filha.

Candinha prepara uma sopa. Seu irmão Sebastião conta a ela o sucedido no buraco, a vara, o facão. Diz que quase furou a menina, achando que ela era uma onça. Candinha ri e olha para Flor, que está cochilando no cepinho. Quando a sopa está pronta, acorda a menina. Faminta, Flor quase queima a boca com a sopa quente e deliciosa. Depois se deitam na cama de Candinha, as duas juntas, grudadas, Flor sente o cafuné em sua cabeça e dorme escutando uma canção que parece ter vindo de muito longe para salvá-la das brutalidades do mundo.

Sebastião sai na manhã seguinte para trabalhar e as duas passam o dia juntas. Candinha mais ri do que fala. Trabalha em sua horta, cumprimenta as amigas, apresenta sua nova filha. Pede para uma vizinha se ela não tem uma roupinha para arrumar mais de acordo com o tamanho da menina. Logo Flor ganha três vestidos e calcinhas, além de um chinelo menor que o seu pé, decerto porque está inchado de picada de formiga e da sujeira que ainda não saiu de tantos dias passados na mata.

Só depois de dois dias, Flor começa a falar. Candinha ri muito quando escuta a sua voz. A menina também passa a rir. Encostam-se, fecham os olhos e riem. Trabalham na roça comum que os vizinhos têm, nas ervas do quintal de casa. Aprende a costurar e fazer chás com Candinha. Cada erva tem sua função. Quando vê que a menina está aprendendo ligeiro, a mulher a abraça. E as duas riem.

Sebastião leva alguns amigos que trabalhavam naquele dia no pasto para verem os progressos da menina que parecia bicho. Flor conversa com todos, conta da sua vida na roça da Gameleira e na fazenda em Lins. Mas não se lembra como foi parar naquela boca de mato. Ergue um muro dentro de si para não enxergar a vida que levou em Penápolis, com aquele monstro. Dorme agora em um colchão que o vizinho emprestou, bem juntinho à cama de Candinha. As duas dormem e acordam rindo.

Sempre que podia, Flor deitava-se no colo de Candinha. Esta lhe dizia que ia procurar piolho na cabeça da menina. Fingia que matava um ou outro, apertando as unhas, depois esticava a mão e fazia que jogava o piolho fora. Elas riam.

Flor vai ficando animada, corada e feliz. Sebastião procura saber de sua família. Ela diz o que sabe: que o pai e um irmão morreram na peste, a família voltou para a Gameleira e o outro irmão foi buscar a sorte em São Paulo. Ele tentava descobrir de onde Flor tinha vindo, o sobrenome da família, quanto tempo estava ali na região, tentando esmiuçar seu passado. Candinha não participava dessas conversas, saía para visitar algum vizinho ou ficava à toa na porta da casa, sentada, olhando o movimento.

Um dia, Sebastião chegou em casa com uma folha grande e brilhante. Esticou na mesa, chamou Flor e Candinha. As duas olharam, achando aquilo muito bonito e colorido. Então Sebastião explicou:

– Isso é o mapa do Brasil. Vamos tentar descobrir de onde você é, Flor.

Ele viu que o olhar da menina não parava em canto nenhum e perguntou:

– Você não sabe ler?

– Muito pouco, seu Sebastião...

– Ixi, sobrou só pra mim então.

Candinha solta uma gargalhada, bate nas costas de Flor e diz que ela também nunca aprendeu a ler. Sebastião passava os dedos no mapa e ia dizendo.

– Você disse que veio de trem, de um lugar chamado Gameleira, até chegar em Bauru. Dali foi pra Lins, né? Olha, Bauru e Lins estão bem aqui.

E apontava dois pontos no mapa.

– Mas essa tal de Gameleira, não achei em lugar nenhum... Flor, quantos dias vocês demoraram pra chegar de Gameleira até Bauru?

– Acho que três. E pegamos uns três trens diferentes.

Sebastião olha pro mapa, balança a cabeça e diz:

– Vou te falar uns nomes de cidades, pra ver se você lembra de alguma coisa.

Dizia cidades de São Paulo, do Paraná, de Minas, Bahia, Mato Grosso. Candinha levantou-se e foi cuidar da vida. Nisso, um vizinho chegou com um cesto de mandioca para Sebastião. Entrou, tomou café e viu a conversa dele com a menina. Então disse:

– Tião, não me leve a mal, desculpe se me intrometo, mas acho que sei mais ou menos de onde a menina vem.

– Ué, fala logo então, ô sabichão!

– Ela conversa do jeitinho mesmo do compadre Wilson. Repare. Quer ver? Fala um pouco, menina.

Flor, envergonhada, faz que vai sair. Sebastião a segura.

– Espera, quero ver. Flor conta pra gente do fogo no dormitório da fazenda.

– De novo?

– Sim.

Sebastião soltou seu braço e ela saiu falando. Flor gostava de contar histórias. Depois de um momento, Sebastião e o amigo começaram a rir, mesmo sendo uma história tão triste. Candinha, sem saber o motivo, voltou para a sala e riu também. Então o visitante, interrompendo a história de Flor, disse:

– Pronto! Não é a mesma toada? O compadre Wilson é do norte de Minas. Decerto ela também é lá desse mundão. Ô Sebastião, vê se não acha o paradeiro da menina por aí.

Flor abraçou Candinha, enquanto Sebastião ajeitou o mapa em cima da mesa.

– Olha, Flor, presta bem atenção nos nomes das cidades que vou te falar.

Começou a dizer alguns nomes. Flor respondia: "Não, não, não"... Até que Sebastião parou o dedo em cima de uma bolinha no mapa e disse:

– Montes Claros.

Esse nome sacudiu a cabeça da menina. Lembrou-se que era a cidade onde pegaram o primeiro trem, depois de saírem da Gameleira, para virem trabalhar em Lins. E que era também o mesmo nome de cidade para onde Cesário havia comprado as passagens, para que a família voltasse para casa. Então gritou:

– Sim. Montes Claros!

Todos riram. Candinha repetia para Flor:

– Achou a casa de mainha, filha? Achou?

Tinha sempre movimento na casa dos irmãos Cândida e Sebastião. Muitas pessoas procuravam os cuidados de Candinha, suas ervas e sua alegria. Parecia que ela tinha uma capacidade de amor muito grande e sempre acolhia os necessitados com um abraço, um cafuné, um remédio, uma boa risada e um café. Apareciam algumas pessoas estropiadas, tristes e judiadas, que também arranchavam em sua casa. As que mais necessitavam de cuidados dormiam ao lado de Candinha. Maria Flor passou a dormir no vão que havia entre a cozinha e o quarto, enquanto Sebastião dormia na sala. O banheiro era uma casinha ao lado de fora da casa.

Cândida e Sebastião eram devotos de Bom Jesus da Lapa, e tinham feito promessa para ir até o santuário, na Bahia, naquele ano. O dia da festa era 6 de agosto, mas queriam chegar antes para aproveitar a viagem. Juntaram-se a alguns amigos e fretaram um caminhão que os levaria até lá. A viagem era longa e penosa, mas a realização de ir cumprir a promessa dentro do santuário valia qualquer sacrifício. Sebastião disse para a menina:

– Flor, você vem com a gente. Você é pequenininha e não ocupa espaço. O motorista nem vai cobrar a sua passagem.

Candinha estava ainda mais feliz com a proximidade da viagem. Cantava pela casa louvores a Bom Jesus:

– *Ó meu bom Jesus da Lapa e a virgem Santa Maria! Deus nos dê luz e sustento e o pão nosso de cada dia.*

Maria Flor aprendia a toada e cantava junto. Percebeu que era muito importante para os irmãos cumprirem a promessa no santuário, mas ficava agoniada com a viagem próxima.

Uma noite, enquanto jantavam, Sebastião perguntou se ela não tinha precisão da mãe e dos irmãos.

– Muita, demais.

– Flor, vai ouvindo. Olhei no mapa de novo e tracei uma régua dentro dele. Daqui para Bom Jesus é um trecho grande, e Montes Claros fica bem no meio do caminho. Se a menina agarrar na fé em Bom Jesus da Lapa...

Flor comia sentada no cepinho, aos pés de Candinha, que olhava pro fogo. Sebastião continuou:

– ...Bom Jesus vai te socorrer. Se você tem mãe, não pode viver largada. Bom Jesus vai te guiar.

– Eu quero muito ver minha mãe...

Olhando firme para a menina, Sebastião diz o seu plano:

– Quando chegarmos no rumo de Montes Claros, eu dou um jeito do motorista fazer um devolteio. Entramos na cidade e procuramos a estação de trem, que foi de onde você saiu e para onde sua mãe voltou. O resto do encaminhamento, deixe nas mãos de Bom Jesus.

Flor ficou olhando para Sebastião. Ao mesmo tempo em que vinha uma grande alegria com a perspectiva de encontrar com a mãe e os irmãos, sabia que sua casa não era bem ali, que tinham andado um bom trecho até chegar em Montes Claros. Enquanto sua cabeça girava no assunto, Candinha começou a rir. E abraçou a menina.

– Ô, minha Flor, vai encontrar sua mainha!

Sebastião leva o prato vazio e deixa na beira do fogão. Vai até a porta da casa e, antes de sair, diz para Flor:

– Te deixamos na estação em Montes Claros e seguimos pra Bom Jesus da Lapa. Rezando. Chegando em Bom Jesus a gente pede por você, ajeitamos um voto na sala de milagres. Com a graça de Bom Jesus, você vai encontrar o rumo de casa. Não se pode viver apartada de mãe, né, minha preta?

Ele diz isso olhando para Candinha, que só balança a cabeça e murmura:

– De jeito maneira.

Flor viu que tudo estava resolvido. Ela nem teria o direito de opinar. Sebastião a deixaria na estação de Montes Claros, e Bom Jesus da Lapa iria encaminhá-la para casa. A princípio ficou confusa com esse arranjo – quer dizer então que Bom Jesus apareceria, assim do nada, em pessoa, e a faria encontrar o caminho para casa?! Olhou agoniada para Candinha, que lhe sorria feliz e dizia:

– Mainha, minha Flor... Você vai encontrar sua mainha!

A menina quis ficar amuada com a alegria de Candinha; afinal, parecia até que os irmãos estavam se livrando dela. Pensou em falar alguma coisa, enquanto observava Candinha levar os pratos pra pia, cantando uma toada:

– *Pau pereiro, pau pereiro, é um pau de opinião. Todo pau dá fulô, só o pau pereiro não.*

Então Flor levantou-se e foi limpar o fogão. Percebeu a simplicidade da situação e sossegou: filha, mãe, carinho, fogão, fé, amor. Sabia que devia confiar naqueles dois anjos e suas rezas. E na ação de Bom Jesus da Lapa.

Partiram na semana seguinte. Chegaram de madrugada em Montes Claros e estacionaram o caminhão bem na porta da estação, embaixo de um poste de luz. Flor levantou-se do banco de tábuas e pegou sua trouxinha de roupa. Abraçou e beijou muito Candinha, depois Sebastião. O homem rezava. Estava escuro. Flor pulou da carroceria do caminhão, segurando sua trouxinha com uma muda de roupa e uma marmita com paçoca de carne. O poste da estação iluminava fracamente os rostos dos viajantes, cansados e encolhidos. O motorista põe a cabeça pra fora e diz:

– Vambora, meu povo? Fique com Deus, menina Flor.

Enquanto o caminhão fazia a manobra, Sebastião esticou-se para fora da carroceria, abençoou Maria Flor e fez a reza:

– Bendito e louvado seja pelo sinal da santa cruz! Que Ele guie seu caminho, para sempre, amém, Jesus!

Todos no caminhão respondem: "Amém!". Maria Flor não consegue dizer nada, já está engasgada de saudades. Levanta a mão se despedindo. O caminhão termina a manobra e, antes de acelerar, Candinha apoia-se em Sebastião, põe a cabecinha branca para fora e diz:

– Deus te proteja, meu amor!

Flor senta-se no banco da praça em frente à estação ainda fechada, abraça forte sua matulinha. Fecha os olhos e dorme. Sonha com uma procissão de santos e anjos, cantando as ladainhas. Uma voz se sobressai: a da Virgem Maria puxando a procissão, com seu manto azul, cheio de estrelas, cobrindo-a até os pés. A mãe de Deus então olha para Maria Flor, vem em sua direção e ri alto. Coloca Flor em seu colo e finge tirar piolhos de sua cabeça.

Ouça a trilha sonora do capítulo 6. Candinha utilizando o QR Code ao lado.

7. Reencontro

Logo na primeira parada do ônibus, uma senhora embarcou e fez questão de sentar-se ao lado de Teófilo. Já foi puxando conversa com o menino, oferecendo lanches e sucos que ela tirava de uma grande sacola. Teó achou muita graça no jeito da mulher que, agitada, dava palpites para o motorista e se metia em conversas de outros passageiros. Viagem longa, com muitas paradas, cochilavam, acordavam e comiam. Na rodoviária de Montes Claros, a senhora ainda lhe deu um pacote de bolachas, despediu-se com um abraço e disse para ele ter juízo.

Teó sai andando pela cidade, sentindo-se bem-disposto. Lembrava-se que haviam dormido ali mesmo, na pensão da dona Lígia, cinco anos atrás, quando estava voltando de Lins com a família. Parecia uma outra vida. Caminha até a estação ferroviária, queria ver o trem. Mesmo em meio a tantas dificuldades, lembrava com prazer dessa aventura junto à sua mãe e seus irmãos. Agarrava-se a esta palavra: "família", que seu amigo Jonas reforçou, na conversa no hospital. Atentou que pai e mãe não faziam mais parte da sua realidade. Na estação vê o trem chegar. Vai até a porta da estação, oferece-se para carregar as malas das pessoas. Ganha alguns trocados, bebe e come os restos que uma família deixa na mesa de um bar na praça em frente.

Cansado da viagem, dorme em um canto coberto da estação. De manhã vê chegar uma moça, caminhando por uma trilha, sozinha, ao lado dos trilhos. Sente a perna bambear. Acha ela muito bonita e aparentemente na mesma situação que ele. A moça senta-se no muro ao lado da estação, de costas para os trilhos. Tem cabelos cacheados e negros. De chinelos, sem alcançar o chão, balança os pés de um jeito engraçado. Teó finge que está chutando pedras e vai rodeando, até chegar perto da moça. Vê os olhos dela, marrom-claros, como buriti maduro.

A moça olha para ele e sorri. Teó sente a perna tremer mais ainda quando repara na covinha que forma na bochecha da moça quando ela ri. Cria coragem, aproxima-se e dá um oi. Ela retribui. Teó precisa encostar-se na mureta, as pernas não querem mais obedecer. A moça puxa conversa, alegre. Um trem chega, depois sai. Teó põe a mão no bolso e sente que ainda tem umas pratinhas, da esmola que pediu. Chama a moça para comer um salgado. Vão até o bar, pedem duas coxinhas. Sobra um pouco de dinheiro, falta quase nada para um refrigerante. O dono do bar percebe o olhar do menino para sua geladeira, balança a cabeça, segura o resto do troco, dá dois refrigerantes pros meninos e vai lavar uns copos.

Teó e a moça sentam-se novamente na mureta da estação, agora de frente para os trilhos. Comem em silêncio. Pergunta o nome dela.

– Pode me chamar de Lia.

Depois de comerem, Teó pega sua garrafa de refrigerante e joga nos trilhos. Lia briga com ele. Diz que as pessoas andam por ali, que ele fez coisa errada. Teó pula ligeiro, pega a garrafa quebrada e deixa no pé do muro. A moça sorri. A covinha... Teó se estica e beija Lia.

O calor dos trilhos, o silêncio de trem nenhum passando, o gosto de doce de buriti dos lábios de Lia. Foi tudo muito ligeiro. De repente, a moça joga a cabeça para trás e pula do muro para a rua. Teó pergunta onde ela vai.

– Ainda estou com fome, vem comigo.

Lia vai até o mercado municipal, sabia de uma banca que poderia dar comida para eles em troca de serviço. Carregam caixas, fazem embrulhos, limpam o chão, são emprestados para outras barracas, recebem como pagamento algumas peças de roupa e um almoço.

Depois de comer, vão deitar-se no jardim da Igreja Matriz de Nossa Senhora da Conceição e São José. Acomodam-se embaixo de umas palmeiras. Teó vê que Lia está deitada, com as mãos cruzadas atrás da cabeça, de olhos fechados. Aproxima-se e a beija suavemente. Mas sem jeito. Ela se levanta e puxa conversa. Quis saber de onde ele era.

– Não sou daqui. Vim de Ilhéus – o menino responde.

– Onde é isso?

– No mar.

– Você nasceu ali? – pergunta a menina.

– Não. E você, é daqui?

Ela não responde. Olha a igreja, senta-se ao lado do menino.

– Não é pra me beijar mais agora, tá? Depois... Parece que nasci mesmo em Minas Gerais.

– Ué...

Lia abaixa a cabeça.

– Me disseram. O homem que me trouxe.

– Mas aqui também é Minas Gerais, né?

– Acho que sim, estou tentando voltar pra casa.

– E cadê esse homem?

Depois de um breve silêncio, Lia olha para Teó, um pouco alheia à conversa, e pergunta:

– Que homem?

– Ué, Lia, esse que te trouxe!

– Me deixou aqui e foi pra Bom Jesus da Lapa cumprir promessa.

Lia se levanta novamente, olha para as palmeiras, ajeita-se e chama para ir embora, dizendo:

– Estou caçando um jeito de voltar pra casa.

Teó pergunta:

– Mas onde é a sua casa?

– Lá chama Gameleira.

Ele se levanta, assustado.

– Gameleira? Gameleira???

Teó ri, alto. A moça se aborrece e pergunta, firme:

– O que tem de engraçado Gameleira?

Teó dá um pulo, mas bambeia e tem que se escorar na palmeira. As pernas tremem mais que antes, respira fundo. Quando firma, vai em direção a Lia, que se assusta:

– Que cara é essa? Não quero beijo, não!

– Seu nome não é Lia!

– É sim!

– Maria Flor???

Ela para, olha para o menino, espantada.

– Como você sabe?

– Sou seu irmão, Maria. O Teófilo!

Foi um tempo muito curto de se olhar. Muito curto que compreendia os cinco anos distantes, tudo o que viveram longe um do outro. Maria Flor segura na mão do irmão e chora. Abraçam-se, Teó procura os lábios de Maria Flor. Ela afasta o irmão, ajoelha-se na grama e diz:

– Meu Bom Jesus da Lapa, valei-me!

E diz para Teó que havia feito uma promessa junto a dois irmãos, Sebastião e Candinha, de que ela iria encontrar o rumo de casa ali mesmo, na estação de trem de Montes Claros. Falava que esses irmãos eram anjos. Depois saiu contando desembestadamente várias passagens de sua viagem até chegar em Montes Claros, mas de uma forma desordenada e confusa, rindo e chorando de alegria, abraçando Teó e repetindo o agradecimento a Bom Jesus da Lapa pela graça alcançada.

Teó diverte-se com a agitação de sua irmã. Em meio aos abraços, diz:

– Ô Maria Flor, vamos voltar juntos para casa!

A moça então despeja várias perguntas ao mesmo tempo para o irmão:

– Como você veio parar aqui? Foi muito custosa a viagem de Lins para a Gameleira? Como estão nossos irmãos, a mãe conseguiu casa pra morar? Tem notícias do Cesário?

Teó prende a respiração. Primeiro responde:

– Cesário não vi mais nunca, depois que vocês foram embora da estação. Você não sabe dele, Flor?

Enquanto ela conta os detalhes daquele dia em que se separou de Cesário em Bauru, Teó abaixa a cabeça e começa a chorar. Sabia que iria destruir toda a beleza da alegria que tinha invadido a sua irmã. Puxou a mão de Maria Flor para sentarem-se novamente na grama. Então contou da viagem de volta, que a mãe morreu logo na chegada à Gameleira, que os irmãos tinham se espalhado e que ele foi dado para Luduvina criar. Arrematou dizendo que fugiu de casa depois de levar uma peia, que arrancou seu coro de tão doída.

O mundo meio que parou para Flor: não tinha vento, nem luz, as folhas das palmeiras estavam imóveis, a voz do irmão ficou baixinha, soando muito ao longe. Não sabia onde acomodar essa tristeza tão profunda. Deitou-se na grama, encolheu-se toda e agarrou a perna do irmão, enquanto repetia:

– Mainha, minha mainha...

O irmão passava a mão em sua cabeça. Depois de um tempo resolveu animá-la, contando algumas de suas aventuras em Ilhéus. Quando o choro de Flor se acalmou, Teó levantou-se, puxou-a pela mão e fechou a questão:

– Pronto. Bora pra casa, Flor.

Flor enxuga os olhos na manga do vestido e levanta-se, decidida. Os irmãos vão novamente para a estação. E começam a arrumar dinheiro para voltar para a Gameleira, juntos. Oferecem trabalho, carregam malas. Depois do último trem, entram escondidos na estação, esgueirando-se pelos trilhos, e descobrem um lugar num vão da plataforma longe do alcance da vista do vigia. Arrumam um papelão largado na via. A moça tira de seu embornal uma pequena manta.

Esticam em cima do papelão e se deitam. Mesmo em meio a tantas dificuldades, sentem uma grande felicidade em estarem juntos, na coincidência do encontro, na precisão da família.

As luzes da cidade no horizonte quase se misturavam às estrelas de um céu imenso, sem lua. Fecham os olhos. Maria Flor procura a mão de Teó. Ele vira-se, encosta nela e a beija. Demoradamente. O desejo vem, forte. Ela acolhe Teó e traz para dentro de si a primeira vez do menino. O primeiro amor vivido dentro da pele. Os sentidos se misturando sob o brilho das estrelas, embalados por suas existências levadas em meio a tantas dificuldades. Flor sente que está viva, buscando seu prazer através do prazer do irmão.

Passam o dia seguinte da mesma maneira, pedindo, trabalhando e almoçando no mercado, deitando-se na praça da matriz e voltando para a estação. Juntam o dinheiro necessário para a viagem. Dividem suas histórias de vida, as aventuras, até o momento em que se encontraram na estação. Teó falante, Maria Flor mais reservada.

Beijam-se mais algumas vezes, mas agora tinha um sentido diferente – o desejo de um misturado com o gosto de proteção da outra.

À noite, esgueiram-se entre os trilhos e procuram um novo lugar para dormir, sempre fora do alcance dos vigias da estação. Depois que Teó lhe conta da morte da mãe, Flor já não tem mais tanta pressa em voltar para casa. As estrelas e as noites do outono, com a chegada da friagem, levam-nos a se encostarem. Teó carrega consigo a sensação da primeira noite, desejando mais. Nesses cinco anos que estiveram separados, seus corpos passaram por experiências muito distantes. Flor não se conformava que não tivesse reconhecido o irmão logo de cara. Eram muito pequenos, eram tantos irmãos, a sobrevivência no sertão e na trágica passagem por Lins, a vida sendo resolvida um dia após o outro, as meninas separadas dos meninos.

Teó admirava-se do nervoso que passou, de suas pernas bambeando, ao ver Maria Flor na estação. Acreditava ser a tal paixão que muitos meninos contavam. Talvez até o tal do amor, que era o desejo de casar e ter filhos com alguém para seguir rompendo no mundo. Cada vez que deitavam e viam as estrelas, escondidos em algum canto da estação, Teó procurava as mãos e depois os lábios da irmã. Parecia que ela não queria mais, tinha apenas um acolhimento de carinho puro. Só depois de alguma insistência é que ela se deixava levar pelo desejo forte de Teó. Maria Flor sentia muita delicadeza, amor pelo irmão, mas amor de irmão. Tinha escutado na igreja que era pecado. Mas com tanta dificuldade passada, tanta coisa errada que ela enfrentou, não distinguia o que poderia ser um pecado. E duvidava se o que era bonito podia ser errado. Assim, deixava-se levar pelo fogo de Teófilo.

Passada uma semana nessa lida – acordar, carregar mala, descarregar caixa, banhar no chuveiro do mercado, almoçar, levantar trocado, retornar à estação, deitar na grama da praça, carregar mais mala, dormir embaixo das estrelas –, resolveram conferir o dinheiro guardado e viram que era mais que suficiente para as passagens de volta para casa. Sim, diziam "voltar para casa", mesmo sabendo que não tinham casa, nem pai, nem mãe.

Nessa noite, um dos passageiros que eles ajudaram a carregar as malas vai até o bar em frente à estação. Senta-se em uma mesa, toma algumas cervejas, enquanto vê o menino e a menina comerem um salgado. Pergunta se eles têm onde dormir. Os irmãos não respondem. O homem convida os dois para virem lhe fazer companhia, sentarem em sua mesa. Flor e Teó olham para o dono do bar, como que pedindo permissão. O homem insiste, eles se sentam. Então o homem busca mais dois copos, oferece cerveja, proseiam um pouco, e ele diz que poderia arrumar umas camas no hotelzinho onde iria se hospedar.

Cama. Há quanto tempo Teó não sabia o que era uma cama. O moço parecia muito correto. Depois de acertar a diferença da hospedagem com o dono do hotel, o homem sobe para o quarto com os dois irmãos. Três camas, grudadas. Ele se estica em uma delas, perto da janela, e logo está roncando. Cama macia e lençóis limpos. E também um banheiro! Os irmãos tomam banho, colocam uma roupa nova que ganharam no mercado e deitam-se.

No meio da noite, Teó sente a mão do homem entre suas pernas, pegando seu pinto. Abre o olho assustado e vê que com sua mão esticada o homem está lhe tocando, ao mesmo tempo que encoxa sua irmã na outra cama. Levanta-se ligeiro. Maria Flor está de olhos abertos, arregalados, como se fossem olhos mortos, enquanto o homem beija seu pescoço. Teó vê o homem subir em cima da irmã, abrir a cueca e tirar seu pau duro para fora. Depois vê tirar o short de Maria Flor. Tem um banquinho ao lado da cama, desses pequenos, maçudo. Teó pega o banquinho. A irmã com os olhos arregalados, olha para o teto, parecendo morta. A mão do homem agarra sua calcinha, puxa-a de lado e vai se ajeitando para entrar em Maria Flor. A moça continua dura, estátua de gente sem vida. O homem, gemendo, apalpa a cama ao lado, procurando o pinto de Teó. Não encontra nada, o menino está em pé, ao lado da cama, segurando o banquinho com firmeza, suas pernas não tremem mais. O homem parece que vai se ajeitando para dentro da menina. Flor como que morta. O homem como que gemendo violência. O banco sobe na mão do menino, pesado.

Tum!

Um golpe seco. O homem não teve tempo nem de gritar. Sua cabeça explode com o choque do banquinho. A menina levanta-se de um salto, arregala o olho, parece que só agora está acordada. Põe seu vestido, ligeiro. O homem está estendido no chão, com a cabeça esmigalhada, coberto de sangue. Teó está paralisado, com o banquinho pendurado na mão.

– Vem, Teó! – Flor grita.

Tira o banquinho da mão do irmão, pulam o corpo do homem com a cabeça enfiada na poça de sangue e saem silenciosamente pela porta do hotel.

Os dois correm pelas ruas escuras, atravessam Montes Claros. Teó nem sente que está correndo, alheio a tudo, grudado na mão de Maria Flor. Chegam a uma estrada. Pedem carona. Um caminhão, outro, um carro. Amanhece. Um caminhão finalmente para. O motorista tem a idade deles, decerto não tem carteira. Pergunta para onde vão. Maria responde que é nessa direção que ele está indo mesmo. O menino motorista anda uma boa hora até estacionar na entrada de uma pequena estrada de terra. Diz que dali é melhor eles descerem. E que uma légua adiante tem um comércio, o Capão dos Porcos.

Foi uma légua de caminhada muda. Teó chorando pelo que viu e pelo que fez. Maria Flor tentando esquecer de mais uma grande violência em sua ainda pequena vida.

No Capão dos Porcos, informaram-se dos horários de ônibus para ir na direção da Gameleira. Teó só conseguiu falar alguma coisa depois da segunda baldeação de ônibus, perto de chegarem à cidade de São Francisco. Até então Maria Flor tinha resolvido tudo e carregado o irmão pelas mãos.

Ali em São Francisco, compraram passagem no ônibus para Pintópolis, que os deixaria finalmente na Gameleira. O ônibus só sairia dali a três horas, então almoçaram e foram para a beira do rio São Francisco, esperar dar o horário. Viram os barcos, os pescadores, escutaram o canto das lavadeiras. Apreciaram o vapor *Benjamim Guimarães* ancorado no porto, sendo carregado de lenha. O rio dava um descanso. Maria Flor deitou a cabeça no colo do irmão, que ia lhe fazendo cafuné e contando sobre o porto de Ilhéus, os grandes navios que pareciam montanhas e o encontro do rio com o mar.

Explicava que quando enchia ao mesmo tempo o lado do rio com o lado do mar, as águas cresciam até surgir um monstro ali de dentro. O bruto invadia a terra firme, abria sua bocarra e, com seus braços gigantescos, destruía quem estivesse em seu caminho. Raivoso, o ser emitia um gemido surdo, um *vruuuuum*, engolindo casas, carros e gentes. Teó esticava os braços e, com a ponta dos dedos, desenhava para a irmã o quadro de destruição no porto de Ilhéus, sendo invadido e inundado por aquele ser fantástico. Mesmo de olhos abertos, com o rio São Francisco ocupando toda sua visão, só o que Maria Flor enxergava à sua frente era o terrível quadro desenhado pelas palavras do irmão.

Ouça a trilha sonora do capítulo 7. Reencontro utilizando o QR Code ao lado.

8. O filho de Jonas

Depois do trabalho na escola, no final da tarde, Selva ia dar um mergulho no mar. Muitas vezes Jonas estava por ali, vendendo os cocos para algum turista eventual. Selva foi se habituando a ele. Bêbado era horrível, mas sóbrio trazia tudo para uma vida absolutamente prática e sua solidariedade era admirável. Selva aprendeu a abrir coco com o facão. Até ajudava-o, caso precisasse. Uma tarde, Jonas foi ao bar tomar uma cerveja e deixou Selva cuidando de sua barraquinha. Quando voltou, ela estava com um coco aberto na mão, medindo o coqueiro na praia, olhando para o coco, para o chão...

– Ô menina, que bestagem é essa?

– Jonas, esse coqueiro. Esse aqui. Quem plantou? Como ele produz? Precisa ter algum cuidado especial? Como planta mais? A palha do coqueiro vocês usam para qual finalidade?

O homem arregalou os olhos pra moça e respondeu:

– Ai, ai, ai... Esse coqueiro é só um coqueiro. Sempre deu coco aqui na praia e no quintal de casa. Desde o tempo do meu avô, que já comia esse coco. No começo era eu, agora é meu menino que trepa no coqueiro. Minha menina também. E vivemos assim, desde que minha mulher foi embora com outro. Nunca mais nem vi, largou para trás só desgraça e os filhos para eu criar. De bom, só deixou o livro...

Selva não entendia o que tinha uma coisa a ver com a outra. Como pode um homem que depende de um coco não saber nada sobre o fruto? E que comparação era essa do livro com a partida da sua mulher? Será que o livro da capa preta de São Cipriano tem o poder de substituir o desejo e a paixão que se instala entre dois viventes?

O filho de Jonas, João, sempre convidava Selva para ir à beira do mangue. Sabia que ela gostava do passeio e que ficava admirada com sua habilidade em pegar os caranguejos. O menino era forte, cheio de saúde de quem trepa em coqueiro, lida com o serviço bruto e se enfia no mangue. Crescia um encanto mútuo, no atropelo da descoberta do menino com a intensidade de Selva. Enquanto ela observava as plantas na beira do mangue, João caçava caranguejos e colocava em uma fieira. Ele se divertia com o susto de Selva quando oferecia seu dedo, deixando-se pinçar pelo caranguejo. Ela, por sua vez, provocava o menino para que ele mostrasse sua coragem. Eram conversas curtas, frases entrecortadas de surpresas, descobertas e desafios.

João passou a vigiar os horários de Selva, escondido na saída da escola, atrás do muro da casa da diretora. Quando via que ela estava livre, passeando, ou quieta dentro de casa, João dava um jeito de aparecer e convidar a amiga para passear, entrar no mar, ou ir bulir com os caranguejos no mangue.

Ao mesmo tempo que realizava os trabalhos com muita facilidade, João às vezes se atrapalhava em alguns caminhos, perdia-se nas ruas, e possuía uma certa dificuldade em memorizar rostos. Quando encontrava com a pessoa, a lembrança vinha direta, sabia quem era. Mas quando estava longe e tentava lembrar-se, conseguia imaginar só um corpo, o rosto não vinha de jeito nenhum. Isso atiçava ainda mais a vontade de encontrar-se com Selva. Surpreendia-se com a beleza da moça, mas não tinha como explicar aos seus sentidos a falta de algo que ele nem se lembrava direito. Precisava sempre conferir o que estava sentindo. Corria para espiar Selva, e disfarçava sua precisão. Quando finalmente a via, encantava-se com sua beleza e também com a idade de Selva. Era uma mulher feita, e nenhuma mulher ficava tanto tempo dando conversa para um menino como ele.

Quando estavam juntos no manguezal, esqueciam-se do tempo. Selva na areia e João buscando pequenos animais e plantas para lhe mostrar. João escondia com suas mãos fechadas, trazia para Selva, chegava bem perto e abria dentro das mãos dela. Selva sentia, misturado no cheiro de mangue, naquela brincadeira aparentemente sem compromisso, um gosto de perigo.

– Joãozinho, apanha aquela flor pra mim?

– Qual?

– A amarelinha.

– O mangue-vermelho, Sel?

– Não, a amarelinha.

– Pois então, é a flor que dá nesse galho, do mangue-vermelho.

– Mas por que chama "vermelho", Joãozinho, se a flor é amarela?

– Não te conto.

– Mas por quê?

– Ela é muito macia. Não conto nem vou pegar pra você.

Selva ria. Levantava e dizia, decidida:

– Pega pra mim, Joãozinho, senão...

João, dentro do mangue, com um caranguejo esperneando na mão:

– Senão o quê?

– Pega pra mim que te mostro.

– Mostra o quê, Sel?

– Uma flor por outra, João.

João enfia a cabeça na água, guarda o caranguejo na fieira, lava a mão e vai até o mangue-vermelho.

– Olha aqui por que ele chama vermelho.

Raspa o galho do manguezal, revelando a cor avermelhada.

– Entendi! Traz a flor, João.

O menino quebra o galho, sai do mangue e entrega a flor do mangue-vermelho para Selva. João está muito próximo e cobra a promessa que ela havia feito: uma flor por outra...

A boca de Joãozinho tem gosto de mangue. O couro de Joãozinho é firme como a casca do caranguejo. As mãos de Joãozinho são como a pele do coqueiro. Nas primeiras vezes, Selva deixou que ele conduzisse o amor feito na praia, à beira do mangue, apressado em sua inexperiência e espontaneidade. Em seguida buscou os caminhos mais longos, divertindo-se com as surpresas de João. Selva encantou-se com o amor desajeitado e apaixonado do menino, seu desejo violento, brotando das novidades que ela lhe apresentava.

Muitas vezes, depois de namorarem, Selva pedia a João que a deixasse só. O menino voltava correndo pela praia, a areia cantando embaixo de seus pés ligeiros, enquanto ela deitava-se perto do mar, sentindo a brisa e o sol atuarem em seu corpo.

Numa dessas tardes, depois que João a deixou, nua, estirada na beira do mangue, Selva sente sua perna sendo empurrada. Abre os olhos e vê Jonas parado a sua frente, cutucando sua perna com o pé duro e descalço. Selva alcança o vestido e se veste, ligeira. Olha firme para Jonas.

– O que você quer?

– Sel, você acha que meu menino vai dar conta?

Sente o rosto queimando e não responde.

– Você não vê o jeito que João está ficando com o que vocês estão fazendo?

– Não estamos fazendo nada de mais. E o que você está espiando por aí? Ele é seu filho, Jonas!

– E quando você se cansar dele e ir embora? Hein? Como acha que ele vai ficar? O João é quase uma criança!

– Fica quieto, Jonas. Que criança o quê, olha pra ele! Vai me dizer que quando tinha a idade do João não...

– Com puta, sim. Ou com menino homem... Mas com mulher, não. E mais: o João anda respondendo pra mim, me enfrenta e não obedece. Hoje mesmo me perguntou por que precisa trabalhar pra mim, se ele pode ganhar seu sustento fora.

– E isso tá errado, Jonas?

– Cala a boca, você não sabe de nada! O que veio fazer aqui? Essa mentirada da diretora dizendo que você é sobrinha dela, quem acredita? O que você quer? Tá fugindo do quê?

Selva fica quieta, então olha firme para Jonas e diz:

– Eu gosto do João.

– Sim, e daí? E depois?

– Depois o quê, Jonas?

– Até quando vai ficar dando mole pra ele? O menino tem que terminar os estudos e trabalhar. Vocês estão até fumando maconha juntos! Você sabe o que é um moleque perdido, sem família, largado?

– Que viagem. Puta exagero...

Jonas levanta seu único braço, aponta o dedo para ela e diz:

– Você é uma turista, não sabe de nada. Quanto tempo vai ficar ainda por aqui, uma semana, um mês? Fazendo isso tudo, do jeito que quiser com meu menino... E depois? Hein?

Ao mesmo tempo que se sentia desafiada, Selva tinha carinho por Jonas e sua família. Sabia que, em meio àquela brutalidade, Jonas tinha muita consideração por ela. Sabia que ele a protegia das intrigas de algumas pessoas frente à sua presença inesperada na escola. Pensou em João, na brincadeira deles. Sabia que não ficaria muito por Ilhéus. Aliás já vinha pensando que estava perdendo seu tempo. Baixou o tom, olhou firme para Jonas, respirou e disse:

– Jonas, você sempre foi meu amigo, desde o primeiro dia. Eu não quero briga. Vou me afastar do João. Pode deixar que eu invento pra ele mais uma mentira. Mais uma...

– O que você está fazendo aqui, menina? Por que está nesta praia? Cadê sua família, não tem pai nem mãe?

Selva fica muda e balança a cabeça. Jonas continua:

– Tem muita gente descontente com você aqui. "Turista", é assim que te chamam nas suas costas, você sabia?

Silêncio. Selva nem desconfiava desse apelido.

– Desde que começou a sair com meu filho, desconfiei ainda mais de você. Já usei até o livro para vigiar o João. Só por causa dele é que te protegi.

– Pra vigiar? Livro?

– Meu livro da capa preta. Ele disse a oração que te protege.

– Que livro é esse, Jonas?

– Vai dizer que nunca fuçou lá em casa? Decerto os meninos já te mostraram.

Selva sacode a areia do vestido e diz que é melhor irem embora. Jonas aproveita a palavra:

– É isso mesmo: ir embora! É melhor você ir embora de uma vez, Selva. Meu menino não vai dar conta. Não sei do que você está fugindo, mas aqui não é seu lugar.

Selva vira-se para a direção das casas e começa a andar. Jonas senta-se na areia e reza, alto:

– São Cipriano saiu, eu saí. São Cipriano andou, eu andei. São Cipriano achou, eu achei. Assim como à Nossa Senhora não faltou leite para o seu bento filho, pois pra mim nada me faltará.

Selva para. Sente a força da reza e volta. Senta-se atrás de Jonas, que continua:

– Pelo merecimento que alcançastes perante Deus criador do céu e da terra, meu São Cipriano, anulai as obras malignas frutos do ódio, os trabalhos que os corações invejosos tenham feito, ou venham a fazer contra a minha pessoa e a minha casa.

Jonas está apoiado em seu único braço e imóvel feito uma estátua, nenhum músculo se move enquanto faz sua reza. Selva pede:

– Posso ler esse livro, Jonas?

Depois de um tempo ele diz:

– Não. Pode seguir seu rumo que peço pra ele sua proteção.

– Não sei qual é meu rumo...

Ela levanta-se, vai para a frente de Jonas. Então derrama as palavras de uma só vez:

– Tá bom, Jonas. Eu não tenho mãe, acho que nem pai também. Ele endoidou, ou morreu, sei lá. Não sou sobrinha porcaria nenhuma de dona Glória. Só estou aqui porque me apaixonei pelo mangue e a forma como ele alimenta o caranguejo, os animais todos. Tem mais uma coisa...

– Você é doida, menina!

– ...Se eu pudesse, virava planta.

Jonas balança a cabeça.

– Tô falando sério. Gente não me basta.

Selva senta-se ao lado de Jonas e desanda a falar, com os olhos fixos no mar, os cotovelos apoiados na areia:

– Quero criar e cuidar de um herbário. Sabe o que é isso, meu amigo? Quero criar as plantas que curam, quero tirar as pessoas das farmácias. Esse é meu sonho. Quero voltar no tempo do seu avô, do pai de dona Maria Preta, quando a gente conhecia o valor de uma folha. Qualquer folha tem serventia, Jonas! Vou criar todas elas, dar atenção, destilar veneno se houver, buscar aconselhamento em quem não tem preconceito. Mostrar que essa chamada ignorância que atribuem aos mestres é que vai nos salvar das pragas. Quero ir pro começo dos tempos, quero pular essa crueldade de dependência de farmácia. Quero entrar nas casas das pessoas, mexer no canteiro delas, mostrar meus cuidados, me misturar a elas, meu pai me falou dos médicos de pés descalços, na China. Já ouviu falar, Jonas? Se eu pudesse, ia para a China, lá no começo dos tempos, pra aprender. Eu quero muito. Sempre. A Maria Preta cura enxaqueca com garrafa de água na cabeça, curou bico de seio rachado com folha do mangue. Ela não me quer porque sou branca, e nem tão branca assim, mas parece que ela sente desprezo por mim. Mas eu ainda vou ser planta. Vou mostrar a ela. Dona Glória contou que o pai de dona Maria Preta dizia que o cerrado tem o que precisa e o que a gente ainda vai encontrar serventia. Você está certo, preciso ir embora, cuidar da vida. Tenho que ir pro cerrado, ir pro sertão...

Depois de falar tudo em um jorro só, Selva se acalma. Jonas então levanta-se, bate a areia da bermuda com sua única mão, olha para ela e diz:

– Você é bem atrapalhada. Mas falou aí que quer ir pro cerrado, pro sertão?

Selva sente-se forte e aliviada depois de ter contado a verdade. Então responde, decidida.

– Sim, Jonas. Isso é o que eu quero!

– Então vai logo!

Selva não responde. Jonas sabia que provocava a moça com esse desafio. E sentia que ali, nesse sertão que ela buscava, havia uma paixão maior que poderia fazer com que Selva fosse embora. Sabia o sofrimento que seria para seu filho a partida de Selva, mas sabia também que quanto mais tempo o menino amasse aquela mulher sem freios, mais demoraria para terminar o seu sofrimento quando ela fosse embora. Selva estava quieta, sem ação. E Jonas continuou a apertar:

– Vocês, turistas, só falam. Mas na hora do vamos ver não têm coragem de abandonar o luxo e ir morar nesses fundões da Bahia.

Selva encara Jonas e resmunga:

– Turista... é assim que você disse que me chamam por aqui? Deu! Quer saber, eu vou, Jonas. Pronto, acabou! Já estou acostumada a largar pra trás o que tenta me segurar. Eu escorro pela folha, nada me prende. Só preciso descobrir onde convivem essas duas palavras que não têm no mapa: sertão e cerrado. Dona Maria Preta não vai me dizer nunca de onde veio. O desprezo dela me enraivece. Ela se esconde de mim, como se eu fosse culpada de alguma coisa, por ser branca, ter nascido na cidade grande, sei lá.

Culpa! Opa, essa palavra bateu dentro da cabeça de Jonas. Sim, cerrado e culpa, ao mesmo tempo. Existe uma pessoa e um lugar assim! Olha firme para Selva e diz:

– Olha, menina, acho que sei onde mora esse paradeiro seu. Passa bem por aqui, ó! – E aponta para o braço perdido.

Selva olha rapidamente, sem graça.

– Carrego nesse braço arrancado a culpa do Teófilo. Já te contei a história, daquele menino que estava sendo espancado e nós fomos socorrê-lo, nas ruas do porto em Ilhéus. Lembra?

– Menino, qual?

– O Teófilo. Ele vai te servir! Vivíamos juntos nas ruas de Ilhéus, meninos largados, de rua. Ele estava comigo no dia em que perdi meu braço no poder da peixeira. O abestado encasquetou que teve culpa, pois fomos salvá-lo do homem que estava espancando o Teófilo. Descemos a madeira no tal, até que o homem puxou a peixeira, veio pra cima de mim... e deixou só o toco. Eita, tá escurecendo!

Jonas sai andando.

– Vamos voltando, ainda tenho serviço.

Selva levanta-se, alcança Jonas e olha para ele firmemente.

– Jonas, o que tem esse Teófilo? Não tô entendendo.

Ele segura firme no braço de Selva e diz, duro:

– Sel, por São Cipriano, se eu te der um rumo, você larga meu filho?

– Ih, que papo é esse? Não mistura. O que tem a ver uma coisa com...

– Vai ou não vai? Ué, não tá caçando um rumo?

Selva fala alto, quase sem fôlego:

– Olha, Jonas, não é por você que eu vou embora daqui. Mas se isso te basta, sim. Fala logo!

– Vou satisfazer a culpa do Teófilo e te mandar pra lá.

– Tô esperando...

– Depois da briga com o homem, no beco de Ilhéus, chamaram a ambulância e me levaram já sem braço para o pronto-socorro. Pois esse menino, o Teófilo ficou dormindo na porta do hospital todo o tempo que passei internado. Quando pôde me visitar, nem conseguia conversar direito. Só olhava para meu braço, ou melhor, para o lugar onde deveria haver um braço em mim, e chorava.

Jonas caminhava ligeiro, ao mesmo tempo que olhava fixamente para Selva, como querendo que ela visse a cena que estava contando.

– Quando tive alta, com um braço a menos, fui morar com uma família que terminou de me criar. Saí da rua e nunca mais vi o Teófilo.

Um tempo atrás, ele descobriu meu endereço com o assistente social e deu para ficar me mandando carta. Pede que eu vá visitá-lo, encasquetou que me deve alguma coisa. Decerto o braço... Pura bestagem, parece que gosta de carregar a culpa.

– Você visitou esse amigo, Jonas?

– Eu? Sair de casa atrás desse tipo de conversa? Capaz... Mas o assistente social, Polo é o nome dele, de tanto que o Teó atormentou, convidou, insistiu, pois o Polo acabou se pinchando lá pra esse fim de mundo, prum lugar chamado Gameleira.

– Onde fica isso, Jonas?

– Sei lá, deve ser pra esse fundão aí... Outro dia o Polo veio aqui passear, comprou um coco e contou que esteve na casa do Teófilo. Disse que é um lugar sem recurso, mas bonito. Tem uma tal de vereda para banhar, no meio do cerrado, e muito serviço de roça para fazer. Vou te arrumar o telefone do Polo.

– E ele vai me receber, esse Teófilo?

– Selva, se sou eu que estou te mandando, não tenho a menor dúvida! Lá é sertão, tem o cerrado que você tá falando. Juntando vocês dois é bem capaz de aliviar essa bestagem da culpa que o Teófilo sente.

De repente, Jonas abre um sorriso, puxado pela lembrança.

– Ah, a gente tinha uma turma danada. Gostava do jeito diferente de cada um deles, todos com fome de comida e de ter as coisas que nossa miséria não dava condição de comprar. Decerto alguns deles ainda estão na rua, já adultos, mendigando. Mas o Teó não, nem eu. Sel, vai lá salvar ele, tire a culpa das suas costas. Mostre pro Teó que estou bem, diga que até conquistei alguma vantagem com um braço só. Faça ele parar com essa bestagem. Não sei pra que arrumar mais aborrecimento onde não tem nenhuma precisão.

Já estão perto da casa de Jonas, andam um pouco mais devagar.

– Sel, como você falou aquela hora? Ah, sim, ser planta, você quer virar planta. Quem sabe o Teó não te ajuda. Um braço por uma planta...

Em frente à casa de Jonas, topam com Joãozinho. Quando o menino vê os dois de prosa, animados, vindos da praia, estranhou demais. O pai chamou, ele soltou um palavrão e virou as costas.

Jonas olhou para Selva, como que dizendo: "Tá vendo o que você está fazendo com meu filho?". Ela pede, bruscamente:

– Dê logo o telefone desse homem.

Jonas entra em sua casa e demora um pouco para voltar. Traz um pedaço de papel e diz:

– Lê o que escrevi depois, em sua casa, sozinha. Dá para entender o número?

Selva olha o papel, vê que tem algo escrito de um lado e o número de telefone do outro, com o nome do assistente social: Polo.

– Polo, é isso mesmo?

– Sim.

– Vou ligar pra ele.

Selva dobra o papel e segura firme em sua mão.

– Obrigado, Jonas.

Ele não responde. Selva ainda diz:

– Não sei por que vou te falar isso... Mas tenho a impressão que você está esperando que eu diga... Então, Jonas, desculpa...

Sai dali e vai direto ao telefone público. Liga para Polo e combina de encontrá-lo no próximo final de semana, no centro de Ilhéus. Adianta o assunto, e ele confirma que Teófilo mora na beira do cerrado, no sertão da Gameleira, em Minas Gerais. O coração de Selva passou a bater mais forte, teria que resolver coisas importantes e delicadas. Volta para a casa de dona Glória, janta, entra em seu quarto e fecha a porta. Nessa noite sentiu necessidade de arrancar de si todos os excessos, como se tivesse uma faca afiada e fosse se apurando, apurando, até sobrar apenas o que realmente importasse. Resolvida, na manhã seguinte, diz para dona Glória que vai embora para o sertão. Ganha em troca um longo e apertado abraço.

Arruma suas coisas, respira fundo e vai até a casa de Jonas, conversar com João. Selva tinha pensado em uma despedida no mangue, protegida pelas plantas. Mas não foi possível. De repente, do nada, como se estivesse vigiando-a, o menino aparece atrás do muro da escola e para à sua frente. Ela chega a lhe propor um passeio, que precisavam conversar, mas João não se movia. Parecia que o menino precisava de uma resposta naquele exato momento, sabia que ela tinha algo importante para lhe dizer.

Selva fica desconcertada com o jeito de João. Parado à sua frente, o menino procurava algo em seu rosto, olhando bem cada canto de seus olhos, suas orelhas, o queixo. Tocava levemente os cabelos e lábios de Selva. Ela viu que tinha que ser agora. Então diz tudo, direto. Que carregava dentro de si um bocado dele: sua pele, seu gosto. Contou a alegria que sentia ao seu lado, da pureza nas brincadeiras e que alcançava um prazer intenso no sexo. Olhou firme em seus olhos, e disse:

– Você é um homem, João. Um homem lindo.

João estava abrindo um sorriso, quando ela arrematou:

– João, eu vou embora amanhã de manhã.

Selva tentou fazer um carinho no rosto assustado do menino. Ele arrancou a mão de Selva de sua frente e continuou a olhá-la, com muita atenção. Parecia que não estava escutando. Fechava os olhos e depois abria novamente, de uma vez. Selva sentia que em alguns desses momentos ele não a conhecia, surpreso com o que via.

Ficaram imóveis por alguns instantes. Quando não aguentou mais essa situação, vendo que não havia mais nada a ser dito, Selva beijou-lhe rapidamente os lábios, virou-se e foi embora. Já na porta da casa de dona Glória, assusta-se muito quando João passa correndo ao seu lado, berrando, em direção à praia.

No dia seguinte, já no ônibus para Ilhéus, consegue um assento, ajeita a mochila entre as suas pernas e olha para o mar. Então pega no bolso o papel que Jonas havia lhe dado. De um lado da folha, o número de telefone com o nome do moço: Polo. No outro lado, com a letra feia de Jonas, a reza escrita: "Na proteção de São Cipriano eu entro, com a chave do senhor São Pedro eu me tranco, a São Cipriano eu me entrego, com as três palavras do Credo, Deus me fecha".

Guarda o papel no bolso de fora da mochila. Sente o poder da reza e olha para o mar. Lindo, azul, imenso. Parece enxergar, saindo dentro das águas, os olhos injetados de Joãozinho, seu grito desesperado. Imediatamente se lembra da sensação estranha que teve esta manhã, do quenturão em sua nuca. No caminho da casa de dona Glória até o ponto de ônibus, andando ao lado da diretora, ao mesmo tempo que acenava para alguns amigos, procurava de onde poderia estar vindo aquela pressão em sua nuca. Suava, com um calor danado que ia muito além da ação do sol. Achou que estava ficando doente.

É que naquele exato momento, escondido atrás de um caminhão, perto do ponto de ônibus, João olhava fixamente para Selva. Procurava grudar em sua memória aquela mulher e o poder de gerar tanto prazer em seu corpo de menino. Mordia os lábios com força, sentiu gosto de sangue. Não sabia se odiava mais ela ou seu pai. Então o ônibus parou, e João viu Selva embarcar com sua mochila. Quando o ônibus sumiu na estrada, João partiu em direção ao mangue. Selva e João, cada um para o seu lado, matutando nas intensidades. Enchiam e esvaziavam seus sonhos sem formas. O mar os acompanhava, infinito, com suas marés de felicidade e abandono.

Ouça a trilha sonora do capítulo 8. O filho de Jonas utilizando o QR Code ao lado.

9. Culpa

Polo marcou com Selva em uma sorveteria na orla de Ilhéus. Foi fácil reconhecê-lo: um senhor bronzeado, de boné, olhando atento para todos que chegavam, cara de quem estava esperando por alguém.

– Seu Polo?

– Selva. Selva?

– Sim, até já virou meu nome, mas é apelido.

– Meu nome também não é muito normal... Vamos aproveitar e tomar um sorvete?

– Claro!

Ela pede um sorvete de manga; Polo, já conhecido por ali, nem precisou pedir. Dali a poucos minutos, trouxeram na mesa o sorvete de Selva e uma taça cheia de bolas e coberturas para Polo. Selva brincou:

– Ah, vamos trocar?

Polo contou que trabalhou a vida toda como assistente social. Agora está aposentado, mas ainda mantém vínculos com muitas das pessoas que ajudou a encaminhar. Disse que se interessou de imediato pela vida do Jonas, a tragédia do menino abandonado e mutilado no cais do porto. Selva então perguntou sobre Teófilo, o outro menino, aquele que morava no sertão da Bahia.

– O senhor foi até visitar ele, né?

– Sim, Selva, mas não é na Bahia, é no norte de Minas. Pois aquele menino perdido e de olho apavorado virou um bitelo de um homem forte e trabalhador. Mora numa vila chamada Gameleira. Lugar até bonito, mas sem recurso.

– O senhor foi mesmo pra lá então? É longe?

– Sim, um pouquinho afastado. Eu gosto de uma boa história, e esse menino... Menino!? Já está com uns sessenta anos, mas pra mim ainda é menino. Pois ele passou por momentos extraordinários em sua vida. É um vencedor.

Passam a manhã conversando, almoçam juntos. Polo fez questão de pagar as contas. Quando Selva lhe contou o que buscava nessa sua viagem, a vontade de conhecer o sertão e sua vegetação, Polo interessou-se principalmente pela farmácia da roça, e a referência aos pés descalços na China. Sabia da importância em buscar o atendimento de uma forma direta.

– Ô menina, sempre acreditei que a melhor maneira de ajudar e atuar na sociedade é enfiando o pé na lama. É grudar na pessoa, conhecer as diferentes realidades, mergulhar no olho de quem é a razão de nosso trabalho.

– E o senhor sabe se eles usam a medicina da roça por ali?

– Olha, como em todo lugar longe dos centros, sim...

Enquanto enfiava uma grande colher de sorvete na boca, Polo topou com os olhos ansiosos de Selva – parecia que estava esperando que ele desenvolvesse o assunto. Então, depois de engolir, continuou:

– Selva, aconteceu até uma coisa que eu não sei se...

– O que foi? Diga!

– Bom, o Teófilo é muito curioso. Nós fomos passear nas veredas e eu pisei num espinho. Não era grande, mas incomodou e eu não conseguia tirar. Na casa dele, o Teófilo me mandou sentar e ficar com o pé levantado. Pegou um rodo e acertou uma lagartixa que estava andando na parede. Aí pegou um pedaço de pano...

– Que conversa é essa, seu Polo?!

– Vai escutando! O Teófilo pegou a lagartixa, cortou ela ao meio e colocou bem a parte cortada, com as tripas dela, em cima do espinho. Depois enrolou aquele pedaço de lagartixa no meu pé, dentro do pano. E disse para ficar quieto, com o pé pra cima, enquanto ele foi coar um café.

– E aí???

– Selva, você não vai acreditar... Eu sentia como se alguém estivesse puxando o espinho. Sim! Não sei se foi alguma reza, ou se alguma tripa da lagartixa tem esse poder, mas foi tirar o pano e pimba!

– O espinho saiu???

– Sim, saiu! Não posso jurar que foi a lagartixa mesmo que teve esse poder, mas meu pé ficou bonzinho.

Enquanto contava essa história, Polo fazia uma cara meio marota. O homem era muito bom de conversa, Selva ficou sem saber se ele estava brincando ou falando sério. Depois do almoço, caminharam até a praia. Polo lhe explicou qual o roteiro dos ônibus que ela teria que tomar para chegar em Gameleira. No meio da tarde, entram pelas ruas de Ilhéus, até que Polo para em frente a um casarão antigo e pergunta:

– Você acha que vai pra Gameleira quando, Selva?

– Estou querendo ir amanhã mesmo.

– Então espera um pouco.

Polo entra no casarão, sai cinco minutos depois, segura as duas mãos de Selva e diz:

– Pronto. Muito boa sorte, minha filha. Que Deus ilumine o seu caminho! Olha, para garantir, já consegui dois dias de pouso para você.

Apontou para o casarão.

– Aqui é uma república. A dona do casarão é uma grande amiga. Tem um quarto que abriga estudantes em viagens de pesquisa. Não tô mentindo sobre o seu trabalho, né? Não se preocupe, ninguém está pagando nada: é na camaradagem. Você vai dividir o quarto com outras moças. Disse para minha amiga que vai precisar ficar dois dias, para garantir.

Selva sentiu que era um oferecimento tão direto e natural, que não tinha como rebater. Então abraçou Polo, e viu como ele ficou feliz com o arranjo, encaixando a generosidade da amiga, sua intuição, e aquela moça buscando um caminho no sertão. Deu mais um abraço e se despediu.

– Muito agradecida, seu Polo. Por tudo o que o senhor fez e faz, desde o tempo do Jonas menino. E vou dar notícias das minhas andanças, já que o senhor gosta de uma boa história!

Polo sorri, levanta a mão, dá um tchau e toma o seu caminho.

Depois de instalar-se na república, Selva toma um banho e vai passear. Caminha até o porto, queria ver o local onde Jonas e Teófilo viviam, tentar imaginar como eles se viravam por ali. Em cada beco que passava, lembrava das histórias que Jonas contava. Chegava até a enxergar os meninos sentados em frente às portas dos grandes armazéns, no meio da noite. Ficou admirada com o tamanho dos contêineres e dos grandes guindastes que trabalhavam no porto. Sentiu um cheiro conhecido e logo uma voz começou a lhe chamar.

– Ô moça, moça!

Sentados na beira do cais, perto do atracadouro, cinco jovens lhe acenavam. Selva se aproximou, curiosa.

– Moça, não foi você que chegou com o Polo hoje na república?

– Sim...

O rapaz vira-se para os amigos:

– Não disse? Se o Polo levou pra lá, é porque é gente boa. Quer?

Aponta um baseado para Selva, que se aproxima. Apanha o baseado, cheira a fumaça, fuma, sorri e apresenta-se para todos. Ficam ali até o anoitecer. Voltam para a república e combinam de ir mais tarde ver a lua na praia e tocar violão. Selva deixou-se levar, aquilo era muito bom, lembrava os tempos da faculdade em sua outra vida. Aquela que deixou nas águas do Juqueriquerê.

Fazia muito calor, tomou mais um banho e se arrumou para sair com os novos amigos. Sentaram-se na praia, com salgadinhos e bebidas. Saco de lixo para não sujarem nada. Um violão à prova de areia. Cantaram, dançaram para a lua. Então escutaram um assobio longo e se animaram com a chegada de um menino um pouco mais jovem, gingando engraçado.

– Totô! Nestorzinho, vem aqui.

Apresentaram Selva a ele, que abriu um sorriso bonito. O menino abraçou forte cada um dos amigos. Então colocou a mão no bolso, tirou um pedaço de papel dobrado e disse:

– Adivinha?

Como ficaram quietos, ele abriu o papel e separou os quadradinhos. Foi dando um LSD para cada amigo e dizendo:

– O corpo de Cristo. O corpo de Cristo...

Todos respondiam "amém", inclusive Selva, que examinou o presente. Nestor preveniu:

– Olha, esse ácido é forte, tá?

Uns tomaram e outros preferiram guardar. Selva tomou. Continuaram a cantoria.

Selva escuta o mar, sente o movimento dos novos amigos. Vão todos para a água. Ela junta-se a eles. Percebe a água passar por cada dedo do pé, devagar, as ondas carinhando a perna. Parece que uma bruma invade o mar, vê os amigos à sua frente, meio enevoados. Segura uma mão, outra, sente um carinho enorme pelo ser humano. Abraçam-se. Cantam juntos uma música, confusa, cada um à sua maneira. Riem, beijam-se, riem muito. Saem da água abraçados, dizem para não se largarem, que esse é o momento para estarem juntos. Selva sente que, se não a estivessem amparando, sendo conduzida, não conseguiria sair sozinha da água. Sentam-se na areia. Ela fala para si mesma, mas em voz alta, que pequenos organismos, minúsculos siris, sobem por suas pernas. Percebe cada pedacinho de seu corpo sendo coberto pelos seres. Selva olha com interesse o movimento, sem mexer um músculo, para não atrapalhar o serviço dos siris.

Alguns jovens levantam-se e perguntam para Selva se ela iria ficar por ali. Apesar do prazer que está sentindo, Selva sabe que não teria condições de caminhar sozinha para a república. Agarra a mão que lhe esticam e volta com os novos amigos.

A república tem uma sala ampla. Jogam-se pelos almofadões. Alguém busca água, diz que é importante beber água, que ela vai descer pelos dutos certos do corpo, conduzindo o estado líquido. E começam a tecer complicadas considerações sobre as dificuldades que a água poderia encontrar para atingir seus objetivos em um ser humano desavisado... Selva bebe, sente-se planta. A água irriga o seu corpo. Suas mãos são raízes que ela teima em afundar no chão, apertando os tacos do assoalho, para buscar seiva.

De repente, um grito. Agoniado, curto. Depois um mais longo.

Nestor está em pé, no centro da sala. Parece um cachorro. Contrai as bochechas, grita novamente. E, para surpresa de todos, atira-se contra uma parede. Cai no chão, agarra um abajur e começa a batê-lo contra uma mesa. Algumas portas de quartos se abrem. Uma moça corre e agarra Nestor. Segura sua cabeça e fala, firme:

– Acordem a Miriam!

Todas as sensações de descobertas que Selva percebia passarem por seu corpo terminam instantaneamente. Ela olha para Nestor, assustada. A moça que o segura tem dificuldades.

– Eu vou soltar!

Larga o rapaz no chão, ele se estica. Chega a tal Miriam, vê a cena, todos espalhados pelos cantos da sala e Nestor roçando o rosto nos tacos do assoalho. A Miriam grita:

– É ácido? Ele tomou LSD??? Sério? Quem deu pra ele? Cês sabem que o Nestor não pode! Quem fez isso? Porra!!!

Miriam levanta o rosto de Nestor do chão. Alguém diz que ninguém deu, o próprio Nestor que apresentou. Miriam grita:

– Que bosta de amigos vocês são? Sabem que ele não pode...

Nisso, Nestor se solta, está cada vez mais parecido com um cachorro. Esboça um sorriso, olha para os lados, corre e se lança novamente contra a parede. Levanta-se com dificuldade, machucado. A moça que o havia segurado pela primeira vez começa a girar em volta de Nestor. E repete:

– Roberta, sou eu, a Roberta! Nestor, olha pra mim! – Vira-se para os outros. – Vamos dar uma referência única para ele, vamos tentar trazê-lo de volta.

Todos repetem: Roberta, Roberta. Falam baixinho. Selva também. Nestor-quase-cachorro olha em volta, sem fixar o olhar em nada. Roberta, girando em volta dele, faz posturas de alguma arte marcial. Então Nestor corre para a outra parede. Rapidamente, Roberta pula à sua frente e o empurra. Com algum cuidado, joga Nestor no chão.

Selva percebe com clareza que existem duas pessoas dentro dela: a que está vendo tudo, entendendo a situação, que o moço não poderia tomar o ácido, que estava tendo uma crise; e a outra Selva, a que sentia seu corpo grudado no chão daquela sala, com as mãos tentando cavar um buraco no taco do assoalho, procurando água, querendo ser raiz, e ao mesmo tempo se dizendo que era importante aprender uma luta para eventualmente socorrer algum amigo que tivesse surtado...

– Roberta, Roberta...

Parece que Nestor está se acalmando. Depois de mais alguns tombos e empurrões de Roberta, ele deixa-se levar pelos nomes sussurrados e os abraços firmes da atleta. Miriam aproxima-se, agradece a amiga, vira-se para o meio da sala e diz:

– Estão felizes com o resultado? Hein, felizes? Será que ele volta dessa vez? Puta que o pariu!

Roberta ajuda Miriam a levar Nestor para o quarto. Alguém apaga a luz da sala, abrem as janelas. Selva continua por ali, com outros dois jovens, deitados nos almofadões. As palavras de Miriam encontraram pouso dentro dela. O que isso tudo queria dizer? Sim, claro. Culpa. A culpa. Um peso enorme caiu em cima de Selva. Isso não era sua culpa, afinal, não foi ela que deu o LSD para o menino. Só que abandonou o pai num asilo, que só chamam de clínica para disfarçar, pois na verdade estão ali para morrer. Culpa de ter abandonado o carro na beira da estrada, fingindo que tinha morrido, sem se importar com o sofrimento que sua morte poderia causar. Culpa de alguém ter contado para o pai, ou para o moço das mãos quentes, que ela tinha se suicidado, que apurou seu desejo até enfrentar a morte. Culpa de se sentir feliz com os novos caminhos encontrados, enquanto o novo amigo estava ali, cachorro, quase babando, espatifando-se contra as paredes. Culpa por uma juventude que experimenta, mas que não se importa em se cuidar. Lembra-se da culpa que Teófilo sentia pelo braço arrancado de Jonas e que a fez chegar até aquele lugar. Então Selva para de arranhar o chão e senta-se em uma cadeira da sala.

Pensa no seu pai mandando-a embora, fazendo assinar aquele documento ridículo. Sabia que Lúcio não queria ninguém limpando sua bunda, que na verdade ele iria até aprovar seu sumiço frente a um pai demente, mesmo que o pai fosse ele mesmo, o próprio Lúcio. A cabeça de Selva não parava, as pessoas se multiplicavam dentro dela: o pai convencia o pai que ela estava certa. Ela ria e chorava, tentando se justificar.

Tentou levantar-se, mas parecia que a cadeira tinha braços, agarrando-a. Então sentiu que caía. Era um poço sem fundo, Selva escorregava pelos tijolos molhados do poço, sem ter onde segurar. Achou que não conseguiria voltar nunca mais, esticava os braços procurando apoio. Olhou o fundo do poço, galhos retorcidos. Cerrado? Não, o mangue. Agarra uma raiz do mangue saindo da parede. Firme, robusta, cheio de alimentos para as tantas vidas que dependem dele. Firma seus pés nos galhos do mangue. E começa a subir, devagar, seguindo uma luz. Devagar, com muito esforço, sobe. Esfrega os olhos para enxergar melhor, até chegar no facho de luz que entra por uma janela aberta da casa. Percebe que está sozinha na sala e a cadeira não a segura mais. Vai até a cozinha, bebe muita água. Quer aguar até as raízes. Entra no seu quarto, silenciosa, não quer incomodar ninguém, deita-se na cama de baixo do beliche que está vazio. E dorme sem sonho nenhum, pedra.

Acorda na manhã seguinte, toma um café preto na cozinha com alguns amigos da véspera, todos de semblante carregado. Vai até a rodoviária. Seguindo as explicações de Polo, compra uma passagem para a cidade de Montes Claros. Volta para a república, arruma suas coisas e encontra com Roberta na cozinha. Menina baixinha, parece frágil, difícil acreditar que, se não fosse ela, a noite anterior poderia ter terminado muito mal. Dá bom-dia e Roberta lhe sorri.

– Tá recuperada?

Selva olha para o chão, envergonhada.

– Sim. Desculpa...

– Desculpa??? Você não fez nada, tava na sua, suave. Isso acontece... Pelo menos ninguém se machucou, quer dizer, o Nestor vai acordar doído de tanto se jogar nas paredes...

Selva diz que está indo embora. Pergunta se pode abraçar Roberta, que lhe sorri e abre os braços. De alguma forma, neste abraço, Selva encontra a raiz que vinha buscando debaixo do chão daquela sala, encontra terra firme. Pega suas coisas e vai para a rodoviária. Viagem longa, com três baldeações de ônibus, com direito a esperas em rodoviárias e lanches duvidosos. Uma dor de cabeça se instala perto de sua nuca. Um enjoo intermitente provoca algumas idas ao banheiro do ônibus para vomitar. Banheiro nojento, sem água...

Dormindo e acordando nas poltronas, comendo o que consegue nas paradas, enfiando a cabeça nas torneiras dos banheiros das rodoviárias, Selva tem uma viagem custosa e interminável, e não percebe que já está cruzando o sertão. Finalmente desce no povoado da Gameleira, come um queijo, bebe um suco, pergunta para o dono do bar se ele conhece o seu Teófilo.

– Claro!

– Ele mora fora do povoado, né?

– Sim, senhora. Mas é perto.

Selva pede para mostrar o caminho. O moço vai até a porta do bar, aponta para um lado da rua e explica:

– A senhora vai aqui direto, até sair do comércio. Logo no começo da pista, vai encontrar o grotão do tabocal. Segue. Quando chegar no tamboril, beira o arame até topar com a sicupira-preta. Aí é só rodear o vau do Ribeirão do Meio que já avista a casa do Teófilo.

Aquelas palavras deslizaram em seu entendimento: grotão, tabocal, tamboril, sicupira...

Ouça a trilha sonora do capítulo 9. Culpa utilizando o QR Code ao lado.

10. Gameleira

Conforme se aproximavam da Gameleira, os irmãos Flor e Teó olhavam pela janela do ônibus a paisagem de sua infância. Os buritis, o cerrado, o chão ressecado, o carro de boi cortando a estrada. O calor do sertão. Fazia sete anos que Maria Flor havia partido de lá com a família para tentar a sorte em Lins. E mais de dois anos da surra que Teó levou de Luduvina, que fez com que ele saísse fugido dali. Desceram do ônibus, já de noite, em frente ao mercado da Gameleira. Olharam para um lado, para outro, então começaram a rir. Não sabiam para onde ir. Não tinham casa. Resolveram ir até a casa de sua tia Cida. Dobraram a esquina e acharam que tinham se enganado de rua. Não tinha mais casa nenhuma no terreno que sua tia morava, só umas paredes de barro, sem teto, puro pasto para um cavalo preso dentro da cerca. Então Teó sugeriu que fossem para a casa de Luduvina, pois não sabia onde os irmãos moravam, nem mesmo se ainda estavam por ali.

Seguiram na trilha para o Ribeirão do Meio. A lua iluminava o caminho, mas nem era preciso. Teó já tinha passado muitas vezes por ali, as lembranças atropelavam-se e começou a sentir uma grande alegria. Maria Flor achava graça no jeito do irmão, nunca tinha visto ele tão feliz. Dizia as novidades do povoado, detalhes de sua vida com Luduvina. Depois combinaram de banhar juntos na vereda da Mutuca, visitar violeiro arrojado e dançar forró.

Chegam em frente à casa de Luduvina, está tudo apagado. Flor para na porteira.

– Ela deve estar dormindo, Teó.

– Não é tão tarde assim, irmã. Às vezes a velha fica no escuro, lidando com os pensamentos dela. Eu vou chamar.

Abre a porteira, aproxima-se da casa e fala um pouco mais alto.

– Ô de casa! Dona Luduvina! Ô Luduvina! Tá acordada?

Vem a voz lá de dentro:

– Quem é?

– Surpresa pra senhora.

Depois de um momento, a mulher entreabre a porta. A luz da lua revela o sorriso de Teó. Ela reconhece o menino e diz:

– Isso é hora de chegar, desgramado?!

Luduvina abre a porta de uma vez e vê a menina.

– E quem é essa? Já está arrumando mulher, Teó?

Teó sorri e conta, todo animado:

– É a Maria Flor, dona Luduvina, lembra dela? Minha irmã que tinha ficado pra trás. A gente se achou!

Luduvina abraça Maria Flor. Teó nunca tinha visto uma manifestação de carinho com essa grandeza por parte de sua mãe de criação. Decerto ela viu naquela menina uma necessidade de receber abraço, uma precisão de mãe. Sem falar mais nada, Luduvina empurrou os dois para dentro, improvisou uma janta, sacodiu coberta e travesseiro.

– A menina dorme no meu quarto. Você aqui mesmo, Teófilo, na sua cama da sala. Não sei de onde tiro tanta paciência com você, viu? Sabe quanta preocupação me deu com o seu sumiço? Sua tia te deixou pra mim e você foge daquele jeito? Você merecia mesmo era outra peia! E muito bem dada!

Teó olha para Luduvina e percebe que a velha sorri. Ele não entende. Então a mulher arremata:

– Agora você já está homem de se virar, não precisa mais de surra minha pra encaminhamento. Amanhã te devolvo pro mundo.

Luduvina joga a coberta na cama da sala e olha mais uma vez Teó. Mede dos pés à cabeça. Tem uma ponta de sorriso satisfeito, de achar que tinha cumprido o papel, que o menino estava virando homem. Esquenta a comida e põe um prato cheio para cada um. Enquanto jantam, ela puxa a conversa:

– Podem começar a contar o tanto que aprontaram nesses tempos que ficaram sumidos no mundo. Começa com você, porqueira, fugiu aqui de casa e foi parar onde?

Conversaram até tarde da noite. Os irmãos cuidavam de escolher assuntos que não provocassem qualquer tipo de aborrecimento em Luduvina. Sabiam, principalmente Teófilo, do que ela era capaz quando se irritava. Quando se deu por satisfeita, mandou todos irem dormir. Teófilo não gostou de se deitar apartado de Maria Flor, mas sabia muito bem quem mandava ali.

Na manhã seguinte, Luduvina sentou-se com os irmãos no terreiro e resolveu especular sobre os filhos todos de Joana e Manoel. Apanhou um bambu e começou a escrever o nome de cada irmão, na terra batida do terreiro.

– O mais velho, quem é?

Teó olha para Maria Flor, que foi a última a estar com o primogênito, e ela conta o que sabe:

– Cesário. A gente...

– Espera, menina, deixa eu colocar o nome dele aqui, pra gente não se perder.

Luduvina escreve com letras grandes o nome de Cesário no chão. Então olha para Flor e diz:

– Pode continuar... Cadê o Cesário?

– Bom, depois que saímos da estação em Lins, e despedimos da mainha e de todos, o Cesário foi prum lado e eu pro outro. Ele tinha o desejo de ir para São Paulo, nunca mais vi.

– Você é a segunda, Flor? – perguntou Luduvina.

– Sim, senhora.

– Depois tem quem?

– Depois é a Maria do Socorro.

A Luduvina se animou:

– Pois essa sua irmã está bem aqui perto, mora na Gameleira mesmo, trabalhadeira que só! Mora na casa de comadre Dulce, na pensão. Pera aí.

Termina de escrever os últimos nomes. E pergunta:

– Quem vem depois?

Teó aponta para si e fala, com ar de importância:

– Eu, uai!

Maria Flor ri, mas Luduvina não.

– Abestado. Depois?

– Tem a Helena, depois o Justino e o mais novo é o João.

Novamente, Luduvina se anima.

– João de Cesóstenes, decerto!

– Não sei, não, senhora...

– Ele é a cara do Teófilo. Cuspido e escarrado. Todo mundo sabe que ele é filho de criação. Ô menino atentado, só quer saber de bola, mas inteligente demais. Deixa eu ver...

Luduvina confere o nome de cada irmão, rabiscados no chão do terreiro, então conclui:

– Pronto, só falta saber da Helena e do Justino.

Flor explica sobre o irmão:

– O Justino eu sei, ele morreu e foi enterrado lá em Lins mesmo.

E Teó completa a lista:

– A Helena, não sei se a senhora sabe, mas quando mainha adoeceu, Helena também arruinou, aqui mesmo na Gameleira, na casa da tia Cida. Então levaram ela para algum lugar com mais recurso, acho que foi lá pra Barra da Vaca, onde tinha hospital. Nunca mais soube dela, Deus ajuda que firmou e está com saúde em algum lugar desse mundo.

Luduvina contou nos dedos, conferindo os nomes que havia escrito na terra.

– Cesário, Maria Flor, Socorro, esse peste aqui (apontando para Teó), Helena, Justino e João. É isso mesmo?

– Sim, senhora.

– Ué, então aqui mesmo, na Gameleira, estão: Flor, Teófilo, Socorro e João. Pronto. Hoje vamos ao comércio procurar seus irmãos.

Então Maria Flor tem uma lembrança e pergunta para Luduvina:

– O que aconteceu com a casa de tia Cida? Acabou-se? Cadê ela?

– Pois então, a Cida foi-se embora. Largou a casinha dela e rumou para Belo Horizonte, com a firme intenção de ser freira. Não sei se isso dá certo, depois de velha. Mas como ela guardou seu corpo por tanto tempo, quem sabe Deus e os que obram aqui na terra por Ele não dão uma solução. Gosto muito da Cida, rezo para que ela esteja feliz e recompensada por toda sua bondade, seja lá onde for, seja lá nos braços de quem.

Passaram a manhã ajudando Luduvina. Teó foi consertar uma cerca, enquanto Maria Flor foi colher mandioca. Almoçaram por ali, depois caminharam até a Gameleira. Ao chegar no povoado, Luduvina chamou o primeiro moleque que viu e mandou procurar Socorro e João. A primeira a chegar foi Socorro, feliz por encontrar Luduvina.

– A bênção?

– Deus te abençoe.

Quando Socorro se aproximou, Teó sentiu um calorão e aquela mesma sensação de bambeamento das pernas. Quis falar e não conseguiu. Logo João chega, correndo, agitado, e pergunta ligeiro:

– A bênção, dona Luduvina, a senhora chamou?

Teó escora-se em Flor, que estranha a tremedeira do irmão. Luduvina então explica:

– Socorro, João, reparem bem nesses dois: Teófilo e Maria Flor. Cês são tudo irmão.

O sorriso veio meio que devagar, junto com a surpresa. Luduvina reforçou:

– Ué, cês não são filhos do finado Manoel e finada Joana? Cês são irmãos de sangue! Separados de pequeno, mas agora, com a graça de Deus, tudo juntado.

Aos poucos foram se aproximando, realizando o encontro, reconhecendo-se, até virar um só abraço dos irmãos. Saíram conversando, perguntando, olhando bem um e outro. Dali partiram para a pensão, onde Maria do Socorro trabalhava. Ela fez café e serviu com bolo. Luduvina deixou os irmãos a sós e foi caçar diversão no comércio. Logo achou uma violinha no bar do Alvertano e começou a pontear, deixando todos admirados. Sempre tinha quem a provocasse, caçando resposta atravessada:

– Dona Luduvina, quem também toca bonito é seu vizinho, o Zé da Lira...

Ao que ela respondia, ligeiro:

– A violinha dele toca é mais por conta do pé de bode do que por esforço do vizinho em aprender...

Todos riam e faziam o sinal da cruz.

Quando escureceu, Luduvina voltou para a pensão e encontrou os irmãos ainda conversando. Socorro diz a ela que vai dividir seu quartinho da pensão com Maria Flor. No mesmo instante, Luduvina olha para Teófilo e avisa:

– Uns dois dias você pousa lá em casa. Depois, caça um jeito de tocar sua vida.

Teófilo sente um certo tremor na voz de sua mãe de criação, a emoção traía a firmeza da velha Luduvina. Ela percebe, pigarreia e despede-se:

– Ham-ham! Eu vou pra casa.

Os quatro irmãos levantam-se da mesa, agradecem e, sem combinar nada, envolvem Luduvina com um forte abraço. Ela parece que se revolta e diz:

– Que bestagem é essa? Mas me solta, desgrama!

Faz força para se soltar, mas uma força bem fraquinha, de quem está precisada do carinho. Um bocado de lágrima misturada no tanto de rosto colado. Rostos molhados. O de Luduvina também, mesmo que ela quisesse acreditar que as lágrimas eram só dos jovens.

Tem que esperar eles afrouxarem o abraço, porque não conseguia falar, muito menos reclamar, parecia que tinha alguém apertando a sua garganta.

Quando finalmente se afastam, Luduvina vai embora ligeiro, sem olhar pra trás. Caminha de volta para casa, pisando macio no chão rachado.

Teó chega no Ribeirão do Meio tarde da noite. Entra de mansinho na casa de Luduvina, percebe que tem uma coberta na cama da sala. Logo adormece. Na manhã seguinte, acorda junto com sua mãe, tomam café, e ela diz para Teófilo arar e nivelar a roça, para a lavoura de milho. Com muita vontade, ele busca a enxada, o arado manual e vai trabalhar. Antes de terminar o serviço, vê Luduvina chegando para conferir o que ele havia feito. Então diz, bem-humorado:

– Mãe Luduvina, olha só, não esqueci como deixar tudo bem ajeitado aqui. Aposto com a senhora que esse ano sua roça vai vingar absurdo com esse meu ajutório!

Ela respondeu, seca:

– É bom mesmo!

Com tudo pronto, Teó vai guardar a enxada no rancho de ferramentas, num canto da roça. Parada no mesmo lugar, Luduvina diz:

– Teófilo, da minha casa você já foi embora.

Ele olhou para Luduvina, esperando onde aquela prosa ia dar.

– Ficar sem trabalhar na sua idade é bom pra virar vagabundo de vez. Quer empreitar minha roça, na meia? Metade do que produzir aqui é seu.

Teófilo correu os olhos na roça, pondo reparo no feijão plantado na vazante, a mandioca, o arroz mais adiante e o serviço que havia feito para o plantio do milho. A velha não tinha mais força para lidar sozinha com aquilo tudo, já ele não tinha nada. Podia ser um bom acerto.

– Agradeço e aceito, mãe Luduvina. Também posso ajudar a senhora no que mais for preciso.

– Preciso que dê conta do seu trabalho. Só isso.

– Mãe Luduvina, mais uma coisa.

– Diga.

– Posso continuar dormindo mais uns dias na sua casa até eu conseguir um quarto na Gameleira?

– Não.

– Não???

– Você fugiu daqui. Agora lide com isso. Se ajeite no ranchinho.

– Qual?

– Esse onde cê tá, ué!

Teófilo se deu conta que Luduvina estava dizendo para ele morar no rancho de ferramentas da roça, ali mesmo onde ele estava. Ele olhou para dentro, viu que mal caberia uma cama. Enquanto pensava como poderia se ajeitar, Luduvina virou-se para ir embora e disse:

– Se quiser, bem. Se não quiser, arruma uma beira de mato pra morar.

Teó chegou a abrir um sorriso. Ele conseguia enxergar as demonstrações de amor dentro da brutalidade nos modos de Luduvina. Passou o dia dando uma ajeitada no lugar, conseguiu um colchão de um vizinho, fez um estrado com a madeira de uns caixotes que tinha por ali. Socorro lhe arrumou um lampião e umas cobertas. Logo construiu um fogão a lenha do lado de fora. Aos poucos foi levando pratos, panelas, fez umas prateleiras para guardar suas roupas e o ranchinho virou sua casa.

O Ribeirão do Meio dividia o terreno de Zé da Lira com o de Luduvina. Da porta do ranchinho ele via a roça do vizinho, um pouco abandonada. Ali ele ficava bem no meio do caminho entre as casas dos dois. Teve vontade de visitar Zé da Lira, ouvir seus ponteados de viola. Sentiu saudades, misturada com aflição, do tempo que passou assuntando os procedimentos esquisitos do vizinho de Luduvina.

Socorro levou Flor para morar com ela, num quartinho nos fundos da pensão da dona Dulce. Aos poucos, a menina foi assumindo os serviços da casa. Fazia de tudo na pensão: faxina, compras, arrumava quartos, lavava lençóis e cozinhava. No começo, foi em troca de casa e comida; depois, conforme seu trabalho criou importância, passou a ganhar um salário. Os quatro irmãos estavam sempre juntos. Falavam sobre os pais, a aventura na fazenda, iam contando e ajeitando as histórias de suas vidas até aquele momento do reencontro. Foram algumas vezes banhar na vereda da Mutuca, com outros jovens, para alegria de Flor, que nesses momentos lembrava-se do tanque, em Bauru, durante seu namoro com Raulim. Teófilo caçava jeito de ficar sozinho com Flor, pegava em sua mão e tentava beijá-la. Propunha para que viesse visitá-lo em seu ranchinho. Delicadamente, ela afastava o irmão, dizendo:

– Não pode mais, Teó. Aquilo acabou. Agora a gente é irmão de novo e pra sempre.

Ele não se conformava, chegava a emburrar e tratar mal a irmã. Às vezes ia embora da vereda sem se despedir de ninguém. Foi criando fama de ser um pouco esquisito. Passou a visitar Zé da Lira com frequência, ouvia o velho tocar viola e ajudava-o a cuidar de seu terreno. Achou que ele tinha envelhecido demais, não tinha aquele vigor, nem para atentar com Luduvina. Ficava sentado em uma rede de buriti em um canto da sala, fumando cigarro de palha e cuspindo no chão batido.

Numa dessas tardes que os jovens foram banhar na Mutuca, na hora de ir embora, Flor ficou para trás, arrumando-se. Então Teó saiu do caminho e pegou um atalho de volta. Flor estava sozinha, embaixo de um grande buriti, enrolando o cabelo com uma toalha. Ela viu o irmão se aproximar e baixou os olhos. Teó não disse nada, só segurou em sua mão, o coração batendo descompassado, o fôlego curto. E abraçou a irmã.

O corpo ainda fresco das águas frias da vereda, a lembrança do amor nos trilhos do trem, Teó fica muito excitado e beija a irmã. Flor se deixa levar. Um pouco. Então empurra Teó e grita:

– Não! Nunca mais, Teó! Não pode. Eu não quero. Some da minha frente!

Como da vez que apanhou de Luduvina, ele corre. Pega a trilha de volta e não se importa com os galhos que o lanham, com as pedras no chão, com o chinelo largado na beira da vereda. Tem a impressão que grandes teias de aranha fecham seu caminho; com os dois braços à frente, ele afasta essas teias e corre, corre. Maria Flor volta devagar, confusa, buscando forças para continuar firme em seus sonhos de uma vida mais calma e assentada.

Teó passa no armazém da Gameleira, compra fiado um litro de pinga e vai para a casa de Zé da Lira. Chega ali bebendo a cachaça pelo gargalo. Enche um copo e leva até a rede para o velho. Bebem em silêncio. Então Teó sente uma grande vontade de revelar seu sofrimento. Aproxima-se da rede e senta no chão, encostado na parede. Enche novamente o copo de Zé da Lira e conta a história de sua paixão por Maria Flor, desde o primeiro encontro na estação, quando eles nem se reconheceram.

No meio da história, quando Zé da Lira realizou que era pela própria irmã que Teófilo estava apaixonado e por causa disso mergulhava na cachaça, cuspiu no chão e exclamou:

– Ô diá!!!

Teófilo não parava de falar. Zé da Lira agarra a corda da rede e levanta-se com dificuldade. Vai até a porta da casa, resmungando:

– Hummm... Hummmm... Ai, ai, ai, que isso não tem serventia pra nada, menino. Desgraça fia da puta!

Teó foi atrás do homem, tentou colocar mais cachaça em seu copo, mas Zé de Lira arrancou a garrafa de sua mão e disse, duro:

– Menino, dá aqui essa pinga! Chega. Olha pra mim e escuta!

Quando Zé da Lira arranca a garrafa de suas mãos, Teó chega a dar uma desequilibrada, já embriagado. Segura-se na parede, dá uma risada e provoca:

– Pode beber a cachaça, meu velho!

– Amaldiçoado... Você vai ser condenado sem julgamento. Essa precisão vai ser sua desgraça. Tá doido, namorar a própria irmã?!

A pinga deixou Teófilo valente. Então respondeu, cheio de razão:

– Já namorei, sim. E quero mais!

– Cala a boca, moleque! Fazer isso aqui, na Gameleira... desgraçado. Você não conhece as pessoas. Não notou que quase ninguém vem aqui na minha casa? Esse povo encasquetou que sou pactário, que alimento o capeta. Bestagem. Só porque tenho cá meus procedimentos e ponteados. Povo besta.

Com os olhos parados, a cabeça trabalhando com a ação da pinga, Teó tenta pegar a garrafa da mão do velho, que se esquiva e continua:

– Não, espera aí! Você sabe o que vai arrumar, caçando assunto de namoro com sua própria irmã? Vão te acusar de ser o próprio demônio. Deixa de ser burro, Teó! Além de estragar sua vida, vai arruinar a reputação da Maria Flor!

Teó segurou o braço do homem e exigiu:

– De cá essa pinga, seu Zé!

– Quer mesmo? Então toma, desgramado. Quer beber mais, então toma! Mas aqui, não. Vai lá pro seu rancho, se acabe por lá. E o último aviso, preste muita atenção! Se não quiser ter a velha Luduvina como inimiga, para logo com essa história de querer comer sua irmã! Você conhece a velha. Ela vai arrancar seu couro, capaz até de te matar!

– Conversa! Quero só ver quem vai arrancar meu couro! O senhor não sabe da missa um terço.

Cambaleante, segurando a garrafa já pela metade, Teó dá mais um grande gole e pega a trilha para seu rancho, gritando:

– Frouxo! Cês são tudo é frouxo! Ninguém se mete na minha vida! Eu meto um tiro na cara de quem me enfrentar!

Teó nunca tinha bebido tanta pinga. Acordou ruim no dia seguinte. Como não apareceu para trabalhar na roça, Luduvina foi até o rancho e viu Teó sentado no chão, prostrado. Quando ela percebeu a garrafa vazia num canto do rancho, explodiu:

– Foi isso então, tranqueira? Cachaça?! Não tô aqui pra dar trabalho pra pingaiado! Tá me escutando?

A cabeça de Teó latejava, seus olhos não conseguiam fixar nada à frente. A mulher gritando em cima dele, só o que conseguia fazer era levantar os braços – decerto temendo que as palavras o atingissem, ou mesmo a mão pesada de Luduvina descesse na sua cabeça.

– Desgraçado! Pra isso te ensinei as letras? Pra isso te pus pra dentro da minha casa? Se você é homem pra isso, então espera só...

Luduvina deu a volta no rancho e apanhou uma folha de boldo. Macetou em um copo, com um pouco de água. Teó continuava sentado, olhando a movimentação da mãe de criação, que lhe esticou o copo, dizendo:

– Bebe isso, ô amaldiçoado. Vai te fazer levantar. Depois ergue o rabo daí, arruma suas coisas e vaza. Comigo é no ferrão da lacraia. Só assim vagabundo se endireita. Some do meu rancho.

E vai embora. Teófilo bebe o boldo de uma vez. Amargo, muito amargo. Ainda resmunga:

– Decerto essa beberagem é feita de Luduvina, dela própria, de tão ruim.

Aos poucos sente a disposição voltar, enquanto as palavras de Luduvina circulam em sua cabeça: desgraçado, amaldiçoado, vagabundo... isso era o de menos. Sua própria mãe de criação tinha mandado ele embora. Por causa de uma cachaça? Que exagero, pensou. Enquanto a cabeça voltava a funcionar, lembrou-se da conversa na véspera com o Zé da Lira. E falou sozinho, dirigindo-se para a porta do rancho:

– Só se o velho contou pra Luduvina sobre a Maria Flor... Não, decerto que não. Aqueles dois não se falam. E, se lembro bem, ele até me avisou que se a Luduvina soubesse, era como cutucar o próprio demônio com vara curta. Então não ia abrir o bico para a velha.

Teó foi lavar o rosto em uma bacia, no jirau. Não achou suficiente. Precisava de mais água. Pegou duas latas e foi até o Ribeirão do

Meio. Enfiou a cabeça na água, até encostar na areia. Só tirou quando deu conta de entender tudo o que havia acontecido: em apenas vinte e quatro horas, Maria Flor tinha rejeitado seu amor na carne, Zé da Lira ameaçou que ele ia se tornar o próprio capeta, e Luduvina tocou ele de casa, do seu ranchinho. Tudo por conta de uma garrafa de pinga. Quer dizer então que é coisa do diabo revelar um sentimento de amor? Ou que um homem não pode mais tomar cachaça?

Voltou para o rancho remoendo o acontecido, carregando as latas cheias d'água. Encheu o pote de barro com a água para beber e guardou o restante perto do jirau. Resolveu coar um café. Pensou na roça de mandioca que estava plantando. Olhou para seu barraco, as prateleiras que tinha colocado, o cepinho, o banco no terreiro, a cama e as panelinhas penduradas. Nunca tinha tido uma casa. E agora Luduvina tocou ele de lá. Uma cachaça, só uma. Deu um desânimo grande, sabia que a velha não ia voltar atrás. O jeito agora era meter o rabo entre as pernas e caçar lugar de morar. Esquentou uma mandioca da véspera e foi tomar café sentado no beiral da porta do ranchinho.

Dali avistava as roças de Luduvina e Zé da Lira. Concluiu que eram duas coisas diferentes: a roça e o rancho. Sua mãe certamente iria manter o combinado de serviço. Sim, aquela roça na meia continuaria valendo. O ranchinho é que se acabou. A vista de sua roça tão bem cuidada, a mandioca cozida e o café doce atuando no seu sangue lhe deram coragem. Levantou-se, sacudiu a poeira da calça, fechou o ranchinho e foi para o povoado conversar com os irmãos. Quem sabe não teriam um lugar para ele ficar... No caminho topou com João, que estava carreando um carro de boi junto com seu pai de criação, Cesóstenes. Deu bom-dia, pediu a bênção para Cesóstenes, conversaram duas frases para não atrapalhar o dia de serviço e despediram-se. Teó viu que ali não daria certo. O que seu irmão, ainda um menino, podia fazer por ele? E o Cesóstenes já estava criando um, para que precisava de dois?

Foi em direção à pensão que Socorro trabalhava. As irmãs estavam depenando uns frangos no terreiro.

– Bom dia, irmãs. Opa! Hoje vamos comer um franguinho assado!

Maria do Socorro respondeu, ligeiro:

– Vem ajudar, irmão, que vejo se te arrumo um pé de frango pro seu café. Vai na cozinha ver se a água já ferveu e pode trazer a panela.

Antes de chegar na cozinha, Teófilo viu Maria Flor limpando um frango e gracejou:

– Que foi, Flor, dormiu comigo? Por isso nem me dá mais bom-dia?

Maria Flor fuzilou os olhos de Teó, nem respondeu. Socorro percebeu o movimento e se calou. Enquanto Teó mexia no fogão, lembrou-se das palavras de Luduvina e Zé da Lira: vagabundo, capeta, desgraçado... Voltou com a panela de água fervendo, colocou em cima de uma mesa e disse:

– Tá aqui, Socorro. Bom dia pra vocês que eu vou embora. Tô apurado de serviço.

Sai para a rua. Vê um homem sentado na porta de um bar, com um copo de cachaça na mão. Nove horas da manhã. Sente vontade de tomar uma dose, para clarear as ideias nessa manhã traiçoeira. Chega a atravessar a rua, mas acaba virando-se na direção do rio Gameleira. Senta-se na margem do rio, alta e barrenta. Aprecia o serviço do homem da balsa: o dia inteiro transportando gente e animal de um lado para o outro. Umas crianças estão mergulhando mais à frente. As mulheres lavam a roupa num braço do rio. Tudo de um jeito acostumado. Um ajuste de muitos anos e tantas gentes na beira do rio que vai passando, passando.

A balsa está ancorada na margem do povoado da Gameleira, um menino encosta sua carroça no porto e começa a descarregar uns sacos. Teó vê que ali tem muito saco para poucos braços. Vai até lá, ajuda a descarregar os sacos e levar até a balsa. O menino agradece. Teófilo resolve dar um passeio, assim também embarca. O barqueiro põe a balsa no rio, conduzindo a embarcação habilmente com seu grande remo. A corrente do Gameleira é forte, para atravessar tem que conhecer os atalhos do rio. Assim que atracam do outro lado, o menino faz sinal para um rapaz que estava ali com sua carroça, esperando a mercadoria. Carregam os sacos para a carroça do moço num instante e acertam o pagamento. Depois de amarrar a balsa no cais, o barqueiro diz:

– Vou até lá em casa me aliviar. Daqui a pouco, levo vocês de volta para a Gameleira.

Todos riem. Teófilo e o menino sentam-se embaixo de uma mangueira, na beira do rio. Apanham algumas frutas e descascam com os dentes. Comem as mangas, lavam as mãos no rio e o menino agradece:

– Deus te pague pela ajuda. Porque eu mesmo não tenho condições.

– Cê é besta, moleque? Se fosse eu que tivesse apurado e você bestando na beira do rio, não ia me ajudar?

– Por Deus, claro que ia. Como você chama?

– Teó.

– Teó de quê?

– Teófilo de Luduvina, assim me chamam por aqui.

– Eu chamo Moacir. Moro ali na vertente do sumidouro.

O barqueiro chega, os meninos pulam para dentro da balsa. Teó pergunta para o barqueiro:

– Moço, se seguir esse rio, direto, chega no mar?

– Primeiro chega no rio Urucuia, já perto de São Romão, depois deságua no São Francisco. Aí caminha mais um bocado até o mar. O moço conhece o mar?

Teófilo, sentindo-se importante, conta do mar em Ilhéus, dos navios que parecem até cidade, e que ele tinha se banhado em praia de areia branca e muito fininha. Atracam ao lado da Gameleira, e os três ficam conversando mais um tempo dentro da balsa. O barqueiro acha graça na conversa de Teó, enquanto Moacir fica encantado com a importância do novo amigo, que conhece o mar e já viu até navio. Uma hora ele pergunta:

– Teófilo, e tubarão, você já viu de perto?

– Olha, tubarão, de vero não, mas vi arraia gigante que é maior que nós dois juntos de braços abertos e tem um ferrão...

Nisso alguém assobia na outra margem, o barqueiro despede-se e volta a atravessar o rio. Moacir vai até sua carroça e, enquanto solta o cavalo que estava amarrado num mourão, agradece novamente a Teó:

– Fico te devendo uma, Teófilo!

– Vai com Deus, Moacir.

Teó sobe pela rua principal da Gameleira já mudado, com o orgulho renovado e o sentimento de viajante que tem muita história para contar. Perto da pensão, aperta o passo. Quando está passando por ela, Socorro atravessa a rua segurando um embornal.

– Aqui, Teófilo, uma banda do frango para o seu almoço.

– Ô irmã, muito agradecido!

Teófilo olha para o lado da pensão, procurando Maria Flor. Então Socorro segura em seu braço e diz:

– Irmão, já tem gente falando. Deus sabe que isso não é certo. Cuidado!

Teófilo sente um quenturão no pescoço, tem vontade de devolver o frango. Chega a esticar o braço com o embornal, mas se envergonha frente ao olhar de carinho de Maria do Socorro. Resmunga, antes de ir embora:

– Gente fofoqueira, desgramados!

Sobe a rua, vai em direção à sua casa – quer dizer, sua roça, porque sua primeira casa se acabou. Caminha embaixo do sol do sertão, com os pensamentos cozinhando dentro de sua cachola. Quando chega em frente à casa de Zé da Lira, abre a porteira, decidido. Para em frente à porta e vê o velho sentado na rede de buriti.

– A bênção, seu Zé.

– Deus te abençoe, meu filho. Entra, se abanque. Sarou?

Teó nem responde. Senta-se perto da porta, olha para o terreiro de Zé da Lira, respira o ar, fundo, até chegar no cerne de sua coragem. E diz:

– Se o senhor me deixar ajeitar seu ranchinho de ferramenta, aí no fundo da roça, posso fazer um pouso pra mim? Em troca eu cuido da roça do senhor.

– Ué, menino, a velha te tocou de lá, foi?

– Eu que não quero mais nada da dona Luduvina!

Teó vira a cabeça para o outro lado, decerto porque o seu rosto não combinava com a verdade do que estava dizendo. Nem com a lágrima que teimava em brotar. Zé da Lira responde:

– Ué, ajeita o rancho e se vira lá dentro, Teó. Vai ser bom alguém tocar o serviço. Não tô prestando mais pra nada.

– Posso então, seu Zé?

– Desde que você cuide da minha roça.... Acho bom, porque isso é capaz até de deixar a velha enciumada... – Então dá uma risada, cospe no chão e arremata: – Traz suas coisinhas, Teó.

Decidido e aliviado com a solução, Teó vai até o rancho da Luduvina e começa a separar seus pertences. Fica admirado como agora tem coisa para carregar. Antes era só uma sacolinha... Pega o carrinho de mão e faz duas viagens. Põe suas coisas no rancho de Zé da Lira, que estava bem mais estragado que o da Luduvina. Passa a semana cobrindo e fechando o rancho. Trabalha duro, faz questão de deixar tudo muito ajeitado, para que Luduvina pudesse apreciar sua nova casa e lamentar-se pela estupidez de tê-lo mandado embora. Pensava em Maria Flor também – decerto quando ela visse aquele capricho, iria se arrepender por tratá-lo com desprezo...

O novo ranchinho de Teó foi se ajeitando a poder de orgulho ferido.

Ouça a trilha sonora do capítulo 10. Gameleira utilizando o QR Code ao lado.

11. Lenha

Tempo de fogão a lenha. Buscar o pau no mato, torar, carregar até em casa, empilhar no protegido para não molhar, raspar a chapa, tirar a cinza, arear a panela e com muita paciência limpar cada cantinho do fogão. Apanhar erva na horta, tirar banha da lata, buscar água do rio equilibrando na cabeça. Ajeitar com ciência a lasca do pau, a casca do galho, abrir uma boca do fogão e acender ali, por cima, pela boca. Aumenta a lenha de tamanho, conforme o fogo se ajeita. Fecha a boca do fogão, assopra, assopra e pronto. Bota a panela.

Cacilda e Lúcio, os pais de Selva, conheceram-se na faculdade e logo passaram a namorar. Participaram de movimentos estudantis, foram para as ruas e lutaram por seus ideais. Moravam em Jundiaí e procuravam estar sempre juntos, planejando o futuro. Assim que se formaram, Lúcio foi à casa de Cacilda pedir sua mão em casamento. O pai de Cacilda viu com muita desconfiança essa união, perguntou se Lúcio já tinha um trabalho, se teria condições de sustentar uma família, procurando meios de intimidá-lo. Cacilda enfrentou o pai dizendo que ali os dois iriam trabalhar e que amava Lúcio. A noite foi tensa. Parece que essa implicância do pai de Cacilda serviu para aproximá-los ainda mais. Três meses depois foram morar juntos, em um quarto de pensão. Sem casamento no religioso. Foram se firmando, até que um dia Cacilda sentiu o sinal da presença da filha em seu corpo.

Selva nasceu em 1985, em Jundiaí. Filha única de Lúcio e Cacilda, foi criada com muito amor e alegria por seus pais, que aos poucos se acostumavam com as intensidades da filha. Seus olhos brilhantes pareciam estar sempre buscando algo para fazer, aprontar ou descobrir. Não parava um segundo. Os vizinhos muitas vezes se surpreendiam quando encontravam aquela menina pequenininha, sozinha, andando na calçada ou mexendo em alguma planta, longe dos pais. Pegavam sua mão e a levavam de volta para casa, achando graça na conversa fácil da menina. De tudo ela queria saber o porquê. Cacilda e Lúcio tomaram muitos sustos, o anjo da guarda de Selva teve um bocado de trabalho...

A vida maturando na cidade grande pode até parecer que é mais rápida que no sertão. Mas não é, pura ilusão. O cozimento é o adequado de acordo com a necessidade de cada vivente.

Quando finalmente Cesário voltou para a Gameleira, apareceu muito bem-vestido, contando vantagem de sua vida em São Paulo. Passou alguns dias por ali, bestando e namorando as moças que viam novidade na conversa dele e suas roupas da moda. Foi embora prometendo que voltaria para buscar os irmãos, para conhecerem sua casa na cidade grande, e que arranjaria colocação para todos.

Gameleira já se aprumava no rumo de virar cidade. Um mascate, chamado Valdemir, hospedou-se na pensão da vila por uma semana. Negociava sua mercadoria pelos comércios da região e voltava para dormir na pensão. Já no primeiro dia pôs muito reparo em Maria Flor: seu jeito delicado, o olhar um pouco perdido, a beleza sertaneja, os olhos amarelados e um sorriso leve que revelava aos poucos a alvura de seus dentes. Toda hora Valdemir ia buscar um café e aproveitava para puxar conversa com a moça. Ele tinha muito assunto – essa vida de mascate, viajando pelos lugares e negociando –, sua conversa era fácil e prazerosa. Flor preparava o café pensando na voz sonora do moço, no jeito admirado que ele a olhava. Valdemir perguntou se poderia chamá-la de Florzinha. Ela não respondeu, mas esboçou aquele meio sorriso e foi se esconder na cozinha. Quando o prazo dele em Gameleira terminou, chamou a moça no quintal da pensão e disse:

– Florzinha, eu vou embora. Mas quero voltar ligeiro. Não posso mais apartar do seu sorriso. Me espera, tá?

E entregou um presente para ela, embrulhado em papel macio e colorido. Flor correu para seu quarto e guardou o presente em uma gaveta. Viu o mascate entrar em seu caminhão e lhe acenar. Sentiu que finalmente teria tranquilidade e possibilidade de amor. Abriu o presente, um sabonete cheiroso que só, tinha o mesmo perfume das palavras de Valdemir.

João transformou-se no melhor jogador de futebol da região. Foram buscá-lo para fazer teste em um time de Belo Horizonte. Voltou um mês depois, machucado, mas dizia que tinha muita fé na promessa de um olheiro que estava encantado por seu futebol. Conforme se recuperava, começou a trabalhar com gado. Sempre que estava de folga, tirava a bota e calçava as chuteiras. Sentia-se feliz e realizado com a bola nos pés, mas tinha que trabalhar para seu sustento. Viu que precisaria ter muita coragem para largar tudo e ganhar a vida num campo de futebol.

Em um domingo ensolarado, no esburacado campo de futebol da Gameleira, jogariam contra o time de Pintópolis. Contaram para João que um rapaz, olheiro de um time do Rio de Janeiro, iria assistir ao jogo. Então ele pegou suas botas de montar a cavalo, fechou dentro de um saco e jogou no telhado. Passou no bar, tomou um rabo de galo e foi para o jogo. O menino parecia tomado, a própria bola o procurava, e ele retribuía esse amor com belas jogadas. Encostado na cerca que separava o campo de futebol do pasto, um homem de óculos escuros assistia ao jogo, enquanto fazia anotações em uma prancheta.

João pedia a bola a todo momento, partia para cima e não fugia do jogo duro. Fez três gols. No final da partida, os jogadores se cumprimentaram e sentaram para chupar laranja no meio do campo. Um menino veio chamar João. Aquele homem encostado na cerca queria conversar com ele. João lavou as mãos e foi até lá. O homem apresentou-se e disse que precisariam conversar. Foram tomar café na casa de Cesóstenes, pai de criação de João. Sentaram-se os três, e o homem fez a proposta.

– Olha, o menino é bom. Pode ter muita chance. Que idade você tem, João?

– Vinte e um.

– É, aqui no Brasil não dá para começar com essa idade. Mas se o menino tiver disposição, passa um tempo treinando no Rio de Janeiro, no meu time. Se jogar a bola que mandou hoje, fazemos uns vídeos e consigo colocar ele no mercado chinês. Tenho feito contrato curto com eles, de um ano. Se der certo, fica; se não, volta com o bolso cheio.

Mostrou vários recortes de jornal de jogadores agenciados por ele. Estava tudo escrito em chinês, mas as fotos vinham com destaque.

Na semana seguinte, João partiu para o Rio de Janeiro. Exibia-se para os amigos dizendo que estava acostumado com aventuras desse tipo, pois não tinha crescido em uma fazenda de café no interior de São Paulo? O homem levou-o para treinar em um time da terceira divisão. João fez bons jogos, todos devidamente filmados, com imagens caprichadas. Dormia no alojamento do time, sentindo muitas saudades da Gameleira. Até que firmaram um contrato para a China. Ele nem sabia onde ficava esse país. Na Gameleira, tiveram que apelar para os mapas da escola. Os irmãos se preocuparam um pouco com a aventura do caçula, mas o dinheiro firmado em contrato era muito mais do que eles poderiam imaginar. Não tanto pela quantia, mas porque na Gameleira o dinheiro quase não circulava, então alguma coisa razoável já era um valor absurdo.

As notícias que ele mandou da China eram extraordinárias. Era difícil acreditar em todo o sucesso que João dizia estar desfrutando. Depois de um ano, segundo suas próprias palavras, de muita fama e prêmios em campo, comunicou à família que iria se casar com uma americana e seria transferido para um time nos Estados Unidos. Ficaram anos sem receber qualquer notícia de João, até que chegou uma carta na pensão.

Dentro do envelope vinha apenas o folheto de uma seita religiosa, nos Estados Unidos, com fotos de grupos de pessoas que pareciam muito felizes. João estava em todas as fotos, sorrindo ao lado do guru.

Ninguém soube mais de Helena. Decerto mudou de nome quando foi internada em Barra da Vaca. Era muito pequena, estava doente. Os irmãos rezavam pedindo a Deus que ela tivesse vingado e que vivesse com fartura e paz.

Além de trabalhar na pensão, Socorro vendia salgados e doces em uma barraquinha na praça. Muito atenciosa com os fregueses, sua barraca era limpa e ajeitada. Além de tudo, o ônibus fazia ponto bem ali na frente. Casou-se com um rapaz conhecido por Tutico e foi morar em seu sítio, distante uma légua da Gameleira. Tutico plantava cana, moía e fazia a rapadura em seu engenho movido a boi. Tutico e Socorro resolveram abrir um pequeno restaurante ao lado da pensão. Construíram dois cômodos: um seria a cozinha e o outro, o salão do restaurante. Socorro dizia à irmã que agora iriam trabalhar mais ainda, juntas poderiam garantir algum futuro. E arrematava:
– Quem sabe a gente não faz aqui a festa do seu casamento...
Flor ria e escondia o rosto, envergonhada. Então Socorro puxava seus braços e repetia o nome do mascate: "Valdemir, Valdemir", para atiçar a beleza estampada na face enamorada da irmã.
Tutico resolveu fazer uma surpresa para a esposa: juntou suas economias, colocou um gadinho no negócio e, em segredo, comprou a pensão para a esposa. No dia que fechou o negócio, apareceu na pensão e pediu que Socorro viesse para fora, tinha um assunto muito sério para conversar. Com a cara fechada, pediu à esposa que o acompanhasse até a charrete. Então tirou um pano de cima das tábuas e o reflexo do sol fez brilhar ainda mais as letras coloridas, escritas com capricho em uma placa: "Pensão da Dona Socorro". Então pediu:
– Me ajude aqui, meu bem.

Estendeu o pano para Socorro, que não conseguia realizar o que estava acontecendo. Então Tutico foi até a frente da pensão e ajeitou a placa em cima de um prego que já havia deixado na parede, bem no jeito, foi só encaixar. Virou-se para Socorro, abriu um largo sorriso e disse:

– Até que ficou bonito... Não acha?

Socorro olhava para a placa e para o rosto orgulhoso do marido. Estava sem ação, imóvel. Dulce, a ex-proprietária da pensão que soube guardar o segredo de toda a negociação, apareceu na porta, olhou a placa e disse:

– Parabéns!

Socorro, falou baixinho, emocionada:

– Mas por que o meu nome está escrito aí?

Então Dulce não se aguentou, foi até Socorro, abraçou-a com firmeza, dizendo:

– É tudo seu agora, minha linda! Presente do maridão. E pra mim também, que vou ficar livre dessa trabalheira!

Socorro ficou numa alegria desmedida. Abraçou o marido, chorando, segurava a mão de Dulce, abraçava as paredes da pensão, beijou a placa. O nome dela escrito assim com uma letra tão bonita e brilhante. Suava, o sol cozinhava em fogo brando a alegria de Socorro.

Ela foi acostumando-se com a nova vida – toda vez que chegava na pensão e olhava a placa, tinha vontade de chorar. Vinha de sua casa a cavalo, passava o dia cuidando da pensão e do restaurante. No final da tarde, Tutico vinha buscá-la, de charrete. Logo os filhos foram chegando, enfileirados, uma escadinha de seis crianças. Reformaram o quarto dos fundos da pensão para Maria Flor, e Socorro disse para a irmã que ela seria promovida a gerente, ganharia o salário e comissão.

– Agora, Flor, você vai poder mandar em todo mundo! Até em mim, pra não perder o costume...

E se acabavam de rir e se abraçar.

Muito se comentava, sempre à boca pequena, sobre as esquisitices e implicâncias de Luduvina com Zé da Lira. Quando se encontravam no comércio, os vizinhos mal se cumprimentavam; sempre que possível, um fazia algum comentário irônico sobre o outro. Porém, em uma roda de conversas, quando o assunto era mais sério, envolvendo decência ou lealdade, nenhum deles admitia que pusessem em dúvida o caráter do outro.

Eram vizinhos desde meninos, a origem das terras ali no sítio não era muito clara. Parece que era terra da santa, da igreja, que as famílias de Luduvina e Zé da Lira foram cuidando até se instalarem definitivamente. As águas do Ribeirão do Meio serviam para as roças dos dois. Seus ranchos de guardar ferramentas e tranqueiras, que Teófilo acabou ocupando para morar, ficavam bem próximos, um de cada lado do ribeirão.

Depois de mudar-se para o barracão de Zé da Lira, Teófilo tomou conta da roça e também ajudava o velho nos serviços da casa. As pessoas no povoado, quando queriam gracejar, diziam que Teó era filho de Zé da Lira mais Luduvina, concebido na implicância e não na carne. A violinha de Zé da Lira seguia pendurada na parede, vez ou outra o velho tocava. Teófilo sempre se admirava com seu ponteado, mesmo que agora fosse tão fraquinho – a mão de Zé da Lira tremia e ele acabava se aborrecendo por não conseguir executar os toques. Nas conversas com o velho, um dia Teófilo criou coragem e perguntou:

– Seu Zé, que mal lhe pergunte... Por que tem essa conversa que o senhor aprendeu viola na encruzilhada? Ué, estou vendo que o senhor reza o terço, tem o cordão de Santo Antônio, é devoto de Santo Reis e tudo!

– Menino, no começo eu achava ruim essa desconfiança do povo, mas sabe que depois fui até achando graça na ignorância deles? Então alimentei a conversa, dando razão pra desconfiança. Quando vem chegando o tempo das folias, fico pelejando com a viola, caçando jeito de deixar meu ponteado de viola bem bonito, ligeiro e arrojado, tudo para dar motivo de fofoca. Quem não percebe o serviço e dedicação para se pontear ligeiro uma viola acaba pondo na conta do capeta a beleza conquistada.

– Mas, seu Zé, quando aponta a tempestade, venta forte, dá aquele clarão no céu, pois aí parece que seu ponteado fica ainda mais extraordinário...

Zé da Lira respirou um pouco, olhou pela janela o voo de dois papagaios e arrematou:

– Ô Teó, você dá conta de explicar a beleza de um raio, sabe de qual buraco nasce o vento? Repare que tudo isso, mais o ponteado de viola, vêm de um só lugar.

Alguns dias depois dessa conversa, faleceu dona Luizinha, prima de Luduvina, uma anciã da Gameleira. Zé da Lira pôs a botina, ajeitou a camisa e pediu para Teófilo arriar seu cavalo.

– Teófilo, vamos pro velório. Sapato você não tem, né? Precisa de uma botina, ora. Deixei uma camisa pra você em cima da cama. Essa sua não dá conta de ir pro cemitério. Passa uma água na cara e no cabelo antes de me levar no enterro da velha.

Pela primeira vez, Teófilo sentiu necessidade de ter um sapato. Não por seu pé, mas pelo reparo que os outros poderiam colocar. Lavou-se na bacia, tentou pentear o cabelo com a mão e pôs a camisa que Zé da Lira lhe emprestou. Depois ajudou o velho a montar no cavalo e foi puxando o animal até a Gameleira. Quando chegaram ao cemitério, Zé apeou e disse baixinho a Teó:

– Olhe, menino, a Luizinha velha que me perdoe, mas repare no que vou fazer pra dar mais assunto pr'esse povo. Isso vai ser razão de muito divertimento nosso. Ora se não vai! Amarra o animal e me ajude a entrar no cemitério.

Teófilo amarrou o cabresto do cavalo em uma mangueira logo à frente, deixou que Zé da Lira agarrasse seu braço e entraram no cemitério. No caminho para a sala do velório, o velho de vez em quando lhe dizia, baixo:

– Arrodeia a sombra, arrodeia.

Apoiado em Teófilo, os dois faziam uma pequena volta nas sombras do caminho. Depois de alguns arrodeamentos, Teófilo percebeu que isso acontecia toda vez que eles tinham que passar pelas sombras das cruzes dentro do cemitério. Via que as pessoas observavam a caminhada deles e cochichavam uns com os outros. Teófilo teve vontade de rir, mas viu que Zé da Lira estava muito sério. Então pensou: "Ah, velho danado, está fazendo isso de propósito. Não passa por nenhuma sombra de cruz dentro do cemitério! Mexe com a crendice do povo, decerto vão pensar que é coisa do sem-nome". Na porta da sala do velório, Zé da Lira soltou-se do braço de Teófilo, foi até o caixão e orou baixinho, junto com os parentes. Encostou no terço enrolado nas mãos da falecida e fez o sinal da cruz.

Dona Luizinha era muito conhecida, o velório estava cheio e fazia muito calor. Teófilo não quis entrar, ficou na porta. Luduvina chegou, passou por ele e não cumprimentou, foi direto para o caixão. Logo depois Zé da Lira voltou-se e, segurando nos braços de quem estava à sua frente, foi para a porta. Apoiou-se no ombro de Teófilo e disse:

– Pronto. Deus que proteja a Luizinha. Vamos embora. Não quero que esse lugar se acostume comigo. Vamos ali no comércio.

Entram num bar, e Zé da Lira pede uma cerveja. Enche o copo de Teófilo e bebe sentindo um prazer demasiado no gelado da cerveja entrando em sua garganta seca. Teófilo bebe devagar. Logo o bar vai se enchendo de pessoas saídas do velório e começam a fazer graça e pôr reparo em todos que entravam ou saíam do cemitério. Depois de algumas cervejas, Zé da Lira mandou Teófilo ir buscar o cavalo. Despediram-se de todos e tomaram o rumo de casa. O cemitério já estava fechado, vazio. Zé da Lira dormia em cima do animal, enquanto Teófilo puxava o cavalo. Lembrava-se dos gracejos e caçoadas que as pessoas faziam no bar, prometendo-se a si mesmo que conseguiria uma roupa para ir em lugar desse tipo, até sapato, ou quem sabe uma botina bem ajeitada.

Zé da Lira chegava a roncar em cima do cavalo. Com o passo lento, Teófilo puxava o animal e cismava: "Será que isso de não atravessar as sombras das cruzes é porque o velho está provocando a curiosidade dos outros, ou é porque ele não pode mesmo atravessar uma sombra de cruz? O que será que acontece se ele fizer isso? Explode? Vira o laço do capeta?".

Arrastava o pé no areião do caminho, levantava poeira, imaginava a botina brilhante e uma calça como a que seu irmão Cesário trouxe de São Paulo. Chegaram em casa, ajudou Zé da Lira a descer do cavalo, depois foi soltar o animal, enquanto o velho mijava no terreiro da casa, bambo e feliz de cerveja.

A saúde de Zé da Lira foi arruinando. Ele mal saía de sua rede. Quando qualquer pessoa ia visitá-lo e perguntava como estava, o velho respondia:

– Assim... Cada dia chegando mais perto.

Não tocava mais viola. Com pouco, Teófilo passou a dormir na cozinha de Zé da Lira, com medo que o velho precisasse de algum socorro. Pois foi em uma noite de ventania, com a aparição de muitos redemoinhos levantando a poeira do chão, que Teófilo escutou um suspiro alto vindo do quarto do velho, como que uma expulsão de ar do pulmão, forte, tudo de uma vez, definitivo. Correu até o quarto, levantou a lamparina e viu que Zé da Lira estava com os olhos arregalados.

– Seu Zé, o senhor está se sentindo bem?

Nenhuma resposta. Os olhos seguiam enxergando algo que não pertencia àquela casa, àquele momento preciso, não tinha mais ligação com a carne e a vida como vinha se seguindo. Nisso, a viola que estava na parede soou e Teófilo levantou a lamparina para enxergar a tal mariposa que teimava em morar ali dentro.

– Seu Zé, o senhor me escuta?

Olho arregalado. Teófilo larga a lamparina e corre para a casa de Luduvina. Abre a porteira, chama por ela. Naquele exato instante,

Luduvina abre a porta. Sai de casa pronta, carregando um lençol limpo, sabão e o terço. Parecia até que já sabia de tudo. Teófilo, mudo, seguiu andando atrás da mãe. Chegaram à casa de Zé da Lira. Sem nenhuma manifestação de sentimento, Luduvina foi cuidar do corpo. De vez em quando, mandava Teófilo fazer alguma coisa. Quando amanheceu o dia, disse para dar a notícia no povoado. Um acontecimento desses se espalha mais ligeiro que o vento. Logo todos estavam sabendo e foram velar Zé da Lira.

Ele estava esticado em cima da mesa da sala, banhado, de roupa trocada. Luduvina coou café e assou biscoitos. Foi velado ali mesmo, em sua casa. No meio da tarde, colocaram o corpo em uma carroça e levaram para o cemitério da Gameleira. Foi enterrado em frente a uma antiga e grande cruz, fincada bem na cabeceira da cova. Teófilo olhou para o céu, limpo, sem uma só nuvem. O sol ainda teimava no horizonte, projetando sua luz em cheio no cruzeiro. A sombra dessa cruz acompanhava certinho a areia remexida da cova onde estava deitado e enterrado o corpo de Zé da Lira. Teófilo ainda pensou: "Pronto, se explodir, está provado que o velho era pactário". E ficou olhando fixamente a sombra da cruz, esperando a explosão, até que sentiu uma mão pesada em sua nuca. Era Luduvina, puxando-o para fora do cemitério.

– É hora de cuidar de nossa vida. Pois a dele, acabou-se.

Teófilo seguiu morando na casa de Zé da Lira. Pensou que decerto iria aparecer algum parente reclamando o sítio. Mas nunca ninguém teve notícias da família dele. Um dia, foi na casa de Luduvina e especulou:

– Dona Luduvina, o seu Zé não tem parente aqui na Gameleira?

– Não.

– A senhora acha que...

– Olha, Teófilo. Já entendi. Você fica cuidando das coisas do finado. O dia que alguém aparecer dizendo que é parente, exigindo a terra e o cavalo do velho, pois vai ter que me provar direitinho. Ah, se vai! Enquanto isso não acontece, trabalha e cuida de lá. Até onde o meu entendimento alcança, aquele sítio agora é meu.

– Então eu posso...

– Se arranche na casa do finado Zé e não faça bestagem, Teó! Lembra dos meus ensinamentos e do exemplo dos seus pais. A terra é nosso sustento, e o sítio agora é meu.

O mascate Valdemir custou quase um ano para voltar para a Gameleira, com o caminhão cheio de mercadorias e um dinheirinho no bolso para realizar o sonho. Foi direto para a pensão de Socorro. Maria Flor não estava, tinha lá um menino que abriu a porta de um quarto para Valdemir. Largou as coisas em cima da cama e foi sentar-se em uma cadeira de cordas na porta da pensão. Até que Flor chegou. Viu o moço todo arrumado, sentado, fumando cigarro, compenetrado. Ela sentiu a alegria brotando dentro de uma esperança. Respirou e afrouxou o passo, para maturar o encontro, respirar um pouco e dar conta de conversar direito. Veio devagar, até para dar mais vontade no moço.

– Bom dia, seu Valdemir!

– Bom dia, Florzinha!

Ela carregava algumas sacolas; ligeiro, Valdemir tomou de sua mão e seguiu Flor até o restaurante.

– Pode deixar ali na mesa.

– Florzinha, quando terminar de ajeitar suas coisas, vem aqui fora.

Flor terminou de esvaziar as sacolas, então foi ao banheiro, lavou as mãos, o rosto, e arrumou os cabelos, olhando no espelhinho em cima da pia. Assistiu, admirada, ao contentamento invadindo sua feição. Quis chorar. Então parou de se olhar no espelho, secou as mãos, alisou o vestido e saiu. Valdemir estava parado ao lado do caminhão. Quando viu Flor novamente, ajeitou uns pacotes embaixo do braço e veio na direção da moça com seu melhor sorriso.

– Seu Valdemir, o senhor trouxe o caminhão bem cheio de mercadoria dessa vez, hein? Decerto é porque vai viajar muito.

– Não, Florzinha. Trouxe tudo que eu tinha é para poder ficar de uma vez. Tome.

Esticou as mãos e deu dois pacotes coloridos para Flor que, muito envergonhada, segurou os presentes.

– Não vai abrir, Florzinha?

Nisso, Socorro aparece na porta da pensão e percebe que precisa agir:

– Bom dia, seu Valdemir! Já está de volta?

Ligeiro, o mascate vai até Socorro e aperta a sua mão. Troca algumas palavras de gentileza, enquanto Maria Flor some para dentro do restaurante. Tremendo, ela coloca os presentes em cima de uma mesa. Seca as mãos suadas no vestido e abre o primeiro pacote. Puxa o tecido. Vermelho, liso, um tecido como nunca havia visto, com desenhos de flores, macio, muito macio. Lembrou-se das roupas que a dona da fazenda em Lins usava. Passou o pano pelos braços, ajeitou em seu colo, imaginou-se... Abriu o outro pacote, era uma caixa dentro de outra caixa, dentro de outra caixa até chegar em uma pequenininha. Abriu: um anel. Uma pedra vermelha como o tecido. Flor colocou-os juntos em cima da mesa, foi lavar mais uma vez o rosto na pia. Sua pele morena estava umedecida pelas lágrimas. Lavou, secou, olhou mais uma vez os presentes em cima da mesa, e aquela esperançazinha cresceu mais um bocado em seu coração.

Na frente da pensão, Valdemir conversava com Socorro e seu marido, Tutico. Socorro sabia muito bem as intenções de Valdemir, Flor havia mostrado a ela o sabonete que ganhou dele. As irmãs eram unha e carne, conversavam muito. Depois que foi morar na pensão, Flor revelou para a irmã toda a sua trajetória, até voltar à Gameleira. Sentadas no terreiro da casa de Socorro, sentindo a brisa da noite, as irmãs trocavam suas experiências, sonhos e até desejos ocultos.

Flor havia dito que tinha muito gosto na conversa de Valdemir, que ele era bonito e a fazia sonhar com belezas.

Ao ver Maria Flor parada na porta do restaurante, cabisbaixa e não cabendo em si de emoção, Socorro tomou uma decisão e disse:

– Flor, vai ajeitar o almoço que eu e o Tutico queremos conversar um pouco com o seu Valdemir.

Virou-se para o mascate, apontou a porta da pensão e disse:

– Por favor, vamos entrar.

Valdemir confiava na sua conversa, fez menção para que Socorro passasse à sua frente, esperou também Tutico se adiantar e seguiu o casal. Tutico não sabia toda história da vida de Maria Flor, mas sua esposa já havia lhe dito que a irmã dela precisava de proteção. Sentaram-se os três na cozinha. Socorro coou um café, pôs um bolo na mesa e inteirou-se das intenções do moço com a irmã. Valdemir respondeu com sinceridade que queria namorar Flor, agradar, no respeito e no rumo para casamento de papel passado, quem sabe até abrir um comerciozinho ali mesmo na Gameleira, criar filhos e todas as continuações necessárias. De braços cruzados, muito sério e deixando tudo a cargo da esposa, Tutico olhava direto para o moço, exigindo seriedade e comprometimento.

Enquanto isso, na cozinha do restaurante, Flor mexia nas panelas. Além do almoço, tinha que fritar salgados e assar biscoitos. Errou a mão várias vezes, exagerou no açúcar, queimou os biscoitos, não cuidou do sal. Nervosa, estava sempre olhando pela janela o movimento da pensão. Nada, ninguém entrava nem saía. Aquece o forno para os biscoitos, unta a assadeira, olha por cima do muro. Nada. Tenta escutar, escondida atrás da cerca. Só percebe uma conversa baixa, não dava para pescar uma só palavra. Até que... ufa! Saíram. Os três juntos. Viu Valdemir ir até o caminhão, buscar mais uns pacotes e voltar para a pensão. Socorro foi até o restaurante, agarrou o braço de Maria Flor e a levou para o fundo do quintal. Ali, sentaram-se embaixo de uma mangueira, e Socorro resumiu a conversa com Valdemir:

– A intenção do moço é boa. Você se guarde. Podem namorar aqui, só com a gente por perto. Pode passear de dia. Conversa com ele, irmã, escuta mais que fala. Se o que estiver sentindo for amor de verdade, se o moço cair no nosso gosto, enfim, se for verdade o sentimento, você se guarde. Aí tudo se ajeita. Agora vai lavar o rosto que está com uma cara assustada e agoniada, depois vamos almoçar com o moço lá na pensão. O Tutico está ainda conversando com ele, conversa de homem, responsabilidade de marido. A gente não tem mais pai e mãe. Então ele te pediu para nós mesmos.

Pela terceira vez, Flor vai lavar o rosto e volta a se surpreender com a mudança em sua fisionomia. Na primeira, viu a esperança; depois, passou para o nervoso; agora, parecia aflorar um pedacinho de certeza apontando para o rumo da felicidade.

Ouça a trilha sonora do capítulo 11. Lenha utilizando o QR Code ao lado.

12. Vertentes e afluentes

A polícia de Caraguatatuba encontrou o carro estacionado na beira da estrada de terra que dá acesso à foz do rio Juqueriquerê. O policial examinou o veículo por fora, viu que o vidro estava aberto e uma chave jogada no banco do motorista. Abriu a porta, pegou a chave e viu a mensagem de Selva, a palavra escrita em um pedaço de papel: "Acabou". Passou um rádio para a central e reportou todos os detalhes necessários para o registro de abandono de veículo.

A placa foi rastreada, descobriram que o proprietário era Lúcio, pai de Selva, checaram seu endereço e encaminharam os procedimentos. Não tardou para que o documento relatando o acontecido com o carro chegasse até Vera, irmã de Lúcio, que cuidava de seus bens.

Vera leu com atenção. Sim, o carro de Lúcio estava com Selva, mas como foi parar em Caraguatatuba? Procurou mais uma vez a sobrinha, fazia alguns dias que não conseguia falar com ela. Nada. Viu um telefone de contato no documento que recebeu e ligou no mesmo instante para saber os pormenores. O carro havia sido abandonado sem sinal de arrombamento e estava no pátio da polícia, em Caraguatatuba, aguardando que o responsável viesse buscá-lo.

Vera ligou para o hospital que trabalhava e tirou o dia seguinte de folga. Acordou cedo, pegou a procuração que lhe dava todos os poderes para cuidar dos assuntos do irmão, entrou em seu carro e desceu a serra. Em Caraguatatuba, foi direto até o pátio. Apresentou para o encarregado os seus documentos, os do irmão e a procuração de Lúcio. Então foi encaminhada para a sala do delegado que, segundo o funcionário, precisava ter um particular com ela.

O homem recebeu Vera educadamente, ofereceu uma cadeira a ela e pediu ao funcionário que trouxesse dois cafés.

– A senhora aceita?

– Com prazer.

– Dona Vera, esse carro é do seu irmão, correto? Mas, pelo que entendi, ele não dirige mais, correto? Se não tem sinal de arrombamento e ninguém havia prestado queixa, certamente a senhora sabe quem conduzia o veículo, correto?

– Sim, a minha sobrinha, Maria do Céu.

O funcionário chegou com o café, Vera agradeceu, deu um gole. Doce, muito doce. Então o delegado lhe esticou um pedaço de papel.

– Este bilhete estava em cima do banco, junto com a chave, quando encontramos o veículo. A senhora sabe de alguma coisa?

Vera pegou o pedaço de papel e leu aquela única palavra: "Acabou". O café, a expectativa em relação ao carro ter parado lá em Caraguatatuba, o sumiço de Selva nesses últimos dias, o açúcar percorrendo seu sangue, o olhar cansado do delegado, que perguntou novamente:

– A senhora sabe de alguma coisa? A sua sobrinha está onde?

Como Vera não respondia, o delegado reportou a situação, enquanto mexia em uns papéis à sua frente.

– A senhora me desculpe, mas, pela nossa experiência, foi aventada a hipótese de suicídio.

Então contou-lhe toda a investigação: toparam com o carro abandonado perto da trilha que dá na foz do rio Juqueriquerê. Ali na margem do rio, presas à vegetação, encontraram as roupas de sua sobrinha. No bolso da calça, completamente molhados, estavam os documentos de Maria do Céu.

– A senhora aceita mais um café?

Vera repara que havia terminado seu café. O açúcar melando sua saliva, a cafeína e o relatório do delegado embaralhavam seus pensamentos. Sim, era uma notícia que poderia ser terrível, mas alguma coisa dentro dela lhe dizia: não, não, não!

– Dona Vera, desculpe se estou sendo tão direto. A senhora aceita mais um café?

– Não, obrigado. Posso olhar as roupas e os documentos?

– Claro. Fique à vontade. Vou buscar mais um café pra mim.

Esticou a sacola para Vera e saiu da sala. Ela olhou os documentos da sobrinha, examinou as roupas. A suspeita do delegado, em uma palavra terrível: suicídio. Enquanto olhava a camisa de Selva – fedida, embolorada e amarrotada, guardada no saco plástico –, uma certeza brotou em Vera. Lembrou-se do temperamento intempestivo da sobrinha, os pedidos que Lúcio vivia fazendo para que ninguém ficasse cuidando dele. As ideias foram se ligando, viu mais uma vez o bilhete escrito "acabou" em cima da mesa do delegado, então jogou a roupa no chão e disse, baixo, para si mesma:

– Desgraçada!

Nesse instante, o delegado voltou para a sala.

– A senhora está bem?

O delegado sentou-se novamente à sua frente. Vera apanhou do chão o pacote com as roupas e os documentos de Selva. Conhecia muito bem a sobrinha. Sabia que uma vida para ela era pouco, Sel sempre precisou de mais. Além do que, nadava muito bem. Aquele bilhete era uma farsa. O delegado voltou à ação:

– A senhora desculpe se estou lhe dando essa notícia, mas a nossa função...

Com a boca ainda tomada pelo açúcar, Vera esboçou um sorriso, até encontrar a palavra certa. Então interrompeu o delegado e disse:

– Senhor, fique tranquilo, já sei o que aconteceu. Minha sobrinha estava ameaçando isso há muito tempo: ela entrou pra hippie. Esse bilhete que ela deixou, dizendo "chega", é referente a um basta à sociedade de consumo, aos valores da sociedade, essas coisas de hippie. Depois que meu irmão, o pai dela, foi internado, Maria do Céu só falava nesse assunto. O senhor sabe como é, deixa ela quebrar a cara então. A vida vai ensinar. Céu entrou pro movimento hippie, doutor...

O delegado escutou com atenção. Então pegou uma papelada, preencheu um formulário e alertou Vera em relação à sobrinha e aos perigos que a juventude passa com sua rebeldia desenfreada. Vera foi sentindo uma mistura estranha: alívio e raiva, por sua sobrinha ter sumido desse jeito, abandonado o barco. Deixou o delegado cumprir sua função, entregar-lhe documentos e conselhos, enquanto ela olhava para o ventilador, a janela aberta, o calor do sol dominando tudo a sua volta.

– Por favor, dona Vera, verifique se os dados nos formulários e documentos estão corretos.

Em seguida pediu para o funcionário emitir uma guia, com o valor a ser pago do estacionamento e o reboque do carro até o pátio. Enquanto entregava a papelada, explicou como seria o procedimento para que ela levasse o carro. Com tudo resolvido, despediram-se cordialmente. Quando Vera saiu da delegacia, viu que estava com duas chaves de carro na mão: a sua e a do seu irmão. Balançou a cabeça, um pouco desanimada. Pagou mais uma diária do estacionamento do carro no pátio, disse que voltaria no dia seguinte. Estava muito quente, o mar tão próximo, então comprou um biquíni, uma toalha e foi tomar um banho de mar. Sabia que teria que subir a serra, deixar seu carro em casa e no dia seguinte retornar de ônibus para buscar o carro do irmão em Caraguatatuba. A raiva e o alívio em relação à Selva juntavam-se agora a uma preguiça monstro por ter que rodar esse tanto para buscar o carro de Lúcio.

Depois de tomar banho de mar, lagartear no sol e comer um sortido com peixe, Vera recuperou o humor e pegou a estrada. Matutando, resolveu respeitar o movimento da sobrinha, deixar que ela batesse cabeça pelo mundo. Afinal de contas, trabalhava de enfermeira, era separada e criava sozinha seus dois filhos. Tinha muito mais o que fazer do que sair correndo atrás das loucuras de Selva. Imaginou qual seria uma boa história para contar para Lúcio, porque pelo jeito a filha dele iria sumir. Não conseguiu achar nada que fosse bom o suficiente, que justificasse para seu irmão a ausência de Selva.

No dia seguinte, pegou o ônibus logo cedo para Caraguatatuba. Tirou o carro do pátio e foi dar mais um mergulho. O mar unia a todos. Sentada na areia, olhava as pedras, a praia, os barcos, imaginando qual rumo a doida de sua sobrinha havia tomado. Voltou de Caraguatatuba e passou direto na clínica onde Lúcio morava. Seu irmão estava sentado em um banco no jardim, tomando sol. Recebeu a irmã com alegria. Depois de uma conversa um pouco desencontrada, perguntou pela filha. Vera respondeu a primeira coisa que lhe veio à cabeça:

– Foi viajar para a Jureia, fazer um trabalho de coleta de plantas para a faculdade.

Lúcio abriu um largo sorriso, bateu nas pernas e disse para a irmã:

– Ora essa, eu sabia! A China é longe, custa muito pra chegar. Mas ela embarcou! O trabalho dos médicos de pés descalços é muito custoso, feito em lugares sem comunicação justamente para não atrapalhar a concentração no estudo e no que realmente importa: a saúde. Do paciente, claro. Mas do médico também. E poder fazer isso dentro de casa! Imagina, sem hospital. Sem farmácia. Olho no olho. Que língua será que ela vai falar? Ora essa, a língua do cuidado com o ser humano, da atenção à sua história. Aqui mesmo, Vera, olha só! – E apontou para cima dos telhados da clínica. – Cadê a montanha, onde são plantadas as ervas? Você sabia que na Mantiqueira tem uma planta chamada "vaporub"? É porque tem o cheiro daquele Vick. Isso é do seu tempo? Selva na China! Finalmente, minha filha é uma pé descalço!

E continuou com a prosa nesse rumo, para grande alívio de Vera, que não precisaria justificar o sumiço de Selva. Pelo menos para Lúcio. Apesar de respeitar o movimento da sobrinha, Vera não se conformava de uma filha sumir dessa maneira. Segurou a mão do irmão, que estava fria e úmida, mesmo embaixo do sol. Procurava seguir o raciocínio de Lúcio, como se ajeitar em suas referências. De repente, ele parou numa palavra:

– Quando a pessoa apura o seu desejo, ainda mais uma filha, a gente não pode querer cobrar que ela... Cobrar... cobrar...

Então olhou firme para Vera e disse:

– Lembra do que eu te pedi, irmã? Tem alguma coisa que pedi muito para você, fiz que me prometesse, só não lembro o quê. Era uma cobrança, uma obrigação...

Vera lembrava-se, claro, ele havia repetido milhões de vezes: não era para ninguém levá-lo para casa, queria viver sem parente nenhum trocando sua fralda, queria morrer só. Então olhou para o irmão e disse:

– Lúcio, pelo amor de Deus, sim, eu lembro e vou cumprir o prometido.

Mais uma vez, Lúcio bate com as mãos em suas pernas e fecha a questão, da sua maneira, seguindo sua linha própria de raciocínio:

– Ninguém tem culpa, irmã. Cada um tem sua vida. Você tem seus filhos, seu trabalho e não venha aqui por obrigação! A Selva não vem. Ela tá na China. Ninguém tem culpa do que a vida lhe cobra. Quero ir para o quarto.

Os irmãos levantam-se, Vera encaminha Lúcio para um enfermeiro, dá um beijo em sua bochecha, um abraço apertado. Ele se solta, um pouco incomodado. Vera sorri, passa na recepção para verificar se está tudo de acordo e volta para o carro. Repara que o chão do carro está cheio da areia da praia. Lembra-se do mergulho, da água na temperatura exata para o acolhimento. Vai para casa pensando no modo como as coisas que não têm forma definida – problemas, soluções, expectativas, carinhos – acabam se encaixando, de uma forma ou de outra, de acordo com suas próprias necessidades.

A cabeça de Lúcio foi ficando cada vez mais apartada do comportamento dito normal. O corpo padeceu e embarcou na confusão da cabeça. Caiu no banheiro, quebrou o fêmur. Teve todos os cuidados no hospital e na clínica. Mas foi apagando, corpo e espírito, cada qual seguindo seu rumo. Até que chegou ao fim. Morreu. Vera tomou todas as cruéis providências desse momento. Tanto no velório quanto no enterro, reagia sem muita paciência quando amigos e familiares lhe perguntavam sobre o paradeiro de Selva. Respondia, secamente:

– Entrou para os pés descalços. Procure se informar. Está na China, incomunicável. Ninguém tem culpa.

O casamento de Maria Flor foi um acontecimento. Valdemir quis tudo do bom e do melhor. Encomendou de Belo Horizonte um vestido lindo para Flor e um terno de linho para a cerimônia. Casaram-se no civil. Deixaram o religioso para depois – seria na festa da Serra das Araras, quando os padres vinham para os casamentos e batizados coletivos. Firmaram a união na casa do Antônio escrivão e foram festar no quintal da pensão e restaurante. Depois da reza, dançaram muito. Um sanfoneiro animado e careteiro, trazido de Januária, chegava a arrepiar de tão bom. Os noivos eram só felicidade. Festaram até de madrugada. A única ausência sentida na festa foi a de Teófilo.

Socado na casa de Zé da Lira, ele teve uma diarreia lascada. Pediu que Luduvina levasse seu presente e explicasse sua ausência. Ficou fechado em casa, com a lamparina baixa, tomando chá da casca de jatobá, conforme os ensinamentos da velha Luduvina, e remoendo raiva. Não entendia por que a vida o castigava daquele jeito, qual pecado tinha cometido, quem tinha desrespeitado. No tempo todo que conviveu com Zé da Lira, até o falecimento dele, proseava sempre com o velho, pedindo esclarecimento. Sofria por causa de Maria Flor, tinha tanta vontade e saudade que chegava a doer o peito. Nessas conversas com Zé da Lira, o velho procurava ter paciência com a insistência do rapaz.

– Teó, não pode, moço. Na lei de Deus, irmão não namora com irmã. Na lei dos homens, também não. É pecado lá e cá.

– Por quê, seu Zé?

– Ara, e eu é que sei? Engole essa tristeza e vê se arruma outra dona pra namorar e casar. Cê tem muito tempo.

– A gente namorou na linha do trem. Eu amo a Flor.

– Teó, você me disse que ela não quer mais. Então se acabou. Ela não quer, o povo vai te julgar, Deus vai te castigar. Precisa de mais alguma coisa para quietar com isso?

– Mas quando a gente ficava...

– Vai caçar o que fazer, Teófilo! Tem roça pra carpir, água pra buscar, galinha pra cuidar. Some daqui!

No começo, quando Teó via a irmã junto com o mascate, primeiro achou bonito. É que Maria Flor passou a usar uns vestidos tão ajeitados e tinha uma feição tão extraordinária, que parecia, parecia... Caçou em suas ideias algo que parecesse com a lindeza da irmã, até que achou: parecia o que ele sentiu quando se banhou pela primeira vez no mar de Ilhéus, uma delícia sem explicação possível. Mas o achar bonito durou pouco. O mascate a chamava de Florzinha, além de mirar sua irmã com olho de dono, rindo alto para todo mundo reparar.

Muitas vezes imaginou estar matando o mascate. De várias maneiras. A que mais se ajustava e fixava em seu pensamento era a poder de faca. Melhor, de facão. Como aquele que arrancou o braço de Jonas. Via-se picando o corpo do mascate. A dor de cabeça que o perseguia por esses tempos, no dia do casamento virou uma caganeira medonha. Já tinha separado uma roupa para o festejo, largada em cima da cadeira. Enquanto se aliviava na fossa atrás de casa, imaginava-se todo elegante descendo o facão no noivo, para desespero de todos. Fazia questão de fixar na cachola o momento que sua irmã presenciava a briga, desesperando-se pelo marido atingido. Depois as imagens se confundiam: fugia com ela, as pessoas o prendiam, Flor arrancava o facão de sua mão e arrancava seu braço fora.

O casal foi morar em uma casinha na saída da Gameleira. Teófilo se esforçou e foi tomar um café na nova casa da irmã. Ficou pouco tempo, pedindo licença que o prazo era curto e o serviço na roça demasiado. Valdemir puxou muita conversa com o novo cunhado. Flor tentou agradá-lo com bolo e carinho de irmã. Dizia que a família estava crescendo. Teófilo sorria pouco, respondia com educação, olhava para seu pé sobrando no chinelo gasto. Achava bom que Valdemir o tratasse por "senhor", afinal ele lhe devia respeito. Quase se animou quando Flor lhe pediu que contasse como eram os navios e o monstro que atacava o porto de Ilhéus. Começava a contar e terminava o assunto ligeiro. Tinha uma voz soando em sua cachola, mandando-o não gostar do mascate, mesmo sendo um moço tão atencioso, educado, mas que olhava para Flor com tanto desejo...

Logo os filhos de Maria Flor e Valdemir vieram. O tempo foi empurrando os sentimentos para lugares possíveis e suportáveis de convivência. Os filhos de Flor se misturavam com os de Socorro. Valdemir conquistava a todos com sua alegria e lábia de mascate.

Teófilo passou a cuidar sozinho também das terras de Luduvina, que não estava mais dando conta de trabalhar na roça e ainda começou a variar da cabeça. Quiseram levá-la ao médico, mas ela dizia que tudo que precisava tinha no quintal, suas ervas e plantas, e que estava para nascer quem a fizesse montar num animal e ir consultar um doutor.

No caminho da Gameleira para a casa de Luduvina, morava um perigo para Maria Flor: a certeza da presença de Teófilo no sítio, com seu desejo solto. A vontade sem fim que seu irmão tinha de namorar deixava Flor confusa. Amava seu irmão, como aos outros, mas tinha uma afeição diferente por Teófilo, decerto por terem passado juntos momentos apertados, por terem se reencontrado como por milagre na estação de Montes Claros e também por terem se amado à beira dos trilhos do trem, vigiados pelas estrelas. Não distinguia se a forma como Teófilo a olhava nesses tempos era amor reprimido ou raiva.

Mesmo essa atitude do irmão foi amansando com o tempo. Depois que Flor e Valdemir tiveram a primeira filha, Teófilo encantou-se com a menina. E parecia não haver mais sentimento de queixa, nem cobrança, nem de amor escondido. Tomavam café juntos, almoçavam, chegavam a rir muito de suas lembranças.

Nas idas de Maria Flor para visitar Luduvina, vez ou outra ela parava para uma prosa com o irmão. Teófilo estava sempre próximo à trilha quando Flor passava por ali, parecia até ser um capricho do destino... Foram pondo gosto nos encontros. Socorro observou o movimento, chegou a conversar com Maria Flor sobre isso, mas ela argumentava que era muito bom os irmãos se acertarem, para que a família vivesse feliz. Socorro respondia, balançando a cabeça:

– Família, sim. Pecado, não. Presta atenção, Flor!

– Não está acontecendo nada de mais, irmã!

Comentava-se muito na Gameleira como Flor ficava cada vez mais bonita, amadurecia em plena beleza. Além da simpatia com os fregueses do restaurante e da pensão, do amor que demonstrava pelos filhos e sobrinhos, ela carregava uma certa tristeza e mistério, marcas de sua história, que cativava a todos. Quando Valdemir tinha que viajar a trabalho, ele carregava junto os seus ciúmes. Emburrava e ameaçava a esposa. Dizia que não queria que ela saísse tanto e que era errado dar conversa para quem a chamasse. Não entendia por que ela tinha essa obrigação e dever de levar agrados para Luduvina e por que demorava tanto quando ia na casa daquela velha que o tratava com tamanho desdém.

Teófilo, Socorro e Maria Flor tinham Luduvina como sua mãe de criação. Do jeito bruto dela, havia criado Teófilo, cuidado de Maria Flor e, desde que a mãe deles morreu, sempre esteve pronta para ajudar. A velha não dava muita atenção para o marido novo de Flor, até disse a ela que não confiava em homem nenhum com a mão lisa naquele tanto. Mas como todos sabiam de seu jeito, acabavam rindo da implicância. Flor gostava de visitá-la para levar os doces e salgados que Luduvina sabia apreciar.

Os irmãos chamavam Luduvina de mãe: mãe Luduvina. No começo a velha estranhou, mas depois sentiu um prazer imenso, a palavra "mãe" dita espontaneamente, com carinho e amor de filho, encontrava um abrigo bruto e sincero em seu peito.

Chegou aos seus ouvidos o gracejo que faziam na Gameleira, dizendo que Teófilo era filho seu com Zé da Lira. No mesmo instante em que lhe contaram, Luduvina foi até o comércio, entrou no bar mais frequentado, onde se espalhavam as notícias, bateu no balcão e falou, alto:

– Se eu souber quem é o filho da puta que está fazendo graça com essa história de que Teófilo é filho meu com o finado Zé da Lira, vou dar uma surra no desgraçado bem aqui, na frente de todo mundo. Seja homem ou mulher!

Um silêncio mortal se espalhou pelo bar. Antes de sair, Luduvina disse, em tom mais baixo:

– Tá dado o recado! Podem voltar pra cachaça, bando de vagabundo.

Enquanto Teófilo trabalhava na roça de Luduvina, não despregava os olhos da porteira. Sua mãe aparecia de repente, sem avisar, bronqueava, vistoriava o serviço e sempre tinha algum palpite para dar. Depois, com dificuldades para andar, foi ficando mais em casa. O seu quintal, para quem desconhecesse a ciência de Luduvina, dava a impressão de ser um amontoado de mato. As ervas pareciam displicentemente plantadas, mas, na verdade, eram criadas com cuidado uma ao lado das outras, para se ajudar e brotar com viço. As pessoas iam à sua casa queixando-se de dores, fígado ruim, espinhela caída, até quebrante. Tudo que as afligisse e precisasse de uma solução. Na Gameleira não havia farmácia, então Luduvina ia no quintal, escolhia as ervas, dizia como fazer o chá, xarope, ou a aplicação da folha moída, com o que misturar e como manter o cuidado.

Algumas vezes pedia para Teófilo buscar a casca de algum pau, folha ou fruto de uma árvore que ficasse mais longe de seu quintal, mas que eram necessários para as receitas. Teófilo apreciava muito a sabedoria de sua mãe e, acostumado desde criança com essa atividade importante e fundamental para as pessoas, foi criando gosto e curiosidade em aprender a ciência da natureza de Luduvina. Ele não mexia em nenhuma folha do quintal sem antes perguntar se podia. Conforme a cabeça de Luduvina foi se despregando da realidade, as pessoas muitas vezes pediam diretamente a Teófilo que lhes receitasse algo. Mesmo que soubesse o procedimento, com jeito ele pedia à sua mãe como deveria agir. Também revelava a ela para quem era o pedido, pois Luduvina havia lhe explicado que o mesmo remédio que serve para uma pessoa pode muito bem arruinar outra.

Teófilo não se casou. Teve suas aventuras, principalmente nas festas de padroeiros dos povoados, onde juntava muita gente e alguns prazeres eram mais fáceis de serem conquistados. Com a idade, começou a se arrumar com mais cuidado, tinha na parede de sua casa uma coleção de chapéus – para cada ocasião, levava um figurino. Comprava camisas nas bancas dos mascates e pedia para Socorro ou Flor passar e engomar, para que ele as levasse nas viagens.

Circulando pelas festas, Teófilo procurava evitar a banca de mercadorias de Valdemir. Encontravam-se na rua, mas os cunhados mal se falavam, pois foi crescendo uma antipatia mútua entre eles. O marido de Maria Flor implicava com as maneiras de Teófilo, sua alegria, a cachaça que bebia e as boates que frequentava. Quando voltava para casa, sentia um certo prazer em atormentar a esposa dizendo – e aumentando – o atrevimento de Teófilo. Por sua vez, Teófilo sabia das aventuras de Valdemir, via ele se engraçando com as freguesas, sofria por sua irmã e criou ódio pelo mascate.

O sítio de Luduvina e Zé da Lira virou um só terreno. O movimento do sítio até o povoado da Gameleira, passou a ser maior. Os filhos de Flor e Socorro iam sempre levar algum recado, comida, buscar feijão, milho e mandioca, ou mesmo ajudar na roça.

Um dia, sentada na frente da pensão, tomando a fresca e assuntando as brincadeiras dos meninos na rua, Socorro teve um sobressalto: percebeu uma revelação estampada no rosto de seu sobrinho Luiz, o segundo filho de Maria Flor. Esse menino era a cara de... não, isso não era possível! Tentava espantar a ideia, mas ela voltava e grudava na sua fuça, invencível. Luiz era a cara de Teófilo! Claro, isso não queria dizer nada, afinal de contas sobrinho e tio podem muito bem ter alguma parecença... Mas ali era demais de igual. Reparou no modo de andar, a cabeça, o sorriso. Sua mão começou a suar, a cabeça passou a trabalhar descontroladamente, então Socorro levantou-se, assustada e nervosa, indo cuidar da janta para espantar a revelação que não desgrudava de sua retina. Estava cuspido e escarrado que essa parecença não era por ser tio, mas sim por um parentesco ainda mais próximo.

Os sobrinhos de Teófilo cresciam e encorpavam. Luduvina variava cada vez mais, tinha momentos que não reconhecia os próprios filhos. Valdemir seguia viajando, vendendo suas mercadorias e, ao mesmo tempo que trazia presentes para Maria Flor, arrumava novas namoradas. Socorro se assustava com a parecença de seu sobrinho Luiz com o irmão Teófilo. Sua suspeita virou certeza, que ela deixou viver sempre nos escondidos, decerto um segredo escancarado na alma deles próprios.

Teófilo divertia-se com os sobrinhos, fazia estilingues, armadilhas, pequenos barcos, contava dos monstros que moravam no mar e engoliam as pessoas do porto de Ilhéus. Dava atenção ao que a imaginação deles produzia. Lembrava-se muito do tempo de criança, morando na rua do porto com os amigos sem teto nem família. Contava suas aventuras, mas deixava de lado as cenas mais violentas – como a amputação do braço do amigo –, dando preferência aos navios, o mar, as viagens de trem, as noites dormidas na rua e a camaradagem da turma.

Quando os meninos iam embora, ele voltava para seus afazeres solitários e, entre uma limpa no galinheiro, uma enxadada na terra, ou uma cerca arrumada, vinha sorrateira a sensação de culpa. Fechava os olhos e revia a briga com o homem descontrolado no cais do porto, ele sendo agarrado e espancado, os amigos surgindo no escuro para defendê-lo e o golpe fatal do facão no braço de Jonas. Aí vinha a sequência da corrida para o hospital, as noites maldormidas esperando notícias do amigo e a última conversa no quarto de hospital, com a culpa querendo explodir em seu peito.

Sentiu uma precisão imensa de saber o que a vida havia reservado para seu amigo de Ilhéus. Foi pra casa, procurou o cartão de Polo – que ele havia guardado todos esses anos com muito cuidado –, copiou o endereço e escreveu-lhe uma carta, pedindo notícias de Jonas. Neste mesmo dia, caminhou até a Gameleira, comprou um envelope no armazém, fechou a carta e parou na frente da pensão da irmã, para esperar o ônibus que passava na Gameleira e ia para Brasília. Quando o ônibus encostou, encontrou um conhecido, deu-lhe um dinheiro e pediu que ele postasse aquela carta no correio da capital.

Esperou, esperou, ansioso com o poder das palavras viajarem. Aquela folha de caderno, envelopada e despachada numa agência de correio em Brasília, seguiu até chegar no moço que cuidou de seu amigo. Quando Polo leu a carta de Teófilo, pedindo notícias de Jonas, ele percebeu que era um dos companheiros do menino sem braço, que ele havia acolhido e encaminhado. O assistente social sentia um grande prazer em acompanhar as andanças desses meninos. Como não tinha o endereço de Jonas, no mesmo instante pegou seu carro e foi para Itacaré. Encontrou-o em sua barraca de coco e mostrou a carta de Teófilo. Jonas ficou feliz, lembrou-se de vários acontecidos no cais do porto. Então Polo aproveitou a animação, pegou um caderno e disse:

– Jonas, por favor, abre um coco pra mim. Aproveitando o embalo, vamos responder a carta do seu amigo, deixando também seu endereço. Quem sabe um dia vocês não voltam a se encontrar!? Você vai falando e eu escrevo, beleza?

Acostumado com esse tipo de situação, Polo ia puxando conversa com Jonas e escrevia suas frases no caderno. Ao final, leu a carta inteira e pediu para ele assinar.

Quinze dias depois, o motorista do ônibus bateu na porta da pensão da Gameleira, com uma carta na mão, perguntando se alguém ali conhecia um tal Teófilo. Socorro convidou o motorista para entrar, ofereceu um café e pediu para seu filho levar aquela carta imediatamente para o tio. O menino foi correndo, pois nunca tinha chegado uma correspondência para Teófilo. Encontrou o tio lidando com a roça de mandioca.

– Tio, tio, chegou uma carta, o ônibus trouxe. Pro senhor!

A notícia aguardada, Teófilo correu para lavar as mãos. Pegou a carta, abriu, o menino reparou que as mãos do tio tremiam enquanto ele lia a resposta de Jonas. Teófilo abraçou o sobrinho, agradeceu e parou um instante seu trabalho na roça. Sentou-se, pegou seu caderno e teve que controlar a emoção para conseguir escrever para o amigo, pedindo e dando notícias, dizendo que precisavam se encontrar para lembrarem juntos os tempos de moleque vividos no porto de Ilhéus.

Jonas respondeu apenas duas das várias cartas que Teófilo passou a lhe enviar. Depois não teve mais paciência. Parece que percebia, escondida atrás das palavras e dos convites para que fosse visitá-lo no sertão da Gameleira, a culpa que Teófilo carregava. Isso fazia com que Jonas lembrasse de seu braço, da falta dele, dos dias passados no hospital, a crueldade e as aventuras da sua vida na rua. Então parou de responder. Polo manteve o contato com Teófilo e, quando se aposentou, chegou a visitá-lo na Gameleira.

Volteando, volteando... Foi assim que, em Itacaré, quando Jonas flagrou Selva e seu filho se amando na praia e ouviu da boca de Selva que ela buscava o sertão e o cerrado, lembrou-se das cartas de Teófilo e sua insistência para que fosse visitá-lo na Gameleira. Então percebeu que de uma só tacada resolveria duas questões: acalmaria a culpa de Teófilo e livraria seu filho da tentação e companhia perigosa de Selva. Era só juntar Selva e Teófilo, eles que se entendessem.

Tantos caminhos oferecidos, outros impossíveis de se evitar. Vertentes e afluentes. O rio correndo, despejando no outro, buscando a trilha certa para acompanhar os desejos, acalmar as aflições, juntar irmãos, sobrinhos e filhos, aguar o futuro. Esse movimento caudaloso desembocou em uma estrada miúda, no sacolejo de um ônibus de linha, comum, que estacionou na Gameleira, onde Selva desembarcou para o encontro marcado com Teófilo.

Ouça a trilha sonora do capítulo 12. Vertentes e afluentes utilizando o QR Code ao lado.

13. O encontro

Para explicar à moça que desceu do ônibus onde é a casa de Teófilo de Luduvina, o dono do bar vai até a porta, aponta para a rua em frente e ensina o caminho:

– A senhora vai aqui direto, até sair do comércio. Logo no começo da pista, vai encontrar o grotão do tabocal. Segue. Quando chegar no tamboril, beira o arame até topar com a sicupira-preta. Aí é só rodear o vau do Ribeirão do Meio que já avista a casa do Teófilo.

Selva escuta com atenção a explicação dada em detalhes para chegar até a casa de Teófilo, então agradece e sai na direção que o homem apontou, sem fazer a menor ideia do caminho a seguir. Grotão, tamboril, beirar arame, rodear vau, sicupira-preta... que referências são essas? Ela está acostumada com: vire à esquerda, direita, rua isso e aquilo, número tal e tal. Ajeita a mochila nas costas e segue, procurando o tal grotão do tabocal. Quando se convence de que não vai saber encontrar nenhuma daquelas referências, passa a perguntar para quem encontra pelo caminho, pausadamente, sobre o caminho certo para se chegar na casa de Teófilo. E assim, passo a passo, segue as indicações, sem realizar que está semeando seu rumo dentro do cerrado.

Finalmente encontra uma casinha de pau a pique no fundo de um terreiro com árvores frutíferas, rodeado por uma cerca feita de pau tirado do mato. Bate palmas e chama:

– Ó de casa, ó de casa!

Um rapaz aparece. Selva pergunta:

– É aqui a casa de seu Teófilo?

– É sim, senhora.

– Pode chamar ele, por favor?

– Posso sim, senhora.

O moço vai até o fundo do terreiro e grita:

– Tio, ô tio, tem uma dona atrás do senhor.

Passa um tempinho, vem o homem, limpando a mão na calça.

– Bom dia. Está me procurando, dona?

– Seu Teófilo?

– Sim, senhora.

– Estou vindo da parte do Jonas, de Ilhéus, me recomendou que eu procurasse o senhor.

Teófilo então se apressa, abre um sorriso, seca mais as mãos nas calças e empurra o sobrinho.

– Abre pra moça, Luiz! A senhora é amiga do Jonas? O Jonas, de Ilhéus? Entra, moça, faça o favor. Abre essa porteira para ela, menino.

Luiz corre, tira a tramela e deixa Selva passar. Teó abre ainda mais o sorriso e dá a mão para a moça.

– Muito prazer, seu Teófilo, o Jonas falou muito bem do senhor!

– Mas vamos entrar. Venha, moça, entra! Como é seu nome?

– Pode me chamar de Sel. Meu apelido é Selva...

– Quer almoçar, filha? Já almoçou?

– Já sim, seu Teófilo, obrigada.

– Ô, Luiz, ponha uma água no fogo, vou coar um café. Mas, moça, que bom! Que notícias me dá do Jonas? Ele casou, foi?

Então Selva conta sobre Jonas, seus filhos. Teófilo acompanha, muito interessado.

– Seu Teófilo, ele ganha a vida e sustenta a família vendendo coco na praia!

– Coitado...

– Não! Ele está bem. Não vende só coco, tem uma barraca e atende os turistas. Final de semana e temporada consegue um bom dinheiro!

– Coco?! A senhora disse que ele vende coco? Mas ele também abre o coco? Como ele faz...

Selva adivinha o interesse do homem e vai logo explicando:

– O senhor acredita que ele encaixa o coco em um tronco, vai batendo o facão, virando o coco com uma mão só e abre certinho? Sozinho!

– Mas, moça, não tem ninguém para ajudar?

– Tem sim, seu Teófilo. Mas o senhor conhece o Jonas, ele quer fazer tudo por sua conta. E pediu para falar pro senhor que esse braço a menos faz até ele vender mais que os outros. Pois virou uma atração, isso dele abrir coco só com uma mão.

Enquanto tomam café, Selva diz que gostaria de passar uns dias na Gameleira, para conhecer o cerrado e o sertão.

– Mas a senhora é de onde?

– Sou de São Paulo.

– Que mal lhe pergunte, por que a senhora, que vem lá das importâncias do São Paulo, quer conhecer essa nossa fraqueza toda?

Sentindo confiança na companhia de Teófilo, Selva despeja todo o seu desejo de conhecimento, o amor pelas plantas, as curas que elas podem proporcionar. Fala do mangue, da sabedoria de Maria Preta, da sua precisão em conhecer os segredos da terra. Teófilo escuta com atenção, sorri, balança a cabeça, não entende muito essa empolgação de Selva, mas se sente feliz em compensar de alguma maneira o sentimento de dívida que ele tinha com Jonas.

Diz a Selva que ela poderia ficar na casa da sua irmã, Maria Flor, que morava na entrada da Gameleira, nem meia légua dali. Teófilo sabia que, mesmo com a diferença de idade que eles tinham, as pessoas poderiam fazer um mundo de fofocas em ver aquela moça pousando em sua casa – afinal de contas, ele morava sozinho e era solteiro. Aponta para o sobrinho e diz:

– Luiz é filho de Maria Flor, amanhã ele pode te trazer para conhecer a roça.

Depois do café, Teó vai com Selva e Luiz para a casa de sua irmã. No caminho, beirando o cerrado, Selva admira-se com as árvores retorcidas e o chão de areia carinhando seus pés. Em frente a uma casa bem cuidada, pintada com capricho, Teó abre o portão e chama sua irmã. Flor aparece, tem o olhar curioso, cabelos presos, bonita, olhos amarelados. Seu irmão sai contando, empolgado:

– Flor, essa moça é amiga do Jonas. Lembra? Meu amigo de Ilhéus, a gente era companheiro de rua, depois ele se acidentou... Pois ele deu o meu endereço pra dona Sel, e essa moça veio parar aqui! Bateu direitinho lá em casa.

Claro que Flor se lembrava da história, que tantas vezes seu irmão havia contado e recontado.

– Mas vamos entrar, acabei de assar biscoito!

Maria Flor abraça Selva com carinho e puxa os dois para dentro de casa. Enquanto ela servia o biscoito, Selva repara em sua beleza sertaneja: era uma senhora bem cuidada, de sorriso luminoso, delicada e firme ao mesmo tempo. Teófilo nem entrou na casa, ficou parado na porta, encostado no batente.

Teófilo explica para a irmã que a moça gostaria de passar um tempo com eles na Gameleira. Queria conhecer o cerrado. Disse que ela "trabalhava para uma escola de plantas no São Paulo". Selva não quis interromper Teófilo – se já era difícil para ela entender sua própria viagem, imagina para os outros. Então Teófilo pede para a irmã se a moça não poderia pousar em sua casa por esses dias.

Apesar de não entender o que seria essa escola de plantas que faz uma moça ainda nova despencar lá de São Paulo para a Gameleira, Maria Flor não hesitou em aceitar o pedido. Arrumou ligeiro um quarto para Selva, tirando as coisas de seus filhos, mesmo com os protestos da nova hóspede que não queria incomodar, dizendo que qualquer cantinho seria suficiente.

Teófilo apressou-se para ir embora. Combinou com Flor que ela mandasse Luiz levar Sel no dia seguinte lá para a sua roça.

Despediu-se, parecia um pouco incomodado, olhando para o outro lado da estrada. Selva sentia que estava sendo bem recebida por Maria Flor, mas tinha algo de muito estranho na pressa de Teófilo, parado na porta, sem entrar na casa, olhando sempre para o portão. Percebeu certa vergonha e uma cerimônia entre os irmãos.

Depois do café, Maria Flor disse para Selva ficar à vontade que ela iria ligeiro até o comércio. Sel sentou-se no banco em frente à casa, admirou como o quintal era bem cuidado e remoeu um desconforto: era evidente que Maria Flor havia tirado seus filhos do quarto para que ela dormisse ali. Resolveu que no dia seguinte, depois de conhecer a roça de Teófilo, procuraria outro lugar para pousar.

Flor volta com suas outras duas filhas. Cumprimentam muito educadamente a moça, e Selva percebe que elas já haviam sido avisadas pela mãe, pois passam direto pelo quarto, guardam seus livros da escola em cima de uma mesa e vão para o terreiro. Flor chama Selva para a cozinha. Enquanto conversam, preparam juntas o jantar para a família. Depois de um momento, Flor olha pela janela e diz:

– Sel, meu marido já vai chegar. Ele é muito cismado, especula muito. Não é bom você dizer toda essa história do Jonas, do amigo do Teófilo. Diz só que veio atrás das plantas, esses negócios de escola, faculdade, tá?

O jeito de Maria Flor perguntar não era de quem esperava uma resposta, mas de quem não deixava a menor dúvida de como a pessoa deveria agir. Selva entendeu e disse:

– Claro! E, dona Flor, eu não gostaria de incomodar, de jeito nenhum! Logo vou me acertar por aqui, viu?

– Minha filha, eu sei o que é estar longe de casa e sentir precisão. Fique o tempo que quiser. Aqui é sua casa!

E olhou firme para Selva. Essa comunicação bastava para as duas mulheres intensas e sinceras.

Já anoitecendo, surge Valdemir. Maria Flor apresenta a nova hóspede. Valdemir abre o sorriso, animado com a boniteza da moça, diz que ela é muito bem-vinda e vai se lavar na bacia do terreiro. Jantam na cozinha, enquanto os filhos do casal pegam seus pratos e se espalham pela casa.

Durante a janta, Selva conta a Valdemir que ela quer aprender sobre o cerrado e que Teófilo havia lhe convidado para conhecer a mata preservada no fundo da roça de Luduvina. Bem nesse instante, Selva repara que Valdemir olha firme para a esposa. Flor baixa os olhos. Logo em seguida ele termina de comer, deixa o prato em cima do fogão a lenha, levanta-se e vai fumar no terreiro. As duas mulheres terminam o jantar em silêncio; uma curiosa, e a outra fechada.

Na manhã seguinte, logo cedo, Luiz leva Selva para a roça. O rapaz caminha em silêncio, enquanto Sel firma em sua mente a decisão de buscar outro lugar para ficar. Apesar da sinceridade e do carinho que sentiu em Maria Flor, tinha algo que criava uma tensão quase insuportável em sua casa.

Na beira do Ribeirão do Meio, numa descaída do terreno de sua roça, Teó está abrindo covas com um sacho.

– Já acordou, dona Sel? Caiu da cama, é?

– Bom dia, seu Teó. O senhor está plantando o quê?

Luiz levanta a mão e pede:

– Bença, tio?

– Deus te abençoe, Luiz.

– Vou deixar a dona mais o senhor e voltar pra casa pra ajudar a mãe, tá?

Despedem-se do rapaz, que pega o caminho de volta, gingando e chutando pedra. Teó mostra o terreno e explica o serviço:

– Olha, tô abrindo cova para plantar mandioca. Ali na beira do rio tem feijão e arroz mais adiante. Aqui a gente é fraco, então tem que plantar para o sustento.

Não demora para que Selva esteja ao lado de Teó, trabalhando, aprendendo a lidar com as ferramentas, com vontade e determinação.

Quando o sol já está alto, Teó chama Selva para o almoço. No caminho de casa, ele vai mostrando as árvores do cerrado.

– Esse pau aqui a senhora conhece? Cagaita. Toma.

Dá o fruto para Selva que aprecia com gosto, sentindo a textura, engolindo a seiva.

– Aquele ali é o pau-terra, atrás da caviúna.

Selva pede para mostrar de perto, porque não sabe o que é caviúna. Encostam-se à árvore, ela amassa as folhas e cheira.

– E aquele jacarandá, a senhora imagina o tamanho que vai ficar?

Demoram um bocado no caminho, cuidando de conhecer as árvores, suas folhas e frutos. Teófilo tem gosto em explicar, pois parece que Selva trata cada novidade como se fosse a coisa mais importante do mundo. Quando chegam em casa, Teófilo acende o fogo.

– A senhora não repare, é a janta de ontem, posso fritar um ovo também.

– Ai, seu Teó, preciso pagar pro senhor por essa hospedagem.

– Ué, e o seu trabalho na roça hoje? Me ajudou muito. Eu que preciso pagar.

Ficam nessa diversão de conversa, empurrando um para o outro a obrigação, enquanto esquentam o almoço. Sentam-se para comer. Depois ele deita-se na rede, e Selva vai andar pelo terreiro olhando as plantas de Teó. Meia hora depois ele levanta-se, joga uma água no rosto e chama Selva:

– Se a senhora não se importar, tenho que terminar as covas para a mandioca hoje. Se quiser ir lá me ajudar, podemos ir proseando, depois a gente passeia mais no cerrado.

No caminho para a roça, Selva tenta explicar a situação:

– Olha, seu Teófilo, a sua irmã é uma maravilha, me acolheu bem demais. Mas sinto que ali atrapalho ela, estou ficando no quarto dos filhos, sei lá onde eles dormiram esta noite. E ainda não tenho dinheiro para pagar o pouso. É melhor eu ir amanhã lá na Gameleira e procurar uma pensão, quem sabe até um serviço, se o senhor não se importar.

– Mas não aconteceu nada que aborrecesse a senhora?

– Claro que não!

– Todo mundo te tratou bem?

– Sim, claro. É que eu fico aborrecida em estar incomodando.

– Bom, cada um sabe de sua necessidade. Você é da cidade, deve ter muito recurso para o serviço. Amanhã a gente vai no comércio e te apresento pro escrivão, pra diretora da escola, pra enfermeira do postinho, decerto algum trabalho pode arrumar. Só não posso te convidar para pousar em casa, o povo tem muito falatório na Gameleira.

Passam o dia na lida. Um observa o modo do outro trabalhar, sentem confiança e trocam observações sobre o manejo das plantações. Cresce uma admiração mútua. Teófilo acha um pouco maluca a forma intensa como Selva olha alguma folha que encontra no mato e diverte-se com suas perguntas simples sobre a lavoura. Ao mesmo tempo, fica admirado com o conhecimento que ela tem das coisas do mundo e a facilidade com que aprende. Conversa boa, perguntas e respostas trocadas com muita atenção. No final da tarde, Luiz aparece.

– A bença, tio?

– Deus te abençoe, Luiz.

– Dona, a mãe mandou chamar pra vir jantar mais nós.

– Vai, dona Sel. A senhora trabalhou muito hoje. Amanhã a senhora vem de manhã pra gente ir no comércio.

– Seu Teófilo, por favor, pode parar de me chamar de senhora!

– Tá certo, você não tem mesmo idade pra ser senhora.

Selva está com o corpo cansado, mas muito feliz. Sente o carinho que cresce entre eles, semeado no serviço com a terra. Teófilo nem fala mais de Jonas; decerto sua ligação com Selva começava a se tornar mais importante que a obrigação em ter que curar sua culpa pelo braço perdido do amigo.

Foi uma grande surpresa para os moradores da Gameleira a presença daquela moça bonita, da cidade, andando pelo comércio na companhia de Teófilo. Já tinha chegado notícia dela, claro, um assunto desse tipo navega muito mais ligeiro que as pernas; então as pessoas seguiam os dois com os olhares, enquanto Teófilo e a dona visitavam algumas pessoas.

Teófilo ia mostrando para Selva a escola, o posto de saúde, o salão comunitário. Foram tomar café na pensão, apresentou Selva para Socorro e Tutico. Depois desceram a rua até o rio Gameleira, o porto, viram o serviço da balsa levando gente e animal de um lado para o outro. Almoçaram no restaurante da pensão. Selva quis pagar, mas Socorro não deixou de jeito nenhum. Quando os filhos menores de Socorro sentaram-se para fazer o dever de casa da escola, Selva aproximou-se deles, olhou os cadernos e foi ajudando um e outro a entender as tarefas.

Teófilo saiu para resolver seus assuntos e, quando voltou, encontrou Socorro e Sel em uma animada conversa sobre a vida na cidade grande, como era estudar as plantas em um lugar coberto de asfalto. Socorro contava também de seu irmão mais velho, Cesário, que morava em São Paulo, decerto com algum trabalho muito custoso que não deixava ele com tempo de visitar sua família na Gameleira... Quando o sol baixou, Selva e Teófilo retomaram o rumo da casa de Maria Flor. Socorro disse para ela voltar sempre para conversar e convidou Selva para ir almoçar em sua casa no domingo.

Fizeram o caminho de volta em silêncio. Teófilo às vezes se recolhia para o mundo de dentro. Selva respeitava o silêncio e tinha muito assunto para refletir. Ali na Gameleira, assuntou com jeito as possibilidades de trabalho. Não queria desmerecer nenhum emprego, mas tudo ficava muito longe do seu sonho e do mundo que havia vislumbrado caminhando pelo cerrado. Outra questão que a incomodava era o fato de que, se arrumasse um emprego por ali, decerto estaria tirando o lugar de alguém.

Perto de chegar na casa de Maria Flor, encontraram Valdemir no meio do caminho. Selva cumprimentou com alegria, mas os cunhados mal se falaram. Foi apenas um "ô", de cada lado. Teó deixou a amiga em frente à porteira do quintal de sua irmã, e combinaram de se encontrar na manhã seguinte. Antes de entrar, Selva quis andar mais um pouco ali na rua. Olhava as árvores, tentando reconhecer as que Teófilo havia lhe mostrado, seus nomes e particularidades.

Enquanto mexia nas folhas e nos troncos, resolveu dar um prazo para sua aflição: ficaria no máximo mais dois dias na casa de Maria Flor. Arrumaria outro pouso, ou iria embora. Sabia que, apesar de toda gentileza da irmã de Teófilo, ali não era o lugar certo. Entrou no quintal já de noite. Flor estava sentada no banco de madeira em frente à casa.

– Sel, tá andando no escuro, menina? Vem pra cá.

Sentaram-se lado a lado e Selva contou que tinha ido à Gameleira, conhecido Socorro e seus filhos. Depois mostrou as bolhas das mãos por ter trabalhado com Teófilo na roça. Flor achou muita graça, passou os dedos pela mão de Selva e disse:

– Lisinha, que nem a mão do Valdemir. Você não vai estragar sua mão lidando com enxada, né, menina?

Selva riu, disse que estava gostando muito de conhecer a roça, aprender com as árvores do cerrado. Então fez um pequeno silêncio até entrar no assunto:

– Quero te pedir uma coisa, a senhora me desculpe... – Colocou a mão no bolso, tirou algumas notas de dinheiro. – Olha, dona Flor, não é muito, mas vou me sentir mais à vontade se a senhora aceitar que eu pague meu pouso aqui. Preciso ficar só mais duas noites.

Flor olhou para a mão de Selva, viu o dinheiro, fechou a cara e disse, muito aborrecida:

– Guarda isso, menina. Nunca mais queira me pagar por pouso e comida. Nós não somos tão fracos assim.

Selva sentiu um quenturão de vergonha subir pelo seu rosto. Percebeu, pelo tom da voz, toda dignidade e firmeza de Maria Flor.

Imediatamente abraça a irmã de Teófilo, pede desculpas e agradece ao mesmo tempo. Um agradecimento desde a sincera acolhida até a percepção de como se comportar frente à generosidade das pessoas dali.

No dia seguinte, Luiz leva Selva novamente para a roça de Teófilo. Ele está abrindo caminho para um filete de água, com a enxada, em direção ao lugar onde havia feito as covas para a mandioca. Selva percebe o engenhoso sistema de irrigação. Ele lhe explica como faz para mudar a rota das águas e retornar ao caminho delas quando começam a minguar. Limpam o mato com a enxada. Selva põe um lenço na mão para aliviar a dor das bolhas, mas Teófilo percebe e pede para ela largar a enxada e ir arrumar o ranchinho das ferramentas, dizendo:

– Aí já foi minha casa. Quando o seu Zé da Lira era vivo, me deixou morar no ranchinho. Eu não tinha nada, só a roupa do corpo. Fiz uma caminha de palha dentro do rancho, um fogãozinho de lenha do lado de fora e pronto. Me senti importante em ter uma casa só pra mim, mesmo que só coubesse uma cama ali dentro. Depois que seu Zé morreu, mudei para a casa dele. E já morei também naquele ranchinho da velha.

Apontou para o outro rancho, dentro do terreno de Luduvina. Selva imaginou o seu Teófilo, jovem, encontrando sua primeira casa naquele rancho tão estragado. Foi arrumar o lugar, bagunçado de arame, ferramenta quebrada, saco de mantimento, prego, tábua velha. Separou as ferramentas das outras tranqueiras. Quando terminou o serviço, pediu permissão para Teófilo e foi arrumar também o rancho do outro terreno. Depois de um momento, Dila, filha mais velha de Socorro, passa por ali:

– A bênção, tio! Boa tarde, dona Selva!

Teó abençoa a sobrinha, Selva fica um pouco sem graça por ser chamada de "dona"...

– Onde vai, Dila?

– Vou levar a marmita da vó.

Nisso, Teó larga a enxada e bate a mão na cabeça:

– Claro, mãe Luduvina! Sel, se prepara, acho que você vai gostar. É só a velha não estar muito atacada... Dila, nós vamos com você. Espere um pouco.

– Sua mãe, seu Teófilo?

– Minha mãe de criação. Eu não te contei a história da minha mãe e do meu pai, né? Eles morreram, então minha tia me deu pra velha Luduvina. Você vai gostar muito de conhecer, Sel! Como não pensei nela?

– Não pensou o quê?

– Você vai ver. Vamos logo. A velha pode achar ruim a demora.

Selva não entendeu a situação, mas percebe como os dois andam ligeiro. A casa é bem perto. Antes de abrir o portão, Teófilo diz:

– Olha, Sel, não repare. A velha Luduvina confunde as coisas. A cabeça dela está cada vez mais atrapalhada, tem que saber entender o rumo das suas ideias. Não se assuste. E olha isso!

O quintal de Luduvina parecia um matagal, mas com muita diversidade.

– A mãe tem de um tudo aqui. Se ela estiver num dia bom, pode te mostrar muita coisa do quintal. No tempo que a cachola funcionava direito, chegou a ser a farmácia da Gameleira, mas depois que Zé da Lira morreu, ela se abateu demais, parece que foi se abandonando.

Selva fixou seu olhar, até acostumar-se com as formas aparentemente confusas das plantas e arbustos do quintal. Percebeu que no meio daquele matagal tinham alguns caminhos traçados, velhas marcas divisórias. Parecia até que as plantas ali dispostas nutriam uma grande amizade, como se uma alimentasse a outra. Parada, olhando fixamente as folhas e frutos, não escutou a insistência de Teófilo para saírem dali, até que ele a segurou pelo braço.

– Você está bem? Sel!

Ela olha para Teófilo e sorri. Como se tivesse aberto mais uma janela para as suas intensidades.

– Vamos logo. A mãe Luduvina pode estranhar a gente parado aqui na frente, especulando o quintal dela. Não repara se a cachola dela estiver atrapalhada!

Selva lembra-se do pai. Uma tristeza conhecida caminha por seu corpo, que é subitamente interrompida pelo grito de Dila:

– Tio, a vó tá chamando o senhor!

Teó agarra de novo o braço da moça e, enquanto atravessa o quintal, lhe diz, rindo:

– Já sei por que você gostou tanto desse quintal, dessa amontoeira de mato e erva. Isso aqui está parecendo o seu apelido: Selva!

A velha está sentada num banco, encostada na parede, costurando pano com um pito na boca. Teófilo pede a bênção, chama de mainha. Apresenta Selva. Luduvina mede bem a moça, de alto a baixo, balança a cabeça, parece aborrecida. Joga o cigarro no chão de terra, apaga com a sola do chinelo, depois apanha a ponta do cigarro e joga num bolso do vestido. Então diz para Selva:

– Você demorou muito, menina! Não posso esperar tanto.

Teófilo sorri e faz sinal para Selva de que a velha está variando. Luduvina estica a mão. Selva pede uma bênção, desajeitada, enquanto segura a mão da velha.

– Deus te abençoe. Mas por que demorou tanto?

Ela olha para Teófilo, que continua sorrindo. Então diz à Luduvina:

– Desculpe.

Luduvina pede para ela ir buscar umas ervas no quintal para fazer o chá. Selva vai. Luduvina grita de dentro da casa:

– Menina, é guaçatonga e velame-branco!

Sel olha em volta, vê aquele monte de planta, sente-se envergonhada por não saber nada. Logo Teó aparece, ajuda a moça a encontrar as ervas e deixa nas mãos dela, dizendo:

– Nossa, essa é uma bela novidade. A velha tem confiança em você, é muito difícil acontecer isso! Leva as folhas pra ela.

Ainda envergonhada, fingindo que tinha ido sozinha encontrar o que Luduvina lhe pedia, Selva entrega as folhas para a mulher. Bruscamente, com a mesma mão que apanha as folhas, Luduvina agarra a mão da moça. Olha bem, passa os dedos sobre a palma e diz:

– Vai demorar... Mão de moça da cidade, muito fina.

Selva sente-se desafiada. Uma nova força e confiança espalham-se por seu corpo. Não que acreditasse no sobrenatural, parece que isso não cabia dentro dela, mas de alguma forma teve a certeza de que Luduvina realmente estava à sua espera. A dúvida que a velha sentia em relação à sua capacidade lhe provocava uma decisiva vontade de trabalhar. Então apertou com firmeza aquela mão bruta e pesada que a segurava e disse:

– Desculpa a demora. Mas agora eu vim de vez. – Olhou para Teófilo e confirmou sua disposição: – Estou pronta, seu Teófilo. O que eu faço?

Nesse momento, Dila encostou na perna de Luduvina e disse pro tio:

– A perna da vó está muito inchada. Não é melhor ela se deitar um pouco, tio?

Teófilo e Dila ajudam Luduvina a deitar-se na cama. Colocam uma almofada embaixo de suas pernas e pedem que Luduvina fique deitada para que a circulação melhore. Selva está parada no meio da sala. Não sabe como ajudar, mas sente que quer ficar ali, dentro. Tem os pés fincados no chão e a respiração ligeira.

– Sel, vem despedir da mãe, ela precisa descansar. A Dila fica com ela.

Selva vai até a porta do quarto. Quando Luduvina percebe sua presença, diz:

– Cumpra com suas obrigações.

– Sim, senhora. Até mais tarde.

Teófilo ri, despede-se da mãe e sai. Abre o portão para Selva e pegam a trilha para a sua casa.

– Selva, você não faz ideia do que aconteceu agora. Pergunta para qualquer um, a mãe parece que está te adotando também!

Então Selva dispara a falar. Para constantemente no caminho e chama a atenção de Teófilo. Diz que agora está decidida: quer ajudar a cuidar de Luduvina, quer ficar ali, quer explorar o quintal. Empolgada, diz que a farmácia da Gameleira vai voltar a funcionar.

– O senhor pode achar isso maluquice, seu Teófilo, mas ela disse que eu estava atrasada e acho que estou mesmo. Quero cuidar dela, das plantas, de nós duas. O senhor viu o jeito que ela segurou na minha mão! Eu me ajeito em qualquer lugar, quem sabe a gente não arruma até um jeito de ganhar um dinheirinho com a farmácia, aí eu pago as minhas despesas.

Chegando em sua casa, Teófilo acende o fogão a lenha e pede para Selva ir apanhar uns ovos no galinheiro. Enquanto preparam o almoço, Selva não para de falar. De repente, faz uma pausa e diz:

– Já sei! Seu Teófilo, por favor, venha aqui comigo.

Ela tampa as panelas, seca as mãos na calça e sai da casa. Teófilo a segue, resmungando:

– A menina malucou de vez...

Vão em direção à roça. Selva para em frente ao Ribeirão do Meio, espera Teófilo chegar.

– Seu Teó, eu também nunca tive uma casa só minha...

Ele cruza os braços e espera a continuação da conversa.

– Olha, estive mexendo lá hoje, acho que dá para juntar as tranqueiras que têm nos dois ranchos dentro de um só deles.

– A menina não está pensando...

– Tô, sim, senhor. Eu consigo um colchão, fogão já tem, o ribeirão passa mesmo ao lado, posso buscar água ali.

– Não posso deixar você morar sozinha aqui, nesse rancho todo estragado.

– Seu Teófilo, é perto da sua casa e de dona Luduvina. Se eu gritar aqui, o senhor escuta de lá. Não quero atrapalhar a vida de sua irmã, não quero morar na vila da Gameleira. O senhor não ouviu sua mãe? Eu me atrasei, agora quero ficar perto dela, o quintal da dona Luduvina tem o mundo que tanto procurei!

Com a empolgação que a moça falava, Teófilo viu que ela não mudaria de opinião. Pensou em uma forma de protegê-la. Sabia que seus sobrinhos estavam sempre passando pela roça, ele mesmo ia todo dia. Além do mais, deveria levar em consideração a forma surpreendente como sua mãe de criação recebeu a moça. Quando percebeu, já estava entregue à agitação de Selva.

Na casa de Teófilo, começam a traçar os planos para ocupar o rancho. Teó diz que ele pode arrumar um colchão e também buscar algumas panelas, pratos e talheres que estavam sobrando na casa de Luduvina. Selva ficou muito empolgada, punha sua energia vital na perspectiva de uma nova vida, morando dentro do cerrado, junto a uma mulher sábia e delirante, quase uma médica pé descalço em algum cantão do sertão da China...

Depois do almoço, Selva lava a louça, despede-se de Teófilo, dizendo que no dia seguinte começaria a cuidar de sua mudança. No caminho de volta para a casa de Maria Flor, encontra-se com os primos Dila e Luiz.

– Dona, nós vamos banhar na vereda. A senhora quer?

Selva não conhecia uma vereda. Juntou-se a eles e foi. Quando estavam chegando no buritizal, os primos saíram correndo, tiraram algumas peças de roupa e mergulharam no pequeno lago. Selva foi até a beira da água, colocou os pés, devagarinho. A água friinha, a fileira de buritis fincados desde a margem até sumir de vista, a alegria dos meninos nadando, a perspectiva de ter uma casa, nem que fosse um ranchinho onde coubesse só um colchão, a lembrança da mão pesada de Luduvina segurando a sua e dizendo que a estava esperando... As lágrimas vieram misturadas com todas essas sensações. Chegou a soluçar. Dila, achando que a moça estava fingindo, joga água nela. Então Selva tira a calça – para espanto dos dois – e mergulha de camiseta e calcinha nas águas da vereda da Mutuca.

A água gelada despertou o corpo de Selva, clareou suas ideias. Uma preocupação instalou-se em sua cabeça: o receio em ofender Maria Flor quando lhe contasse que iria se mudar para o rancho. Ficou boiando na vereda, sentindo a água carinhando todo o seu corpo, até sentir essa preocupação se dissolver. Sabia que tudo estava se encaixando. Ela teria ainda mais liberdade em conviver com Maria Flor – afinal de contas, de agora em diante, viveria junto à Luduvina, era como se estivesse entrando na família. Teófilo havia lhe explicado que a velha era mãe de todos.

Os meninos saíram da água e se encolheram, com frio. Olharam para ela e começaram a rir. Selva jogou água neles e perguntou qual era a graça. Continuaram a rir, Selva insistiu. Então Dila lhe explicou que nenhuma mulher nadava de calcinha na vereda, só de bermuda ou mesmo de vestido. Selva ficou mais um tempo na água. Quando saiu, colocou a mão na frente da calcinha, apanhou sua calça e vestiu, ressabiada. Enquanto se arrumavam para ir embora, Dila lhe disse:

– Pode deixar, dona. A gente não conta pra ninguém.

Ouça a trilha sonora do capítulo 13. O encontro utilizando o QR Code ao lado.

14. Tia, pai, avó

Quando Selva chegou na casa de Maria Flor, depois do banho na vereda, a notícia já havia se espalhado. A conversa de Luduvina, o acerto entre as duas, as mãos dadas e o compromisso firmado. Mesmo em meio aos volteios que fazia a cabeça de Luduvina, essa era uma novidade extraordinária. Nunca a velha tinha tratado ninguém que chegasse de fora com tanta consideração.

Flor chamou para tomar café e ficou perguntando todos os detalhes para Selva. Riu muito, de alegria e surpresa, quando soube que a primeira coisa que Luduvina havia dito para a moça foi: "Você demorou muito". Aos poucos, com jeito, Selva contou da arrumação de seu ranchinho.

– Dona Flor, não sei nem como agradecer a sua gentileza. Agora eu vou morar lá, tá bom? Para aprender e ajudar a dona Luduvina em tudo o que for preciso. Na casa, no quintal e a ela própria. Meu sonho é montar uma farmácia da roça, conhecer a propriedade de todas as plantas, estou viajando para isso. Fiquei muito impressionada com o quintal dela, a intimidade com que trata as plantas, e parece que ela está disposta a me receber...

– Sim, acredito mesmo que, da maneira dela, bem que a mãe Luduvina podia estar mesmo te esperando.

– O Teófilo está ajudando a me instalar lá.

– Você vai ficar na casa dele???

– Não. Deixa eu explicar... Ele resistiu muito, mas eu insisti. Preciso ter meu canto, ir me ajeitando aos poucos e quero ficar perto da dona Luduvina...

– Ô Sel, capaz que ela vai te deixar morar lá! A velha não aceita ninguém dentro da sua casa, nem os netos!

– Não, vou ficar ali do lado.

– Ué, do lado não tem nada, só a casa do finado Zé da Lira, onde o Teófilo mora.

– Vou morar no rancho.

– O quê? Na roça? Nem pensar!

– Dona Flor, calma, me escuta!

Selva explicou todo o acerto que fez com Teófilo. E seguiu contando de sua vida, pelo que já tinha passado, em suas viagens dormindo em barraca, as repúblicas que morou em São Paulo. Dava detalhes dos apertos e quartos compartilhados. Por fim, lembrou da proximidade do rancho com a casa do irmão, que ali seria só para dormir, contou que já tinha arrumado cama, o fogão estava funcionando, só precisava dar uma limpeza geral. Além disso, ela passaria o dia inteiro com Teófilo, os meninos, ou trabalhando com Luduvina.

– E digo mais, dona Flor, quero que a senhora seja a primeira a ir tomar um café lá em casa!

Nesse instante, Valdemir aparece. Então Maria Flor muda de assunto. Ele anuncia que vai ficar quinze dias fora, entregando mercadorias. Está um pouco embriagado. Selva pede licença e vai para o quarto. Os meninos chegam, do trabalho e da escola, buscando os seus cantos na casa. Nos momentos em que saía do quarto, ou conversava com os meninos, Selva percebia que Valdemir olhava fixamente para ela. Esboçava um sorriso, cheio de desejo, sem sequer disfarçar. Flor estava no terreiro, cuidando das roupas, Selva foi ajudá-la e sentiu um ódio incontrolável por aquele homem. Disse que estava indisposta e não jantou com a família. Nessa noite, escutou no quarto ao lado os gemidos de prazer de Valdemir, alto, parecia que fazia aquilo de propósito. E o silêncio de Flor.

Com a ajuda de Teófilo e seus sobrinhos, o rancho ficou pronto para morar em um instante. Ajeitaram prateleiras, construíram um banquinho em frente à cama, ocupando quase todo o espaço. Teófilo reforçou a portinha e o teto, os meninos jogaram cal nas paredes. Reformaram o fogão do lado de fora do rancho, fizeram uma cobertura para ele e pronto. No final do dia, Maria Flor apareceu com um bolo. Selva abraçou a amiga com força e quase chorou de reconhecimento. Acenderam o fogo, coaram café e ficaram proseando ali mesmo. Nessa primeira noite, Flor pediu para que Luiz dormisse na casa de Teófilo, na rede do lado de fora, e ficasse de olho no ranchinho. Selva viu que não adiantaria argumentar: era melhor aceitar e agradecer o cuidado.

Teófilo acompanhou Flor até sua casa. No portão, sua irmã convidou-o para entrar. Valdemir já tinha saído para viajar. Sentaram-se na mesa e não trocaram uma palavra. De mão dada com Teófilo, Flor chorou um bom momento, até escutar sua filha chegando. Então Teófilo foi receber a sobrinha e Maria Flor escondeu-se em seu quarto.

No quintal de Luduvina, Teófilo e Selva estão agachados, mexendo nas plantas.

– Olha, Selva, essa aqui é lobeira. Tá vendo a baga dela? Tem essa polpa carnosa, a gente amassa dentro de um pano e faz chá, para acalmar nervoso não tem igual. E o suco dela faz cair verruga da mão; dependendo da lua, é num instante.

Teófilo arranca o mato enquanto vai mostrando os arbustos, árvores e plantas, dispostas cuidadosamente sem que uma tome o sol da outra, a não ser que vingue mesmo é na escuridão.

– Essa moita, lembra aquele dia que a velha te pediu? Guaçatonga.

– Sim, e pra que que serve?

– Uma enormidade de assunto, mas aí é com a velha Luduvina, precisa saber quem é o vivente necessitado. Já vi curar cãibra, dor de ouvido, parece que é bom até para as regras da mulher, mas isso eu não sei. Ah, aquele dia que ela pediu para você buscar, acho mesmo que foi por sua causa.

– Por quê, seu Teófilo?

– Pra te proteger de mau-olhado, curar quebrante e lidar com sonho. Decerto a velha sonhou com você, daí a bronca por ter se atrasado.

E riu, com gosto. Selva pegava as folhas, frutos e caules, cheirava, apertava entre seus dedos, sentia a textura. Trazia um caderno pendurado por um barbante no pescoço e ia anotando as informações todas.

– Seu Teófilo, o senhor sabe que na cidade o povo está se acabando de gastar dinheiro com remédio? Pra doença real ou inventada. Do corpo ou do sentimento. Gente compra remédio como quem compra um maço de alface...

– Mas por quê?

– Porque tá todo mundo atrapalhado. Tem empresa especializada em criar necessidade para que os outros comprem, mesmo as coisas que não precisam. A gente não escolhe mais, é convencido a comprar.

– Hum. Não dou conta de entender isso, não.

Entram na casa de Luduvina e tomam um chá com ela, enquanto a velha especula com Selva sobre as coisas do mundo. Procura saber se baleia de fato existe, se era verdade que algumas pessoas possuíam lascas da cruz de Cristo, e como esse povo que morava um em cima do outro – o tal do prédio – fazia suas necessidades, se davam conta de fazer buraco no alto e não jogar imundície em quem estava embaixo.

A maior realização de Selva era quando Luduvina se animava e ia com ela até o quintal, conversar com as plantas, ensinando-a como cuidar delas, tirando de um lugar para plantar no outro. Pedia para Flor ir buscar cagaita, na cagaiteira que tinha bem ao lado do portão. Comia com gosto a baga da fruta e provocava Selva:

– Menina, o que é bom nesse tanto, não pode ser bom por inteiro.

– Como assim?

– Diz o nome dessa fruta!

– Ué, cagaita.

– Escuta o que você está falando. É se empanturrar dessa delícia, depois se cagar até pôr o cu pra fora.

E riam. Selva continuava nas boas graças de Luduvina. Quase sempre... É que quando a velha estava atacada, não tinha um que se salvasse. Pois numa tarde dessas, em que Teófilo ficou tomando café e conversando com sua sobrinha Dila, enquanto Luduvina e Selva estavam no quintal, o negócio desandou.

Teófilo viu a violinha como que abandonada atrás do armário da mãe. Pegou, pelejou para afinar e começou a pontear um lundu. A música saiu pela janela e foi ganhar os ouvidos de Selva e Luduvina. A moça se admirou:

– Nossa, que bonito! É o Teófilo que tá tocando?

Luduvina parou e escutou, então foi meio capengando até a porta. Bem que Selva tentou ajudá-la a caminhar, mas a velha arrancou seu braço com força e disse:

– Me larga que eu não sou aleijada!

Entrou na sala e viu Teófilo ponteando a viola. Dila estava feliz, encostada na parede, admirada com a habilidade do tio. A fala veio dura, a mesma de muitos anos atrás:

– Larga essa viola, menino!

Teófilo olha para ela sem entender e continua tocando.

– Filho da puta!

Antes que alguém desse conta, Luduvina pegou um pacote de açúcar que estava na mesa da sala e jogou na cabeça de Teófilo.

– Aaaai!

– Você não tem pai, nem mãe, desgraçado! Eles deram você pra mim! Tem que trabalhar, e não tocar viola. Quer levar outra peia?

– Calma, vó! – Dila correu para segurar Luduvina, que quase caiu depois de jogar o pacote de açúcar em Teófilo. – Tio, pode ir embora. Deixa que eu cuido da vó. A senhora também, dona Selva. A vó vai descansar.

Enquanto os dois saíram, escutaram os gritos da velha:

– Sim, vai embora. E leva sua quenga junto!

Apesar de saber do estado de saúde de Luduvina, Selva ficou muito assustada. Quenga, ela? Teófilo andava ligeiro em direção à sua casa. Convidou a moça para ir com ele, precisava de uma lambicada. Tirou de um armarinho da cozinha uma garrafa de cachaça. Serviu um copo cheio para ele e um pela metade para Selva.

– Não faça conta do dito da mãe. Tá variando demais.

– É que ela me chamou de...

– Quenga, foi. Você não sabe do que ela chama as outras pessoas quando se aborrece. Acho que deu até sorte de escutar só "quenga"... A Dila é uma santinha, só ela acalma a mãe. Socorro e Tutico até já consideraram dela vir morar mais a velha. Eu não acho isso certo, vai atrapalhar o estudo da menina. Bebe, Selva! Estamos precisados.

Ligeiro, Teófilo virou seu copo. Selva tomou alguns goles, pediu licença, mexeu nas panelas e começou a preparar um de-comer. Sabia que barriga vazia e pinga não eram boa companhia uma para a outra.

– Seu Teófilo, o senhor nunca me contou. A dona Luduvina disse que seus pais deram você pra ela, é isso?

Então Teófilo narrou toda sua história, desde a fazenda em Lins, a epidemia de febre amarela, a morte do pai, do irmão, da mãe. E os irmãos todos sendo espalhados pelo mundo. Até chegar no reencontro dele com Maria Flor na estação de Montes Claros e a volta para a Gameleira. Só não contou sobre o amor pela irmã e o possível assassinato do homem que abusou deles, no quarto do hotel em Montes Claros. Ele acabou de beber o segundo copo de cachaça e quis encher o terceiro, mas Selva pediu que comesse antes. Primeiro Teófilo fez cara feia, com o mando daquela moça, depois sorriu e obedeceu.

Sentados os dois, Selva na base do fogão a lenha e Teófilo na soleira da porta, comeram em silêncio. Quando terminou, Teófilo deu o resto de comida do prato para seu cachorro, do lado de fora da cozinha. Depois colocou o prato vazio à sua frente e perguntou:

– E você, Selva?

– Eu o quê?

– Seu pai e sua mãe, cadê?

– Minha mãe morreu quando eu tinha onze anos. E meu pai, eu acho que...

O cachorro entrou na cozinha e quis cheirar o prato vazio de Teófilo, que expulsou o bicho lá de dentro.

– ...Acho que meu pai morreu.

Teófilo quis saber:

– Você acha por quê? Não viu mais ele? Seu pai foi embora?

Foi a vez de Selva contar sua história. Disse que o pai ficou que nem a dona Luduvina, aos poucos o entendimento que ele tinha das coisas foi se apagando. Falou do documento que o pai fez questão que ela assinasse, pois não queria ficar sendo cuidado por ninguém, principalmente por ela. Em um relato um pouco confuso, Selva tentou justificar sua encenação de morte no rio, a fuga sem dar notícia nenhuma e essa viagem que ela resolveu fazer para conhecer as plantas. No fim, disse, com um sorriso:

– Seu Teó, vim aqui para ver se eu consigo virar uma planta.

Ele não deu atenção e continuou no assunto:

– E essa sua tia? Por que não manda uma carta pra ela pedindo notícias? Você não quer saber do seu pai?

– Sim, quer dizer, meu pai era meio diferente. Lá na China tem os médicos pés descalços... Meu pai queria que eu me tornasse uma pé descalço, que atendesse as pessoas em suas casas, procurar hospital só com muita precisão. Tenho certeza que ele apreciaria demais se visse como estou agora, aprendendo com o senhor e a dona Luduvina, buscando o ensinamento mais na terra do que em uma empresa.

Teófilo volta a perguntar:

– Mas por que não escreve pra essa sua tia? Você não precisa saber o que aconteceu com seu pai?

Era simples, muito simples a pergunta, não carecia de ficar rodeando para responder. Então Selva respirou fundo:

– Penso nisso todo dia, seu Teófilo. Mas sempre que ameaço fazer alguma coisa nesse sentido, parece que vejo meu pai me tocando da sua frente, dizendo que não quer ninguém cuidando dele por obrigação.

– Liga pra tia.

Selva olha firme para Teófilo. O homem está concentrado, acendendo o pito no canto da boca. Os olhos grandes e rasgados de Selva nesse momento veem nele um homem árvore do cerrado: o tronco grosso e tortuoso, com raízes profundas, garantindo que encontre água mesmo no período da seca. Via nessa insistência do mestre um remédio, que ela deveria providenciar para que essa questão com o pai não minasse seus sentimentos e sua vontade de viver.

Então Selva pede licença e vai embora. Em vez de ir em direção ao seu rancho, toma o rumo da Gameleira. Chega lá, compra um cartão telefônico na venda e vai até o telefone público, em frente ao posto de saúde. Tecla o número da clínica onde seu pai morava. Alguém atende.

– Alô.

– Por favor, preciso saber notícias de um hóspede da clínica. Não sei se ele ainda está morando aí...

A ligação não está boa. A atendente da clínica pede para falar mais alto, pausadamente, o nome do hóspede. Selva pensa em desligar o telefone. Lembra-se de Teófilo, o tronco grosso e tortuoso. Engasgada, os olhos ardendo querendo chorar, Selva reúne forças e diz, sílaba por sílaba:

– Ele se chama Lúcio. Lú-ci-o O-li-vei-ra.

– Um momento, por favor.

Quanto tempo exatamente fazia desde sua fuga? Três anos? A filha desaparecida na beira de um rio, o pai largado na clínica sem querer aborrecer ninguém, será que não era isso mesmo que Lúcio estava pedindo? Que ela sumisse? O telefone faz um bipe, os poucos créditos do cartão estão sendo consumidos. Selva se aflige.

– Alô! Alô!

– Um momento, senhora. Alô! Olha, ele não mora mais aqui. Tenho o telefone da irmã dele, Vera, mas não estou autorizada a passar para ninguém, a não ser...

Selva desliga o telefone. O número de sua tia ela também sabe de cor. Calcula os créditos que ainda tem no cartão, dá para falar mais uns quatro minutos. E se o pai morreu? Por que saiu da clínica? Por que a moça não pode informar? Quando percebe, já está discando o número da tia. Ela atende:

– Alô.

– Tia Vera?

– Ahm? Quem é?

– Desculpa, tia...

– Selva!!! É você? Onde você está, menina? O seu pai...

Silêncio.

– Tia! Tia, a senhora tá aí?

– Sel?!

– Tia, não sei nem como...

– Seu pai morreu. Lúcio...

Bipe. Novo sinal de crédito consumido. Vera percebe e grita:

– Selva, você está em um orelhão? Me liga a cobrar. Agora! Entendeu? Desliga e liga. A cobrar. A-go-ra!!!

Vera desliga. Selva se concentra na simples ação de colocar o telefone no gancho e voltar a ligar para a tia. Não sabe se chora, se respira e chora, se assume o golpe, respira e chora. Disca o número. A música de ligação a cobrar, a voz eletrônica, quando escuta o bipe pedindo sua identificação, ela diz:

– Aqui é a Selva, da Gameleira.

– Gameleira, Sel?! Onde é isso? Onde você está, criatura?

– Tia, norte de Minas, quase Bahia. Desculpa, tia!

– Olha, vou te dizer uma coisa, mas sempre leve em consideração que eu te amo. Não desliga que eu te amo muito! Selva, puta que o pariu, como você fez isso? Selva, você sumiu! E ainda deixa aquele bilhete de merda no carro. Se eu não te conhecesse tão bem, podia até cair nessa gracinha sua.

– Descul...

– Para de pedir desculpa, já ouvi! Não, não desculpo. De jeito nenhum. Eu não, mas seu pai, sim... Claro, ainda ficou na maior felicidade porque ele mesmo colocou em sua cachola atrapalhada que você agora morava na China e era uma pé descalço. Essas conversas de vocês que ninguém entendia, essa cumplicidade. O amor que ele tinha por você fez com que enxergasse no seu abandono uma busca de realização.

– Mas foi isso mesmo, tia!

Selva sentia uma nova força chegando. A cumplicidade, o entendimento, o pacto só deles. Arriscou-se a enfrentar a tia:

– É o que ele desejava. Desculpa, mas quantas vezes o pai disse que não queria ninguém limpando sua bunda? Eu, a senhora... Quantas vezes fez a gente prometer que...

– Fica quieta, Sel. Isso é entre vocês! Essa maneira que tinham de encarar as coisas. Mas e eu? Seus primos? Amigos seus da faculdade que foram até o velório do Lúcio para ver se alguém tinha notícias suas? Porra, Selva, será que você não se dá conta? Para poder continuar firme e cuidar dos assuntos, quando perguntavam sobre você, eu repetia a todos o desejo de seu pai: minha sobrinha entrou para os pés descalços, a Selva está na China...

Começa a chover na Gameleira. Selva esconde-se embaixo do orelhão.

– Tia, o que posso te dizer mais? Não estava aguentando minha vida, eu não via nenhum sentido em... Espera um pouco...

Bem à sua frente, no meio da rua de terra, algumas crianças deitavam-se no chão, na lama sendo criada, tomando a chuva de frente, rindo. As mães, escondidas embaixo de algum telhado, davam uma bronca fingida, para que saíssem dali, mas na verdade o que queriam era estar no lugar delas, junto às crianças, no chão, na terra molhada, abençoando a chuva. Selva buscava nesse divertimento puro que observava uma maneira de aguentar o tranco sobre a já esperada morte do pai.

— Sel! Sel, você está aí?

— Sim, tia. É que está chovendo bastante.

— Fica aí, não desliga, ainda não terminei.

— Não. Tô só admirando uns meninos se jogando na lama.

A mesma intensidade de bronca que Vera queria continuar dando na sobrinha agora se transformava em uma necessidade de abraçá-la. Na verdade, sempre admirou a loucura que Lúcio estimulava em sua filha, ele lutava para que Selva não perdesse o seu atiramento, que seguisse seus instintos, se entregasse a eles. Achava irresponsável, mas no fundo sabia que Lúcio tinha razão em não querer que a filha perdesse seu tempo cuidando dele ou quem quer que fosse, e que não carregasse nenhuma culpa por isso. E mais, sentia que Lúcio tentava proteger a filha da vida que ela própria, Vera, teve que enfrentar quando levou a mãe doente para morar em sua casa. Vera esticou a mão, pegou um copo d'água em cima da mesa da sala de sua casa, bebeu de um gole só, tentando desmanchar o nó instalado na goela.

— Tia, quando foi que o pai...

— Já faz um ano e meio.

Selva tentou se lembrar onde estava um ano e meio atrás. A tia chamou:

— Selva, não sei se vai demorar muito ainda por aí. Olha, fiquei com umas coisas do Lúcio, mas que são suas, estão aqui em casa. Tem até um dinheirinho. Pouco, mas tem, da venda do carro velho do seu pai.

— Tia, obrigada. Não tô precisando de nada. Conheci uma mulher, Luduvina, que tem um quintal dentro e fora de sua cabeça. Ela está me ensinando. O filho dela também, seu Teófilo. Olha só isso: foi um homem sem braço que me fez chegar aqui! Tá escutando, tia? A chuva batendo no orelhão?

Selva falava alto para competir com o barulho da chuva. Nesse instante, Vera reparou na presença de seus filhos, que estavam ali na sala, olhando para ela, assustados. É que Vera não reparou o tanto que gritava enquanto conversava com sua sobrinha. A bronca, o choro represado, o amor pela sobrinha e pelo irmão, o barulho da chuva no orelhão. Sua filha aproximou-se e perguntou se ela estava bem.

– Sim, querida. Estou falando com a Selva!

Os primos fizeram festa, gritaram, mandaram beijos. Do outro lado da linha, Sel escutava aquela confusão, mas não conseguia distinguir o que era.

– Tia, tia! O que está acontecendo?

– Seus primos. Estão com saudades dessa prima enlouquecida e atirada.

– Diz que eu amo eles.

– Sim, pode deixar.

– Tia, eu não sei o que te dizer. Mas estou bem. E se eu puder fazer alguma coisa...

– Sel, vamos cuidar da vida. Querida, pelo amor de Deus, ligue sempre. A cobrar. Você foi cruel e eu te amo muito. Beijo.

A chuva caía forte na Gameleira. Selva colocou o telefone no gancho. As ruas se encheram de poças d'água e lama, as pessoas se escondiam da chuva sem esconder sua alegria. Satisfação de quem tem essa ligação extrema com a natureza, que depende dela para sua sobrevivência, que abençoa o equilíbrio de seca, chuva, noite, dia – essas coisas que as pessoas estão se distanciando e teimam em não reparar.

Volta para seu ranchinho. Seca-se, troca de roupa e acende o fogão. Esquenta o corpo em frente à chapa, faz uma janta e vai se deitar. A chuva e a tia encheram-na de conforto. Com a lamparina ainda acesa, repara como Teófilo ajeitou cuidadosamente no teto do ranchinho um grande plástico, embaixo das telhas, por onde a força da água também escorria. Amor e crueldade: as palavras de despedida da tia. Ficou pesando uma e outra até adormecer.

Nos dias seguintes, o trabalho na roça foi intenso. Os sobrinhos de Teó vieram ajudar a aproveitar a terra molhada pela chuva, a guiar as águas do Ribeirão do Meio que invadiam a plantação. Ao mesmo tempo que puxava assunto com Selva, querendo saber como tinha sido o telefonema com a tia, Teófilo dava as ordens e orientações para cuidar da roça. A conversa com Vera rendeu muita prosa entre eles. Teófilo gostava de esmiuçar a questão, imaginar a cena dos primos chegando, a raiva justa da tia e o desejo maluco do pai em ir morar em uma casa de velho. Ele nem imaginava que existia uma casa para isso. Entendia perfeitamente qual era o sentimento da tia, pois ele também era tio de muitos. Rodeava, assuntava, perguntava como Lúcio era. Tinha muita curiosidade em especular como era o sentimento de pai.

A velha Luduvina estava em seus bons dias. A força da chuva alegrava seu quintal. Em um final da tarde, Dila trouxe um pão ainda quentinho, que Socorro fez para eles. Mostrou para a avó, passou um café e chamou Selva e Teófilo para lanchar. Teófilo encheu o copo de café, pôs um pedaço de pão dentro da boca e avisou:

– Gente, vou precisar ir agora lá no Alvertano. Fiquei de cercar o chiqueiro dele.

Terminou de mastigar, tomou mais um gole de café e passou as últimas instruções para que Selva e seus sobrinhos finalizassem o trabalho na roça. Deu a mão para a mãe:

– A bênção, mãe Luduvina?

– Deus te dê saúde.

Os sobrinhos, comendo com apetite, despediram-se de boca cheia. Selva estava sentada ao lado da porta, de perna cruzada. Em uma mão, segurava o copo de café quente com a ponta dos dedos; na outra, o pedaço de pão, fresquinho. Conforme passou por ela, Teófilo parou ao seu lado e disse, baixo, um pouco sem jeito:

– Até depois... filha.

Selva levantou a cabeça, surpresa, e segurou o braço de Teófilo. Ele parou e virou-se para ela, com um sorriso tímido. Selva, emocionada, só conseguiu levantar a mão e pedir, pela primeira vez em sua vida:

– A bênção.

– Deus te abençoe, minha filha.

Sentada em sua cadeira, no canto da sala, Luduvina observava tudo. Sabia a alegria de ser chamada de "mãe" e "vó". Viu o filho que ela tinha criado conhecer e saborear dessa mesma quentura. Então disse, com a boca cheia de pão:

– Seiva.

Selva achou que ela estava lhe chamando, então perguntou:

– Sim, diga. Quer mais café, vó?

– E eu tô falando com você? Por acaso seu nome é seiva, abestada? Eu disse seiva...

Ouça a trilha sonora do capítulo 14. Tia, pai, avó utilizando o QR Code ao lado.

15. A justiça

A caminhonete estaciona em frente à casa de Maria Flor. Um homem desce, chapéu de abas largas. Os três filhos do casal estão conversando no quintal.

– Bom dia. Aqui é a casa do Valdemir?

Sílvia, a mais velha, responde:

– É, sim senhor. Vou chamar.

– Não, pode deixar, vocês são filhos dele, né? Sou amigo do seu pai, quero fazer uma surpresa.

Põe a mão no bolso, tira umas notas e dá para os meninos.

– Tomem cá esse dinheiro e vão comer um salgado. Ou uma cerveja, acho que já têm idade para isso, né? Pode deixar que chamo seu pai.

Os meninos surpreendem-se com o dinheiro oferecido, agradecem meio sem jeito e vão para o armazém. O homem passa pelo portão e entra na casa, sem bater. Maria Flor está costurando na sala e se assusta.

– Cadê seu marido?

Valdemir dá um pulo da cama e topa com o homem na sala.

– Quem é o senhor?

Sem mudar o tom de voz, ele vira-se para Flor e diz:

– Seu marido e minha mulher estão se comendo.

Valdemir olha para o homem, vê que ele está armado. Apavorado, procura alguma referência em sua lembrança: quem, qual mulher?

– Moço, o senhor está enganado. Não sei quem é o senhor, muito menos conheço sua senhora.

– Rapaz, presta bem atenção. Bico-doce, não é assim que te chamam? Você é o mascate que vendeu roupa pra Shirlei. Ela me contou da safadeza dentro da barraca. Toma aqui o seu vestido!

E jogou na cara de Valdemir um tecido de roupa. Shirlei... Sim, a morena bonita que ele arrastou para sua barraca. Valdemir andou fazendo tanta sem-vergonhice por esse mundo, que até aquele instante não sabia de quem se tratava...

– Mexeu com a mulher errada, do homem errado. Vai pagar, safado!

Flor não dizia nada. Tinha o olho parado no marido, na lembrança dos últimos tempos, na falta de carinho e seu sumiço vendendo mercadorias pelas festas. O homem não alteava a voz, falava quase tranquilo. Isso deu um apavoramento grande em Valdemir, antes ele estivesse gritando. Tentou enrolar mais uma vez.

– Moço, não conheço nenhuma Shirlei!

– Rapaz... Olha, não vou te matar dentro da sua casa. Porco safado morre é no meio da rua.

Virou-se para Flor e disse:

– Dona, sei quem é a senhora. E devo respeito à dona Luduvina. Senão a desgraça ia ser ainda maior. Pode começar a se despedir do seu marido.

Foi para cima de Valdemir, que recuou até encostar na parede.

– Você vai morrer devagar, desgraçado, pra dar exemplo em quem desrespeita um macho.

Nisso os filhos entram em casa, com uma sacola do armazém carregada. O homem vai embora. Maria Flor levanta-se, larga a costura em cima da mesa, chama os filhos e pede para irem até a casa de vó Luduvina, buscar dois litros de farinha de mandioca e o tanto de ovo que conseguirem. Enquanto eles pegam a estrada, Valdemir entra em seu quarto, abre uma gaveta do armário, coloca sua mala em cima da cama e começa a jogar as roupas ali dentro. Quando percebe Flor parada ao seu lado, diz, com a voz trêmula:

– Meu bem, esse homem é louco, você viu? Melhor eu sumir um pouco até que alguém dê um jeito nele. Mas não se preocupe...

– Não me preocupo mesmo, Valdemir! A dívida é sua. Bico-doce...

– Que dívida, mulher? Cala a boca!

– E nem tenho medo de criar filho sozinha, viu? Já passei muito aperto nessa vida e tenho família pra pedir ajuda. Você que pague por sua imundice.

Valdemir aperta as roupas na mala. Nesse instante, Flor estica os braços e pega uma caixa em cima do guarda-roupa.

– Dá esse dinheiro aqui, mulher!

– Pra gastar com suas quengas enquanto eu alimento os meninos? Mas não dou mesmo!

Sai do quarto com a caixa e Valdemir vai atrás dela. Flor corre até o portão da casa. Valdemir vem andando devagar, estica a mão e diz:

– Dê aqui o dinheiro, Florzinha. Vou sair um pouco, mas volto ligeiro. Vou resolver essa questão de homem pra homem com aquele mentiroso.

– Florzinha? Safado! Chega perto de mim que eu grito aqui na rua pra todo mundo saber da sua imundice.

A casa deles ficava bem em frente à rua de entrada da vila da Gameleira. Tinha sempre gente passando por ali, alguém carreando um boi, menino indo para escola, peão montado a cavalo, mulher com trouxa na cabeça e um automóvel ou outro entrando no comércio. Flor começou a gritar:

– Se você não é homem pra me dizer que tá de safadeza com mulher dos outros, vai ser homem pra enfrentar alguém? Ah, capaz!

Valdemir fechou a mão e caminhou na direção da mulher. Maria Flor pegou um pedaço de pau que escorava o portão. Ele viu nos olhos da mulher a decisão estampada, então parou no meio do caminho e voltou para dentro de casa. Valdemir apanhou a mala, jogou-a dentro do caminhão, deu a partida, abriu a janela e disse:

– Comi mesmo a mulher daquele corno. E vou comer de novo! Saiba que você é minha mulher e me deve respeito. Não é esse pedaço de pau que você tá segurando que vai te fazer valente.

Foi rodar alguns metros e escutar o pau atirado por Flor bater no vidro do carro. Freou bruscamente e fez menção de descer, mas viu uma caminhonete estacionada mais à frente. E se fosse o homem, já ali, de tocaia? Disfarçou o apavoramento cuspindo pela janela e seguiu ligeiro na estrada para Januária.

Quando os filhos voltaram, Maria Flor disse que Valdemir tinha ido viajar para buscar mercadoria. Nervosa, caminhou até a pensão. Tutico estava na porta, com uma feição assustada.

– Bom dia, cunhada. Estava te esperando. Entra, vamos conversar com Socorro.

A irmã abraçou Flor. E Tutico contou:

– Notícia ruim chega ligeiro. Flor, ouvi dizer que seu marido está jurado de morte. Conta pra gente o que tá acontecendo.

Flor respondeu que era verdade. Contou do homem invadindo sua casa, jurando Valdemir, que estava tendo um caso com a mulher dele. E que o marido colocou suas coisas no caminhão, fugindo no rumo de Januária.

– Minha irmã! O que foi isso? Quem é esse homem?

Flor conta sobre a justiça anunciada. Disse que o homem prometeu matar Valdemir devagarinho. Tremendo, falou da pressa do marido em correr dali. Tutico pergunta como era o homem e acompanha atentamente a explicação. Quando Flor diz que a mulher dele se chamava Shirlei, Tutico interrompeu:

– Danou-se! É o Bráz próprio. Traz seus filhos pra cá.

No mesmo instante, Tutico montou em seu cavalo e foi até o Ribeirão do Meio chamar Teófilo. Bráz era um dos homens mais temidos do norte de Minas. Era amigo de gente poderosa na política, só isso explicava por que não estava preso. Tinha uma grande criação de porcos. Gostava do serviço de castração, sorria com o grito agoniado do animal sendo capado. A notícia que se tinha era que gostava de destripar seus inimigos. Para quem não o conhecia, parecia até um homem educado e respeitoso, com suas maneiras tranquilas e fala macia.

Sentaram-se na pensão para conversar, os três irmãos e Tutico. Em meio a toda tensão no acontecido, Flor sentiu algo lhe cutucando, como se fosse um certo alívio querendo aflorar. Uma sensação até que boa, mas o que podia ser? É fato que não estava mais se importando tanto com o marido, já não tinha carinho por ele, mas não lhe desejava mal... O que seria? Então encontrou a razão e quase gritou para os irmãos:

– Olha, tem uma coisa que o moço disse... Depois de ameaçar Valdemir, quis meio que me acalmar, dizendo que eu ficasse tranquila, que não ia acontecer nada comigo. Sabem por quê? Pois o tal Bráz disse que tinha respeito à mãe Luduvina. E até deu um dinheiro para as crianças saírem de casa antes de jurar o Valdemir.

Todos sentiram desafogo com a notícia e muito orgulho pela mãe de criação.

Nos dias que se seguiram, não tiveram nenhum sinal de Valdemir, nem do Bráz. A notícia correu pelo povoado e todos ficaram de olho na entrada da Gameleira, para ver se qualquer um dos dois apontava por ali, esperando para conferir qual tipo de justiça estava sendo fermentada.

Na casa de Luduvina, o movimento era o mesmo de sempre. Selva comprou alguns cadernos e anotava todas as informações possíveis sobre as espécies de planta que ia conhecendo. Do seu jeito atirado, agora demonstrava sua paixão pelas veredas. Via os troncos de buriti crescendo dentro da água, matutava o tanto que eram necessários um para o outro – a água e o buriti. Admirava-se como tudo era aproveitado na palmeira: as palmas que serviam de telhado, cobrindo ranchos, o talo da folha que usavam para fazer instrumento, um berimbau de boca que os meninos viviam tocando, o óleo da polpa com tantas propriedades energéticas, que servia também de vermífugo para o gado. Ah, o fruto, o licor, o doce. O buriti era um mundo! Selva comparava a importância da vereda com o mangue, explicando a Teófilo e seus sobrinhos como a vida pulsava nesses dois sistemas tão distintos.

As galinhas da região passaram a adoecer. Consultaram uma clínica veterinária da cidade de Buritis, que recomendou vacinar os animais contra as doenças de Marek e de Newcastle. Muitas pessoas não quiseram comprar a vacina, implicaram com os nomes que nem conseguiam falar. Teófilo fez questão de mandar vacinar suas galinhas e as de Luduvina também. Só quem ficou desconfiada da ação foi Selva, que dizia não entender por que não conseguiam eles mesmos cuidar das galinhas. Alertava que essas vacinas geralmente curam de um lado, mas destroem a saúde por outro. Teófilo estava muito firme em relação à vacinação e não deu atenção aos comentários de Selva.

Na tarde combinada para a vacinação, chega à Gameleira uma pequena caminhonete, toda branca, com o nome da clínica veterinária estampada na porta. Estaciona em frente ao posto de saúde e sai do carro uma mulher alta, cabelos curtos, de avental, aparentemente muito decidida. Entrou no postinho, trocou algumas informações com a enfermeira e saiu para fazer seu trabalho. Quando chegou ao sítio de Luduvina, encontrou Teófilo já na porta do galinheiro, cuidando de juntar os animais. A moça desceu do carro e se apresentou:

– Bom dia, me chamo Letícia. O senhor?

– Teófilo. Bom dia, doutora.

– Não me chama de doutora, seu Teófilo. Não precisa disso, não...

Mesmo sem entender a razão, Teófilo concorda com a cabeça. Logo começam a buscar os animais, primeiro os pintinhos.

– Mas até o pintinho precisa vacinar, dona?

– Sim, senhor, senão além de adoecer, ainda podem passar para os outros. Vamos aproveitar a viagem e deixar tudo ajeitado aqui no sítio.

Quando começaram a vacinar os frangos, Teófilo resolve chamar Selva para ajudar a buscar os animais. Ela estava no quintal, tentando desenhar em seu caderno a folha de um velame-branco. Todo animado, voltando para o galinheiro, Teófilo explicava o serviço:

– Precisa ver, Sel, até os pintinhos miudinhos ela vacinou. Decerto vão virar uns bitelos de frango graúdo! Mas que cara é essa, menina? Deixa de ser implicante! A doutora sabe o que está fazendo.

Letícia está arrumando as caixas de isopor com as vacinas no compartimento traseiro de sua caminhonete quando vê os dois se aproximarem. Abre o sorriso e diz, animada:

– Viva! Agora temos uma enfermeira para ajudar.

Bem que Selva tentou achar ruim a forma como a veterinária a recebeu, mas não teve tempo. Teófilo mandou que buscasse os frangos e galinhas. Conforme iam trazendo os animais, seguiam as orientações de Letícia, que rapidamente aplicava as vacinas. Selva admirou-se com a habilidade da veterinária no manejo com os animais, suas mãos grandes. Além disso, ela explicava com clareza o que estava fazendo, esforçando-se para que os outros também aprendessem a vacinar.

– Seu Teófilo, depois passo para o senhor o calendário de vacina. Do jeito que estão aprendendo ligeiro, não vão precisar mais me chamar para o serviço. É só comprar as vacinas e chamar a... Desculpa, como é seu nome?

Teófilo falou primeiro:

– A moça chama Selva.

– Selva?

Com a seringa na mão, um vidro de vacina na outra, Letícia olhava fixamente para Selva, que emendou:

– Sim, quer dizer, nasci Maria do Céu, daí virou Sel. Depois ficou Selva, para os íntimos...

Letícia guarda o vidro de vacina no isopor. Em seguida, estica a mão para Selva e fala, fingindo seriedade:

– Tá aí! Vou te chamar de Selva então. Porque, agora que trabalhamos juntas, somos amigas íntimas, né?

Apertam-se as mãos, rápido contato de peles acostumadas no serviço. Passaram uma boa parte da tarde vacinando as galinhas. Primeiro as de Zé da Lira, depois as de Luduvina. Letícia pelejou para entender a razão da divisão dos animais.

– Seu Teófilo, que mal lhe pergunte: o Zé da Lira já é falecido, e o senhor cuida das galinhas dele e da sua mãe ao mesmo tempo, certo? Elas vivem juntas, no mesmo galinheiro, então por que o senhor faz essa distinção e trata esses animais de "frango da mãe", "galinha do finado Zé"? Não virou tudo de um dono só?

Acabaram rindo dessa história, pois nem o próprio Teófilo sabia explicar a razão. O serviço transformou-se em divertimento para os três, tanto que falavam e comentavam sobre qualquer assunto.

Mesmo contrariada com o sistema de vacinas, Selva esforçou--se em ajudar e aprender como vacinar. Além disso, atentou que continuou sentindo por um bom tempo a textura da mão de Letícia segurando a sua, dizendo que agora eram íntimas. Disparou dentro de si como que um alarme, antecedendo uma corrente forte de busca, de satisfazer sua fome. Letícia era uma mulher bonita, firme, sabia lidar com os animais e tinha um jeito engraçado de se surpreender com as coisas que Teófilo dizia. Muitas vezes pedia a Selva que a ajudasse, que viesse mais para perto, que segurasse a asa de um frango, que sentisse o coração disparado dos galos. E dizia, abrindo o sorriso:

– Selva, quando precisar de um emprego, me procure. É sério. Você tem muito jeito para a coisa.

– Eu gosto de planta! Não leve a mal, implico com vacina. Implico com farmácia. Não é assim que se cura.

Letícia, sem parar o trabalho, quis saber:

– Como é então?

– Não é dessa forma, usando um medicamento que também pode prejudicar o animal. Você sabe tudo que uma vacina dessas pode provocar de errado em uma galinha?

Achando que Selva estava sendo muito intrometida, Teófilo a interrompe:

– Ôôôô, Sel! Mas como você é aborrecida!

Todos riem. No final do trabalho, tomam café na casa de Teófilo. A veterinária fica muito admirada quando Selva mostra seu rancho, dizendo que era sua casa, que morava ali. Teófilo deixa as duas conversando, despede-se de Letícia e vai olhar a mãe. Sentada na soleira da porta, Selva contou para Letícia que tinha saído de São Paulo, viajado um bocado, até parar na Gameleira. Ali resolveu desenvolver com seu Teófilo e dona Luduvina um trabalho sobre plantas curativas. Vendo o interesse com que a veterinária acompanhava sua narrativa, Selva disparou a falar da sabedoria de Luduvina, seu conhecimento da natureza e da vida em comum entre as plantas. Terminam o café e Selva acompanha Letícia até o carro. Trocam um abraço e um beijo.

Enquanto o carro se afasta, Selva lembra-se da frase de seu pai: "Ceda ao desejo e apure-o". Vai para a casa de Luduvina e entra em uma conversação muito animada com a velha, que abria porteiras para assuntos diversos, sem pé nem cabeça. Selva não fugia de nenhum. Dila e Teófilo riam da maluquice compartilhada. Já de noite, Sel volta para seu rancho, cumpre os últimos afazeres e deita-se na cama. Sente-se feliz, muito feliz. Tem uma forte suspeita. Fecha os olhos até agarrar na lembrança da textura da mão grande de Letícia, firme, agarrando a sua.

Valdemir passou um mês sem voltar para casa. Quando chegou, encontrou tudo fechado. Foi até a pensão e chamou Maria Flor para conversar. Socorro parou na porta e ficou olhando de longe. Não durou muito a reunião. Logo o homem voltou para o caminhão, bateu a porta com força e foi embora. Socorro perguntou:

– Tudo bem, irmã?

– Sim. Tudo resolvido. Por agora, pelo menos.

Uma sensação ruim, de tristeza absoluta, perseguiu Flor no restante do dia. Depois de cumprir suas obrigações de trabalho, fez um bolo e foi levar para Luduvina. Apanhou a bicicleta e rumou para o Ribeirão do Meio. Quando passou em frente à casa de Teófilo, ele estava juntando lenha.

– Ô irmã, o que tem debaixo desse guardanapo?

– Bolo pra mãe.

– Deixa eu ver se tá bom. Entra.

Flor coloca o bolo em cima da mesa e Teófilo põe água para o café.

– Flor, estou indo para a Serra das Araras esta semana, cumprir promessa. Decerto vou encontrar o Valdemir lá.

A irmã não responde, coando o café. E ele continua:

– Se vier falar comigo com desrespeito, não respondo por mim. Sou capaz de quebrar a cara dele.

Entregando um copo de café para o irmão, Flor provoca:

– O que o Valdemir te fez, pra você falar assim dele?

– Com você, Flor! Ele tava te traindo com a mulher do Bráz. Todo mundo já sabe da safadeza! Ah, mas agora o bicho deve estar todo borrado da vingança prometida.

Flor morde os dentes, vira-se para Teófilo e diz:

– Quem traiu quem aqui, Teófilo? Ele ou você? Ou eu? Hein? Graças a Deus, ninguém sabe de nada. Nem Valdemir, que até devia desconfiar do jeito bruto que você sempre teve para lidar com ele.

– Fica quieta, Flor, você não quer dizer que...

– Que o quê? Hein, Teófilo? Presta atenção! Esse tempo todo disfarçando com ele, e você ainda chama o Valdemir de safado? Olha o Luiz, seu afilhado! Olha a cara do Luiz, será que você não se deu conta?

Chegou a dar um arrepio em Teófilo, esse nervoso da irmã. E por que Flor estava se referindo ao filho dela, seu sobrinho e afilhado, o menino que o ajudava sempre, tão alegre e carinhoso?

– Hein, Teófilo? A Sílvia você sabe: é filha do Valdemir, a cara e o focinho dele. Mas e o Luiz é filho de quem? Meu e de quem mais?

Maria Flor dizia isso apontando para a cama de Teófilo. Enquanto isso, ele formava em sua mente, ligeiro, todas as feições do sobrinho. Mas não era possível. O que ela estava querendo dizer, por que continuava apontando para sua cama?

– Ah, vai dizer que não sabe disso? Presta atenção: a Sílvia é do Valdemir, o Luiz só pode ser seu, e a Heleninha decerto é de nós três, misturado. Igual cachorro. Nós somos igual cachorro e você ainda culpa o Valdemir por dormir com a mulher de outro?

A casa se enchia das palavras de Flor e da surpresa de Teófilo. Era como se a culpa que a irmã lhe jogava servisse para dar muita alegria, como se a bronca funcionasse ao contrário. Teófilo não sentia remorso, mas um amor diferente por Maria Flor, no rumo da noite estrelada da estação em Montes Claros. Luiz! Gostava tanto de Luiz, da doçura do seu sobrinho, ou fi... Não teve coragem de terminar a palavra. Não teve tempo para se acostumar com a notícia, a surpresa não tinha fim. Nesse instante, Maria Flor caminhou certeira em sua direção, agarrou seu braço e puxou-o para a cama. Os irmãos se amaram como se quisessem mais um filho, como se quisessem começar tudo de novo, ou como se buscassem aplacar suas tristezas com um desejo tão sincero e desesperado.

Como Bráz não apareceu mais, Valdemir baixou a guarda. Voltou a frequentar as festas dos povoados, abrindo sua barraca e vendendo as mercadorias. Claro, sem deixar de atentar com as moças bonitas. A festa da Serra das Araras era uma oportunidade de ganhos elevados, então Valdemir foi juntando seu estoque e preparando a viagem.

Da Gameleira partiu um bocado de gente para a Serra. Teófilo foi em uma kombi lotada. Ele havia feito promessa de ir cinco anos seguidos rezar para Santo Antônio – era o tipo de promessa que os outros riam do sacrifício. A festa da Serra das Araras era a mais animada da região. Ainda mais para um homem como Teófilo, solteiro e desimpedido. Já meio de idade, é certo, mas com disposição para o divertimento e um trocado no bolso para garantir a alegria.

O povoado crescia de tamanho com a chegada dos fiéis e festeiros. O povo vinha de toda a região: de carro, ônibus, pau de arara, a cavalo, ou mesmo a pé. A oportunidade era boa para fazer negócios. Além disso, batizados e casamentos coletivos animavam ainda mais os devotos de Santo Antônio.

Valdemir fez questão de montar sua barraca na rua onde se concentravam as boates. Venderia sua mercadoria de dia e apreciaria a movimentação das quengas e sua língua solta durante a noite. Como havia chegado alguns dias antes do início da festa, pôde se ajeitar e buscar a melhor localização. Ele e Teófilo logo se encontraram. Não se cumprimentaram, cada qual com sua culpa. Se um deles chegasse no lugar que o outro estivesse, virava as costas e ia embora, numa mistura de respeito com desprezo.

No penúltimo dia da festa, véspera de Santo Antônio, Teófilo resolveu gastar o resto de seu dinheiro em uma boate, justo na rua da barraca de Valdemir. O forró comia solto. Os vendedores falavam alto, liquidavam tudo. Teófilo viu o cunhado em sua barraca, conversando animado com umas moças, e entrou na boate ao lado. Bebeu pinga com Cortezano enquanto punha reparo nos casais que dançavam. Não tinha apetite de mulher nenhuma, só queria beber e apreciar o forró, afastando qualquer pensamento que passasse na cabeça. Já estava um pouco bêbado quando viu entrar um homem grande, com o chapéu largo, acompanhado por dois rapazes barulhentos. Pediram cachaça e cerveja. O homem correu os olhos pelo salão até encontrar os olhos de Teófilo, injetados pela cachaça. Imediatamente foi em sua direção.

– O senhor não é o Teófilo de Luduvina?

Fazia tempo que ninguém o chamava assim. Ele achou graça, gostou da lembrança e respondeu:

– Sou eu mesmo, com muito gosto, criado pela mãe Luduvina!

– Então o senhor era cunhado do puto do Valdemir.

A luz azulada da boate, junto à quantidade de pinga com Cortezano que havia tomado, não deixavam que Teófilo visse com precisão
quem estava a sua frente.

– Sim, o Valdemir é meu cunhado. Mas eu conheço o senhor?

– Bráz, me chamo Bráz. E esse puto não é mais seu cunhado. Era!
Agora está do jeito que merece. Ajeitei nele serviço que se faz em
porco, seu Teófilo, com capricho e gosto, para todo mundo botar ar-
reparo. Boa noite! Dê lembranças minhas à dona Luduvina.

Virou as costas e foi juntar-se aos amigos. Teófilo sentiu vontade
de vomitar e saiu do barraco improvisado em boate. Aliviou-se nos
fundos e percebeu um movimento de gente correndo e gritando na
rua ao lado. Foi ver o que era. Algumas pessoas se amontoavam em
frente à barraca de Valdemir. Escutou dizerem que a polícia estava
chegando. Abriu caminho entre os curiosos, escancarou a portinha
da barraca e, quando a luz da rua iluminou ali dentro, deparou com
o serviço feito: Valdemir tinha um corte profundo, provavelmente
feito por uma navalha, da virilha até a garganta. Havia sangue espar-
ramado em suas mercadorias. As tripas postas para fora e enfiadas
dentro de sua boca. Teófilo virou as costas e terminou de vomitar na
frente de todos.

Foi embora antes de a polícia chegar. Não queria mostrar que era
parente do defunto. Tinha mesmo era ódio dele, por tudo que fez,
desde sua chegada à Gameleira, desde o primeiro presente oferecido
com sua fala mansa, um sabonete que deu para Maria Flor.

No dia seguinte, orou e comungou, pedindo graça e proteção para
Santo Antônio. Almoçou e conseguiu lugar em um caminhão pau de
arara que partiu no rumo da Gameleira. Estava há cinco dias longe
de casa e sabia que era dele a missão de dar a notícia para Maria Flor:
a morte do pai de seus filhos, quer dizer, de alguns de seus filhos. Desceu na entrada do povoado e foi direto para a pensão. Era domingo.

Do alto da rua já escutou a alegria estabelecida, parecia que estavam em festa na pensão, as pessoas riam e falavam alto. Entrou devagar, sem fazer barulho, mas foi logo sacudido por Socorro, que não cabia em si de contentamento.

– Olha, Teófilo, olha quem está ali. Vê se conhece aquele homem feio!

Teófilo sente a perna bambear. O mesmo sinal de sempre. Vai em direção ao homem e se acaba no abraço apertado e demorado. Era seu irmão Cesário, vindo lá de São Paulo, do jeitinho dele mesmo, só mais barrigudo. Chega a chorar nos braços do irmão. Por fim, põe as mãos na cabeça, pede licença a todos, chama Socorro de lado e diz para ela o acontecido na Serra das Araras.

A festa mudou de rumo. Os quatro irmãos foram para um quarto e Teófilo contou a todos a vingança do Bráz. Flor sentiu uma grande aflição, mais pela tristeza que provocaria nos filhos do que por um sentimento próprio. Já estava esperando esse desfecho, o Bráz havia deixado o aviso com muita clareza.

Depois que os vizinhos foram embora, a família se reuniu e Teófilo comunicou aos sobrinhos que o pai deles havia se envolvido em uma confusão de bar e acabou morrendo na festa da Serra das Araras. Sílvia e Heleninha olharam para Maria Flor, esperando uma solução para aquilo, para a falta, queriam que ela desmentisse a notícia. Em vez disso, ela abraçou as filhas, sem derramar uma lágrima. Luiz saiu rapidamente para a rua e andou rumo ao rio Gameleira. Cesário foi atrás dele.

– Luiz, espera, menino. Venha cá, vamos conversar só nós dois.

Alcançou o sobrinho, pôs o braço em seu ombro e caminharam juntos até o rio. Sentaram-se na beira do Gameleira e conversaram um bocado. Luiz tinha um sentimento muito variado em relação ao pai, já tinha escutado algumas histórias de Valdemir nas festas, agarrado a outras mulheres, pagando cachaça na zona. As pessoas diziam isso como se fosse para ele ter orgulho do pai, o Bico-doce, de sua facilidade para arrumar mulher e cultuar essa fama de malandro. Luiz não conseguia ver vantagem naquilo, só o que enxergava era sua mãe dando duro na pensão, criando os três filhos.

– Tio, me conta tudo. Que confusão foi essa? Quem matou meu pai? O tio Teófilo disse para o senhor o que aconteceu de verdade?

Cesário respirou fundo e inventou naquele instante:

– Luiz, diz que ele se meteu em uma briga medonha. Seu pai foi muito valente, defendeu sua honra e mataram ele à traição.

O rio Gameleira seguia seu curso, alheio à mentira de Cesário, correndo na direção do Urucuia. Passaram um bom momento por ali, até voltar para a pensão, calados, andando lado a lado, amarelados pela luz fraca dos poucos postes da Gameleira.

Quando entraram na pensão, Cesário chamou a família na cozinha, tinha algo importante para dizer. Era o irmão mais velho, todos tinham muito respeito por ele. Foram se achegando em volta da mesa, Cesário tomou um gole de cachaça e comunicou:

– Desde o dia que Flor e eu nos apartamos em Bauru, disse que viria buscar a família para uma vida melhor em São Paulo. Pois a hora é agora. – Olhou para Maria Flor e disse: – Irmã, pode começar a ajeitar a mudança. Pegue os meninos e vamos para São Paulo. A casa é boa, acolhe todos. Minha esposa está querendo muito te conhecer, e meus filhos ficarão felizes com a chegada dos primos.

Ninguém nem se mexia, esperando a continuação. Mas Cesário já havia dito tudo, era isso, queria proteger a irmã. Seus pais decerto ficariam orgulhosos. Então arrematou:

– Não tenho muitos dias de folga, então podem ir aprumando as coisas. Vai ser bom pra todo mundo.

Cesário tinha vindo de carro, nesse mundo de viagem de São Paulo até o sertão da Gameleira. Casado, com filhos criados, já era até avô. Começou como vigia em uma firma na Mooca e agora era superintendente. Desejava um futuro melhor para Flor e os filhos, uma vida mais tranquila do que ela levara até então. Maria Flor olhou para Socorro, como que pedindo ajuda, uma orientação que fosse. A irmã incentivou a viagem:

– Flor, não tem nem comparação. A Gameleira não vai te oferecer nunca uma oportunidade como essa que nosso irmão está te dando. Ainda mais agora que você está viúva. Vou sentir muito sua falta, mas é melhor ir com Cesário.

Maria Flor voltou com os filhos para casa e, logo na manhã seguinte, começou a arrumar suas coisas. Foram dias de saudades antecipadas e arranjos para aplacar o sofrimento dos filhos de Valdemir, que sentiram muito a morte do pai. O único que não concordava com a viagem era Teófilo. Tinha uma opinião firme: não queria ver a família apartada, gostava muito dos sobrinhos, eles ajudavam no serviço e cuidavam da mãe Luduvina. Arrematava afirmando que o milagre de ter encontrado Maria Flor na estação era um aviso que não podiam mais se apartar. Ainda tinha dentro de si todo o amor e desespero do último encontro dele e da irmã.

No dia da partida, depois de estacionar em frente à casa de Maria Flor, Cesário percebeu que não caberia tudo em seu carro, as pessoas e as bagagens. Examina o porta-malas, coça a cabeça, olha a movimentação de irmãos e sobrinhos à sua volta e pensa que só tem uma solução. Sugere então para a irmã que um de seus filhos vá depois, de ônibus. Não era uma viagem difícil, teria que tomar dois ônibus: um para Belo Horizonte e outro para São Paulo. Ele esperaria na rodoviária. Um silêncio se estabeleceu, o movimento parou. As pessoas largaram as malas no chão, pararam de conversar e voltaram a atenção para Maria Flor. Até que finalmente ela anunciou, falando baixo e olhando para o chão:

– Agora meus filhos só têm mãe. Então Luiz fica. Vai depois, quando quiser. Você fica, meu filho?

Socorro, numa reação espontânea, olha para Teófilo, que sente um vermelhão subir para sua cabeça. Flor aproxima-se do filho, abraça e pergunta para Socorro:

– Irmã, você cuida do Luiz até ele ter juízo para ir sozinho para São Paulo?

Abraçado com a mãe, Luiz não diz nada. Socorro pega em sua mão e responde:

– Claro, irmã, vai com Deus. O Luiz é como se fosse meu filho também.

Socorro procurou novamente Teófilo com o olhar, mas seu irmão não estava mais ali, tinha sumido para algum canto.

Pronto. Depois dos abraços e recomendações todas, entram no carro de Cesário. O automóvel levantou poeira na rua principal da Gameleira, rumo à longa viagem para São Paulo. Ali no terreiro da casa, misturado com os filhos de Socorro, Luiz achou-se importante. Sua mãe tinha mais confiança nele que em suas irmãs, e ainda poderia escolher entre ficar na Gameleira ou se mandar para São Paulo. Sozinho. Agora era senhor de seu destino.

Antes que a poeira baixasse com a partida de Cesário, um carro branco cruzou a estrada. Teófilo reconheceu a caminhonete da veterinária e lembrou-se do combinado. Estava tão aflito com a viagem de Flor e suas sobrinhas, que tinha esquecido do acertado entre Letícia e Selva. A veterinária iria fazer um serviço grande e perguntou se Selva toparia ser sua assistente. Era uma jornada de uma semana trabalhando com ela, passando por sítios, fazendas e cooperativas. Quando Selva contou a Teófilo sobre esse convite, ela reforçou que a paga era boa e que seria ótimo ganhar um dinheiro, pois queria muito ajudar nas despesas ali do sítio. Teófilo ficou aborrecido e chegou a discutir com a moça:

– Como assim, ajudar nas despesas, Selva? Você lida com a roça, as galinhas, ajuda a cuidar da mãe Luduvina. Sua despesa é muito pouca comparada com o tanto que trabalha! Essa viagem tem muita importância, vai sim, filha. Ajude a veterinária com o serviço e ganhe seu dinheiro. Pra você.

Agora que Teófilo via passar o carro da veterinária na direção do Ribeirão do Meio, realizou o que iria acontecer, tanta gente querida indo embora ao mesmo tempo. E ficou angustiado. Nessa mesma manhã, Selva havia lhe perguntado ainda se queria algo da cidade. E ele apenas disse:

– Sim, que faça uma boa viagem, filha.

Atarantado com os acontecimentos, Teófilo não percebeu a mudança no jeito de Selva. Desde o dia que recebeu o convite da veterinária, ela parecia avoada, trabalhava mais que o de costume, meio que empurrando os dias para que eles passassem ligeiro. De tão distraída, derrubou uma panela inteira de chá de lobeira que havia preparado naquela manhã, logo cedo, com tanto capricho, para distribuir entre os hóspedes da pensão.

Bem antes do carro da veterinária apontar no ribeirão, Selva já estava pronta, com a mochila arrumada, encostada na cerca em frente da casa de Teófilo. Sentiu a mão molhar de suor no instantezinho mesmo que escutou a buzina animada, sendo tocada pela mulher que vinha tomando posse de seus sonhos nas noites largas do sertão.

Ouça a trilha sonora do capítulo 15. A justiça utilizando o QR Code ao lado.

16. Pena, escama e pelo

Até o primeiro sítio, distante três horas da Gameleira, o assunto entre Selva e Letícia foi contar uma para a outra sua própria história, a família, a paixão pelo trabalho, os tropeços e acertos. Sempre que davam um respiro, Selva procurava saber detalhes do que precisaria fazer nesta viagem, pois não entendia nada do assunto e não queria atrapalhar. Letícia explicou que atenderiam animais diferentes, com realidades distintas, e que ela ficasse tranquila, pois o serviço não era tão difícil. Só precisava de uma assistente esperta, inteligente e firme no manejo quando solicitada.

Sorrisos de lado a lado e silêncios carregados de descobertas. Chegam a um pequeno sítio, Letícia empresta um avental para Selva. O proprietário explica a questão:

– Doutora, nasceram quinze leitões e tá dando uma tremedeira esquisita neles. Se fosse só dormindo podia inté ser sonho, mas tem deles que nem anda mais, só no sistema de querer levantar, tremer e comer. E tem hora que nem apetite tem! A senhora dá conta de ver um leitão sem apetite? Só por Deus mesmo...

– Vamos lá, não precisa me chamar de doutora! Me chamo Letícia, e essa é minha assistente, Maria do Céu.

Olha para Selva e dá uma piscadinha. Os leitõezinhos deitados, bem juntinhos. Selva observa atentamente o trabalho de Letícia, que entra no chiqueiro e começa a examinar os animais.

– Dona, já morreram três deles. Assim, ó, tava lá, parece que bem. E, de repente, tum! Caiu morto. Mortinho mesmo, direto.

– Morte súbita. Sim. Olha, seu Miguel, vou medicar os animais. Muitas vezes pode ser excesso de sal na ração. O senhor vai ter um trabalho extra, porque o leite é muito importante. Então observa: se não estiverem mamando, segura eles na teta das porcas, ajuda o bicho. Se o leitão não tiver força, o senhor dá leite na mamadeira, até melhorar. Selva... Maria do Céu, por favor, pega no carro a geladeira de vacina.

Letícia vacina alguns leitões no pescoço, examina o chiqueiro, dá orientações ao criador, explica em detalhes o que são as doenças nos animais. O homem se anima quando a veterinária elogia seu manejo e concorda com seus cuidados intuitivos, ou que foram transmitidos pelos mais velhos. Algumas vezes discordam, e Letícia com muito jeito sugere novas práticas.

Quando voltam para o carro, Selva está animada e admirada.

– Não sabia que você cuidava de porco também...

– Olha, a gente tem que se virar, estudar, conversar com os colegas e aprender muito com os produtores. Já estou há quinze anos nessa lida, convivendo com tudo que tem pena, escama e pelo...

Já no final da tarde, depois de cuidar de frangos em uma granja, Letícia dá por encerrados os trabalhos desse dia. Entram na cidade de Unaí e procuram um hotel para se hospedar. Então pergunta para Selva:

– Você não se importaria em dividir um quarto comigo, né? Não temos verba para dois.

– Claro que não!

– Então vamos ficar nesse hotel aqui. Estou precisando muito de um banho, não sei te dizer se estou cheirando mais a chiqueiro, curral ou granja...

– Nem eu...

Entram, acomodam-se, tomam banho e saem para jantar. Foi um dia cheio, a conversa que tiveram, saindo da Gameleira, sobre a vida delas, não teve mais lugar durante o dia inteiro na lida com os animais. Crescia uma admiração mútua, pela seriedade com o trabalho e o visível interesse das duas em conversar e aprender com o homem da roça. Haviam tomado muito café, oferecido pelas mulheres dos sitiantes, e almoçado em uma cooperativa, junto a conhecidos de Letícia.

Enquanto esperavam a comida, pediram uma cerveja, e Selva quis saber:

– Acho muito bom quando você orienta as pessoas como cuidar dos criadouros, como lidar com cada animal, mas, desculpa, para tudo que os bichos sofrem tem mesmo que dar uma medicação? É muito antibiótico! Não existe uma atuação mais voltada para as coisas naturais?

Pronto. Daí para a comparação com o trabalho que Selva buscava fazer com as plantas foi um passo. Letícia explicou como eram as possibilidades que ela tem à mão, a urgência do criador em resolver os problemas da forma mais rápida possível. Selva conta dos pés descalços e de um tratamento mais de acordo com a natureza. Chegaram a encrespar em alguns pontos, mas a cerveja acalmou o calor.

Deitaram-se, cada qual em sua cama, conversaram mais um pouco e apagaram a luz. O quarto pequeno, a distância de meio metro entre uma cama e outra, era só o espaço de deixar o chinelo. Pois as mãos se encontraram bem ali, naquele vão de meio metro. O carinho feito, percorrendo os braços, as duas se aproximaram, chegaram a sentir a respiração uma da outra, enquanto deslizavam as mãos. Cansadas, adormeceram embaladas pela delicadeza.

Acordaram cedo na manhã seguinte para conseguirem cumprir todos os agendamentos. Já no carro, entre um sítio e outro, Selva sentiu-se à vontade para perguntar mais sobre os tratamentos e também, na sua impetuosidade, sugerir modificações para algo mais natural. Letícia explicava como eram adquiridas e transmitidas as doenças, além das opções que tinham para trabalhar.

– Selva, existem muitos laboratórios, muitos cursos em faculdades. São diversas as variáveis, o trabalho no campo, todas essas informações são processadas, assim vamos conseguindo ter novos e mais eficazes tratamentos...

Selva não se aguenta e interrompe:

– Eficazes para os animais ou para o lucro dos laboratórios?

Pronto. A discussão cresceu dentro do carro. O calor do noroeste mineiro, os argumentos de uma e de outra, as duas apaixonadas por seus princípios e cuidados. Quando estavam para chegar em algum novo cliente se seguravam, respiravam, mudando totalmente o foco para o cuidado com os animais e a atenção para o produtor. Mas quando voltavam para o carro, nem bem saíam da propriedade e pegavam novamente a discutir.

– Você sabe que esses animais todos viram alimento, né, Selva? Se não houver uma produção em larga escala, como vamos fazer para dar comida para essa população que não para de aumentar?

– Ah, tá... Agora só falta defender o mundo de soja, cana e eucalipto pra satisfazer a ganância desse sistema. Tá errado!

Almoçaram em um restaurante de estrada. Pouco conversaram, ainda sob o impacto da discussão no carro que, em dados momentos, quase virou briga. No final do dia, estavam perto de Formosa. Procuraram um hotel, banharam-se, jantaram e ficaram um tempo sentadas do lado de fora, tomando a fresca. Letícia deu boa-noite e foi para o quarto. Selva esperou mais um pouco, seus sentimentos estavam muito misturados. Cada vez mais admirava Letícia, alimentava a atração que sentia por ela, mas percebeu que havia um lugar entre seus mundos onde não conseguiam se comunicar, que as distanciava e irritava.

Foi para o quarto, acendeu a luz do banheiro para não incomodar a amiga. Arrumou-se para dormir, apagou a luz e deitou-se em silêncio. Ainda procurou a mão de Letícia, entre uma cama e outra, mas ela dormia profundamente. Selva custou a pegar no sono, tentando entender como era possível existir um abismo entre o desejo por alguém e a paixão pelo que se acredita.

Logo que saíram para mais um dia de trabalho, Letícia explicou como seria a jornada:

– Olha, Sel, temos uns cinco sítios e cooperativas para visitar. Depois já estaremos perto de casa, em Buritis. Pensei em finalizar o trabalho e irmos direto para casa. Fim de semana, temos dois dias livres. Aí ficamos por lá, te apresento para alguns amigos, enfim, passamos esses dois dias... Se é que você ainda quer continuar no serviço depois dessa nossa brigaria.

– Claro que quero, Letícia!!! – Selva chegou a se envergonhar com a empolgação que mostrou ao aceitar o convite.

Conseguiram acertar a conversa, agora procuravam caminhos que não entrassem no cerne de sua discussão da véspera. Entre um sítio e outro, Selva admirava-se com as narrativas sobre o surgimento de certas doenças. Em um bairro rural, a veterinária contou que ali, há pouco tempo, surgiram casos de leishmaniose. Explicava sobre o mosquito transmissor:

– Sel, é uma mosca hematófaga. Olha só que denominação! Já deve ter visto o tipo, desse tamanho assim, chamam também de mosquito-palha e tatuquira. – Mostrava com os dedos o tamanho do animal. – Concluíram que os casos aconteceram aqui porque devastaram tudo, tiraram a mata, mas esses mosquitos vivem nas copas das árvores. Pronto, árvore no chão, o parasita não tem para onde ir, então se instala em quem está por perto. No caso, as pessoas da região.

Sempre com muito jeito, Selva reflete sobre como os animais, as plantas têm que encontrar o próprio equilíbrio. E que na maioria das vezes o homem só atrapalha, em vez de ajudar.

Letícia descobria assuntos que davam motivos de alegria e paz junto à amiga. Era dez anos mais velha que Selva e, embora muito firme, também mais calma. O dia transcorreu em paz. Em alguns momentos, a veterinária deixava Selva agir nos animais, provocando a assistente para explicar aos clientes os procedimentos e cuidados com alguma ação que já haviam repetido.

A casa de Letícia era um sobrado iluminado e muito bem-arrumado. Tinha um quintalzinho com flores, goiabeira e uma pequena horta. Entraram na casa, Letícia abriu uma porta junto à sala e disse para Selva se acomodar ali, em seu escritório. Trouxe toalha, mostrou onde era a cozinha e o banheiro. Subiu para o andar de cima, disse que iria tomar um banho e que depois preparariam um jantar.

Abriram um vinho. Ah, o vinho... Conversaram sobre muitos assuntos, provocaram-se, entenderam-se. Juntas na cozinha, esbarravam-se enquanto preparavam a comida. Depois se sentaram no quintal, estava quente. Tinha um chuveiro no canto do quintal. Resolveram se banhar. Letícia buscou as toalhas. Selva foi a primeira a entrar, abraçaram-se ainda molhadas. Plantas companheiras, nuas, completando-se. Tem a que busca o sol, cresce e faz sombra para a outra, que estica a raiz buscando firmeza. Delicadeza e cuidados, carícias em galhos, plantas, com pressa, sem pressa, a natureza e as curas, beijos em pés descalços e úmidos. Poucas palavras. Abraços mais apertados, firmes, boca grudada mordendo boca. Amaram-se no quintal, na sala, banharam novamente, ensaboaram-se, riram, secaram, jantaram, subiram para o quarto e voltaram a se amar. Foram dois dias de plantas companheiras. Plantas amantes.

No domingo à tarde, Letícia recebe o telefonema de um sobrinho, dizendo que estava em Buritis e queria encontrá-la. Ficou feliz, gostava muito dele.

– Sel, você vai gostar de conhecê-lo. O Clayton é divertido e meio maluco. Além disso, está cursando biologia, em Montes Claros. Assunto de planta é que não vai faltar!

Combinaram de encontrar-se na casa de uns amigos. Levaram cerveja, pequi, jiló e mandioca. Espalharam-se pela casa. Clayton chegou com dois colegas da faculdade, Alê e Márcia. Abraçaram Letícia, que apresentou sua amiga Selva e logo formaram uma rodinha. Alguém ofereceu um baseado. Depois de um momento, Letícia puxou Clayton de lado e disse aos outros:

– Vou ter um particular com meu sobrinho querido e sumido. Com licença. Ah, vocês dois precisam saber de uma coisa! – Virou-se para Márcia e Alê, arrematando: – Vocês repararam no nome da minha amiga? Selva. Prestem atenção, pois ela merece o nome que carrega.

Saiu com Clayton para o quintal. Márcia estica o baseado para Selva e pergunta:

– Selva, né? Que nome! Por que a Letícia disse isso?

Selva não sabia se ficava brava ou lisonjeada com o comentário de Letícia. Como os meninos olhavam atentamente para ela, esperando uma explicação, sentiu-se à vontade para ir contando... aos poucos...

– É que... Acho que vocês vão me entender... Já fiz faculdade de biologia também. Mas aí resolvi virar planta... Primeiro no mangue... Cês já tiveram num manguezal? E meu pai, o que ele mais queria na vida é que eu fosse uma médica pé descalço...

Os novos amigos fizeram cara de espanto, Selva percebeu e disse:

– Pera aí...

Acabou de fumar, tomou um gole de cerveja e aprumou a conversa. Contou do seu sonho em fazer um herbário, uma farmácia na roça, que atendesse as pessoas do campo, que acabasse com essa dependência de farmácias e remédios, utilizando a ciência do sertanejo.

Pronto. Márcia e Alê contaram que trabalhavam com hortas coletivas na faculdade. Explicaram as diversas formas de manejo. Chamaram Clayton, animados, viram que estavam trilhando caminhos muito parecidos e complementares. Letícia acompanhou de longe a empolgação de todos. Selva dava receitas de garrafadas e emplastros que havia aprendido com Luduvina, a partir de plantas que eles contaram já estar produzindo no herbário de Montes Claros. Depois mudaram de assunto, dançaram, cozinharam. Alguém trouxe um violão e as músicas tomaram conta do encontro, em meio às risadas e cantorias.

Como iriam acordar cedo no dia seguinte, Letícia e Selva despediram-se de todos. Clayton e seus amigos as levaram até a porta. Passaram mais meia hora conversando na calçada... Combinaram de encontrar-se com Selva, em Montes Claros e na Gameleira. Ficaram muito curiosos com as histórias de Luduvina. Na hora de trocarem os telefones, uma nova surpresa: Selva disse que não tinha fixo nem celular, para alegria dos novos amigos. Pegou um papel, escreveu seu endereço e o telefone da pensão de Socorro. Os estudantes não acreditaram quando leram o endereço que Selva escreveu: "Ribeirão do Meio, Gameleira, rancho da roça do Teófilo de Luduvina".

Clayton quase gritou:

– Gente, não saiam daqui!

Entrou novamente na festa e voltou com uma garrafa de vinho. Levantou os braços e anunciou:

– Isso é muito sério. Vamos fazer um pacto!

Embalados pela empolgação, as descobertas, as ideias em comum, passaram a garrafa de mão em mão, bebendo no gargalo mesmo. Cravaram ali, naquela calçada, um pacto para aprumar o mundo, sob o olhar atento e divertido de Letícia.

Na volta para a casa de Letícia, Selva segurava firme na mão da amiga. Novas perspectivas de espalhar o conhecimento da roça fervilhavam em sua cabeça. Sentiu um desejo enorme por Letícia, seu grande corpo, seu sorriso fácil, a mão firme, calejada no trato com os animais. Tomaram mais um banho. Amaram-se com paixão e adormeceram ligeiro. Bem cedo, na manhã seguinte, pegaram novamente a estrada para mais três dias de penas, escamas e pelos.

Foi justamente nesta semana em que Selva esteve fora que Teófilo começou a falar sozinho. Depois de despedir-se de Flor e suas sobrinhas, sentiu um vazio tremendo, uma tristeza tão grande quanto a alegria que sentira quando reencontrou a irmã na estação de Montes Claros. Para completar o serviço, na volta para casa, seu chinelo quebrou. Remoía sua agonia pisando direto no chão quente do sertão. Um pé calçado e o outro descalço. Requentou o que havia sobrado da janta. Olhou o relógio, não eram nem dez horas da manhã, mas almoçou assim mesmo. Comeu pouco e deu o resto para o cachorro. Deitou-se na rede para fazer a digestão. Dali dava para ver a cerca de seu terreiro e também o telhado do rancho onde Selva havia se instalado. Teófilo pensou que Selva não podia mais ficar ali, precisaria arrumar um jeito de construir uma casinha para ela, dois cômodos que fosse. E um banheiro, claro, porque agora na Gameleira já tinha até banheiro e água sendo puxada por motor.

Foi se animando com a empreitada. Os sobrinhos podiam ajudar na amarração da casa – quem tinha muito jeito para isso era Luiz, seu fi... Não conseguia dizer nem para si mesmo a revelação de Maria Flor, que Luiz era filho dele, dele próprio, concebido no amor tão bonito, porém proibido, dele mais a própria irmã. Pensou na alegria que Selva ficaria com um fogão de verdade para cozinhar, fritar as ervas que Luduvina lhe ensinava, e não aquele fogãozinho do rancho que só tinha uma boca e meia. Levantou-se da rede para contar sua resolução para Selva. Para planejarem juntos a nova casa. Foi em direção ao rancho. Viu a porta fechada e resmungou:

– Ô abestado, Selva foi viajar com a doutora. Vai ficar fora uma semana inteira.

Encostado ao rancho, havia um canteiro bem diversificado. Teófilo olhou de perto a moita de guaçatonga e falou:

– Menina, olha só... Eu querendo encontrar a Selva! Mas se ela tá viajando... Ora essa. Com licença, vou tirar esse galho daqui. Repara como sua flor vai ficar ainda mais amarela. Precisamos cuidar da gente, da nossa fraqueza.

Falava em voz alta com as plantas. Lembrou-se de Luduvina. Riu sozinho, vendo que estava ficando que nem a mãe, que carinhava, dava broncas e até arrancava com raiva alguma flor que não estivesse obedecendo aos seus cuidados. Pensou que Luduvina estava num estágio mais elevado, pois até com água ela conversava. Já havia visto algumas vezes a velha sozinha, agachada na beira do ribeirão, trocando confidências...

Trabalhou a tarde inteira e foi pedir a bênção para a mãe. Parou no quintal, apalpou o pé de amburana, crescendo bonito, e teve uma prosa ligeira com a árvore. Estava tão desacorçoado com a partida de Flor e suas filhas, que não fez questão nenhuma de fingir sua conversa.

Dila foi a primeira a notar o jeito do tio. Estava cuidando de Luduvina, viu Teófilo chegar, conversar com a amburana, depois o tio ficou olhando o galinheiro. Caminhou até o fundo do quintal e voltou com algumas palhas de buriti. Subiu no galinheiro e, conforme ajeitava uma palha em cima da outra, ele aconselhava as folhas próprias:

– Olha, você fique aqui, não escorregue. Vou te amarrar direitinho em sua irmã, pode cair a chuva que for, e Deus ajude que ela venha. A chuva, digo. Pode vir o aguaceiro inteiro, mas vocês fiquem aqui, aguentem firme, grudadas certinho, pra não molhar as galinhas. Gosto muito de ovo, e os dessa galinhada toda vacinada é especial!

Primeiro Dila se aproximou do galinheiro, achando que o tio falava com alguma pessoa, mas depois balançou a cabeça e disse:

– Mais um...

Não sabia se estava se referindo a mais um que ia ficando com a cabeça mole, ou mais um que ela teria que cuidar dali pra frente.

Enfim Selva voltou, foi direto para a casa de Teófilo e pediu notícias de Flor. Ele contou toda a despedida, que um filho de Flor ficou para trás, o Luiz, explicando que não caberia no carro de tanta bagagem.

– Sel, correu tudo bem. Só que Flor e as meninas estavam com os olhos assustados, parecendo com medo de largar a Gameleira pra trás. Aqui a gente nem se dá conta do tanto que...

Primeiro as lágrimas surgiram, sem nem mesmo ele perceber, só tirava de sua frente como quem espanta um mosquitinho que atrapalha a visão. Depois as palavras esbarraram na garganta, sem coragem de sair. Selva olhava para ele e não sabia o que fazer. Quando Teófilo se recuperou e passou a contar dos abraços de despedida, aí então danou-se: a moça não conseguiu entender nenhuma das palavras que vieram a seguir, misturadas em choro e soluço.

Selva levantou-se e foi até Teófilo. O homem estava sentado em seu cepinho, encostado na parede em frente à casa. Ela abraçou sua cabeça – nunca havia abraçado Teófilo antes, achou a cabeça grande e pesada. Num primeiro momento, Teófilo ajeitou-se e descansou a cabeça nos braços de Selva; até que se levantou envergonhado, saiu dali correndo e pegou a trilha para a Gameleira.

Caminhava ligeiro, xingava-se de frouxo. Não sabia como iria reencontrar Selva depois disso. Um homem velho naquele tanto, chorando que nem uma criança? Entrou na vila, passou na pensão de Socorro, perguntou se tinha notícias de Flor. Tomou um café com a irmã, passou ao lado do cemitério e teve vontade de visitar o túmulo de Zé da Lira. Entrou, olhou para os lados, viu que algumas pessoas estavam por ali visitando os parentes finados, então começou a rodear as sombras das cruzes dos túmulos, fazendo questão que todos o vissem nesse sistema, sem pisar em sombra de cruz do seu caminho. Ria por dentro, lembrando-se de Zé da Lira alimentando a fofoca que vive dentro de cada vivente. Chegou no túmulo e teve uma longa conversa. Falava baixinho com Zé da Lira. Sabe-se Deus se ouvia alguma resposta. Mas contou da partida de Maria Flor, da suspeita virada certeza de que Luiz era seu filho, confessou que tinha muitas saudades da irmã, que considerava também como sua mulher, mesmo sendo casada com outro homem. Afinal de contas, o marido estava morto agora, então não teria mais que se preocupar com isso.

Sem perceber, ria de sua conversa. Mas ria alto. As pessoas que estavam ali dentro já o achavam um pouco esquisito. Duvidavam das histórias que Teófilo contava do monstro no porto de Ilhéus, que comia navio, prédio e gente, também achavam graça da farmácia que resolveu criar na roça, com aquela moça agitada vinda de São Paulo. Selva, isso lá é nome? Pois, para arrematar, esse mesmo homem agora evitava passar pela sombra das cruzes, ria e falava alto com o finado Zé da Lira.

Esse tipo de notícia, feito tiririca, espalhou naquele mesmo instante. Teófilo saiu do cemitério, esquecido de rodear as cruzes, e entrou no bar para molhar a garganta. Algumas pessoas já olhavam para ele de lado, com um pouco de receio que a loucura do homem as atingisse.

Quando voltou a encontrar-se com Selva, agiu como se nada houvesse acontecido, como se não tivesse chorado em seus braços – parecia que os dois estavam envergonhados. Nem mesmo contou do plano de construir a casinha dela. Esperou que os sentimentos se assentassem. Juntamente com Luduvina, haviam criado um sistema de comunicação entre eles, por vias tortas e silenciosas.

Selva estava com um viço extraordinário que dava alegria na convivência. Chegou cheia de planos e muita disposição para criar ali no Ribeirão do Meio uma grande horta, além de preparar diferentes mudas para seus novos amigos na universidade em Montes Claros. Pegou firme no trabalho com Teófilo, organizando o canteiro da casa de Luduvina. Colhiam mudas, frutos e folhas, maceravam, faziam emplastros, garrafadas e pomadas, depois distribuíam primeiramente para a família. A notícia foi se espalhando, o sucesso com os tratamentos também, logo outras pessoas apareciam no sítio em busca de alguma solução de seus problemas. Como não aceitavam pagamento em dinheiro, os pacientes reconhecidos lhes davam galinhas, mantimentos, flores, pão, bolo. Começaram a pensar em aumentar o canteiro, especulavam qual seria o terreno mais apropriado para uma grande horta. Quando pediam a opinião de Luduvina, ela olhava desconfiada para os dois, sem entender o porquê de tanta animação.

Para atiçar ainda mais a fama da esquisitice de Teófilo, por esses dias alguns carros de ciganos chegaram e se instalaram próximo à sua casa. Pediram para pousar perto do Ribeirão do Meio, em um pequeno descampado ao lado de sua roça. Teófilo sabia do respeito que os ciganos tinham pela água, também reconhecia o trato e a consideração com que os mais velhos procuravam Luduvina. Na Gameleira, tinha até quem acreditasse que Teófilo sabia falar a língua dos ciganos, desconfiando que ele havia aprendido nesses anos que andou sumido pelo mundo. Quando lhe perguntavam sobre isso, Teófilo não respondia que sim nem que não.

Os ciganos deram uma festa e convidaram algumas pessoas da Gameleira. Claro, os primeiros a serem chamados foram os da família de Luduvina. Bem em frente à fogueira, no coração da festa, arrumaram uma poltrona que trouxeram sabe-se lá de onde e instalaram ali a velha Luduvina. Traziam comidas e bebidas para ela, dançaram e cantaram à sua frente. Luduvina batia palmas, cantava junto e até ensaiou uma dança com a anciã cigana. Alguns negócios foram feitos na festa: panelas de cobre trocadas por galinhas, cavalo por sanfona de oito baixos, uma enormidade de rolo. Em um canto do acampamento, Teófilo se envolveu em uma conversa muito comprida com uma viúva. Era uma mulher de Uruana, Esmeralda, que havia se casado com um cigano, morto há poucos meses. Trocavam impressões sobre as terras que haviam conhecido, além de perigosos comentários sobre os prazeres do mundo.

Uma das mais animadas com a festa era Selva. Dançava com todos. Bebeu um pouco a mais, então sua alegria ganhava intensidade. Era visível o interesse de alguns jovens por ela, tanto os ciganos do acampamento, quanto os convidados da Gameleira. Chamavam Selva para dançar, conversar, tentavam marcar algum encontro. Mas Selva preferia dançar sozinha, tentando imitar o sapateado que os mais velhos faziam, ou corria para provocar Luduvina, fazendo macaquices à sua frente.

Já de madrugada, Dila e Selva levaram Luduvina para casa. Depois que acomodaram a avó, quiseram se despedir, mas Luduvina mandou as duas dormirem por ali mesmo, junto a ela.

– Muita dança, muito homem atiçado, muito desejo solto, muita cachaça... Vocês duas dormem aqui, debaixo do meu teto.

Não tiveram coragem de desobedecer Luduvina. Aceitaram de bom grado. Caíram em um sono gostoso, as três quase ao mesmo tempo, embaladas pelas bebidas, tão doces e gostosas, sabe-se lá de que eram feitas, oferecidas pelos anfitriões.

Estavam todos tão entretidos na festa, cada qual alimentando sua precisão de diversão, que nem notaram quando Teófilo e a viúva sumiram. O fato é que, bem na hora do sapateado mais arrojado, os dois não estavam mais ali, no canto do acampamento, onde por tanto tempo alimentaram uma conversa sem fim sobre o mundo de fora. Teófilo a convidara para dar uma volta. Esmeralda aceitou, reforçando que não devia satisfação a ninguém. Pararam em frente à casa de Teófilo. Antes de convidá-la para entrar, preocupado, perguntou se os filhos dela não iriam se importar.

– Não tenho filho nenhum.

– Mas decerto tem namorado...

Ela ria, enquanto ajeitava os longos cabelos. Não, não era cigana, mas talvez por tantos anos de convivência, parecia muito uma delas, com os cabelos escorridos, a roupa colorida e a pele bronzeada. Teófilo sabia, mas resolveu arriscar. Tinha certeza que estava sendo levado no bico, que a mulher estava conduzindo suas vontades, que ele poderia perder tudo em uma só noite. Dentro de sua casa, com a porta bem trancada, os carinhos foram trocados e as vontades saciadas com experiência e muito prazer. Teófilo então murmurou, para Esmeralda e para ele próprio, como se estivesse falando com uma de suas plantas:

– Leva tudo, leva...

Ouça a trilha sonora do capítulo 16. Pena, escama e pelo utilizando o QR Code ao lado.

17. A horta de Luduvina

O sítio da vó Luduvina estava apinhado de gente. Sentada em frente à porta, ela via o movimento e ralhava com todos, dando palpite e chamando a atenção. Filhos, netos e amigos, juntos em um grande mutirão.

Teófilo e Selva tinham arrancado a cerca do terreno e mudado o galinheiro para o sítio de Zé da Lira, aumentando o espaço e transformando o quintal com as ervas em uma grande horta. No mutirão deixavam ajeitados vários canteiros, com descaídas para a água escorrer. Abriram caminho entre eles, araram a terra, tiraram o mato, separaram as várias espécies de plantas, deixaram tudo preparado para a sonhada farmácia da roça, a horta de Luduvina. Claro, sonhada por Selva, que seguia as ordens de Teófilo, enquanto tentavam se ajustar às orientações um pouco atrapalhadas de Luduvina...

Enquanto isso, do outro lado da casa, com os trabalhos sendo conduzidos por Socorro e Tutico, erguiam a casa de Dila. Pois não é que a pequena Dila, a menina que sempre cuidou da vó, aquele toquinho de gente, cresceu, encorpou, virou uma moça bonita e agora iria se casar?! Tonho era seu amigo de infância e namorado desde sempre. Cresceram juntos, brincaram, banharam nas veredas, fizeram o grupo escolar, implicaram um com o outro, riram e logo já estavam dançando forró, olhando o rio Gameleira enquanto imaginavam o futuro, de mãos dadas na sombra de alguma mangueira. Tudo debaixo do olhar de Tutico, ou de algum de seus irmãos, pois o pai mandava vigiar o namoro.

A família, muito grata à Dila pela paciência e amor no trato com a vó, apaixonada por sua alegria, inteligência e disposição para o trabalho, resolveu dar uma casa como presente de casamento para a menina. Depois que cobriram a casa, levaram Luduvina para ver a obra. Mesmo que a velha não entendesse direito o que estava acontecendo, explicavam que ali seria o futuro lar da neta. Sentiam-se na obrigação de contar tudo para a avó; afinal de contas, a terra era dela. Diziam onde seria o quarto de Dila, mostravam o acabamento do fogão a lenha, as janelas que davam para a grande horta, todos os detalhes. Luduvina olhava para a neta, com um sorriso feliz e os olhos marejados. Não teve um que não se emocionasse vendo a cena, admirados com a compreensão e o reconhecimento da velha Luduvina para com a neta.

Ficaram prontas quase ao mesmo tempo, a casa e a horta. A família fez uma janta caprichada para todos que ajudaram nesses dias de trabalho. No começo da festa, Teófilo chamou Selva para conversar, e caminharam em direção à casa nova de Dila, com cheiro de tinta, estralando de nova.

– Seu Teó, mas ficou bonita a casa da menina! Ela merece. Vai ser muito feliz aqui dentro.

Selva estava tão envolvida nos cuidados todos com a horta, que até então só havia observado de longe a construção da casa. Teófilo deu a volta no terreno, mostrou a varanda nos fundos, o quintal, já imaginando os filhos de Dila e Tonho que iriam brincar por ali. Abriu a porta da varanda e mostrou a cozinha, o fogão a lenha pintado de vermelhão, tudo muito ajeitado. Selva ficou encantada com a casa, repetindo:

– A Dila merece, a menina é um amor!

Saíram de novo para a varanda. Ali Teófilo mostrou para Selva a novidade que ele projetou: um puxadinho, que fazia um L no fundo da construção. Abriu a porta e disse.

– E aqui tem mais um quarto e um banheiro.

Selva quase gritou:

– Seu Teófilo, uma suíte! Uaaau!

– Suíte?

– É, chique demais. Só tem em casa de bacana. É para algum parente do Tonho?

– Não.

Selva entra no quarto, abre a porta do banheirinho. Volta-se para Teófilo que, encostado na porta, lhe diz:

– É seu.

– O quê?

– Esse quarto é seu. Não quero mais que você more no rancho.

Foi um susto. Um pensamento brotava do outro dentro da cabeça de Selva. Gostava muito do seu ranchinho, com os livros empilhados na prateleira que ela mesma fez em cima da cama, era só esticar o braço e pronto. Por outro lado, era muita consideração de Teófilo, com os amigos todos trabalhando para que ela tivesse um quarto só seu, junto à Dila que ela gostava tanto. E foi pesando: o cheiro do seu ranchinho, a proximidade com a roça, o sabiá que morava ali, esse quarto lindo, mas arrumado demais, pintado de novo. Até que veio a conclusão: seria uma desfeita monstruosa se ela não aceitasse. Então correu em direção a Teófilo, abraçou apertado. O homem ficou duro, totalmente diferente da vez que chorou nos braços de Selva.

– Ê, menina, mas que bestagem é essa?!

Voltaram para a janta. Selva contou para todos do seu quarto, achando que era uma grande novidade. Mas é claro que já sabiam, tinham trabalhado ali também no sentido de agradar a neta postiça de Luduvina. E ainda fizeram muita graça com o ranchinho dela. Depois que todos se despediram, Selva foi para seu rancho, acendeu a lamparina, pendurou na parede e ficou olhando para tudo ali dentro, como que pedindo permissão para ter um novo lar.

Deitada em sua cama, lembrou-se do dia em que se mudou para o rancho, com tantas expectativas. Não queria abandonar sua casinha, mas nunca iria fazer uma desfeita frente à tamanha generosidade da família. Esticou a perna para se espreguiçar e acabou derrubando alguns livros da estante. Foi colocá-los no lugar e teve uma ideia: teria as duas casas. Teófilo não acharia ruim. Levaria todos os seus livros para a casa de Dila, faria uma nova estante e também uma mesa – já sofria com dor nas costas, escrevendo apoiada em uma tábua, sentada na cama. Além disso, os livros teriam muito espaço para respirar e serem mais bem aproveitados. Seu quarto na casa de Dila era espaçoso, caberia uma cama, uma mesa e a estante. Poderia trabalhar em suas anotações ali, mas manteria o seu rancho para dormir quando quisesse, junto à roça, ao cheiro da terra, acordando junto com a passarinhada acostumada com sua presença.

Com todos os cuidados, trabalho duro e graças a uma bela temporada de chuvas, no primeiro ano a grande horta floresceu, encorpou e foi motivo de muito orgulho para toda a família de Luduvina. Os remédios eram produzidos, cada um com sua forma específica, e vinha gente de longe buscar solução para suas queixas. Tonho começou a cuidar das mudas para que as pessoas pudessem criar suas próprias hortas. Tomavam o cuidado de compartilhar com os outros só os remédios que tinham absoluta certeza da eficácia. Em um canto da horta, plantavam como experiência algumas indicações novas de Luduvina, sem saber para que serviriam, mas a velha punha muito gosto em ir sempre ali cuidar dessas espécies.

Porém, no ano seguinte, a seca apertou. A chuva custou a vir e, quando apareceu, veio minguada, meio que sem coragem. Selva olhava para o céu a todo momento e quase desanimou. Chegou a se irritar com a aparente calma de Teófilo, todo dia lidando com a terra, como se não estivesse acontecendo nada, como se suas plantas não estivessem morrendo. Procurava soluções em seus livros, pensava em grandes irrigações, até sugeriu a Teófilo que fossem pedir ajuda na prefeitura. O mestre respondia:

– Selva, e esse povo lá vai ter algum interesse em ajudar a gente? Ora essa, temos que trabalhar, só isso. Vamos cuidar da criação, para que não falte nada aos animais, salvar o que for possível da lavoura e ter fé em Deus que no próximo ano a chuva venha farta.

As pessoas que iam buscar remédios e garrafadas, às vezes voltavam de mãos vazias. Claro, não sem antes Selva levá-los até a horta e mostrar o que estava acontecendo.

Tonho revelou-se um incansável trabalhador. Logo depois do casamento, ainda no tempo das chuvas, vendo as pessoas cada vez mais procurando as ervas, ele percebeu que ali estava o futuro de sua família. Acostumado a lidar com a terra, crescido em família de lavradores, sabia que as estações variavam, que a natureza podia também ser cruel, mas ainda assim a coragem era fundamental. Mesmo no tempo da seca, conseguiu manter algumas plantas fortes, para distribuir entre as pessoas que iam lá. Claro, concentrava os cuidados nas que eram mais procuradas.

Preparavam garrafadas, cozimentos, cataplasmas, emplastros, orientavam para chás, infusões e, mesmo que bem barato, agora vendiam os remédios. Ou trocavam pelo que aparecia – galinha, ventilador, roda de bicicleta...

Bem que Teófilo tentou trazer Luiz para trabalhar na horta. Muitas vezes ele ia e ajudava no que fosse preciso, mas era comum Luiz ir sentar-se em algum canto da roça, sozinho, com o pensamento distante. Em Gameleira só tinha até o oitavo ano, depois ou os meninos mudavam dali procurando escola, ou já enfrentavam a lida. Luiz terminou os estudos e não quis sair da Gameleira. Não tinha parada, começava algum trabalho e gastava ligeiro o pouco que recebia, geralmente em viagens para festas nas cidades vizinhas. Gostava de pescar, dançar, conversar mole com os amigos. Cansou de levar bronca dos tios e tias que ele precisava se emendar, ter algum trabalho fixo, ou ir para São Paulo morar com a mãe e Cesário.

Um dia, Luiz apareceu com a novidade: iria mudar-se para Brasília. Um amigo tinha conseguido uma colocação para ele, era um serviço importante dentro de uma grande empresa, com salário, celular e carteira assinada. Disse que havia sido convidado por saber ler e escrever muito bem e não ter medo de trabalhar. Morar em Brasília e ter carteira assinada era motivo de orgulho. Os tios juntaram um dinheiro e deram para ele se ajeitar na capital. Disseram para manter sempre contato, ainda mais agora, que teria até um celular.

Luiz viajou no ônibus noturno para Brasília, chamado de corujão. Ajeitou sua mala no bagageiro e embarcou segurando uma latinha de cerveja. Seus familiares lhe acenavam e diziam para ter juízo, enquanto os amigos gritavam para ele aproveitar a viagem e não se comportar de jeito nenhum na capital. Sentou-se em sua poltrona, abriu a janela e despediu-se mais uma vez. Logo o ônibus cortava o escuro das estradas do sertão. Dali a um tempo, Luiz atirou a latinha para fora, fechou a janela e pensou na história que havia contado para a família: a grande empresa, carteira assinada, celular novo. Qual... O serviço que seu amigo havia arrumado era trabalhar na portaria de um prédio e dividir com ele um apartamento minúsculo num quarteirão-satélite dentro de um bairro-satélite de uma cidade-satélite. Enfim, pesando tudo na balança, ele pensou: "Estrada é pra isso mesmo, pelo menos eu tento fazer alguma coisa; se não der certo, eu volto pra trás". E dormiu.

No ano seguinte, a chuva já ajudou mais um bocado e a horta foi firmando a poder de muito trabalho. Selva passou a fazer algumas viagens, não só para encontrar-se com Letícia, mas também para Montes Claros, a convite dos estudantes que havia conhecido em Buritis. Levaram a sério o pacto que haviam firmado, queriam dar vida aos temas de suas longas conversas. Assim, Márcia, Clayton e Alê resolveram implantar uma horta no terreno da faculdade, como trabalho de conclusão de curso, com a orientação e os cuidados de Selva e Teófilo. Empolgados e estimulados por alguns professores, organizaram um seminário na faculdade de biologia, para apresentarem os trabalhos e resultados da horta de Luduvina e sua farmácia da roça.

Combinaram com Selva que, durante o seminário, primeiro apresentariam o projeto e depois passariam a palavra para ela narrar sua experiência na Gameleira. Selva a princípio preocupou-se em ter que falar para um monte de gente, mas logo estava matutando na forma como conduziria a palestra, esquematizando os temas em seus cadernos. Sua paixão pelas plantas, o trabalho na roça de Luduvina, a importância de Teófilo e Tonho – sim, teria assunto suficiente para desenvolver e, quem sabe, chamar a atenção de todos para os pés descalços. A partir de então, todo dia, às dezoito horas, Selva deveria ir até a pensão de Socorro, pois os alunos telefonariam para ela contando as novidades e planejamentos. Uma semana antes do encontro, em um desses telefonemas, os amigos vieram com a ideia:

– Selva, e se você trouxesse o seu Teófilo para compor uma mesa, dividir seu conhecimento e ensinar aos professores como é a lida aí, na prática?

Deu para escutar de longe o grito de Selva, tão feliz ficou com o convite. Disse que iria convencer o mestre, pois seria maravilhoso passar alguns dias com ele em Montes Claros. Seguiram em uma conversa animada sobre tudo que poderiam aproveitar com a ida de Teófilo. Na volta para casa, pensou em várias maneiras para convencê-lo, desconfiando que o mestre iria se aborrecer. O quê? Dar uma conferência em universidade, para gente desconhecida, ensinar para professor, passar cinco dias na cidade? Capaz!

Foi direto para a casa de Teófilo, que estava sentado na rede, enrolando um cigarro. Selva chegou do seu jeito destrambelhado, que Teófilo conhecia tão bem, despejando tudo de uma só vez. Agarrava em seu braço e dizia sobre a importância de sua ida para ensinar a todos como lidar com a lavoura, reforçando a falta de conhecimento do povo da cidade com as coisas do campo, a necessidade que eles têm de aproveitar os ensinamentos da própria terra, curtida pelo sol do sertão.

Teófilo teve vontade de rir da agitação que estava a moça. Continuou enrolando o pito e olhando de vez em quando para Selva. Então parece que ela teve uma luz, pois deu um grito e continuou:

– Sim, claro! A gente pode aproveitar essa nossa ida a Montes Claros pro senhor me mostrar o lugar onde reencontrou Maria Flor, na estação! Tinha uma igreja também, né, que vocês iam conversar? Um mercado que as pessoas davam comida pra vocês... Não é isso?

Teófilo continuou lidando com seu cigarro, sem responder nada. Selva foi ficando impaciente. Ele levantou-se, foi até o fogão, pegou um pedaço de pau em brasa, acendeu o cigarro, voltou e se sentou na rede. Então perguntou:

– Quando que a gente vai?

– Semana que... a gente? O senhor vai???

Novamente abraçou Teófilo, que dessa vez riu e se deixou abraçar. Mas Flor não parava de apertá-lo, chegou a apagar o cigarro.

– Ê, menina! Sossega!

Teófilo levantou-se, foi até o fogão de novo e acendeu o pito. Selva, sem nem se despedir, pegou sua bicicleta e voltou ligeiro para a pensão de Socorro, precisava telefonar e contar a boa notícia para os amigos.

Dois dias antes da abertura do seminário, a picape com Clayton, Alê e Márcia chegou no sítio de Luduvina, para buscar Teófilo e Selva. Com suas câmeras, registraram a horta, o Ribeirão do Meio, o sistema feito para a irrigação. Foram apresentados a Teófilo, que timidamente falou sobre seu trabalho, incomodado com as filmagens.

Em frente à casa de Luduvina, Selva chamou por Dila. Apresentou-a para os amigos, dizendo que ela era o anjo da guarda daquilo tudo. E perguntou se era uma boa hora para os meninos conhecerem Luduvina. Dila achou graça e convidou para entrar. Selva pediu para serem muito discretos, que só tirassem uma ou outra foto e não ficassem filmando.

Entraram. A velha estava sentada no canto da sala, desfiando uma palha de buriti. Todos cumprimentaram, com muita educação.

– Bom dia, dona Luduvina. Muito prazer. Como vai a senhora?

Ela nem respondeu, apenas olhava curiosa para os estudantes. Depois perguntou para Dila:

– Esses aí são gente de quem?

– É o povo de Selva. Vieram conhecer a senhora e a horta.

– Parente de Selva?

– Sim, vó. Primos.

– Dá café pra eles.

E continuou com seu serviço. Discretamente, enquanto tomavam café, tiraram algumas fotos da velha, que de vez em quando largava a palha no colo e olhava desconfiada para eles.

Depois foram ao comércio e lancharam na pensão de Socorro. Andaram pelo cerrado e cataram frutos, sementes e folhas. Enchiam grandes sacos de estopa com o que encontravam pela frente, passavam uma fita em volta de cada espécie e escreviam o nome. Perguntavam tudo para Teófilo, que achava graça nesse sistema de conhecimento. No sítio, foram ajeitando a caçamba do carro, colocando as mudas de plantas que Tonho tinha separado para apresentarem no seminário e todas as sacolas que eles haviam coletado do cerrado. Acertaram com Tonho um valor pelas plantas, mesmo que ele não quisesse cobrar. Fizeram questão. O rapaz balançou a cabeça, amuado, mas claro que não achou ruim...

Com o carro carregado, tudo ajeitado, Selva chamou os amigos:

– Agora, nossa recompensa. Venham comigo!

Teófilo foi ajeitar suas coisas para a viagem, enquanto Selva e os estudantes saíram a pé. Pegaram um trecho da estrada, depois pularam uma cerca, entraram em uma trilha no meio do cerrado. Avistaram os buritis, muitos, em uma disposição harmoniosa, protegendo-se e impondo sua importância a todos que os avistassem. Selva apresentou:

– Com vocês, a vereda!

Estavam cercados pelos buritis. À sua frente apresentava-se a lagoa, limpa, com o sol batendo de lado, já querendo avermelhar tudo. Selva foi em direção à lagoa e disse:

– Márcia, aqui as pessoas têm o sistema próprio delas. Entra de bermuda mesmo. Se estiver de biquíni na parte de cima, pode tirar a camisa; se não, tem que entrar vestida, tá?

– Claro!

A primeira surpresa foi com a temperatura da água. No calor do sertão, aquela água friinha era uma delícia. Mergulharam, nadaram. Conforme foram se aquietando, sossegando dentro da água, Selva mostrava a eles as moitas, as espécies, os passarinhos que ela já sabia o nome. A paixão de Selva com esse universo contagiou os amigos, percebendo a importância das veredas. Assistir a uma revelação como essa, com o corpo dentro da água que escorre pelos buritis, dava um significado ainda maior. Não demorou muito para aparecerem algumas vacas, que foram beber água no outro lado da vereda. Selva dizia:

– Agora está com pouca água, precisam ver isso aqui no tempo das chuvas!

Já anoitecia quando voltaram para o sítio. Teófilo estava pronto, fez questão que todos jantassem. Despediram-se de Dila, Tonho e Luduvina e foram para o carro, com a caçamba carregada. Teófilo no banco do passageiro, Clayton dirigindo e Selva com os outros dois no banco de trás. Traçavam planos, davam sugestões, explicavam como poderiam aproveitar as fotos e filmagens durante a exposição de Teófilo e Selva.

Chegaram em Montes Claros por volta de meia-noite. Ajeitaram Selva e Teófilo na república onde moravam. No dia seguinte, os estudantes foram para a faculdade preparar o material para a apresentação. Depois do café, Selva e Teófilo saíram para passear na cidade.

Foram à estação, à igreja, ao mercado, atiçando as memórias de Teófilo. Ele observava muito e conversava pouco, guardando um sorriso no rosto durante todo o passeio. Selva respeitou o silêncio do mestre, percebeu que havia sentimentos muito profundos conduzindo a caminhada. Deixou que ele puxasse conversa ou lhe mostrasse algum lugar e sua respectiva história. De repente, passaram em frente a um hotelzinho. Teófilo parou e sentiu uma aflição medonha: era aquele da noite com o homem.

Teófilo tinha apagado isso de sua memória. Naquele momento, teve a certeza que matou o homem quando deu com o banquinho em sua cabeça, para depois fugirem pelas ruas de Montes Claros. Quis contar algo para Selva, mas parou no meio do relato. Saiu ligeiro dali, como se pudessem reconhecê-lo pelo assassinato, mesmo tantos anos depois. Fugia também da cena no quarto do hotel – o nojo, os olhos de Maria Flor como que mortos com o homem em cima dela. Enquanto se afastavam, repetia, baixinho:

– Maria Flor, Flor...

Custou um pouco para que Teófilo ficasse bem, ajeitando dentro de si as lembranças tão fortes. Sentou-se na mureta da estação. Selva foi buscar um suco e um salgado para ele. Lancharam olhando os trilhos. A apresentação seria no dia seguinte, Selva disse para ele não se preocupar, que ela lhe perguntaria algumas coisas sobre a horta, as plantas e sobre Luduvina. Teófilo achava muita graça nisso tudo e repetia para Selva:

– Não sei o que vocês acharam de bom nesse nosso serviço da roça e a fraqueza que a gente vive na Gameleira...

Ela protestava, mas Teófilo continuava sem entender. Meninos que vão virar doutores, em uma faculdade, dizendo que ele, Teófilo, iria ensinar até os professores!

Nessa noite saíram para jantar, comer pizza, tomar cerveja e acertar os últimos ponteiros em um bar da cidade. No meio da conversa, Teófilo se surpreende quando vê uma pessoa conhecida entrando no bar e vindo na direção da mesa onde eles estavam. Pergunta para Selva:

– Sel, mas não é aquela moça, a doutora veterinária?!

– Cadê? Sim, a Letícia! Esqueci de contar que ela viria assistir a nossa apresentação.

Muita festa para a chegada da amiga. Letícia senta-se ao lado de Teófilo, e logo engatam em uma conversa sobre os animais. Ele dá notícias de como está sendo o manejo, conta que nenhuma galinha mais ficou doente, falam sobre cooperativas, sítios e estradas. Quando a pizza chega, Letícia muda de lugar e senta-se ao lado de Selva.

Foi vindo devagar a certeza dentro de Teófilo, do que ele estava vendo: uma mão grudada na outra, uma cabeça no ombro, uma mão descansada na perna da amiga. Mesmo discreto, o amor entre Selva e Letícia era muito evidente. Ele ficou confuso, porque Selva era como se fosse sua filha – mais que isso, ela era sua filha; ainda por cima, gostava muito da veterinária e se envaidecia do carinho que uma moça tão importante tinha com ele. Teófilo fez que não estava ligando, nem prestando atenção, mas aquela situação era uma grande novidade para ele. Voltaram cedo para casa, pois o dia seguinte seria longo e importante.

No café da manhã, Selva disse a Teófilo que haviam marcado uma entrevista na televisão e outra na rádio, para que eles falassem sobre o que apresentariam à noite.

– Mas, menina, eu preciso ir mesmo? Você sabe melhor que eu o sistema das plantas!

– Não, senhor. Capaz... Põe aquela camisa bonita, seu Teófilo. O senhor vai ser um sucesso. Tenho certeza.

Ressabiado, Teófilo se arrumou e foram primeiro para o estúdio de televisão. Ali, sentaram-se em uma bancada e uma moça, muito bonita e animada, ficou entre eles. Teófilo estranhou as grandes câmeras que os filmavam e o microfone que colocaram em sua camisa.

A moça que apresentava falava sozinha, conversava com alguém que ele não via. Até que disse:

– Dez segundos!

E entraram no ar. Perguntou primeiro para Selva do que se tratava a mesa que iriam participar. Um pouco envergonhada (mas sabendo que não podia demonstrar insegurança, pois Teófilo tinha os olhos assustados), Selva explicou brevemente. Contou do importante trabalho de Teófilo e sua mãe Luduvina para a criação de uma farmácia da roça. A entrevistadora então se virou para Teófilo e fez algumas perguntas. As respostas vinham breves e secas. Teófilo seguia olhando o movimento dos câmeras, as luzes incomodando seus olhos. Decerto por orientação do editor de programa, a apresentadora passou a conversar só com Selva – rendia mais. E ela, sempre que conseguia, chamava Teófilo para o meio do assunto.

Saíram do estúdio e foram direto para o carro, pois a entrevista na rádio era logo em seguida. Teófilo mudo. Os meninos elogiando, dizendo que tinha sido muito boa a entrevista. Selva percebeu o amuo do mestre.

– Ô seu Teó, tira essa carranca da cara! Foi ótimo, televisão é um negócio muito aborrecido. O senhor falou bem, tem que ser ligeiro mesmo. Só da gente aparecer e falar do trabalho, já foi bom demais.

Na rádio, sentiu-se mais à vontade. Entraram no estúdio enquanto tocava música caipira. O locutor, sem parar de falar, pois estavam no ar, apontou as cadeiras e microfones para que eles se posicionassem. E seguiu, empolgado:

– Não saiam daí, ouvintes do coração, pois depois desta bela canção vou entrevistar um professor da faculdade e sua aluna sobre a medicina da roça!

Teófilo olhou para os lados. Só estavam eles ali. E o locutor referiu-se a ele como professor! Com o microfone desligado, Teófilo tentou explicar que não era professor, mas o locutor disse que sabia do que estava falando.

– Quando terminar a música, darei duas notícias e começo a entrevista. A palestra será às 19 horas, certo?

Selva entregou ao homem um folheto explicativo do seminário. Enquanto o homem lia, percebeu que Teófilo cantava a música que estava tocando no rádio.

– O senhor conhece essa canção, claro?

– Sim, senhor.

– Então vamos aproveitar!

Virou-se para o técnico do estúdio e pediu para abrir o som dos microfones. Com a música tocando ao fundo, o locutor chamou para a conversa.

– Queridos ouvintes, antes do nosso boletim de notícias, vamos a um pequeno aperitivo, uma palinha de nosso próximo entrevistado. Ô seu Teófilo, que música é essa que nós estamos ouvindo?

Teófilo, pego de surpresa, disse:

– Eu?

– Sim, chega perto do microfone, mestre. Que música é essa?

– "Adeus, Paulistinha"...

– Vamos cantar juntos!

O locutor começa a cantar. Selva cutuca Teófilo, aponta para o microfone e diz, baixinho:

– Vai, seu Teófilo, não faça desfeita!

A princípio timidamente, mas depois com vontade, Teófilo abriu o peito e cantou a música. Era uma gravação antiga de Tonico e Tinoco, agora acrescida das vozes do locutor e de Teófilo. Ao vivo, na rádio! Para quem quisesse ouvir:

De que me adianta viver na cidade,
Se a felicidade não me acompanhar?
Adeus, paulistinha do meu coração
Lá pro meu sertão, eu quero voltar
Ver a madrugada, quando a passarada

Fazendo alvorada, começa a cantar
Com satisfação, arreio o burrão
cortando estradão, saio a galopar...

Ah, pensa numa prosa animada! Teófilo cantou bonito, e o locutor se animou. No meio da entrevista, às vezes provocava Teófilo para cantar trecho de alguma outra música. Logo voltava para as ervas, o serviço na roça, os ensinamentos de Luduvina. Selva explicava como seria o seminário, reforçando para os ouvintes a importância de existir gente como Teófilo e Luduvina, guardiões de nossos grandes tesouros.

Depois de um abraço sentido com o radialista, e sendo elogiado pelos técnicos do estúdio por sua performance, saíram dali para almoçar. Teófilo não cabia em si de felicidade: perguntava se a voz dele saiu mesmo no rádio, se dava para ouvir direito e se ele cantou bem.

Os amigos chegaram empolgadíssimos para o almoço, pois haviam assistido à matéria na TV e escutado a entrevista no rádio. Só chamavam Teófilo de artista! Comeram ligeiro e, quando foram deixar Teófilo e Letícia na república, um dos rapazes explicou como seria a programação:

– Seu Teófilo, o senhor fique tranquilo, deve estar cansado. Descanse aí, nós temos alguns ajustes para fazer na faculdade. Logo mais venho buscá-los. Se precisar de algo, é só pedir pra Letícia. Espero que ela não judie muito do senhor.

Letícia abraçou Teófilo.

– Pode deixar, vou dar umas vacinas embaixo da asa dele.

Todos riram. Teófilo foi para o seu quarto. Lembrou com orgulho a entrevista na rádio; com vergonha, a conversa na televisão. Viu pela porta entreaberta que Letícia ligou seu computador e sentou-se na sala, dizendo que iria trabalhar, mas se precisasse de qualquer coisa era só chamar. Esticou-se na cama e ficou matutando. Tinha uma coisa que o rapaz havia dito que ele achou muito sem prumo:

que era para ele descansar, que devia estar cansado... Mas cansado do quê? De ter ido a um programa de televisão, outro da rádio e almoçado em um restaurante? Quer dizer que na cidade é isso que deixa as pessoas cansadas? Virou o ventilador em sua direção, fechou os olhos e cantarolou, antes de pegar um soninho gostoso:

Pra minha mãezinha já telegrafei
E já me cansei de tanto sofrer
Nesta madrugada estarei de partida
Pra terra querida que me viu nascer
Já ouço sonhando o galo cantando
O nhambu piando no escurecer
A lua prateada clareando a estrada
A relva molhada desde o anoitecer
Eu preciso ir pra ver tudo ali
Foi lá que nasci, lá quero morrer

Acordou com Letícia lhe chamando. Selva iria chegar em meia hora. A veterinária lhe perguntou se queria tomar um banho, enquanto ela preparava um café. Teófilo pegou sua toalha e foi para o chuveiro, ainda um pouco zonzo pela soneca da tarde, nessa casa na cidade, longe do seu cafundó. Com a água molhando seu corpo, realizou que agora não tinha para onde correr. Era criar coragem e pedir que Deus lhe socorresse quando estivesse transmitindo sua lida, de sol a sol, para os doutores da cidade.

Ouça a trilha sonora do capítulo 17. A horta de Luduvina utilizando o QR Code ao lado.

18. Mestre

Os alunos se mobilizaram, acreditaram na empreitada, divulgaram a palestra com vários vídeos e fotos da horta, além de imagens de Luduvina, Selva e Teófilo lidando com a terra. Fizeram crescer o interesse no assunto. Improvisaram um camarim, em uma sala de aula, para deixar os convidados tranquilos. Selva e Teófilo ficaram por ali, tomando café e conversando. Para chegar ao auditório, precisavam atravessar um grande corredor. Quando Alê veio buscá-los, Teófilo antes foi ao banheiro, olhou-se no espelho e balançou a cabeça, pensando: "O que estou fazendo aqui?".

Saíram os três pelo corredor. Conforme se aproximavam do auditório, o silêncio aumentava. Márcia estava falando. Teófilo pensou que a sala estava vazia. Clayton entreabriu a porta e fez um sinal para Márcia, que disse mais umas palavras e logo anunciou os convidados. Quando Clayton finalmente deu espaço para eles passarem, Selva e Teófilo assustaram-se com o tanto de gente lá dentro, a agitação das pessoas e, principalmente, o calor dos aplausos. Sentaram-se em uma mesa no palco, juntamente com Márcia, Clayton e Alê. Na primeira fila, alguns professores. Silêncio.

Alê cortou o silêncio dando boa-noite e introduzindo o assunto. Teófilo sentiu como se tivesse uma laranja entalada em sua garganta, um nervoso esquentando sua cabeça. Sim, o menino falava dele, da ciência de Luduvina, todos os cuidados, da luta contra a seca, da iniciativa e coragem de Selva. Que foi para quem Alê passou o microfone. Selva começou assim:

– Boa noite! Hã-hããã... Desculpem, eu estou nervosa, nunca tinha falado em um microfone.

A plateia riu e Teófilo sentiu uma espécie de alívio, pequeno, frente à insistência da laranja em ficar entalada em sua garganta. Se Selva também estava nervosa, pelo menos era uma companhia, alguém para dividir este lugar tão incômodo. Não demorou para que Selva passasse a falar dele. Não conseguia distinguir o que ela dizia, as palavras escapavam, soltas:

– Cheguei na Gameleira... Teófilo... doçura e firmeza... família... Luduvina me esperava...

Então Selva parou de falar, travou em uma emoção. Teófilo olhou firme para ela. Selva sentiu como se o mestre estivesse lhe dizendo: "Vai, menina, deixa de bestagem". Mal sabia ela do seu apavoramento. Continuou:

– As veredas, o mangue... garrafada... Ilhéus... Maria Preta... farmácia... quintal... um novo pai.

Olhou para ele e perguntou:

– Está pronto, mestre?

Selva abriu aquele seu sorriso de quem vai engolir o mundo, de quem deposita toda a confiança, quem se entrega para a sabedoria do mestre adquirida em sua lida no sertão.

Teófilo engoliu a laranja inteira. Amparou-se na esperança depositada, pigarreou e respondeu:

– Arruma uma água para mim, filha.

Ligeiro, alguém colocou uma garrafa à sua frente. Ele bebeu, olhando para Selva que, após dizer mais algumas palavras, passou o microfone para Teófilo:

– Alô! Alô!

Sentiu a voz amplificada. Lembrou-se da entrevista no rádio, quando cantou com o locutor e escutou sua voz saindo da caixa, afinada junto à voz dos cantores. O auditório seguia em silêncio. Os estudantes buscando seu caminho, os professores curiosos. Teófilo virou-se para Selva e perguntou:

– O que você quer que eu fale?

Selva aproximou-se, segurou no braço de Teófilo e deu uma direção precisa:

– Os doentes morrendo na fazenda em Lins, a Luduvina te criando, a aventura em Ilhéus, a volta para a terra, a saúde das pessoas na Gameleira com nossos remédios. Pode ir do começo.

Teófilo começou a narrar e foi criando gosto em contar sua história. Ter a voz amplificada, sentir a atenção e o respeito de todos. Vez ou outra, Selva corrigia o rumo da prosa, para que enfim chegasse às plantas, à função de cada uma, o modo como elas mesmas se protegem, o trabalho que estavam realizando. Quando o mestre cansou, Selva arrematou a fala, contando sobre seu próprio sonho ainda na faculdade, os desejos de seu pai e, finalmente, o encontro com Márcia, Alê e Clayton, que a fizeram se sentir em casa, com o sonho compartilhado, para poderem encarar uma nova empreitada, agora na faculdade, junto a seus professores, com o objetivo de criarem sua própria farmácia da roça.

O aplauso foi geral, gritos e assobios. Perguntas foram feitas, depois vieram os abraços, muitos. Os professores sendo apresentados e pedindo novos encontros. Depois foram a um bar, muitos amigos, falando alto, bebendo. A um certo momento, Selva percebe o cansaço de Teófilo.

– Vamos para casa, mestre?

– É, acho que a gente podia ir, né?

Voltam para a república. Conversam pouco. Dão boa-noite.

Na manhã seguinte, Teófilo acorda cedo e fica sentado na sala, esperando todos se levantarem. A primeira a acordar foi Letícia. Saíram juntos para comprar pão. Ele tinha muito gosto em conversar com a veterinária, mesmo tendo ficado um pouco impressionado com o beijo que havia visto na noite anterior, dela com Selva, no estacionamento da faculdade.

No café da manhã, os amigos fizeram novas combinações, traçaram planos. Letícia daria carona para Selva e Teófilo até a Gameleira. Despedidas feitas, pegaram a estrada. Teófilo pediu para ir no banco de trás, queria esticar. Vendo a paisagem, desligou-se das conversas e foi para um lugar bom, para a véspera e o sucesso na palestra. Sua voz no microfone, as perguntas todas que soube responder, a alegria e entusiasmo de sua querida Selva, sua filha, e também os abraços apertados que recebeu das estudantes, jogando a cabeleira por cima de sua cabeça.

Letícia deixou-os no Ribeirão do Meio e seguiu viagem. Teófilo e Selva foram direto para a casa de Luduvina, contar a aventura. Sabiam que deviam todo este acontecimento em Montes Claros a ela e seu quintal. Teófilo entrou na casa, falando alto:

– Ô mãe Luduvina, a bênção! A senhora fez um sucesso danado na faculdade! E seu filho aqui, ó, cantou até na rá...

Parou ainda na porta, assustado. É que, sentados lado a lado, estavam almoçando Tonho, Dila, Luduvina e... Esmeralda! A viúva do cigano, aquela que Teófilo namorou na festa do acampamento. Levou um susto danado. Dila, vendo os dois entrarem, levantou ligeiro para pegar novos pratos e talheres:

– A bênção, tio Teófilo. Oi, Sel, chegaram bem na hora! Matei um frango ainda hoje, venham almoçar.

Cumprimentaram a todos. Teófilo emudeceu enquanto comia. Mas Selva, não. Contava animada da viagem, caprichando nos momentos de enaltecer o mestre, querendo impressionar Esmeralda. Sabia da história da cigana, todos haviam visto na festa. Achava muita graça naquela surpresa e ficava feliz por Teófilo ter arrumado uma namorada.

Tonho ficou animadíssimo com o relato e quis saber os detalhes todos. Sentadas frente a frente, Luduvina e Esmeralda não davam muita atenção à conversa, parece que não se admiravam com o acontecido. Ali na Gameleira algumas pessoas desconfiavam que Luduvina tivesse sangue cigano, de tanto que acolhia os acampamentos e ficava de conversa com eles. Nos tempos em que a cabeça ia bem, também gostava de negociar, jogando com a esperteza, criando gosto no rolo. De alguma forma, ela e Esmeralda se comunicavam, e não deram atenção para o sucesso de Teófilo e Selva.

Isso foi até bom para Teófilo, que ficou mais à vontade e passou a contar os detalhes da viagem. Depois do almoço, como se fosse algo estabelecido, sem dizer nada, nem se despedir, os dois rumaram para a casa de Teófilo. Esmeralda passou alguns dias por ali. Observava o trabalho na horta de longe, foi ao comércio algumas vezes, bebia no bar e não dava espaço para nenhum gracejo, semeando respeito. Disse que era hóspede de Luduvina. E isso bastava.

O tempo foi correndo, com os assuntos se aprumando. Como plantas companheiras, as pessoas vão se ligando, no rumo de crescimento e proteção. Vieram as águas, a roça agradecida deu frutos, e a horta de Luduvina – com os cuidados constantes de Tonho – foi encorpando, brotando para satisfação de todos. Sempre levavam Luduvina para olhar, tentavam entender o que ela dizia, como traduzir seus pensamentos para a roça. A velha, enquanto caminhava, apontava para uma planta e dizia:

– Essa aqui tá carecendo de largar ela.

Agachava e conversava com a planta:

– Você tem que se virar sozinha agora, viu? Vai ficar mal-acostumada desse jeito.

Tonho acompanhava tudo atentamente. A horta de Luduvina ia tão bem, com tanto serviço, que já haviam contratado mais dois funcionários para dar conta das encomendas de remédios: para espinhela caída, dor de cabeça, rins, fígado e enjoo, também para mau-olhado e benzimento, além de cicatrizantes.

Com o sucesso da palestra, Selva passou a ir constantemente a Montes Claros. Conseguiram um pequeno terreno na própria faculdade para iniciarem a horta dos alunos. Teófilo ajudou a preparar a terra, e os estudantes se comprometeram a cuidar de tudo.

A família de Márcia era de Uruana de Minas. Seu pai, Sérgio, tinha uma loja de eletrodomésticos em Uruana e um sítio onde plantava melancia. Em um final de semana que foi a Montes Claros para acertar uma encomenda de mercadorias, combinou de encontrar a filha. Hospedou-se em um hotel, tomou o café da manhã com Márcia, depois a levou até a faculdade, diretamente para o terreno da nova horta. No caminho, ela lhe contou do que se tratava o projeto:

– Pai, vamos criar essa horta com a orientação do seu Teófilo e da Selva. Que bom que o senhor veio justo hoje que eles estão aqui nos orientando. Vamos produzir plantas medicinais. Com isso bem encaminhado, criaremos hortas comunitárias na zona rural. Já imaginou, termos acesso a essa sabedoria, fazermos nossa horta matriz na universidade e oferecermos manutenção, mudas e orientação para as comunidades rurais?

Sérgio sentia uma emoção diferente na voz da filha. Nunca tinha visto ela tão empolgada com um projeto.

– Os professores da faculdade estão encampando a ideia, principalmente o André, de botânica. Ajudarão a escolher as plantas, tratar com todos os cuidados, dar um aval científico, porque tem muita gente que acha isso charlatanismo. A ideia é trabalharmos, com a mão na massa e também com os estudos. Vai demorar, claro. Isso requer tempo, trabalho. A Selva sempre reforça essa dependência que as pessoas estão criando com as farmácias, quando, bem ao lado, no próprio quintal, podem ter a cura para seus males. Pai, vamos espalhar essa ideia, a partir de nossa experiência de campo. Não sei se já te disse, vamos plantar até lobeira, que tem uma polpa carnuda: a gente pega a baga dela, prepara, e é ótima para o tratamento da cólica renal!

Deu mais alguns exemplos de plantas até chegarem à horta da faculdade. Márcia deu um beijo no pai, despediram-se e combinaram um encontro no final da tarde, na república, para que ele conhecesse Selva e Teófilo. Enquanto manobrava o carro, Sérgio viu a movimentação no terreno. Encasquetado com o tal projeto, resolveu voltar, estacionou e observou de longe. Teófilo ensinava aos meninos como preparar a terra e fazer as covas. Manejava com muita precisão a enxada e passava as tarefas para os estudantes. Sempre com jeito, mas duro quando precisava ser, orientava cada um deles. Márcia estava ali no meio, seguindo as ordens, fazendo covas, lidando com a terra. Além da admiração com a condução firme do trabalho por parte de Teófilo, Sérgio ficou muito impressionado com aquela jovem séria que estava sempre ao seu lado, também orientando os alunos, e que atendia por um nome tão diferente: Selva.

Passou o dia inteiro matutando no que havia visto, principalmente com o envolvimento e a empolgação da filha quando lhe contou do projeto. Pensava em sua chácara com as melancias. Era apenas em um trecho do terreno, tinha ainda muita terra sem nenhuma produção. Ora, se a filha estava participando de um projeto desse tipo na faculdade, podia muito bem levar para Uruana. Viu ali uma oportunidade de crescimento para Márcia, algo que fosse dela e que a mantivesse perto da família depois que terminasse os estudos. Ligou para a esposa, contou o que havia presenciado – ele se emocionou vendo a filha com a mão na terra. Começou a juntar necessidades e futuro em seus pensamentos.

Chegou na república no final do dia e tocou a campainha. Quem abriu a porta foi Alê, todo sujo de terra. Já se conheciam.

– Ô seu Sérgio, boa noite. Vamos entrar!

– Nossa, Alê, olha o seu estado!

– A gente está preparando uma grande horta medicinal na faculdade, a Márcia contou pro senhor? Aceita um café, seu Sérgio?

– Isso não é hora de café, né?

Alê riu e chamou Sérgio para a cozinha.

– Tem razão! A Márcia tá no banho, a galera tá ali dentro.

Entram na cozinha. Clayton levantou-se ligeiro da mesa e cumprimentou Sérgio com alegria, depois o apresentou para Teófilo e Selva. Encheram um copo de cerveja para ele e foram aprumando os assuntos em comum. Logo Márcia apareceu e os outros foram se banhar. Chamaram uma pizza e, com muito jeito, Sérgio foi perguntando e tentando entender o trabalho que estavam fazendo. Percebeu que o sonho de Selva com a farmácia da roça havia empolgado a todos. Reforçavam que, além dos comprovados efeitos terapêuticos das plantas, ainda lutariam contra os interesses da indústria farmacêutica.

Conforme Teófilo entrava na conversa, Sérgio percebia que o assunto tinha muito fundamento. Aquele senhor quieto, inteligente, que também sabia brincar e achar o lado divertido das coisas, contou-lhe da farmácia já estabelecida na Gameleira, os lucros de Tonho e a eficiência dos tratamentos. Ficaram até tarde proseando. Quando soube que Teófilo e Selva moravam na Gameleira e voltariam de ônibus na noite seguinte, Sérgio bateu as mãos nas pernas e disse:

– O que é isso? Podem largar esse ônibus para lá! Gameleira é no meu caminho, eu moro em Uruana! O desvio é pequeno, levo vocês. A gente dorme aqui amanhã e saímos no outro dia bem cedo, cinco da matina, pode ser seu Teófilo?

– Ué, se não vai desviar muito do caminho do senhor... Uruana é perto mesmo. Então aceitamos, né, minha filha?

E olhou para Selva que, envaidecida com o tratamento de filha, concordou.

Sérgio encarou aquela carona como uma viagem de negócios. Com Teófilo sentado ao seu lado, Selva no banco de trás, contou da loja de eletrodomésticos que tinha em Uruana e do sítio de melancias, perto da cidade. Disse que tinha achado muito importante o projeto que eles estavam realizando em Montes Claros. Depois perguntou para Selva a razão dela buscar os tratamentos com as plantas e também como havia chegado até a Gameleira.

Desandaram a contar tudo, Selva e Teófilo, um completando o assunto do outro. Teófilo disse que sempre achou aquilo uma maluquice, mas que a moça tinha vindo recomendada por um grande amigo, que havia perdido o braço em uma briga de rua, em Ilhéus. Ah, muito importante: sua mãe de criação, Luduvina, recebeu Selva como se fosse uma pessoa muito esperada por ela. Sim, a velha agora não batia muito bem da cachola, mas ainda tinha certeza de muitas coisas. Era ela a grande conhecedora das propriedades das plantas.

Em uma parada para tomar café na estrada, Sérgio, decidido, disse aos dois:

– Olha, eu tenho uma proposta para vocês. A terra da minha chácara em Uruana é especial. Mas tem muita área improdutiva. Selva, será que você toparia uma empreitada: implantar esse sistema de lavoura na minha chácara? Se topar, eu converso com a Márcia. Daqui a dois meses chegam as férias da faculdade, e ela pode muito bem se animar a ir com aqueles dois malucos e com você para a chácara. Aí criamos uma filial da... Como vocês chamam? Sim, a horta de Luduvina. Gameleira é perto de Uruana. Combinamos certinho também algumas idas do senhor, seu Teófilo, para orientar a turma. E você fica conduzindo o negócio, Selva. Que tal?

Terminam o café e voltam para o carro. Sérgio continuou, decidido:

– Olha, Selva, nunca vi minha filha tão animada. E essa é uma ótima oportunidade dela ter seu próprio trabalho e, ainda por cima, morar perto da família depois de formada. Darei todas as condições para o plantio da horta e, claro, vamos negociar um salário com você. E o pagamento para as idas de seu Teófilo.

Selva nunca havia recebido uma proposta de emprego como esta. Na Gameleira, era pura relação de amor com a família de Teófilo.

Agora não, era diferente. Conforme conversavam, viu que teria de passar alguns meses em Uruana. Com isso, multiplicaria o sonho, trazendo novas hortas – mais um elemento na luta contra os grandes monopólios de medicamentos, uma oportunidade para criar outros pés descalços. Assustava-se com tamanha responsabilidade, mas ao mesmo tempo pensava que iria ganhar um salário e seu Teófilo poderia receber bons pagamentos para coordenar os trabalhos, o que seria motivo de muita realização.

Enquanto Selva seguia em seus pensamentos, a conversa no carro entre Teófilo e Sérgio já estava bem adiantada. Quando se deu conta, eles discutiam como seria preparada a terra, o que precisaria de material e as condições de trabalho. Teófilo argumentava:

– Olha, seu Sérgio, para a Selva passar uma temporada no seu sítio, não sei a distância do comércio, mas ela vai precisar ter uma condução, pode precisar comprar algo, ter uma necessidade. Como ela vai morar lá? O senhor tem acomodação suficiente? É importante que eu vá para o sítio com o Tonho, que cuida da produção, para que vejam como tocar o negócio. O senhor tem que ter algum funcionário para nos acompanhar e também para zelar pela Selva na temporada em que ela vai ficar sozinha, certo? Olha, na primeira ida, faço questão de ir com ela para examinarmos tudo.

Selva sentiu-se acolhida nos cuidados do mestre. Decerto acostumado com os perigos, com as pessoas desonestas, zelava com amor pela moça que o adotou. Teófilo sentiu confiança em Sérgio – já conhecia sua filha, viu a menina trabalhar na terra, os amigos todos. E sabia do gosto de Selva por esse projeto que, mesmo ainda achando maluquice, foi vendo que decerto era algo importante. Pois tinha se apresentado na faculdade, na rádio e até na televisão!

Sérgio escutou Teófilo com atenção e explicou como era a estrutura do sítio.

– Seu Teófilo, o senhor está muito certo, precisamos cuidar de tudo. Olha, em relação à estadia, a casa é boa, dá para acolher a Selva e tem acomodação para o senhor e quem mais vier ajudar da Gameleira. Tenho um funcionário, o Nivaldo, ele mora com a família no sítio. Tenho um carro lá, um fusca. Sempre que Selva precisar, o carro está à disposição. Ela pode até vir buscar o senhor em sua casa, o fusquinha é valente!

Selva estava gostando de escutar, mas viu que, se não participasse da conversa, aqueles dois homens iriam resolver a sua vida. Ficou cismada. Assim que teve uma brecha, entrou no meio do assunto:

– Seu Sérgio, vamos combinar direito. Porque minha casa é na Gameleira. Ainda tenho muito que aprender com a vó Luduvina e seu Teófilo. A horta de lá está em plena produção.

– Claro, Selva. O importante é que nas férias da faculdade, daqui a dois meses, já tenhamos tudo esquematizado, para que Márcia e os meninos venham a Uruana trabalhar na nova horta. Sim, acredito no projeto de vocês, mas vou ser sincero: minha intenção maior é encaminhar minha filha. Se nos acertarmos em relação a isso, o resto fica mais fácil.

Depois de um breve silêncio, Sérgio comentou:

– E quando a gente souber como vai ser o trabalho, acertamos o seu salário, Selva. Você prefere receber por tempo de serviço ou empreita?

Selva pensa um pouco, depois responde:

– Olha, seu Sérgio, vou ser sincera com o senhor. Não sei fixar um preço para isso.

– Então você pense bem, converse com o seu Teófilo, veja a carga de trabalho, quanto tempo vai ser preciso e já reserve também os meses de janeiro e fevereiro, direto, lá em Uruana, para ficar com Márcia e os meninos. Nos telefonamos daqui a alguns dias e combinamos, pode ser?

Depois dessa conversa, ficaram um tempo olhando a paisagem, cada um com seu rumo. Sérgio imaginava a alegria que sua esposa ficaria em ter a perspectiva de Márcia voltar para Uruana depois da faculdade. Selva pensava como a sua vida estava se transformando em algo muito sério, um trabalho na faculdade, outro em Uruana, ainda por cima lidando com um assunto tão importante... Quanto mais aprendia com Luduvina, mais via a necessidade de conhecer a propriedade das plantas.

Já a cabeça de Teófilo estava em Montes Claros. Uma manhã, havia saído para dar um passeio sozinho. Voltou à estação de trem, passou pelo mercado, lembrou-se muito de Maria Flor. Teve também coragem de olhar com atenção o hotelzinho onde havia dado com o banco na cabeça do viajante. Parecia que Maria Flor tinha se acomodado em algum lugar de suas lembranças, já não sofria tanto com sua ausência. A horta da faculdade, a horta de Luduvina e agora a horta de Uruana! Onde isso tudo iria dar? Onde essa menina Selva estava com a cabeça quando resolveu lidar com isso, quando o mais simples é ir até uma farmácia e comprar o remédio para qualquer dor?

Na Gameleira, sentaram-se com Tonho, conversaram sobre o novo projeto e a possibilidade de Selva passar uma temporada em Uruana. Como a horta de Luduvina já estava bem estabelecida, Selva disse que poderia ser importante ir para Uruana, desde que Teófilo e Tonho acompanhassem todo o trabalho.

O marido de Dila deu sua opinião:

– Acho que você deve ir, Selva. Aqui a gente já está bem ajeitado, a horta quas'que anda sozinha e a oportunidade é muito boa. O que o senhor acha, seu Teófilo?

A resposta foi direta:

– Trabalho não se enjeita, filha. Vai.

Pronto, estava decidido. Começaram os planejamentos. Eles haviam se fixado nas espécies seguras de plantas medicinais para comercializar, preocupados com os efeitos colaterais que alguns preparados haviam causado nas pessoas. Não adiantava mais contar para Luduvina qual pessoa iria tomar os remédios, a velha não conseguia mais atinar com o nome de ninguém. Bem que ela havia avisado que, às vezes, o que servia para levantar um vivente podia muito bem prejudicar o outro. Dessa forma, concentraram o trabalho nas garrafadas, folhas macetadas, raízes, unguentos, que tinham eficácia com todos. Eram essas espécies que levariam para Uruana.

Sérgio fez questão de ir buscá-los para conhecer o sítio. Almoçaram em sua casa na cidade, conheceram a loja de eletrodomésticos e rumaram para o sítio. Tinha muita terra para trabalhar. O caseiro, Nivaldo, era muito simpático, mas via-se que estava incomodado com a possibilidade de aumento de trabalho no sítio. Marcaram o terreno para a horta, e ele ficou de deixar tudo cercado, ajeitado e arado para o plantio.

Selva voltou duas vezes para Uruana, hospedou-se uma noite no sítio e conversou bastante com Nivaldo. Quando disse a ele que não precisaria cuidar do plantio, que isso ficaria a cargo de Márcia e seus amigos, Nivaldo pareceu bem aliviado. Finalmente, acertou o salário com Sérgio. Combinou de ir para o sítio de vez no dia 8 de janeiro, pois queria participar dos giros das Folias de Reis na Gameleira. Teófilo lhe contava sempre dessas festas, a importância dos foliões, as músicas sendo criadas ali na hora, a devoção para Santos Reis e também os violeiros encapetados que sapateavam na parede. Além do que, toda Folia que passava pelo Ribeirão do Meio cantava com muito capricho na casa de Luduvina, pois sua fama de violeira ainda movimentava os assuntos.

As conversas por telefone continuavam, entre Selva e os estudantes. Tinham muitos assuntos para tratar. Selva ficou com uns livros de biologia para estudar. Tiravam algumas dúvidas e criavam outras mais. Os três amigos se comprometeram a buscar pessoas que detinham esse conhecimento em Montes Claros, para criar na horta da faculdade as plantas utilizadas ali na região, catalogar as doenças que elas poderiam curar e aprender seu manejo.

Além das questões de trabalho, com a amizade entre eles aumentando, as conversas passavam para os acontecidos do dia a dia. Selva sentiu que, principalmente Clayton e Alê, ficaram muito empolgados para implantar o projeto em Uruana e passar um mês e meio na chácara de seu Sérgio. Eles já tinham estado lá e se divertido um bocado nas cachoeiras da região. Márcia não se animou tanto, pois ela não tinha a menor intenção de ficar em Uruana depois de formada. A perspectiva de voltar a morar com a família, depois de ter passado esse tempo fora cuidando da sua vida, desanimava a moça um bocado. Mas encarou com boa vontade, afinal construiriam uma nova horta; além do mais, seria divertido passar as férias ali com os amigos. Faltava mais um ano para se formar, aí poderia escolher seu caminho.

Empolgado com a apresentação de seus alunos no seminário, André, o professor de botânica, aos poucos foi encampando o projeto de implantação da horta na faculdade. Fazia parte de um grupo de professores, de diversas regiões do Brasil, que regularmente se encontravam e trocavam conhecimentos sobre o desenvolvimento sustentável e a biodiversidade. Sabiam da importância da fitoterapia, estudavam sua aplicação, procuravam entender a razão histórica do distanciamento criado entre os medicamentos sintéticos e as possibilidades que a roça nos oferece. Ele percebeu naqueles jovens a fome em adquirir esses conhecimentos – seria fundamental essa experiência na prática.

André tornou-se amigo de Teófilo, tratava-o como um mestre, perguntava sobre tudo, o que chegava a encabular o sertanejo, pois algumas das questões ele nem sabia como responder. Além dessa amizade se firmando, os novos encontros, a lida na horta, a discussão sobre os plantios, acompanhamentos de trabalho, cerveja no final do dia, André teve que lidar com mais um assunto poderoso: havia se apaixonado por Selva. Sua beleza bruta, o manejo com a terra, seu jeito atirado e decidido encantaram o professor. Depois, com o tempo, soube da faculdade abandonada, a viagem sem destino pelo litoral até Ilhéus, a paixão pelo mangue e a busca pelo cerrado. Parece que a paixão aumentou ainda mais quando viu o namoro de Selva e Letícia. Em vez de fazer com que ele desistisse do assunto, André sentiu-se ainda mais motivado a aproximar-se dela. O coração quando é contrariado muitas vezes embrenha-se em um cipoal desmedido.

Antes de saírem de férias, Clayton, Alê e Márcia foram procurados por André. O professor lhes contou que seus colegas, docentes da USP, quando souberam que estavam implantando em Montes Claros uma horta medicinal, resolveram participar da iniciativa. Combinaram de organizar em São Paulo, assim que voltassem às aulas, um simpósio de desenvolvimento sustentável, onde haveria uma mesa em que os três poderiam expor sua experiência na horta do campus de Montes Claros. E, claro, os colegas contavam com a presença indispensável de Teófilo e Selva no simpósio.

Saíram para comemorar a novidade. Pronto, fechavam com chave de ouro este ano tão produtivo. Quiseram contar logo a novidade para Selva. Achavam extraordinário que ela não tivesse telefone! Ligaram na pensão de Socorro e mandaram um recado para que Selva lhes retornasse, urgente. Socorro pediu que seu filho fosse chamá-la. O menino pegou a bicicleta e rumou para o Ribeirão do Meio. Selva estava no quarto da casa de Dila, mergulhada em livros.

– Dona Selva, a bênção. Mãe disse que aquele povo de Montes Claros quer falar urgente com a senhora. Para telefonar lá pra eles.

Selva não conseguia se acostumar em ser chamada de "dona", nem ficava à vontade de dar a bênção. Ela nem sabia se acreditava em alguma religião, a não ser o respeito supremo pela natureza e seus movimentos. Pegou a bicicleta de Tonho emprestada e, junto ao menino, rumou para a Gameleira. Telefonou para a república e Márcia contou-lhe a novidade. De início, ficou animada demais com a importância do convite, depois foi crescendo uma angústia que ela custou a entender. Já nem escutava mais os detalhes que Márcia lhe dava. A perspectiva de voltar para São Paulo, depois desses anos todos, deixava Selva agoniada. Lembrou-se do pai, da tia que não procurou mais, da sua fuga. Márcia estranhou o silêncio.

– Alô, alô! Sel, você está aí?

– Sim, é que... Não sei se o seu Teófilo aguenta uma viagem longa dessas, ele tem andado um pouco adoentado...

– E se a gente conseguisse que vocês fossem de avião? Imaginou, o seu Teófilo, num avião?!

– Então...

– Ô Sel, mas não precisa responder agora. É pro ano que vem. Daqui a pouco estaremos juntas em Uruana, aí te explico melhor a conversa do professor André e do grupo de estudos que ele faz parte. Mas já pode ir convencendo o seu Teófilo a arrumar o embornal!

Sentada na sala da pensão, Selva sentia-se desacorçoada, com os pensamentos embaralhados. Socorro fez com que ela esperasse a janta. Tinham alguns hóspedes na pensão, então foi ajudar na cozinha. Conversava com Socorro, mas a cabeça não largava o assunto do telefonema. Ela sentia que ainda não estava na hora de voltar para São Paulo. Sua vida agora era ali, precisava conhecer melhor o trabalho que estavam desenvolvendo. Quando viajava, já sentia falta de sua caminha no rancho; imagina ter que enfrentar uma cidade como São Paulo? Sabia que a proposta era muito boa, mas não queria ir. Enfim, sua esperança era que Teófilo não se animasse com a viagem. Mesmo sabendo do gosto que ele tinha em correr trecho.

E foi nesse rumo que começou sua conversa com ele no dia seguinte. Tinha trazido um pão do comércio e bem cedo foi para a casa de Teófilo. Enquanto o mestre coava o café, Selva foi ajeitando o pão na mesa, além de um requeijão que haviam ganhado em troca de uma venda da horta. Contou sobre o convite, sem demonstrar qualquer alegria ou satisfação, como se fosse um assunto trivial entre eles:

– Olha, seu Teófilo, o senhor não precisa aceitar. É longe, não sei nem onde vamos ficar hospedados. O senhor sabe que São Paulo é cruel, uma cidade muito perigosa e barulhenta. A gente pode ir pra lá depois, em uma condição melhor. Eu mesma posso ver uns contatos que tenho...

– É pra quando nossa viagem, você disse? Começo do ano que vem?

– Foi o que a Márcia falou.

– Eu vou. Nós vamos. A gente se ajeita. Podemos até pousar na casa do Cesário. Da Maria Flor...

Levou o bule de café para a mesa. Serviu a xícara de Selva, depois despejou café em seu copo de vidro – gostava de enxergar o que bebia. Cortou um pedaço de requeijão, pôs na boca, e tomou um gole de café. Sentiu um gosto bom, a mistura perfeita, junto à notícia inesperada, tudo muito organizado, dando alegria e satisfação a seu corpo. Então murmurou:

– Maria Flor...

Selva viu que não teria a menor condição de fazê-lo desistir desse convite. Havia algo muito maior que São Paulo no murmúrio do mestre.

Ouça a trilha sonora do capítulo 18. Mestre utilizando o QR Code ao lado.

19. Facho de fogo

Enfim, chegou o momento das tão esperadas Folias. Na noite de 25 de dezembro, Luduvina e Teófilo deixaram uma luz acesa na sala de suas casas. Fizeram questão de acender o candeeiro. Mesmo que já tivesse luz no Ribeirão do Meio, apagaram tudo, menos as velas da Lapinha e o candeeiro da sala.

A zoada das violas e da caixa entraram de mansinho dentro do sonho de Selva. Dormindo no rancho, abriu a janelinha e viu a Folia postada em frente à casa de Teófilo. Arrumou-se rapidamente e chegou a tempo de entrar junto com a Folia. A luz do lampião estava baixa, os foliões se posicionaram e começaram a cantar os versos:

– *Ora viva e reviva, viva os três Reis Magos do Oriente!*

Logo Teófilo apareceu, ajoelhou, beijou a bandeira e acompanhou a cantoria. No final dos versos, Selva fez o mesmo. Envergonhada, sentiu que precisava imitar o mestre: ajoelhou e beijou a bandeira. O folião de guia era o Manoel Pereira, afamado e respeitado. Disse assim para Teófilo:

– Viemos te saudar primeiro, meu amigo. Não se preocupe em fazer seu ofertório agora para a Folia, pensei em rumarmos todos juntos para a casa da velha Luduvina. Aí lá cantamos a viagem dos Reis, passamos uma dança do quatro ajeitada e sapateamos o lundu. Quem sabe ela não se anima e ponteia uma violinha?!

– Sim, vamos lá. Tenho certeza que ela está bem acordada, esperando a chegada da Folia.

No caminho para a casa da Luduvina, Teófilo pede para pararem em frente ao rancho de Selva.

– Seu Manoel, o senhor poderia fazer pelo menos uns quatro versos aqui no rancho? Ele serve de acolhida a gente importante.

Postaram-se frente ao rancho, rezaram e cantaram. Teófilo reparava em Selva, com seus olhos arregalados, querendo chorar e sentindo-se homenageada. Ela já era bem conhecida na Gameleira e, por mais que a família de Teófilo dissesse que ela morava na casa de Dila, era sabido que a moça gostava mesmo daquele ranchinho. Daí o capricho na reza e na cantoria.

A luz do candeeiro escapava pela porta entreaberta da casa de Luduvina. Afinaram os instrumentos e entraram cantando. Em um canto da sala, sentada em sua cadeira, Luduvina rezava. O alferes levou a bandeira até ela, que pegou, beijou e ajeitou em seu colo. A toada dos foliões contava da viagem dos Reis Magos, do encontro com Herodes e finalmente a chegada à manjedoura para adorar Jesus. Tonho e Dila, grávida de seu primeiro filho, acercaram-se de Luduvina. Ao final da cantoria, Teófilo gritou:

– Viva os Santos Reis, viva os folião e viva todos que aqui estão!

– Viva, viva, viva!

Dila pega a bandeira do colo da avó e leva para o quarto. Tonho solta rojão no terreiro. Os foliões todos vêm cumprimentar e pedir a bênção para Luduvina, que ainda consegue acertar o nome de alguns deles.

Geraldo, o violeiro, toma um gole da pinga oferecida por Teófilo, aproxima-se de Luduvina e diz:

– Agora é a hora da brincadeira. Faz um ponteado bonito daqueles, vó?

Estica a viola para Luduvina. Ela olha firme para Geraldo, abana os braços como querendo se livrar de algo e responde:

– Tira essa porqueira da minha frente!

Geraldo se assusta e sai de perto. Alguns riem, outros mantém o respeito. Fazem a dança do quatro em uma grande roda. Selva junta-se a eles e aprende o passo. Depois é servido um tira-gosto, mais cachaça. Luduvina também bebe. Sapateiam o lundu, a velha se levanta e ensaia uns passos, segurando no braço de Teófilo. Muito animados, resolvem passar mais um quatro, arrojado dessa vez. Selva pede para dançar, aceitam com gosto. E fazem um ponteado bem ligeiro, daqueles que os instrumentos quase se chocam com os volteios dos foliões. Selva ri e se diverte.

Os vizinhos, escutando a cantoria, vão até a casa de Luduvina apreciar a Folia. Quando termina de dançar, Selva vai beber água na cozinha. Algumas mulheres estão ali, preparando uma mesa de biscoitos, bolo e pão de queijo, para a despedida dos foliões. Dila chama Selva em um canto:

– Sel, você não leve a mal, mas sabe como é, sempre tem falatório de vizinho... Ajude a gente aqui com as comidas.

– Claro que ajudo! Mas que falatório?

– É porque você está o tempo inteiro com os homens, dançando e cantando, e não está servindo ninguém...

– Dila! Ué, eles não podem vir até aqui? As mulheres têm que levar tudo para esse bando de marmanjo?

– Sim. É o sistema.

– Tá errado, Dila! Eu vou ajudar porque respeito muito você, dona Luduvina, seu Teófilo, e não quero que ninguém se aborreça. Mas isso é muito errado!

Levam a comida para a sala e distribuem entre os foliões. Selva enche um pratinho e leva para Luduvina. Comem em silêncio, até que Selva diz, baixinho:

– Duvido, vó... duvido que no seu tempo a senhora tenha ficado por conta desses homens, só servindo a comida. E achando que isso é certo.

Luduvina olhava para o bolo em suas mãos, mais atenta nele que na conversa.

Satisfeitos, os foliões apanham seus instrumentos, e fazem um canto de agradecimento. Teófilo entrega a bandeira ao alferes e diz que eles darão meia dúzia de galinhas para a Festa de Santo Reis. O alferes agradece. Todos prestam homenagem à Luduvina e seguem para cantar em outra casa.

Teófilo agarra a violinha de sua mãe, chama Selva e diz para irem ver a cantoria mais adiante, na casa de compadre Joaquim. Chegando lá, Teófilo afina a viola e junta-se aos foliões, cantando a viagem dos Reis do Oriente. Selva fica do lado de fora da casa, encostada na janela, escutando a toada. Dá até uma cochilada no meio da cantoria. Depois as brincadeiras começam, com mais uma dança do quatro. Nesse momento, Selva repara que as mulheres vão todas para a cozinha, enquanto os homens festejam, fazem graça um com o outro, bebem cachaça. Teófilo está muito animado entre eles, tocando viola junto com a Folia, feliz por ainda lembrar dos ponteados. Ao lado de Selva, encostados na cerca do terreiro da casa, alguns jovens conversam animados. Selva pede a um rapaz que avise o seu Teófilo que ela está voltando para casa.

– Pode deixar, Sel. Nem sabia que o seu Teófilo tocava viola!

Selva dá um sorriso e vai embora. Aborrecida. A toada da Folia era muito bonita, as danças divertidas, os violeiros aprumados, mas por que as mulheres não participam das atividades? Lembrou-se também que Dila havia lhe dito que, durante o giro de Folia, os homens não podiam voltar para casa nem ter relação com as mulheres, que isso era proibido. E arrematava, marota:

– Decerto por causa disso que Esmeralda nem veio passar as festas aqui com a gente...

Em frente ao seu ranchinho, Selva lembra-se que a Folia cantou para ela, para sua casa. Ficou dividida entre o orgulho com a consideração que tiveram com ela e a sensação de que era lamentável aquela divisão entre homens e mulheres. De longe viu que a luz da casa de Luduvina continuava acesa. Imaginou como seria no tempo dela, tendo que se impor na valentia. Foi dormir admirando ainda mais a velha Luduvina.

As Folias giram no sertão até o dia 6 de janeiro, que é a data que os Reis Magos chegaram à manjedoura para adorar Jesus. Nesse dia acontecem as grandes festas para celebrar a viagem dos Reis Magos. Deitada em sua cama do ranchinho, Selva amadureceu a ideia de não esperar ali a Festa de Reis. Na noite seguinte em que a Folia passou pelo Ribeirão do Meio, ainda acompanhou seu Teófilo em umas três cantorias na Gameleira. Decidida, telefonou para Letícia e contou sua angústia com o sistema das Folias. A veterinária foi ligeira:

– Selva, vem pra cá! O Clayton está por aqui também. Vamos passar o ano juntas. Pega um ônibus, me diz a hora que você chega que te espero na rodoviária. Depois te levo até Uruana. Vem, meu amor!

Pronto. Esse "meu amor" que escutou foi mais que suficiente. Selva procurou Teófilo, disse que iria passar o ano com Letícia e de lá iria direto para Uruana, já para o serviço de implantação da horta no sítio de Sérgio. O mestre ficou surpreso:

– Minha filha, mas você vai perder a festa da Folia na casa do imperador? Vai ser uma boniteza só. A Folia do Manoel tirou uma novilha, mais as galinhas que nós demos e um tanto de oferta, vai ser especial este ano! Vou até tocar uma violinha lá. Por que você não fica? Vai depois.

– Ô seu Teófilo, o senhor me desculpe. A Letícia está precisando de ajuda lá. E eu também quero estar preparada e descansada para o serviço em Uruana, preciso estudar meus livros para entender direito a função das plantas...

Selva inventava desculpas, sem mostrar seu aborrecimento com as Folias, nem revelar o desejo de encontrar-se com Letícia. Passava por sua cabeça a imagem de todas as prendas que os foliões tinham tirado: a novilha, as galinhas, os porcos, mais o arroz, os biscoitos, as panelas, o fogão, como deveria ser isso tudo no dia da festa. Os foliões cantando e dançando. Enquanto isso, dentro da cozinha...

Passaram o ano com Clayton mais alguns amigos. Letícia e Selva conversaram muito sobre a questão das tradições. Até onde devemos julgar, até onde podemos aceitar. E se devemos palpitar sobre uma situação como aquela que Selva viveu nas Folias junto aos mais antigos, justamente estes que carregam as tradições, que sabem os segredos das ervas, dos toques de viola, do respeito e da luta pela sobrevivência junto à natureza. No final das contas, acharam ótimo ficarem juntas esses dias, com o sentimento de terminar um ciclo, mais uma volta do planeta em torno do sol. Dividiram sonhos e planejamentos para o ano-novo.

No dia 5 de janeiro, um domingo, véspera do Dia de Reis, Letícia levou Selva e Clayton para Uruana. Almoçaram na casa de Sérgio. Márcia e Alê já estavam por ali e receberam os amigos com muito entusiasmo. Naquela mesma tarde, depois de despedirem-se de Letícia, rumaram para o sítio. Todos um pouco inseguros: Selva já com saudades de Letícia, e os meninos sem saber se aquele mês seria de trabalho ou férias. Claro, lidariam com a terra, mas tinham também as cachoeiras, as garrafas de vinho bem guardadas no armário da cozinha...

Depois que Sérgio deixou-os no sítio, ajeitaram-se pela casa, escolhendo os quartos. Nessa noite, resolveram comemorar os inícios de trabalho. Beberam e fumaram até de madrugada. Acordaram tarde, de ressaca, e foram dar uma geral para ver se estava tudo certo. Viram a terra cercada por Nivaldo, com os limites da horta, conversaram sobre a ordem do plantio, as covas, passaram no galpão para vistoriar as sementes e mudas, sentaram-se na cozinha para planejar como seria o dia seguinte, estipulando horários de trabalho, qual a função de cada um. Nivaldo sentou-se com eles, acompanhou com atenção e respondia quando era questionado em alguma dúvida sobre as ferramentas ou o plantio.

Tomaram uma cachaça, almoçaram e ficaram na varanda, conversando sobre a faculdade, os namoros e lembrando-se de um assunto ou outro que ainda não haviam conversado sobre a horta. No meio da tarde pegaram o carro e foram banhar na cachoeira do Bebedouro. Selva dirigiu o fusca, achou ótimo. Estava muito bem cuidado e aguentava firme a estrada. Pensou que poderia visitar Letícia dali a quinze dias, de carro. O combinado com Sérgio era que trabalharia de segunda a sábado em uma semana e, na seguinte, de segunda a sexta. Divertiram-se um bocado na cachoeira. Apesar de mais velha que os outros, Selva adaptava-se muito bem a essas diferenças de idade, embarcava facilmente nas vontades, preocupações e alegrias de cada geração.

À noite, deitada em seu quarto, ela concluiu que o dia havia sido meio perdido. Não podia procurar divertimentos sem trabalhar, estava sendo paga para isso. Tinha assumido um compromisso. Então se levantou da cama e avisou a todos que iria acordá-los às seis horas no dia seguinte, para compensar o atraso.

– Seis??? Tenha dó, Sel!

Riram, mas sabiam que não iriam escapar. Selva voltou para a cama e a cabeça não parava com os planejamentos. A horta a ser implantada, o convite para a apresentação em São Paulo, a necessidade de encontrar-se com Letícia, a certeza de continuar seu aprendizado na Gameleira. Precisava ver como faria todas essas viagens. Sim, e no final de expediente os banhos de cachoeira eram fundamentais. Pensou como o fusca era valente. Pronto, resolveu que conversaria com Sérgio para ver se o carro poderia fazer parte do seu pagamento. O trabalho de Selva, de plantio e manutenção da horta ia, no mínimo, até julho. Falaria com Sérgio na primeira oportunidade e, se ele estivesse de acordo em negociar o carro, iria propor que abatesse mensalmente o valor da venda em seu salário.

Imaginou-se cruzando o sertão, com a janela aberta. Poderia visitar as lagoas mortas, as veredas distantes, levar seu Teófilo para a Serra das Araras. Lembrou-se do mestre com muito carinho. E era Dia de Reis. Imaginou-o na Festa do Imperador, tocando viola, dançando o quatro, aliando a diversão à devoção naquela festa tão bonita e importante. Decerto haviam preparado uma grande fogueira no terreiro da casa do imperador. Haviam lhe contado que tinha até quem andasse descalço em cima das brasas. Diziam também de um violeiro mais arrojado que teimava em sapatear na parede. A cantoria bonita. A bandeira de Santos Reis na sala, ao lado do altar. Todos ajoelhando e fazendo vênia a ela. Selva finalmente pegou no sono, com o sentido nas Folias, imaginou-se ajoelhando e beijando a bandeira. E logo em seguida viu-se entrando na cozinha e depenando uma galinha, destripando um porco, coando bules de café, no trabalho sem fim das mulheres do sertão.

Acordou disposta. Chamou a todos. Foram para a horta e trabalharam com afinco. No final do dia, depois do banho, comparavam as bolhas que tinham nas mãos. Nenhum deles, a não ser Selva, havia trabalhado tantas horas seguidas com uma enxada, uma pá, uma plantadeira. Antes de dormir, passaram pomada de calêndula nas bolhas e, com alguns panos velhos, improvisaram luvas para usarem no dia seguinte.

Aguentaram trabalhar na terra até a hora do almoço. À tarde, para dar um descanso para as mãos, separaram mudas e sementes. E foram banhar na cachoeira. Abriram novas garrafas de vinho. Beberam e fumaram, conversaram empolgados e sentindo importância nas bolhas adquiridas. Selva explicou que logo teriam calos e ficaria mais fácil. Foram dormir tarde. Na manhã seguinte, quando Nivaldo chegou ao terreno da horta, ninguém ainda havia aparecido. Balançou a cabeça, sorrindo e pensou: "Pra que esses meninos, que já estão na faculdade, vêm fazer serviço pesado? Se acabar na roça? Viu, não aguentaram nem dois dias. A Selva é bruta, mas a mão deles é muito fina".

Sérgio só apareceu na quinta-feira. Verificou os trabalhos, enquanto todos lhe explicavam os progressos alcançados. Mostraram a ele os calos formando-se em suas mãos. Sérgio achou graça. Antes de voltar para Uruana, reuniu-se a sós com Selva. Queria saber como andavam os trabalhos e a disposição da turma. Ela disse que estavam pegando jeito e, com a rotina que começavam a criar, podia considerar que até a chegada de Teófilo e Tonho o serviço estaria adiantado. Então falou com Sérgio sobre o carro. Se não poderia financiá-lo até o final da empreitada. Que fizesse os cálculos do valor em dinheiro do fusca e descontasse do seu salário.

Sérgio disse que iria pensar no assunto. Para ele não era um mau negócio, com a crise no comércio, a falta de dinheiro e o fusca encostado no sítio. Em um cálculo rápido de cabeça, viu que, no caso de incluir o carro no rolo, teria que completar com uma pequena quantia todo trabalho de Selva.

No primeiro final de semana, Letícia foi visitá-los. Chegou sábado à tarde, para não atrapalhar os trabalhos da manhã. Não tinha ninguém no sítio. Nivaldo disse que decerto estavam na Cachoeira da Jiboia. Explicou como chegar lá, Letícia foi encontrá-los. Estavam enturmados com outros jovens de Uruana, ficaram até anoitecer e combinaram de encontrar-se mais tarde. Levariam bebidas para o sítio e fariam uma pequena festa – ou rolê, como chamavam. Letícia sentiu que Selva estava diferente, não parecia ter ficado feliz com sua vinda. Em um momento a sós, explicou:

– Sel, desculpe não ter avisado. Mas você não tem telefone, e eu não quis ligar para os meninos. Tá na hora de comprar um celular, cê não acha? Decerto você é a única pessoa, em todo distrito de Uruana, que não tem telefone!

– Imagina, Lê. Achei ótimo! Vamos dormir abraçadas. Estava com saudades.

As pessoas chegaram, trouxeram um aparelho de som, abriram as bebidas, acenderam baseados, dançaram na sala e na varanda. Letícia foi se cansando da festa, começou a achar que o trabalho a que haviam se proposto não combinava com aquele clima. Sim, sábado à noite, estavam de folga, diziam que a horta estava bem encaminhada, mas por que Selva estava tão diferente, com o olhar sem fixar em lugar nenhum, sempre distante? Falando alto, bebendo alto e fumando alto.

Letícia foi dormir antes de todos, nem viu quando Selva entrou no quarto. Na manhã seguinte acordou, deixou um bilhete dizendo que precisava trabalhar e foi embora. Selva passou o domingo quieta e foi até a horta. Sentiu um peso demasiado, lembrou-se de Ilhéus, do seu pai, da sua morte planejada no rio Juqueriquerê.

Na manhã de segunda-feira, chamou todos bem cedo e foi a primeira a chegar na horta. Trabalhou alucinadamente, parecia que queria ver o serviço terminado em um só dia. Não quis conversa, não fez graça. Só relaxou à noite, em meio às conversas dos amigos sobre assombrações, corpo-seco, a noiva da estrada e o Unhudo.

Procuraram manter o ritmo de trabalho durante a semana, às vezes sem muito sucesso, devido a alguns festejos inesperados. Na sexta-feira, Selva iria para Gameleira buscar Teófilo e Tonho, que acompanhariam os trabalhos por alguns dias. Sérgio veio visitá-los logo cedo e disse que topava fazer negócio com o carro.

– Selva, o fusca é seu! Já está abastecido, dirija devagar e traga o seu Teófilo em segurança.

Selva pegou a estrada, feliz, com as janelas abertas fazendo circular o ar quente do sertão. Chegando ao Ribeirão do Meio foi direto para a casa de Luduvina, bem na hora da janta. A velha falou, mais uma vez:

– Você demorou, menina!

Todos se olharam e Selva deu um abraço apertado na velha. Sentaram-se para jantar e contaram as novidades, da Gameleira e de Uruana. Logo Teófilo apareceu e perguntou sobre os trabalhos, o estágio em que estava a horta, se ele e Tonho teriam muito o que fazer.

– Sim, seu Teó, temos um bocado de serviço pela frente. Pro senhor ter uma ideia, eu sou a melhorzinha na lida com a terra. Está um pouco devagar a produção. Vai ser ótimo o senhor aprumar a horta mais o Tonho.

Então os levou para fora da casa e mostrou o carro novo. Disse que fazia parte do pagamento pelo serviço de Uruana, que agora poderiam ter mais conforto em suas viagens, sem depender dos ônibus. Fizeram festa. Selva teve que levá-los para um pequeno passeio, mesmo à noite, para que pudessem apreciar seu carro. Bem que tentaram fazer com que Luduvina também entrasse no fusca, mas ela era muito desconfiada com tudo aquilo que não estivesse sob seu controle.

Ao final do passeio, Selva acompanhou Teófilo até sua casa e disse que dormiria no rancho, pois estava com saudades de escutar seus passarinhos de manhã e ver o sol entrar pelas brechas da parede de taipa.

– Você não tem juízo, minha filha.

Tutico apareceu de surpresa no domingo e arrastou Teófilo para o comércio, dizendo que Socorro precisava ter um particular com ele. Chegando na pensão, o cunhado pegou um café para Teófilo e lhe ofereceu um cigarro. Ele acendeu e ficou em pé na cozinha, aguardando a irmã. Então Socorro veio, com um sorriso maroto, e lhe esticou o telefone. Era Maria Flor, desejando feliz aniversário para Teófilo. Depois passou para Cesário, que quase gritava do outro lado da linha, desejando felicidades para o irmão.

Quando desligou o telefone, todos estavam à sua frente: Socorro, Tutico e os filhos. Ele havia se esquecido que era o dia do seu próprio aniversário. Depois dos abraços apertados, pegaram a charrete, os sobrinhos montaram nas bicicletas e rumaram para o Ribeirão do Meio, onde já estavam preparando um grande almoço de aniversário. A família reunida e ainda a presença iluminada de Esmeralda.

Teófilo estava comemorando setenta e cinco anos. Todos diziam que parecia menos. Há um bom tempo, Teófilo era motivo de muita conversa na Gameleira. Suas viagens com Selva para Montes Claros e Uruana, as aparições na rádio e televisão, as novas hortas medicinais, o dinheiro que decerto estaria ganhando e a notícia que até em São Paulo queriam que ele ensinasse os professores. Mas o que mais movimentava a língua das pessoas ultimamente era o namoro com a cigana. Depois de velho, amasiado com aquela mulher, madura e muito bonita, dormindo na mesma casa. Esmeralda aparecia de tempos em tempos, decerto passava temporadas no acampamento para depois se instalar na cama de Teófilo...

As fofocas chegavam a seu ouvido e ele achava graça. Tinha aprendido com Zé da Lira como era divertido alimentar a curiosidade dos outros. O fato era que Teófilo tornava-se cada vez mais importante. Alguns carros mais graduados chegavam na Gameleira e procuravam por ele ou Luduvina, em busca de remédios da roça. Muitos não se conformavam com o sucesso daquele homem que falava com as plantas, namorava uma cigana e tratava como filha uma mulher com o nome de Selva, que morava no rancho de ferramentas do sítio...

A festa de aniversário foi animada, assaram carne e fizeram doces. Depois de brindarem com uma cachaça da boa, emocionado com a homenagem, Teófilo resolveu dar um abraço em Luduvina. Foi até ela, passou os braços em volta de seu pescoço e beijou sua bochecha.

– Obrigado por tudo, mãe!

A velha deu um empurrão em Teófilo, tão forte que ele quase caiu. E disse:

– Não tô aqui para namorar com bicho feio desse tipo!

Riram muito. Depois de um momento, até Luduvina danou a rir, parecendo que tinha feito essa graça de propósito. Os parentes voltaram para a Gameleira já bem de noite.

Teófilo e Selva deixaram tudo no jeito para saírem no amanhecer do dia seguinte. Enquanto ajudava a arrumar o terreiro, Esmeralda fez um gesto para Teófilo, chamando-o lá fora. Cochicharam um pouco. Então Esmeralda foi até a porta da casa de Luduvina e disse a todos:

– Gente, muito boa noite. Vou levar esse velho pra casa, ele precisa descansar. Também, com essa idade...

Teófilo acenou com os braços e escutou mais alguns votos de feliz aniversário. Foi uma cena bonita de se ver, o instante em que Esmeralda pegou na mão de seu namorado. Dila virou-se para Selva e comentou:

– Sel, você não vai lá perto para atrapalhar o casal, né? Hoje você dorme em seu quarto aqui em casa.

Selva achou aquilo muito justo e foi para o seu quarto estalando de novo. Na casa de Teófilo, Esmeralda preparou um chá, enquanto ele terminava de arrumar sua mala. Vão para o quarto e sentam-se na cama, lado a lado. Alisando o lençol, Esmeralda lhe diz que seria bom se arrumasse uma cama mais larga, ali estava muito apertado. Teófilo examina a cama e faz que sim com a cabeça. Está cansado e feliz. Namoram e adormecem abraçados. Até que Esmeralda sacode Teófilo, dizendo:

– Teó, acorda... Você se importa em ir se deitar na rede? Não estou conseguindo nem respirar, de tão apertada que é essa cama.

Calejado por dormir em tantos lugares e situações diferentes, Teófilo logo está roncando na rede da sala.

A cantoria dos grilos e sapos, felizes com a chuvarada que deu nesses dias, embalava os sonhos de todos no sítio do Ribeirão do Meio. O céu estava encoberto. As janelas das casas bem fechadas. As respirações pesadas. Selva fechou os olhos e dormiu, como que imediatamente. Dila custava a pegar no sono, sua barriga crescia e ela não encontrava posição para dormir. Tonho embarcou em um sono agitado, preocupado em passar esses dias fora, longe de sua mulher com uma barriga tão grande.

De repente, um grito. Um berro vindo de um lugar muito fundo e sentido. Vinha do quarto de Luduvina e chegou até a casa de Teófilo. Mais um grito! Longo, sofrido.

Dila deu um pulo na cama e exclamou, assustada:

– É a vó!!!

Enrolou-se em um lenço e saiu em direção à casa de Luduvina. Tonho gritou:

– Pelo amor de Deus, Dila, devagar! Cuidado com sua barriga. Está escuro. Dê aqui a mão. Venha.

Selva junta-se a eles. Abrem a porta da casa, Luduvina está em pé, no meio da sala, gritando de braços abertos:

– OLHA! OLHA!

Acendem a luz. Luduvina aponta algum lugar, que parece bem longe, tem os olhos esbugalhados. Dila vai até ela.

– Calma, vó. Senta. O que aconteceu?

– Não quero sentar! Menina, menina! Olha isso! Aaaaaaah!

Teófilo e Esmeralda entram nesse instante e veem a velha com os olhos arregalados, os braços continuam esticados, cabelo desgrenhado, gritando, parecendo louca. Teófilo vai até ela:

– Mãe Luduvina, o que foi? O que aconteceu?

– Olha o facho de fogo, menino!

Teófilo vira-se para o lado onde Luduvina está apontando. A parede branca, a janela fechada.

– Olha o facho de fogo, menino. Queimando na Gameleira!

Teófilo sai da casa, olha na direção apontada por Luduvina, na direção do comércio, da Gameleira. Mas não tinha nenhum facho de fogo, nenhum clarão, nada. Só as nuvens escuras se juntando e prometendo aguaceiro. Quando voltou para a sala, Dila já havia colocado Luduvina na cama. Teófilo foi até a mãe, que murmurou, antes de dormir:

– Queimando na Gameleira...

Teófilo dormiu ali mesmo, em sua antiga cama da sala. Os outros voltaram para suas camas. Na manhã seguinte, a velha Luduvina acordou muito cedo, antes do amanhecer. Dava ordens, sem falar coisa com coisa, mas parecia bem. Tomaram café juntos. Esmeralda disse que ficaria por lá mais uns dias, que viajassem tranquilos, não precisariam se preocupar. Tonho pensou em desistir da viagem, o bebê estava perto de nascer, mas Dila não deixou:

– Fique tranquilo, Tonho. Vai com Deus e cuida do tio.

Entrando no fusca, depois de abraçar Esmeralda, Teófilo diz para a sobrinha:

– Dila, vou pedir para Socorro vir. Aí vocês se acertam para cuidar da velha. Qualquer coisa, liga pro Tonho, que a gente vem ligeiro.

– Foi só um pesadelo, tio, fiquem tranquilos. Boa viagem! Tchau, meu amor.

Tonho dá mais um beijo em Dila e partem em seguida. A parada na pensão de Socorro foi bem rápida. Teófilo contou o acontecido para o cunhado e a irmã, que arrumou um embornal com pão e salgados e disse que iria naquele instante mesmo para o Ribeirão do Meio. Pediu para sua funcionária cuidar do café da manhã dos novos hóspedes e saiu junto com o carro de Selva.

Os novos hóspedes haviam chegado na véspera. Conversaram com alguns sitiantes da Gameleira. Estavam oferecendo uma paga até razoável para limpar seus terrenos. Diziam que trariam tratores, tirariam a mata de suas terras, assim eles poderiam ter pasto à vontade. Pagavam à vista, dinheiro na mão, uma nota em cima da outra. Sugeriam que, com esse dinheiro, o dono da terra poderia comprar duas vacas, um boi. O gado era um grande negócio. Começava assim, de pouquinho, e logo prosperava. O lucro era mais que certo.

Naquele mesmo dia, os homens compraram um terreno próximo à saída da Gameleira, dizendo que ali construiriam os fornos. O mato que iriam arrancar, as árvores do cerrado, seriam levadas para esses pequenos fornos – os iglus de fogo – e virariam carvão, a matéria-prima de seus negócios. Prometiam um serviço ligeiro, sem esforço de ninguém. Uma corrente amarrada em dois tratores, andando em paralelo, arrancaria tudo do chão, deixaria limpinho, não ficaria nem uma raiz para atrapalhar o futuro pasto. Quem acertasse com eles, receberia o dinheiro na hora para comprar seus boizinhos.

Ninguém no fusca de Selva sabia dessa novidade. Só viram o carro bonito estacionado em frente à pensão.

Esmeralda fumava junto com Luduvina. Sentadas no terreiro, debulhavam a palha de milho, até que Luduvina chama Dila:

– Menina, apanha ali na horta umas folhas de guaçatonga. É aquela da flor pequena, amarela. Traz logo uma quantidade boa do arbusto e prepara um cozimento. Dá pra todo mundo tomar, morno.

– Vai servir pra quê, vó?

– É contra mau-olhado.

Enquanto Dila busca as folhas, Luduvina vira para o lado do comércio e repete, com sua voz rouca, o canto do fogo de um lugar, que só ela conseguia enxergar:

– Olha o facho de fogo, menina. Queimando na Gameleira. Queimando a Gameleira. Queimando!

Ouça a trilha sonora do capítulo 19. Facho de fogo utilizando o QR Code ao lado.

20. Na tábua da beirada

A chegada de Teófilo e Tonho muda completamente a rotina do sítio em Uruana. Os horários são mais de acordo com a roça, as brincadeiras diminuem, as bebidas ficam dentro do armário, até eventuais namoros são agora só no escondido. Sérgio passa um dia inteiro com eles, aprendendo com Tonho como fazer o negócio girar, como dar preço para as mercadorias, mesmo que seja uma moeda de troca.

Trouxeram da Gameleira algumas mudas já desenvolvidas e mostraram como fazer os emplastros, garrafadas, pomadas e aplicações. Disseram para Sérgio que não poderiam de forma alguma inventar algum medicamento, isso seria muito perigoso. Ficassem com aquelas duas dezenas comprovadas, que não traziam efeitos colaterais. Foi difícil para Sérgio entender o processo de Luduvina, quando ela dizia que não era recomendado servir a mesma erva para curar dores de cabeça de duas pessoas diferentes, pois cada um tem sua própria necessidade. Essa era uma ciência dela própria, que ninguém alcançava, e ficou escondida em algum grotão de sua história.

No tempo que eles ficaram no sítio, Selva se multiplicava em trabalhos e preocupações para que nada faltasse a Teófilo e Tonho. Além disso, levou-os a Uruana, fizeram algumas compras, ajudou Tonho com o enxoval da criança que iria nascer e pelejou para comprar algumas camisas para Teófilo.

– Sim, o senhor vai precisar, mestre. Agora que está noivo...

Teófilo fingia que ficava bravo, mas no fundo se divertia com a lembrança. Selva ajudou a escolher algumas camisas e fez questão de dar de presente para o mestre. Agora ela tinha um dinheirinho, pouco, por conta da compra do fusca. Teófilo e Tonho acharam muito importante ela ter um carro, havia feito um bom negócio. Carro era mais importante que dinheiro, Tonho sustentava, acostumado a ganhar a vida mais pelas trocas dos produtos da horta de Luduvina do que por notas de papel.

Foram três dias intensos, com muito trabalho e planejamentos. Na última manhã que ficariam no sítio, antes de sair para a horta, Teófilo chamou todos e disse:

– Vocês são muito valentes, agora sim estão trabalhando direito. Nesses dois dias que fiquei aqui, vocês produziram o mesmo tanto que nas últimas duas semanas. A terra estava parada.

Teófilo acendeu um cigarro. Todos ficaram quietos, sem se mexer.

– Estava parada, quieta; se não aproveitarem essa época das chuvas, a gente perde tudo. É hora de cuidar da irrigação, do solo, do crescimento, das necessidades das plantas. Ficar olhando pro céu e conversar fiado não enche barriga de ninguém.

E foi em direção à horta. Tonho olhou para Selva e arregalou os olhos. Acostumados com a doçura do mestre, quando vinha alguma bronca, o negócio doía demais. Selva seguiu Teófilo, pensou em tentar explicar alguma coisa, mas viu que não era preciso. O mestre havia lido na própria terra as tardes de farra na cachoeira. Sentiu-se envergonhada. Os meninos aprontaram-se ligeiro e passaram o dia só falando o necessário. O ônibus que levaria Teófilo e Tonho para a Gameleira era o corujão, que fazia a linha Brasília-Januária, e passava às onze da noite em Uruana. Selva quis levá-los de carro para casa, mas Teófilo recusou-se, o ônibus era confortável e eles tinham muito trabalho ali.

A horta foi encorpando, ganhando viço. A grande surpresa que tiveram foi a visita do professor André, vindo de Montes Claros. Deixou que lhes mostrassem tudo, contassem seus progressos – o professor sentiu a emoção de ver o trabalho duro render frutos. No dia que ele chegou nem foram à cachoeira, de tanto assunto que tinham para contar. Só à noite, tomando um vinho na varanda, que André disse:

– A notícia que eu trago é que está confirmado o Simpósio de Biologia da USP.

– O quê???

– Sim, dias 2, 3 e 4 de março, logo no início do ano letivo, para recepcionar os novos alunos e planejar uma nova disciplina na faculdade. Na verdade, quem está organizando tudo é o DCE; se fosse pela programação normal, só seria possível no segundo semestre. Então os alunos compraram a ideia.

Foi uma confusão, todos falavam ao mesmo tempo. Tinham um mês e meio para se preparar. Selva se adiantou e disse que ele precisaria primeiro consultar Teófilo, não deveria marcar nada sem antes perguntar se o mestre poderia ir. André abriu um sorriso e disse:

– Sel, desculpa, mas ele foi o primeiro a saber. Assim que vislumbramos uma data, eu o consultei. Claro, o seu Teófilo é a razão de nosso encontro.

André passou dois dias com seus alunos. Tentou aproximar-se de Selva, mas parece que ela havia se aborrecido com o fato de ele ter procurado Teófilo sem lhe dizer nada. Uma hora em que estavam sozinhos, no terreiro da casa, André lhe pediu desculpas. Conversaram, limparam as arestas e consideraram aquilo apenas como um mal-entendido. Em meio à troca de gentilezas que se seguiu, André timidamente declarou o seu amor. Selva olhou fundo em seus olhos, procurando alguma razão para ter despertado esse sentimento em André. Ele pegou em sua mão. Selva deixou-se beijar, muito rapidamente, como se fosse o tempo necessário para perguntar a si mesma se aquilo fazia algum sentido. Então deu boa-noite e foi dormir.

Desde a última visita de Letícia ao sítio, Selva e ela pouco se falaram. Não brigaram de fato, nem precisaram de conversa para resolver qualquer questão. Cada uma ficou remoendo de seu lado as razões para o afastamento.

No meio de fevereiro, estava prevista mais uma ida de Teófilo para Uruana. Selva combinou de buscar o mestre em casa. Como era seu final de semana de folga, passou antes na casa de Letícia. Mantiveram distância de assuntos perigosos. Selva soube que a agenda de Letícia estava bem corrida, então pensou, mas não disse, que a veterinária iria distribuir antibióticos à vontade por toda a parte. Por outro lado, Letícia achava, mas também não dizia, que essa horta de Uruana era um belo motivo de desbunde da molecada. Mesmo sem tocar nesses assuntos, a estranheza mútua transparecia nas amenidades, ou beijos que trocavam. Sempre com desejo, agora atiçados pelo estranhamento.

A Gameleira passava dias agitados. Primeiro vieram aqueles dois homens, com a carteira cheia de dinheiro, e a compra do sítio. Depois os outros foram chegando aos poucos, construindo pequenos fornos de barro para a produção do carvão. A negociação com os proprietários da terra era rápida: a troca da mata pela limpa no terreno e mais uma pequena quantia em dinheiro vivo. Traziam dois tratores, esticavam uma corrente entre eles e arrancavam toda a mata. O cerrado transformava-se em pasto. As árvores iam sendo empilhadas ao lado dos fornos para a produção do carvão. Empregaram algumas pessoas da Gameleira para o serviço pesado nas carvoarias e nos caminhões, e instalaram um escritório no centro do povoado, com computador e internet.

Quando Selva chegou no domingo para almoçar com Luduvina e a família, o assunto era esse. Contaram a ela que os homens da carvoaria trouxeram também a proposta para os sítios do Ribeirão do Meio. Conversaram com Teófilo, querendo comprar as árvores do sítio de Luduvina, para transformar em carvão. Vinham sempre em dois, bem-vestidos e sorridentes, explicando o negócio.

– Nós arrancamos esse mato para o senhor, pagamos bem por ele. Aí, com seu pasto limpinho e com o dinheiro que estamos pagando, é só arrumar duas vaquinhas de leite. Com pouco já estará fazendo queijo, manteiga, churrasco...

Na primeira vez que eles vieram, Teófilo deixou que falassem, contando todas as vantagens possíveis. Então disse que iria pensar. Três dias depois, os homens voltaram, queriam saber se já havia decidido. Encontraram-se em frente à casa de Luduvina. Apresentaram contas para Tonho e Teófilo de como poderia ser o rendimento deles se transformassem aquele mato, como diziam, em pasto. Davam exemplos de vizinhos, fazendeiros e gente da Gameleira que já estavam com o pasto pronto. Nesses dias, as carvoeiras funcionavam a todo vapor, queimando a mata. Linhas de fumaça espalhavam-se pelos campos e os caminhões de carvão circulavam pela estrada.

Teófilo e Tonho vez ou outra olhavam-se, enquanto os homens insistiam no progresso, dizendo as vantagens que teriam. Nisso, Luduvina apareceu na porta, apoiada em sua bengala. Os homens deram bom-dia. Ela não respondeu. Teófilo apresentou:

– É minha mãe, ela é a dona do sítio. Vamos pensar, conversar com ela também, aí eu dou nossa resposta.

Um dos homens foi em direção à Luduvina:

– Ô, minha vó, muito prazer em conhecer a senhora. Nós estamos acertando com seu filho um grande benefício para esta beleza de sítio.

Esticou a mão para cumprimentar Luduvina, que resmungou algo incompreensível. Como ela não se movia, o homem resolveu pegar na mão da velha. Foi tudo muito rápido: Luduvina sentiu-se apoiada por aquela mão, então levantou a bengala e desceu com força no ombro do homem.

– Vai se embora daqui, Satanás!

– Sua velha maluca! – O homem gritou de dor.

Teófilo foi para cima dele:

– Não fale assim da minha mãe!

Foi um alvoroço. Tonho segurou Teófilo, enquanto os homens iam ligeiro para o carro, corridos pela bengala de Luduvina.

Selva escutou essa história de boca aberta. Tonho riu, finalizando o assunto:

– Nunca mais voltaram. Também, a cacetada que o sujeito levou decerto doeu até na sua alma!

Selva levantou-se, pegou um copo d'água, esbravejou e falou, alterada:

– Desgraçados! Ah, vão limpar o terreno? Eles disseram "limpar"? Filhos de uma puta!!!

– Sel?!

– Desculpa, mas vocês não estão vendo? Vão arrancar o cerrado, vão destruir tudo. Onde as correntes passam não sobra nada. E vão queimar toda nossa mata. Tonho, as nossas plantas, nosso remédio, nossa farmácia! As espécies vão virar brasa, carvão! Por uma miséria de dinheiro. Sim, pasto... vaca... e depois? Ainda bem que a vó Luduvina tem juízo. Parece que só ela! Onde estão esses caras? Vocês disseram que tem um escritório no comércio???

Bem nesse instante, Teófilo teve um acesso de tosse. O ar fugiu de seus pulmões, levantou-se, cuspiu no terreiro, tossiu mais um bocado. Selva, ainda agitada, nervosa, perguntou o que ele tinha. Retomando o fôlego, Teófilo falou:

– Não tenho nada, Sel. E você fique calma. O que está querendo fazer? Ir lá brigar com eles? Tem muita gente na Gameleira feliz com a vinda desse povo, empregaram pessoas, estão colocando dinheiro no comércio. Vai querer brigar com todo mundo? Além do que, nós não vamos vender nada. Nada! Entendemos os desejos da mãe Luduvina. Mas pelos outros não podemos julgar.

Tossiu mais um pouco, cuspiu e finalizou a conversa.

– Vamos dormir que eu quero sair amanhã bem cedo para ver se estão trabalhando direito no sítio de Uruana.

Selva ainda disse:

– Mas, seu Teófilo, a mexida do carvão não serve pra ninguém.

– Se eles queimam aqui, a gente ergue ali. Boa noite.

Depois que Teófilo e Tonho fizeram ajustes na horta e nos cuidados com a produção, os meninos prepararam um grande almoço em comemoração ao término da primeira etapa da horta de Uruana. Agora, com a partida de Márcia e seus amigos, o serviço ficaria a cargo de Selva e Nivaldo. Teófilo explica como seriam os próximos passos:

– Selva, não pode esmorecer. Quando voltarmos de nosso serviço em São Paulo você vem aqui e cuida de tudo. Lembra: uma coisa de cada vez, sem atropelar nada. O Nivaldo tem muito conhecimento, ajuda ele. Vocês que estão indo embora, precisam também voltar sempre. Não se deixa pra trás um serviço empenhado. E tem muito suor aqui esperando a testa de vocês.

Sérgio olhava para todos, satisfeito com essas palavras. Então Teófilo levantou seu copo e disse:

– E eu volto sempre aqui, pra apertar seus parafusos... Claro, desde que seu Sérgio não deixe o meu copo vazio.

Em meio a risadas e vivas, todos brindaram pela nova horta. O almoço, farto, tinha clima de despedida e esperança. Sérgio achou muito importante a viagem para São Paulo, em que apresentariam na USP o projeto de plantas companheiras. Via ali mais uma possibilidade de sucesso para o empreendimento que havia começado com a filha. Márcia não conhecia São Paulo e estava sorrindo à toa. Bem que Sérgio propôs que os meninos ficassem para passar o Carnaval por ali, mas Márcia foi a primeira a dizer não. Haviam combinado de ir brincar a festa em Januária.

Gameleira ganhou mais um assunto, mais uma novidade de Teófilo. Além de namorar a cigana, vender plantas do mato, conversar com elas, Teófilo contou na venda, entre uma cerveja e outra, que iria andar de avião! André havia conseguido duas passagens aéreas, de Montes Claros para São Paulo. Ele acompanharia o mestre, enquanto os meninos, juntamente com Selva, iriam de ônibus. As pessoas na venda apertavam Teófilo:

– O senhor vai se acabar de medo lá no céu, Teó.

E ele respondia:

– Capaz... Quando chegar lá em cima me agarro no bitelo, trago na unha e aprumo ele, não deixo cair.

Todos riram e desejaram boa viagem ao mestre. Teófilo almoçou na pensão da irmã, depois acendeu um cigarro, sentou-se do lado de fora e ficou olhando as crianças brincarem. Deu algumas tragadas e sentiu aquela tosse vir novamente, dessa vez com mais intensidade. Socorro estranhou e foi ver o que estava acontecendo. Viu Teófilo curvado, a cabeça vermelha, com uma tosse comprida e seca.

Socorro deu-lhe um copo d'água, ele foi se acalmando. Assim que melhorou um pouco, Socorro pegou sua bolsa e disse:

– Vamos passar no postinho.

– Pra quê, irmã? Já estou bem.

– Não está. Essa tosse tá muito feia. Você vai pro São Paulo e depois? Se acontece alguma coisa por lá?

Enquanto se levantava, Teófilo tentou retrucar.

– Fica tranquila, vou pedir um xarope pra mãe Luduvina. Não preciso ir ao postinho.

Socorro parou à sua frente, muito séria, e resolveu:

– Você vai ao postinho comigo. Agora. Toma o remédio da mãe e o remédio da farmácia. Assim se apruma por todos os lados.

Teófilo contou ao enfermeiro sua tosse comprida e custosa. Saiu de lá com um xarope e a recomendação de consultar-se com algum médico. Do lado de fora, Socorro apertou mais um pouquinho:

– Escutou, né, Teófilo? Vamos arrumar uma consulta pra você.

Despediu-se da irmã e voltou para o sítio, matutando. Realmente aquela tosse fazia um bom tempo que o estava aborrecendo, mas agora começou a incomodá-lo além da medida. Chegando ao Ribeirão do Meio foi direto para a casa de Luduvina. A velha estava tomando café na sala, olhando pela janela. Teófilo aproximou-se, pediu a bênção, sentou-se de frente para ela e começou a relatar seus sintomas. Luduvina olhava atentamente para Teófilo, parecia até que fazia força para compreender a queixa do filho.

– Mãe Luduvina, a senhora acha que se eu fizer um xarope com resina de jatobá mais a casca de amburana, pode resolver essa tosse e dor no peito?

– Quem tem isso?

– Eu! Isso tá me dando uma gastura enorme. Eu, mãe. Misturo as duas ervas?

– Pra quê?

Teófilo começou a perder a paciência. Luduvina parecia entender o que ele dizia, mas não dava solução nenhuma, não levava em conta suas queixas. Então se levantou, pegou um café frio que estava na beira do fogão a lenha, bebeu e foi saindo pela porta, dizendo:

– É, parece que não adianta.

E Luduvina repetiu, baixo, olhando para fora:

– Não adianta mesmo.

Até que chegou o grande dia. Lá foi o mestre, entrando no avião, apoiado no braço de André. Sentaram-se lado a lado. Teófilo achou graça na corrida do avião na pista e não sentiu quando estavam levantando voo.

– Nossa, mas que macio! Tamo voando!

Olhava pela janela e se encantava com as formas de todas as coisas, como iam diminuindo de tamanho, conforme subiam. Sentiu um solavanco e chegou a ficar com medo, mas André apontou as nuvens e contou:

– Aqui no céu é assim, seu Teófilo. O buraco está nas nuvens.

A apresentação seria no mesmo dia da viagem. Foram do aeroporto direto para a universidade e juntaram-se aos amigos, em plena atividade e produção para o evento. O simpósio teria mais dois dias. André, Selva, Márcia, Clayton e Alê se hospedariam na casa de alguns colegas, para assistirem as outras palestras e participarem das atividades. Teófilo havia combinado com Cesário e Flor de se encontrarem na USP, e de lá iria com eles para a casa de Cesário.

Parecendo amuada em alguns momentos, Selva fechava-se em silêncio. Não conseguia resolver se iria ou não procurar sua tia. Jundiaí era muito perto de São Paulo. Adiava a decisão, culpava-se por não ir ao cemitério onde estava seu pai, por não visitar a tia e os primos. Dizia para si mesma: depois eu vejo, depois, amanhã, depois. E ficou por isso mesmo.

Foram à rádio, dentro da universidade, e deram entrevistas. Teófilo, já mais acostumado com essa atividade, conversava com propriedade, convidava as pessoas para irem à Gameleira e até provocava os locutores a cantarem as músicas caipiras.

O auditório foi se enchendo de estudantes, além de alguns professores, amigos de André, que queriam conhecer Teófilo. Quando todos se acomodaram, um dos organizadores do evento tomou a palavra, dando início ao simpósio, e em seguida passou o microfone para André. Foi uma fala curta. André disse do seu trabalho em Montes Claros, seu desejo de encurtar a distância que havia entre a universidade e os saberes do homem do campo, a iniciativa de seus alunos com a horta comunitária e, finalmente, o encontro com mestre Teófilo e Selva. Antes de passar a palavra a seus alunos de Montes Claros, ele finalizou, com empolgação:

– Como a Selva nos alertou, precisamos agir como os médicos de pés descalços na China. Irmos para os locais mais desassistidos e formarmos nossas farmácias. Criaremos escolas de saúde pública e isso é só o começo. Em breve seremos centenas de pesquisadores avaliando as propriedades terapêuticas das plantas a partir dos ensinamentos de mestres como seu Teófilo. Faremos formação de pessoal, aliando a sabedoria popular ao conhecimento científico. Essa sabedoria sobre o princípio ativo das plantas foi secularmente estabelecida. Ou vocês acham que só existe uma verdade? Hein? É com vocês que estou falando! Queridas e queridos, nós temos um árduo e muito belo caminho à nossa frente. Sigamos!

O aplauso foi geral. Assobios e vivas dos alunos. Quando todos se acalmaram, os meninos de Montes Claros contaram sua experiência de trabalhar com a terra, mostraram fotos das hortas e os diferentes estágios de crescimento das plantas. Apresentaram imagens com detalhes da preparação dos xaropes, emplastros e chás. E finalizaram com um bonito vídeo mostrando a Gameleira, o Ribeirão do Meio e um momento que haviam captado de Luduvina mexendo em seu canteiro de ervas.

Então foi a vez de Selva, que começou a contar para o público sua trajetória até conhecer o mestre. Buscou o assunto desde o mangue, passando pelo cerrado, a vereda, a indicação do homem de um braço só, o encontro marcado com Luduvina, a doçura e seriedade de Teófilo, a importância de agarrar a terra com as próprias mãos. Preparou o terreno com carinho, adubou e regou, arrancou as tiriricas, deixou o sol trabalhar na medida certa e passou o microfone para Teófilo.

Cesário e Maria Flor chegaram em cima da hora e sentaram-se no meio da plateia. Na grande mesa em cima do palco, lá estavam seu irmão, Selva, os estudantes e dois professores. Surpreenderam-se com Teófilo. Quem era aquele homem tão desenvolto, brincando com a plateia, contando causos de Luduvina, conduzindo a emoção das pessoas? Teófilo dizia que sua primeira casa foi um ranchinho de ferramentas, na beira do Ribeirão. E que aquela moça ao seu lado, tão sem juízo e corajosa, tomou o ranchinho dele. Agora ela vivia ali, sem conforto nenhum, puro desejo de realizar seu sonho de curar as pessoas. Nesse instante olhou para Selva, segurou em seu braço e disse:

– Selva. Minha filha. Ganhei uma filha.

Passaram para as perguntas da plateia. Falavam sobre plantas, hortas e manejos. Sempre que chegavam a algum impasse, pediam a opinião de Teófilo. O orgulho e surpresa de Maria Flor e Cesário, com o sucesso do irmão, eram evidentes. A maneira tranquila com que Teófilo respondia às perguntas, o respeito dos professores à sua volta, os estudantes atentos e silenciosos.

Ao final, muitos aplausos, gritos, uma barulheira divertida que pregou um grande sorriso no rosto de Flor e Cesário. Levantaram-se e ficaram, do corredor, olhando as pessoas em cima do palco, cumprimentando-se e parabenizando o trabalho apresentado. Quando Teófilo percebeu os irmãos ali na plateia, correu na direção deles e os abraçou. Olhava para Flor, mas abraçou primeiro Cesário... Depois os levou ao camarim, comeram juntos algumas frutas e tomaram café. Flor e Selva trocaram um abraço demorado, Teófilo apresentava seus irmãos a todos que apareciam. Ficaram em uma prosa boa até aparecer um dos organizadores do evento, dizendo que precisavam ir embora, pois iam fechar o prédio.

Os três irmãos despediram-se de todos no estacionamento da faculdade de biologia. André e Teófilo combinaram de encontrar-se no próprio dia da partida, direto no aeroporto. Estavam muito felizes com o sucesso da apresentação. Selva enxugava as lágrimas, percebendo a satisfação de Cesário e Maria Flor com a reverência que todas aquelas pessoas tinham para com seu mestre. Foi até o carro de Cesário, abraçou mais uma vez Flor e saiu andando com seus amigos. Ainda pôde ver, a uma certa distância, o acesso de tosse de Teófilo antes de ele entrar no carro.

A primeira noite se estendeu um bocado para os jovens. Sentiam o respeito dos colegas de São Paulo pela iniciativa, pela disposição em encarar o serviço pesado, o trabalho na terra. Foram a um boteco perto da universidade com os novos amigos, bebiam e falavam alto, trocavam informações e se ajustavam ao encontro.

Selva não dava atenção a essa empolgação e procurava mudar de assunto. Aquilo a aborrecia. Não queria agradar ninguém, achava que o trabalho estava só começando, principalmente em Uruana. Não tinha o que comemorar, a não ser a alegria de Teófilo. Teve uma ponta de inveja do mestre, grudado em seus irmãos. Ele tinha uma família. E ela, que nem sua tia procurou, cadê sua família? Então resolveu beber. Depois do boteco, foram parar em um apartamento que os estudantes dividiam. Falaram, riram, se divertiram, dançaram e beberam. Selva bebeu muito e apagou ali mesmo. Contaram-lhe que a última coisa que falou, na cozinha, com um copo cheio em suas mãos, foi: "Ceda ao desejo e apure-o". Depois virou o copo de uma vez, caiu no sofá e apagou.

Foram três dias dormindo muito pouco. Selva e os três amigos resistiam à base de energéticos e cafés. Às vezes separavam-se, saíam, almoçavam, dormiam em repúblicas diferentes, bebiam, fumavam, para depois se reencontrarem durante alguma atividade na universidade, que eles pouco conseguiam acompanhar. Exaustos e felizes.

Selva cedia ao desejo de uma forma arrebatada, provocava os estudantes, dizendo que deveriam pisar na lama, ceder à terra, sair da cidade, misturar a teoria com a prática. Não a prática que ensinavam nas faculdades, mas sim a dos caboclos. De uma forma um pouco brutal, desafiava a educação formal, deixando transparecer seu amor pelo cerrado, pelas veredas, pelo mangue. Além do professor André, teve muita gente que se apaixonou por aquela mulher ensandecida...

Quando embarcaram no ônibus de volta para Montes Claros, estavam acabados, destruídos. Capotaram nas poltronas, só levantando em alguma parada para comer um salgado ou ir ao banheiro. Pareciam zumbis. Selva amargou uma dor de cabeça terrível. Como não tinha nenhuma garrafada para recorrer, acabou rendendo-se a um analgésico comprado em uma parada do ônibus.

Enquanto isso, na casa de Cesário, o cenário foi bem diferente. Sim, também com intensidades, mas provocadas pelos reencontros, novidades e surpresas. Cesário morava em uma casa boa, sua esposa era muito atenciosa e tinham filhos carinhosos e saudáveis. O coração de Teófilo não conseguia acalmar-se ao lado de Maria Flor, mesmo quando ela lhe contou sobre o namoro sério que estava tendo com um amigo de Cesário e a perspectiva de um novo casamento. O amor que ele vivia com Esmeralda lhe dava um alento, o peso da idade e experiência de vida também, mas o coração tem lá suas próprias vontades.

Passearam um bocado, foram até ao zoológico. Cesário já tinha netos, que ficavam tão surpresos quanto Teófilo ao deparar com o tamanho de um elefante, o esticão do pescoço da girafa, a carcaça de um hipopótamo. Só o que continuava a lhe incomodar era aquela tosse. Carregava sempre o xarope, mas tinha hora que não adiantava. Às vezes, para desespero de todos, ainda acendia um cigarro, dizendo que isso o ajudaria. Na véspera de sua partida, Flor e o namorado colocaram Teófilo no carro e o levaram para um hospital. O médico pediu uma radiografia, mas o aparelho estava em manutenção. Quiseram levar Teófilo a outro hospital, mas ele negaceou:

– Calma, gente. Amanhã já vou embora. Quando chegar em casa, eu faço os exames.

O médico receitou um novo medicamento e disse para ele não brincar com isso, que o problema podia ser sério. Na saída do hospital, enquanto entravam no carro, Flor resolveu:

– Irmão, chegando em casa, vou ligar pro Luiz. Ele conhece muita gente em Brasília, já está lá há dois anos, vai saber como te ajudar. Você fica na casa dele e faz os exames.

Teófilo continuava quieto, e Flor arrematou:

– Ou você promete que, assim que chegar na Gameleira, vai se ajeitar pra ir pra Brasília, ficar com o Luiz e passar pelos médicos, ou nós vamos rodar aqui mesmo em São Paulo, até achar uma porcaria de máquina de raio X!

Teófilo pensava em Luiz, em Maria Flor... da suspeita quase certa que o menino era filho deles mesmo. Ficar com Luiz em Brasília, sendo cuidado por ele... Até que Flor sacudiu seus pensamentos.

– Tô falando com você, Teófilo!

– O que foi?

– Promete?

– Tá bom, Flor.

– Tá bom o quê?

– Vou lá ficar com o menino e fazer os exames.

Para garantir, quando chegaram em casa, Flor ligou para Luiz e explicou a situação. Falou sobre o pedido do médico, os exames e pediu para o filho já ir agendando uma consulta para o tio. Depois passou o telefone a Teófilo, que se sentiu acolhido demais. Flor e Luiz cuidando dele... Concordou com tudo que Luiz disse e prometeu que lhe telefonaria assim que chegasse na Gameleira.

Os irmãos levaram Teófilo até o aeroporto de Guarulhos. Encontraram-se com André e distribuíram abraços na despedida. Flor segurou o irmão pelos braços, puxou-o para perto de seu rosto e disse:

– Teófilo, cuide-se direito. Esse ano vou para Bom Jesus da Lapa, cumprindo promessa. Vou rezar por você no Santuário. Por todos nós. E, se Deus me ajudar, encontrarei com Candinha e Sebastião.

Vendo que Teófilo não se lembrava desses nomes, Flor explicou:

– Candinha, a minha Nossa Senhora do Cafuné, lembra? Os irmãos que salvaram minha vida...

Não conseguiu falar mais nada. Nem Teófilo, que terminou os abraços chorando. André ouviu muitas recomendações e finalmente embarcaram no avião.

No aeroporto de Montes Claros, Selva já os aguardava. Naquele mesmo dia, pegaram o ônibus para Gameleira. Conversaram um bocado. O novo remédio que o médico de São Paulo havia receitado acalmou a tosse de Teófilo. Comentaram da apresentação em São Paulo, de Maria Flor, os netos de Cesário. Selva contou bem por alto como havia sido o simpósio e não tocou no assunto de suas noitadas.

Chegaram à noite no Ribeirão do Meio. Logo na entrada do sítio, toparam com o carro de Letícia estacionado embaixo de uma mangueira.

– Olha, Selva, nossa amiga está aqui.

Tinha algo dentro de Selva que não gostava dessas surpresas, parecia que tiravam sua liberdade. Ao mesmo tempo, sentia um desejo cada vez mais intenso por Letícia. Sentiu vontade de correr dali e de abraçar... Quando já estavam no quintal, Dila os avistou e saiu da casa, aflita. Tonho e Letícia vinham logo atrás.

– Tio Teó, a vó caiu, teve uma queda. Não sei se quebrou alguma coisa, acho que não. Mas quem leva essa mulher a um médico, um hospital? Quem a coloca dentro de um carro? Sorte que a Letícia estava passando pela Gameleira e minha mãe pediu que ela viesse aqui olhar a vó.

Letícia completou:

– Parece que não quebrou nada mesmo. Ela me deixou apalpar a perna e aguentou firme. O certo seria levar a dona Luduvina para um hospital e fazer um raio X. Mas eu é que não tenho coragem de falar com ela sobre isso.

Teófilo e Selva, muito preocupados, despejaram as perguntas sobre o acontecido. Por fim, disseram que levariam Luduvina ao hospital, nem que fosse amarrada. De repente, escutaram ela chamar:

– Dila, ô Dila, quem está aí com você? É Zé da Lira de novo?

Todos se olharam, com a lembrança do finado Zé da Lira. Foram para o quarto, Teófilo à frente, decidido. Luduvina estava sentada na cama, fez uma careta de dor, mas não quis que ninguém encostasse nela. Teófilo tomou a conversa, fingiu uma animação e inventou assunto na hora:

– Mãe Luduvina, nós vamos dar uma volta amanhã. Ó que beleza, vamos na cidade! Comprei uns porcos, estou ajeitando um chiqueiro, ali perto do galinheiro. A senhora precisa ir junto para... para... para...

Novo acesso de tosse. Esse ainda mais forte. Teófilo fica vermelho, sem ar, então vai para fora da casa e começa a cuspir no terreiro. Selva corre atrás, pergunta se ele está bem. Teófilo levanta o braço, pedindo que ela espere. Nisso, Luduvina dá um berro lá dentro. Teófilo consegue dizer, aflito:

– Estou bem, Selva. Corre lá, vai ver o que tem a mãe!

No quarto, Luduvina havia se deitado novamente. Letícia ajeitava suas pernas em cima de umas almofadas, enquanto a velha gritava:

– Não quero porco nenhum! Vai fazer imundice no terreiro.

Olhou para as pessoas à sua volta e falou, brava:

– Que cara é essa? Cês acham que eu tô doente, é? Ó, pode esquecer, eu não morro, de jeito nenhum. Vou ficar aqui pra sempre.

Dila esboçou um sorriso e fez um agrado na mão da avó, que arrematou.

– Menina, faz um chá de assa-peixe e dá pro moço.

– Vó, não entendi.

– Assa-peixe! Faz xarope, ferve até desmanchar o açúcar e dá pra ele tomar. É certo que não vai curar, mas ajuda. Olhe, cuidado, o assa-peixe tá bem do lado da moita da guiné do campo, não vai confundir. A guiné pode endoidecer o moço!

– Que moço, vó?

– Aquele homem que tava aqui. Onde que ele foi?

– O Teófilo, vó? Acho que o tio tá lá fora. Quer que eu vá chamar?

– Não, misericórdia! Aquele lá tá por um fio. Faz um lambedor e dá pra ele beber. Chegou na tábua da beirada. Agora só por Deus...

Ouça a trilha sonora do capítulo 20. Na tábua da beirada utilizando o QR Code ao lado.

21. A guerra

Passaram uma noite difícil no Ribeirão do Meio, de olho em Teófilo e Luduvina. Ainda escuro, Luduvina levantou-se sozinha da cama e deu alguns passos pela casa, amparada em sua bengala. Sentia-se mais disposta, foi até o canteiro, apanhou umas ervas e preparou uma pomada para colocar em sua perna.

Letícia e Selva dormiram na casa de Teófilo. Sentaram-se para tomar café, ele estava com um aspecto cansado. Selva resolveu:

– Mestre, vamos até a pensão de dona Socorro. Dali ligamos pro Luiz para combinar sua ida a Brasília, seria bom hoje mesmo. A Letícia me dá uma carona para Uruana e depois vai para Buritis. Ali já é caminho para Brasília. Prepara uma mala.

Segurando o bule de café na mão, Teófilo esboçou um sorriso. Aquela menina agora queria mandar nele. Nem respondeu. Encheu duas xícaras de café e deu a elas. Selva, sem beber, colocou a xícara na mesa.

– O senhor vai com a gente.

Letícia, bebendo o café, aproveitou o embalo:

– Bom o café, seu Teófilo! O que não está bom é essa sua tosse. Seus olhos estão amarelados, sua pele também. Vamos cuidar disso.

Teófilo senta-se em seu tamborete, dá uns goles de café. Respeitava os conhecimentos da veterinária e mal tinha dormido essa noite.

– Vocês são muito aborrecidas... Tá bem, vamos então pra Gameleira. Telefono pro Luiz e combino de ir amanhã. Tenho umas coisas para acertar aqui hoje, deixo tudo arrumado e vou tranquilo. Não faz essa cara, Sel. Dou minha palavra! Agora senta e toma esse café.

Logo na chegada à Gameleira, toparam com os fornos de carvão funcionando a todo vapor. Dava para ver da estrada alguns terrenos completamente abertos, pelados, sem uma árvore sequer. Comentaram que o negócio estava se espalhando muito ligeiro. Teófilo encontrou Socorro na cozinha e foi dando notícias de Cesário e Maria Flor, dos sobrinhos, do sucesso na faculdade. Então Selva o interrompeu, disse que precisavam ir embora. Contou para Socorro os acessos de tosse que o mestre estava tendo, cada vez piores, da ida ao hospital em São Paulo. Teófilo reclamou:

– Mas que exagero. É só uma tosse...

– Dona Socorro, não é, não! O médico de São Paulo disse que é sério.

Socorro levantou a mão e encerrou o assunto:

– Eu sei disso, o enfermeiro do postinho bem que avisou. Selva, pode ir, querida. Deixa que agora a encrenca é comigo. Senta aí, irmão!

Pegou o telefone e ligou para Luiz. Com tudo acertado, passou o telefone para Teófilo. Então abraçou Selva e Letícia e as acompanhou até a porta.

– Boa viagem! Vão com Deus.

Na saída da Gameleira, toparam com o cenário de desolação: os fornos, pequenos iglus de fogo, transformando toda a riqueza do cerrado em cinza e carvão. Comentaram sobre a ganância do ser humano. Então ficaram em silêncio, olhando a paisagem, organizando os sentimentos.

Selva estava muito cansada, ainda com a ressaca das noitadas de São Paulo. Além disso, não tinha dormido direito depois do acesso de tosse de Teófilo e ficou bem desanimada com a destruição do cerrado. Aos poucos veio surgindo uma vontade de implicar, nascida sabe-se lá aonde. Era uma necessidade de conflito, para juntar as forças e despejar em algum lugar. Precisava aliviar sua aflição, sentia-se no limite. Perguntou para Letícia o que ela tinha para fazer nesta semana, se estava muito ocupada. Selva escutava o relato da agenda da veterinária e pescava as palavras certas para o confronto: remédios, vacinas, antibióticos, internações, laboratórios...

– Porra, será possível que só existe esse tipo de tratamento para os animais? Nós duas vivemos em mundos tão distantes assim?

– Vai começar...

– Claro, Lê. Todo meu trabalho está voltado para um tratamento mais, hummm, no caso, humano, para as pessoas. E você nem se preocupa, parece que não quer enxergar o interesse dos grandes laboratórios em distribuir indiscriminadamente vacinas para, para...

– Frango?

– Sim! Frango, porco, peixe, vaca, tudo!

– E você sugere o quê?

– Pera aí, tem mais! A indústria alimentícia faz parte deste esquema. Vocês despejam rações cheias de hormônios pros bichos crescerem e os caras ganharem ainda mais dinheiro no abate. A gente tem que dar um jeito de parar essa máquina!

– Sel, hoje mesmo vou a um sítio que tem chocadeira eletrônica. Já viu isso?

– Graças a Deus, não.

– Imagina então. Uma só máquina com cinco mil ovos. Eu disse cinco mil! Eles são chocados ali dentro, na máquina. Aquele mundo de pintinho nascendo, cinco mil, você vai cuidar de um por um? Ou vai tratar de uma vez, com ração adequada, prevenção das doenças com medicamentos etc.?

– Ah, entendi. Então o certo é encher tudo de hormônio, aí a gente compra no supermercado e come aquela porcaria...

– Tem muita gente pra comer, Sel!

– De novo, Lê?! Agora vai falar que é bom o desmatamento, que tem que encher tudo de pasto, de soja, custe o que custar e dane-se a saúde das pessoas?

Silêncio.

Letícia sente uma raiva incontrolável instalar-se em seu peito. Respira e diz, em voz baixa:

– O certo é produzir como estão fazendo no sítio de Uruana...

Selva quase pula do banco:

– O que que tem Uruana?

– Eu tive no sítio.

– Você foi no começo, faz tempo. Agora já está bem adiantado. Vamos atender a região e até criar um posto para distribuição das mudas, com nossas orientações como usar e...

– Não é disso que estou falando, Sel.

– O que é então?

Letícia diminui a marcha, ajeita o espelho do carro e responde:

– Você critica o modo como eu trabalho, como estou cuidando dos animais. E você, não se enxerga? O final de semana que passei com vocês em Uruana foi suficiente. Aquilo é que é trabalho? Não faz essa cara... Os meninos me contaram da bronca que levaram do seu Teófilo. Muito bem dada! Selva, eu vi, aquilo parecia mais uma desculpa para vocês ficarem enchendo a cara, tomar banho de cachoeira, fazer festinha e fumar maconha.

– Claro. E você fumando e bebendo com a gente.

– Sim. Mas eu estava de fora. Ninguém trabalha daquele jeito, Sel. Se não fossem os cuidados do caseiro, a bronca do seu Teófilo, uma hora dessas cês tavam tudo chapado lá, cabelinho molhado da cachoeira.

– Cala a boca, Letícia!

– O que adianta cobrar de mim um posicionamento se fica com um bando de moleque (sim, meu sobrinho e meus amigos, mas moleques), com essa banca de quem está fazendo algo importante, mas amparados pelo pai da Márcia? Qualquer outra pessoa teria colocado vocês na rua!

Selva sabia que isso era verdade. A bronca que levou do mestre ainda ecoava em seu peito. Mas estava com muita raiva disso ser jogado em sua cara. Então continuou:

– Tá, sabidona. Pelo menos a gente trabalhou depois que seu Teófilo esteve lá, conseguimos atingir um objetivo, o processo é lento. Mas estamos no caminho, enquanto você, você... continua dependente da indústria química!

– Nossa, como você é turrona e chata. Ah, sim, estão no caminho. Olha seu estado, Sel, veja como chegou acabada de São Paulo. Isso foi porque trabalhou muito lá com os professores, passou noites debruçada em livros e discutindo os temas das conferências, ou por que aproveitou essa saída para meter o pé na jaca? Hein? Responde! Ai se não fosse o seu Teófilo para carregar essa...

Selva bate no painel do carro e grita:

– Para essa merda!

– O quê?

– Para essa merda de carro! Vou descer aqui.

Letícia olha em volta. Nada, nem uma casa à vista. Continua rodando, devagar. Selva grita ainda mais alto e puxa a direção do carro para o acostamento.

– Para essa merda, porra!!!

Letícia estaciona. Selva pega a mochila atrás do banco e desce do carro.

– A gente se vê. Tchau.

– Você vai descer aqui? Tem certeza?

– Lê, cheguei até aqui sem você. Rodei muito sozinha. Não preciso de bosta nenhuma de carro para me levar. Tchau.

Parada atrás do volante, Letícia respira e olha em volta. Reconhece onde está, arranca devagar, abre a janela do passageiro e diz:

– Tem um sítio a uns três quilômetros daqui. Acho que lá tem uma granja também... Boa sorte.

Selva não responde, ajeita a mochila nas costas e segue andando. As duas lidando com raiva e futuras possibilidades de arrependimento. O sol começa a esquentar. Nuvens de chuva no céu. O carro de Letícia some no horizonte.

Teófilo tirou sua passagem para Brasília e depois foi ao armazém, comprar café e açúcar. Contou aos amigos suas aventuras no avião, o tamanho dos prédios em São Paulo, a quantidade de carros, além de dar notícia de Maria Flor e Cesário. Apesar da tosse, ele ainda acendia um cigarro de tempos em tempos. Reparou que, quando cuspia no chão, a terra tomava um tom avermelhado.

Os caminhões de carvão seguiam seus trajetos pelas estradas do sertão. Na carroceria, em cima da carga, os homens sujos de carvão conversavam sobre a dureza do trabalho. Ninguém parecia feliz com o desmatamento, poucos acreditavam na conversa de que era um grande negócio o cerrado virar pasto e a criação vingar por ali. Calejados com as promessas que vez ou outra lhes faziam, os sertanejos aproveitavam a oportunidade para ganhar algum dinheiro, naquele lugar fraco de recurso. Banhavam no rio Gameleira ao final do trabalho e iam para o bar, descansar na cerveja.

Nessa noite, enquanto os carvoeiros bebiam e jogavam sinuca, Pedro, irmão de Tonho, foi ao bar comprar cigarro. Conferindo seu troco, notou que as pessoas em volta da mesa de sinuca buscavam repetir um assunto:

– Pelo menos a nossa terra agora vale alguma coisa. A gente tem que acompanhar o progresso.

Um outro completava:

– Tem gente que fica feliz em adubar um monte de mato, numa terra que nem é sua.

O irmão de Tonho chamou a atenção:

– Cê tá falando comigo? Tá falando do meu irmão?

– Tô falando de quem vai na conversa de gente maluca e trabalha numa terra que não é sua. E ainda por cima acha que mato é remédio.

Pedro foi pra cima do homem:

– Seu ignorante!

Seguraram Pedro, que dizia em voz alta:

– Pois saiba que o Tonho está ganhando dinheiro. Você não viu que o Teófilo foi de avião pra São Paulo, deu aula pra professor e tudo, seu animal? Mas quem está certo é você, se acabando no carvão e na cachaça.

Nisso, entra no bar um dos proprietários da carvoaria. Acalma os ânimos. Oferece uma cerveja para todos. Pedro e o homem que o provocou ficam a uma distância segura. O dono da carvoaria estava um pouco embriagado e ainda tomou mais dois copos de cachaça. Pegou a garrafa de cerveja e foi distribuindo entre todos. Encheu o copo de Pedro:

– Não vamos brigar, minha gente. Cada um aqui tem sua razão. Se o colega não quer vender a terra, paciência. Tem sempre quem se agarra no passado.

Pedro não toca no copo, troca duas palavras com o dono do bar e vai em direção à porta. O dono da carvoaria chama sua atenção:

– Seu copo tá cheio, colega. Vai fazer essa desfeita?!

Pedro nem se vira e diz:

– Boa noite!

Então o homem responde, já com a voz empastada de cachaça:

– Vai, burro... E dê lembranças àquela velha doida!

Pedro para e vira-se para ele:

– De quem você está falando?

– A patroa do seu irmão. Aquela velha desgraçada!

– Lava a boca pra falar da dona Luduvina, fio duma égua!

Ele volta e esmurra o homem, que cai no chão. Os carvoeiros agarram Pedro e empurram porta afora. Enquanto o homem se levanta, os trabalhadores vão saindo do bar, resmungando:

– Oxe, tá doido? Aí não... Não se mexe com a dona Luduvina.

O homem saca um revólver, vai até a porta e grita:

– Tá correndo, seu frouxo? Vem aqui, covarde!

Atira para cima, depois na direção de Pedro. Acerta no braço, de raspão. Pedro se abaixa e corre pela rua, gritando:

– Filho de uma puta!

No meio da noite, Luduvina senta-se na cama, enxerga as labaredas de fogo mais uma vez. E grita:

– Olha o facho de fogo! O facho de fogo!

A primeira a aparecer foi Dila, logo seguida por Tonho e Teófilo, que escutou o grito de sua casa. Luduvina apontava para algum lugar além das paredes e gritava para Dila, desesperada:

– Olha o facho de fogo, menina! Queimando na Gameleira!

– Calma, vó. Calma!

Teófilo se aproxima e pega na mão da velha:

– Não é nada, mãe. Dorme de novo.

Luduvina olha para ele como quem pede socorro. Apontava para a parede. Realmente, a Gameleira ficava naquela direção, então Teófilo foi conferir. Saiu da casa e caminhou até o local mais alto no fundo do terreiro. De lá avistou o fogo. Percebeu que estava chegando perto do sítio. O calor misturado com o barulho de pau queimando, a fumaça cobrindo tudo, Teófilo voltou pra dentro da casa, aflito. Luduvina repetia:

– Olha o facho de fogo, menina. Queimando na Gameleira!

Teófilo agarrou o braço de Tonho:

– Tonho, olha lá fora. É fogo, de vero. A mãe viu. Tá perto daqui!

Tonho saiu em uma carreira desenfreada. Viu a fumaceira e seguiu o rumo dela. Voltou ligeiro e disse:

– O fogo tá chegando! Vou chamar os vizinhos para ajudar. Tá queimando o cerrado do Alvertano. Daqui a pouco chega aqui, na roça, na horta, em casa!

Ainda da porta, Tonho escutou Luduvina chamar:

– Menino, pega barbatimão!

– O que foi, vó?

– Apanha umas mudas de barbatimão e leva. Aplica onde tiver queimadura, macera as folhas e deixa descansar na pele. Vai!

Tonho apanhou um bocado de barbatimão, jogou dentro de uns baldes e correu na direção do fogo. Alguns vizinhos já estavam ali, homens e mulheres, tirando água do Ribeirão do Meio para jogar no fogo. Tinha chovido esses dias, o ribeirão estava cheio. Algumas árvores, por estarem ainda úmidas, resistiam à queimada. Enquanto algumas pessoas batiam com as varas no fogo, outras carregavam os baldes. A fumaça ia longe.

Na casa de Luduvina, depois que teve certeza que a mãe estava bem, Teófilo diz à sobrinha:

– Cuida da vó. Vou lá ajudar a apagar o fogo.

Saiu de casa tossindo. Bem que Dila chamou, mas ele nem escutou. Teófilo pegou uma vassoura grande de palha de buriti para combater o incêndio e tomou uma trilha pelo meio do cerrado, em direção à fumaça. Calculava que, se fosse por ali, poderia evitar que o fogo atravessasse a mata, depois destruísse a horta e suas casas. A tosse piorava com o fumaceiro. Não sabia se estava com a vista enevoada de tanta fumaça, ou as lágrimas que vinham com a tosse é que cobriam sua visão. Escutava os homens gritando, orientando-se para apagar o fogo e percebia o vermelhão das labaredas mais à frente. A trilha que Teófilo pegou para chegar até ali, dava justamente no outro lado das chamas.

Parou para respirar. Estava cansado, apoiou-se na vassoura, sentiu uma tontura e quase caiu. As labaredas faziam uma espécie de dança, negaceando de um lado e do outro, embaladas pelos gritos de Tonho e os vizinhos que chegavam pelo outro lado do cerrado em chamas. Teófilo tentou gritar para animar as pessoas, para que não esmorecessem, mas sua garganta estava seca. As labaredas começaram a diminuir, sua visão foi clareando e ficando cada vez mais nítida. Então Teófilo sentiu uma dor aguda no peito, ao mesmo tempo percebia que as chamas tinham o desenho de um pássaro. De asas abertas, um grande pássaro, amarelo, de bico vermelho. Soltava fumaça pela boca e lhe sorria. Que diabo de pássaro era esse? Parecia mesmo um gavião, mas a cor era muito diferente. Ou um morcego, mas no meio das chamas, desse tamanho? Qual... Então o pássaro despregou das chamas e veio voando com uma velocidade medonha em sua direção. Teófilo levantou a vassoura e tentou abater o bicho, que abriu sua bocarra e cuspiu labaredas de fogo, queimando tudo. Depois carregou Teófilo para seu mundo de fumaça e cinzas.

Selva demorou um dia e meio para chegar no sítio de Uruana. Andou até ficar exausta, a mochila que ela carregava desde a viagem para São Paulo parecia cada vez mais pesada. Pegou carona em um caminhão de leite, depois em outro de uma granja que levava muitos engradados de frangos vivos. Conversava com os motoristas, procurando cumplicidade, atiçando que reclamassem do trabalho. Ao mesmo tempo propunha alternativas para eles viverem melhor, que fosse além da luta pela sobrevivência.

Na primeira cidade que parou, viu que só teria jeito de chegar em Uruana no dia seguinte, com duas baldeações de ônibus. Estava muito cansada, procurou uma pensão. Sentou-se na porta, pegou uma cerveja e ficou matutando sobre a briga com a Letícia. Colocava na balança o arrependimento de ter dito coisas desagradáveis, junto à raiva de ter escutado algumas acusações injustas. Foi dormir cedo. Na manhã seguinte, embarcou na custosa viagem dos ônibus que paravam a todo momento na estrada para carregar e despejar passageiros.

Quando finalmente chegou ao sítio, depois de ter caminhado mais um bocado desde a última parada do ônibus na estrada, Nivaldo veio ligeiro em sua direção.

– Que sufoco é esse, Nivaldo?

– Onde você estava, menina? Seu Sérgio tá doido atrás de você. É melhor ir até a cidade!

Foi o tempo de jogar a mochila na sala, pegar a chave do fusca e rumar para Uruana. Sérgio estava na loja, chamou Selva para o escritório e foi logo dizendo:

– Não dá, Selva. Você não pode mais ficar sem telefone. O mundo inteiro tem. Estamos a dois dias te procurando. Ninguém sabia de você. Já comprei seu celular.

Pegou em cima da mesa um aparelho.

– Esse aqui é seu. Toma. Depois desconto do próximo salário. Não dá pra viver assim.

– Seu Sérgio, aconteceu alguma coisa? A horta??? O que foi? Desculpe...

– Olha, não sei direito. Fica calma, mas o seu Teófilo teve que ser levado para Brasília de ambulância. Dona Socorro ligou te procurando. Aquela tosse, um incêndio, parece que teve uma briga na Game...

As palavras não faziam mais o menor sentido para Selva. Sérgio continuou a falar, mas ela só tinha atenção para o seu mestre.

– Onde ele está?

– No Hospital de Base, em Brasília. Parece que ele tem um sobrinho lá, né? Você quer o telefone da Socorro, irmã dele?

Selva mordia os dentes. Sentiu frio, calor, um tremor na mão.

– Seu Sérgio, preciso ligar agora para ela.

– Toma o seu celular, Selva. Coloquei crédito. Imagino que você nem saiba como isso funciona... Vou te deixar aqui à vontade, ligue para quem for preciso e depois a gente conversa. Esse aqui é o número do seu telefone novo. Pode espalhar, não dá pra ficar isolada dessa maneira.

Escreveu em um papel o número do telefone e foi para dentro da loja, enquanto Selva ligava para Socorro.

Tonho e os vizinhos lutaram muito para apagar as chamas. Passavam o barbatimão receitado pela velha Luduvina nas queimaduras que tiveram. Então, com o fogo dominado, começaram a limpar o terreno e tentar descobrir como o incêndio havia começado.

– Não tem mato seco, ninguém tá fazendo queimada. A mexida do carvão que limpou os terrenos tá tudo mais pra longe, não teve um raio que fosse para tacar fogo em alguma árvore. Isso decerto é incêndio plantado. E pode muito bem ter sido perto da estrada. Vamos lá ver.

Examinavam o barranco que dava para a estrada que ia à Gameleira. Em uma baixada sentiram cheiro de gasolina, iluminaram o chão, ainda azulado. Não tiveram mais dúvidas. Tonho disse:

– Olha só, atearam fogo na gasolina bem aqui. Se fosse no tempo da seca, tinha atravessado até o cerrado de dona Luduvina, a horta, nossas casas, tudo que estivesse em seu caminho.

Aproveitaram para limpar o terreno e ver se não havia sobrado nenhum foco do incêndio. Atravessaram toda área por onde o fogo tinha passado. Do outro lado, em direção às casas, em meio à fumaça, avistaram um corpo jogado no chão. Correram até ele.

– É o compadre Teófilo, gente! Acode aqui!

Teófilo estava deitado de bruços, meio arroxeado, respirando com muita dificuldade. Foi uma correria e desespero sem conta. Buscaram um carro, levaram Teófilo até a estrada e rumaram direto para Barra da Vaca. Deram entrada no hospital, explicaram o acontecido, rapidamente deitaram Teófilo em uma maca e o levaram para a enfermaria. Meia hora depois, uma enfermeira veio lhes dizer que os médicos ainda estavam avaliando seu estado de saúde, que Teófilo já estava respirando melhor, consciente. Havia sido colocado no oxigênio e medicado; agora eles deveriam aguardar.

Tonho e o vizinho que o levou de carro até Barra da Vaca ligaram para suas casas, dando notícias. Dila contou ao marido sobre a briga de Pedro com o homem da carvoaria que ofendeu Luduvina. Falou do murro na cara, do tiro de revólver e o tranquilizou dizendo que ninguém havia se ferido gravemente, mas garantindo que o negócio foi feio.

Foram a um bar em frente ao hospital. Estavam com muita fome, pediram café e pão com manteiga, dois para cada um. Conforme se alimentavam, as ideias começaram a clarear. Juntaram os pontos da briga de Pedro com o carvoeiro, e o incêndio no rumo do Ribeirão do Meio. Decerto aquilo foi planejado para atingir sua família.

Voltaram para o hospital. O médico os chamou, explicando que a situação era grave. Naquela hora mesma embarcaram Teófilo em uma ambulância, juntamente com Tonho, no rumo de Brasília.

Selva escutou atentamente o relato de Socorro. Ao mesmo tempo que ouvia as explicações, planejava em sua cabeça ir até a Gameleira, acertar contas com os donos da carvoaria, atropelar todos com o trator, passar a corrente por cima dos fornos. Mas o que precisava mesmo era ir naquele instante a Brasília, para ajudar o mestre no que fosse necessário. Socorro disse que Luiz e Tonho estavam no hospital com Teófilo, que ele estava se recuperando. Passou o telefone de Luiz. Selva anotou em um papel, naquele mesmo onde Sérgio havia escrito o seu número de telefone.

– Dona Socorro, por favor, anote meu número. Sim, estou com um celular agora.

Combinaram dar notícias uma para a outra, assim que soubessem de algo. Selva desligou e, no mesmo instante, telefonou para Luiz. Aflita, falava depressa, quase sem respirar, pedindo o endereço de onde eles estavam, que ela iria agora mesmo para Brasília.

– Calma, Selva. O tio tá internado. Só dá para uma pessoa ficar com ele. Não precisa vir, vou dando notícias. Agora está tudo sob controle. Disseram que um pulmão está bem comprometido, mas tem dois, né? O outro pode funcionar sozinho. Acho que fica mais uns dias aqui no hospital. O Tonho está comigo, mas já volta amanhã...

Não, Selva, não tem nem onde dormir no hospital... Sim, quando estiver com ele digo que você ligou... Combinei com a mãe e tia Socorro de dar notícias direto. Fica com Deus.

Selva desligou o telefone e ainda ficou sentada uns instantes no escritório da loja de Sérgio. Sua mão começou a doer, então percebeu que apertava o aparelho celular com força e tremia um pouco. Seu olhar parou no filtro de água, levantou-se e bebeu alguns copos, direto. Guardou o celular no bolso e entrou na loja. Assim que Sérgio a viu, fez sinal que a seguisse.

– Vamos almoçar lá em casa, Selva. Precisamos conversar.

Passaram um bom tempo juntos. Sérgio procurou tranquilizá-la, o hospital era bom, tinha médicos competentes, Teófilo estava em boas mãos. Depois disse a ela que estava preocupado com a horta, Nivaldo poderia pesar a mão nos cuidados e todo o trabalho seria prejudicado.

– Seu Sérgio, não se preocupe. Vou ficar aqui. Só queria pedir ao senhor que, se o quadro do seu Teófilo agravar, que me libere para ir até Brasília. Não vou conseguir ficar longe...

– Claro! Quanto a isso, fique tranquila. É só me dar notícias, agora você tem um celular. Gosto muito do seu Teófilo e sei como ele é importante para você. Vá para o sítio, ajeite a nossa horta e, conforme as necessidades forem surgindo, nós vamos acertando. Uma coisa de cada vez.

Selva foi acomodando tudo dentro de si: a responsabilidade com a horta, o ódio das carvoarias, a preocupação com Teófilo e a necessidade de ter que se ocupar intensamente para aguentar ficar longe do mestre nessa situação. Chegando ao sítio, Selva chamou Nivaldo, visitaram o canteiro das mudas, o terreno da horta, avaliaram o crescimento das plantas, o que deveria ser cuidado mais urgentemente, o que estava vingando e também as plantas que esmoreciam. Traçaram um planejamento de trabalho para os dias seguintes.

Desfez sua mochila, juntou a roupa suja e, quando tirou a calça para lavar, limpou os bolsos e achou o celular. Largou o aparelho em cima da mesa. Foi até o tanque, lavou as roupas, pendurou no varal. Sentou-se um pouco na varanda. Da porta entreaberta, viu o celular em cima da mesa da sala. Levantou-se, pegou o aparelho, olhou para a tela iluminada, respirou fundo e disse:

– Dane-se! Eu me rendo...

Telefonou primeiro para Luiz, que não atendeu. Em seguida para Socorro, que lhe disse que estava tudo igual: Teófilo seguia internado, sendo medicado e em observação. Depois deu notícias de Luduvina e da Gameleira. Selva quis saber se tinham descoberto mais alguma coisa sobre o incêndio.

– Sel, os homens da carvoaria estiveram aqui na pensão hoje. Tutico conversou com eles. Juraram que não tiveram nada a ver com o incêndio. Vieram com uma conversa que deveria haver paz entre a nossa família e eles. Te contaram que o Pedro socou um dono da carvoaria, dentro do bar, porque falou mal da mãe Luduvina? E que o homem atirou e quase acertou o Pedro?

– Nossa Senhora!!!

– Sim. Pegou só de raspão. O Pedro está bem. Sumiram com o desgraçado que atirou, decerto fugiu na mesma noite. Os próprios trabalhadores deles alertaram que não se mexe com a mãe. Por isso vieram pedir paz, dizendo que o homem era desequilibrado, se desculparam e tudo. Tutico fez que acreditou na conversa, mas tá muito na cara que o sujeito que tacou fogo no cerrado foi o mesmo que apanhou.

– Filhos da puta! Desculpe, dona Socorro... A vontade que eu tenho é de ir aí e... e...

Enquanto falava, formou-se na mente de Selva a imagem do incêndio, do mestre caído em meio às cinzas, levado quase morto para Brasília. Começou a chorar.

– Sel... Sel... fica firme! O mano vai ficar bom. Vamos rezar por ele. Que bom que tem um celular agora. Nossa, você demorou muito para ter esse telefone! Assim que eu souber algo, te ligo. Fique bem!

Durante o jantar, no banho demorado, na arrumação da casa, a todo instante, Selva parava para olhar o telefone. Verificava se estava ligado, com a bateria carregada. Esperava alguma notícia de Teófilo. Dormiu na sala, sentada. Acordou no meio da madrugada, bebeu um copo d'água e foi para a cama. Antes de dormir, verificou mais uma vez se alguém havia lhe telefonado. Até que finalmente pegou no sono, pensando que poucas horas atrás se orgulhava de não precisar dessa porcaria de aparelho.

Ouça a trilha sonora do capítulo 21. A guerra utilizando o QR Code ao lado.

22. Respiro

Teófilo passa cinco dias internado na enfermaria do hospital. Nas três primeiras noites, Luiz dorme ao seu lado, sentado em uma cadeira. Pede para o tio contar as histórias de Ilhéus e da grande aventura da família em Lins. Teófilo trazia suas lembranças de menino, a dureza no serviço da fazenda, a doença se alastrando e os corpos sendo conduzidos pelas carroças até o cemitério. Nesse momento da história, Luiz procurava saber alguns detalhes e lá vinham as perguntas:

– Quando o vô Manoel morreu, também colocaram ele em uma carroça? E meu tio, que morreu quase um bebê, foi junto com ele? Como essa doença passa de um pro outro? E por que uns morrem e outros não?

A prosa se estendia um bocado. De manhã, o jovem ia direto para o seu trabalho de porteiro. Teófilo criou um grande gosto em contar histórias para Luiz. E repetia, sempre, orgulhoso, para si mesmo: "meu filho, meu filho". Parecia que estavam se descobrindo. Luiz confessa que havia mentido sobre o trabalho na firma em Brasília. Desde sua chegada à capital, seu verdadeiro trabalho sempre foi de porteiro. Tinha feito uns bicos como segurança, mas depois que enfrentou um tiroteio teve muito medo e desistiu. Então acomodou-se em uma portaria.

Teófilo insistia para que Luiz fizesse algum curso e largasse essa vida. Não conseguia imaginar alguém ficar parado dentro de uma recepção, sentado atrás de uma mesa, só controlando quem entra e sai de um prédio. Disse até que falaria com Selva, para ele ir trabalhar no sítio em Uruana, ou ajudar aqueles estudantes de Montes Claros. Decerto que o dinheiro era menor, mas a vida era uma só.

Luiz começou a cochilar no trabalho e levou advertência do zelador. Ele desculpou-se e disse que não aconteceria novamente. Só precisaria aguentar firme mais uma noite, Socorro estava para chegar. Fez um lanche reforçado na rua e chegou ao hospital bem no instante da janta de Teófilo. Ele estava bem, reclamando do sabor da comida com os outros doentes da enfermaria.

Tirou a bandeja do colo de Teófilo, ajustou o cano do oxigênio em seu nariz, puxou a cadeira bem para perto e falou, baixo, para que os outros pacientes não escutassem.

– Tio, que mal lhe pergunte, o senhor me conta um assunto mais espinhudo?

– Ora essa, Luiz. Pergunta bem, pode falar.

– Meu pai...

Teófilo prendeu a respiração. Seu único pulmão que estava funcionando parou o serviço. Deu uma tontura, mas viu que não podia esmorecer. Lembrou-se de respirar, puxou o ar o mais fundo que conseguiu, tossiu um pouco e aprumou-se na cama.

– Diga, meu filho.

Esse "meu filho" podia ser "meu sobrinho", podia ser "meu querido", "meu amigo", mas soou "meu filho".

– Tio, o homem que matou meu pai, foi por causa do quê?

– Ah, Luiz, briga de homem muitas vezes não tem explicação.

– Mas essa teve?

– Sua mãe nunca te disse nada?

– Não. Só que ele foi assassinado. E logo depois a mãe foi para São Paulo. Tia Socorro diz que não sabe por que o homem matou meu pai. Tio Tutico fala que não é assunto de criança. Não sou mais nenhuma criança e não sei o que aconteceu. E tem mais: por que nunca pegaram o desgraçado que matou meu pai?

– Luiz...

Teófilo pensou ligeiro. Luiz estava agoniado. Um moço tão bom, que cuidava dele com amor de filho. Que tinha um sorriso bonito, que sempre o ajudou na roça, trabalhou na horta da vó e depois fez a pintura na casa da prima, Dila. O moço que criou coragem e foi tentar a sorte em Brasília, virou-se sozinho na capital e, com toda dificuldade, arrumou emprego, que seja de porteiro, mas se virou. Além de tudo, passava as noites ao seu lado, zelando por ele, dormindo em uma cadeira dura de madeira.

– Então, tio, o senhor sabe como foi?

Teófilo viu que era preciso contar o acontecido. Com jeito, evitava algumas passagens, aliviando as atitudes do Valdemir, tanto junto à família quanto em relação aos seus namoros pelas festas. Até chegar no caso com a mulher do valentão.

– Luiz, fui eu que encontrei seu pai... na Serra das Araras, logo depois que o marido traído acertou as contas com ele. Esse homem chama-se Bráz, não sei se ele ainda está vivo. Tinha mais mortes nas costas...

Luiz escutou atentamente e, depois de um tempo, com os olhos arregalados, começou a série de perguntas:

– Ele atirou no pai, foi? Dentro da barraca dele? Ninguém escutou nada, não viu nada, meu pai não conseguiu se defender? Ou foi à faca? Uns meninos lá na Gameleira me disseram que meu pai foi destripado... É verdade, tio?

A imagem de Valdemir todo judiado, com as tripas dentro da boca escancarada e o sangue espalhado pela barraca, dominou o pensamento de Teófilo. Então resolveu fechar os olhos e fingir que dormia, para que seu sobrinho, seu filho, ficasse quieto.

Na manhã seguinte, Luiz saiu ligeiro para trabalhar e disse que sua tia Socorro chegaria à tarde.

– Aí, tio, hoje ela dorme aqui, e o senhor fica livre das minhas perguntas aborrecidas...

Teófilo segura o braço de Luiz e puxa o menino para junto de si. Dá um abraço apertado, não consegue dizer nada, o fôlego fica curto e começa a chorar.

– Ô tio, calma. Não chora. Vou buscar um copo d'água pro senhor.

Vai até o bebedouro, enche o copo, ajeita o travesseiro de Teófilo.

– Tio, os médicos disseram que dependendo dos exames que vão fazer hoje, o senhor já volta amanhã pra casa. Quer dizer, para minha casa. Só quando o senhor estiver mais forte é que volta pra Gameleira.

– Obrigado, Luiz. Agora vai trabalhar. Patrão não atura necessidade de ninguém.

Em Uruana, Selva e Nivaldo pegam um ritmo forte de trabalho. A resposta das plantas a todos os cuidados animam os dois, pois percebem que logo poderiam iniciar a produção dos remédios. Selva telefonou para Tonho e falou que precisariam de mais uma pessoa para cuidar disso no sítio, que ela sozinha não daria conta. Ficaram de pensar em alguém, conversariam com Sérgio para explicar a nova demanda. Algumas vezes por dia, Selva conversava com Socorro e com Luiz. Teve até uma noite que falou com Teófilo, ainda no hospital, pelo celular de Luiz. Quando se deu conta, percebeu que carregava o aparelho celular em seu bolso, aonde fosse. E chegava a se assustar quando ele tocava, tanto pela novidade, quanto por medo de alguma notícia ruim.

Pegou uma porta velha no barracão do sítio, pintou e envernizou. Arrumou com Nivaldo dois apoios e transformou aquela porta em uma grande mesa, que colocou no canto da varanda. Chegava do trabalho na roça e espalhava pela mesa os livros da pequena biblioteca que os meninos haviam trazido de Montes Claros. Fazia um sanduíche e um café reforçado, depois ficava ali estudando sobre as plantas, as diversidades pelo Brasil, suas ações terapêuticas e a história do manejo.

As cigarras cantavam um bocado, as chuvas ainda caíam, trazendo as últimas aguadas. Uma noite, Selva abriu um vinho que os meninos haviam deixado e escancarou as janelas, deixando entrar a fresca da noite junto ao canto das cigarras. Então se deitou na rede da sala, respirou fundo, pegou seu celular – seu maldito/bendito celular – e finalmente telefonou para Letícia.

– Alô.

– Lê, sou eu. Agora tenho telefone, anota aí.

Ficaram meia hora conversando, direto, até cair a ligação. Selva não estava ainda acostumada, viu que seus créditos haviam acabado. Mas logo Letícia ligou de volta:

– Sel, deixa que eu te ligo. Para que possa atender os clientes, meu plano não tem limites. Por falar em limites...

Ficaram mais de hora penduradas, conversando sobre tudo. Letícia estava acompanhando as notícias de Teófilo, através de Tonho e Dila. Manteve-se firme na intenção de não procurar Selva, deixou que ela ajustasse seus sentimentos. Passaram das seriedades às amenidades. Riram muito quando Selva contou o que teve que fazer quando desceu na estrada, no meio do nada, depois da briga que tiveram no carro. Interessaram-se pelo trabalho uma da outra, de verdade, admirando a coragem de tocar os projetos. Disseram que havia um lugar muito suave entre elas, que precisariam cuidar bem. Mas também que nunca deixariam de ser espontâneas e manifestar estranheza por algo que lhes incomodasse. Namoro por telefone, cevando a vontade do encontro.

Os exames de Teófilo não foram bons. Um pulmão, totalmente comprometido, precisaria de uma cirurgia para retirada, mas não sabiam se ele iria resistir. Fumava desde o tempo que viveu no porto de Ilhéus, some-se a isso a quantidade de fumaça que seu pulmão já doente recebeu durante a queimada criminosa no cerrado do Ribeirão do Meio.

Da noite para o dia, a enfermaria do hospital passou a receber mais e mais gente com problemas respiratórios. Os médicos e enfermeiros se desdobravam para atender a todos. Na noite que passou com o irmão, sentada ao lado de Teófilo, muitas vezes Socorro ajudou as enfermeiras a socorrer algum paciente. Deram-lhe uma máscara e pediram que ela usasse direto ali dentro. Na última visita do médico, ele pegou o prontuário de Teófilo, chamou Socorro para a porta da enfermaria e conversou com ela. Teófilo percebeu um semblante muito sério no médico e em sua irmã. Quando Socorro voltou para junto dele, Teófilo foi direto:

– Vamos para casa, irmã.

– Não. Ainda não. Pode ser que você passe por uma cirurgia. Pedi para o médico fazer outro exame.

– Mais um? Então pergunta pra ele se eu posso esperar o resultado desse exame na casa de Luiz. Estou me sentindo bem, de verdade.

Socorro levantou-se ligeiro, procurou o médico, viu que atendia outro paciente, esperou e, quando ele terminou, fez a proposta de Teófilo. O médico respondeu:

– Sim, vou pedir agora um novo exame. A senhora pode levá-lo pra casa. Vai ser melhor mesmo. Se for o caso, marcamos a cirurgia. Senão...

Como não encontrou palavras para concluir essa frase, o médico pediu licença e foi atender outro paciente. A notícia que iria naquela tarde mesmo para a casa de Luiz animou demais Teófilo. Sentou-se na cama, ganhou uma nova cor. Logo vieram buscá-lo para o exame. Socorro assinou na recepção um documento dizendo que se responsabilizaria pela saída do irmão, ainda em tratamento. E foram para a casa de Luiz, que deu um jeito e saiu correndo do trabalho para esperá-los. Morava em uma casa muito pequena, uma quitinete na Perimetral. Arrumou um colchão com o vizinho, disse que o tio dormiria em sua cama e a tia no colchão, enquanto ele sairia para arrumar outro. Socorro o tranquilizou:

– Calma, Luiz, não precisa. Vou voltar hoje à noite para a Gameleira. Amanhã telefono para o médico e vejo como vai ser. Você consegue cuidar desse homem mais uns dias?

– Claro! Assunto é o que não falta, né, tio? Eu tenho férias para tirar. Aqui em casa vai ser bem mais tranquilo.

Ajeitam em um canto os medicamentos e os tubos de oxigênio que Teófilo trouxe do hospital. Socorro faz algumas compras no mercado e, enquanto Teófilo está descansando na cama, despede-se do sobrinho:

– Luiz, por favor, aguenta mais uns três dias, no máximo. O médico vai estudar os exames do seu tio e nos dar uma posição. Obrigada, querido!

Dois dias depois, Socorro conseguiu falar com o médico. Ele explicou, por telefone, que seria muito arriscado fazer uma cirurgia em Teófilo.

– Seu irmão está muito fraco e agora, com essa epidemia, as condições no hospital não são as ideais para uma intervenção desse porte.

Após um breve silêncio, afirmou que o mais recomendado seria ele ficar em repouso, em casa, junto à família... Antes de desligar, ainda disse a Socorro:

– Eu sinto muito.

Socorro entendeu o que o médico estava querendo dizer. Telefonou no mesmo instante para Luiz, explicou a situação e disse que dali a dois dias iria para Brasília, com Tutico. Resolveriam com Teófilo qual seria o próximo passo, mas tendo o cuidado de não revelar suas reais possibilidades. Pediu para chamar Teófilo.

– Irmão, acabei de falar com o médico. O resultado do exame foi bom, deu uma melhora em seu pulmão! Daqui a dois dias estarei aí em Brasília, Tutico vai me levar. Ajustamos seus remédios e, conforme for, voltamos todos juntos para a Gameleira.

– Se Deus quiser, irmã! Obrigado.

Teófilo desligou o telefone, devolveu o aparelho para Luiz e fechou os olhos. Não acreditou em uma só palavra do que sua irmã disse.

A Gameleira acostumava-se com a nova realidade: as carvoarias, seus donos, o cerrado destruído, o incêndio sem culpado, o sonho convivendo com a desconfiança das pessoas que trocaram suas matas por pasto, a família estendida de Luduvina, com todos seus agregados, em conflito calado com a carvoaria. Tonho percebeu que Pedro poderia se meter novamente em encrenca, tinha o pavio curto, e os homens da carvoaria estavam sempre armados, então resolveu dar um jeito. Levou Pedro para o Ribeirão do Meio, fez um intensivo com ele de lida na horta, ensinando o preparo básico de algumas ervas curativas, depois rumou para Uruana. Pedro seria o encarregado da comercialização dos produtos da nova horta. Aprendeu como fazer a secagem das plantas, identificá-las, escolher, quais as medidas certas para as garrafadas e como armazenar os produtos.

Acertaram uma comissão com Sérgio, parecido com o serviço de meeiro. Se Pedro vendesse as ervas tratadas, ganharia uma porcentagem. Selva ficou feliz com a presença de Pedro. Tinham um ponto em comum que os aproximava: a mexida do carvão. Enquanto trabalhavam, traçavam estratégias para expulsar as carvoarias da Gameleira – nem que fosse na ignorância – e tocar do sertão aquele bando de gente gananciosa.

Pedro trouxe uma muda de velame-branco para plantar na horta. Contou, todo orgulhoso para Selva, que era uma receita da velha Luduvina, exclusiva para ele. Um dia que foi visitá-la, mesmo sabendo do fraco entendimento da velha, relatou a briga e o tiro que lhe pegou de raspão. E que, por causa disso, andou tendo muita palpitação. A velha, com o olhar distante, murmurou:

– Aproveita a primeira tosta do chá da folha do velame-branco.

– O que a senhora disse, vó?

– Não escutou, abestado? Toma chá de velame, a primeira tosta!

Selva escutava o caso, mas não se conteve:

– E aí, Pedro, cê fez o chá?

– Ora se não, Sel! E foi batata: a palpitação sumiu como se tivesse sido arrancada com a própria mão da dona Luduvina!

Selva cumpria um ritual. Depois de jantar, dava uma ajeitadinha na casa e já ia para o seu quarto. De lá, telefonava para Letícia e ficavam em um namoro comprido. Planejavam um encontro para dali a alguns dias, em Buritis. Comentavam da epidemia do coronavírus alastrando-se pelo mundo, das pessoas morrendo dentro de casa, sem tempo de irem para o hospital. Letícia dizia a Selva para ela se preparar, porque o vírus iria entrar também no Brasil e se espalhar. Pediu que conversasse com Sérgio e fosse passar uma temporada com ela em Buritis, pelo menos até acabar o perigo da doença. Do cuidado passavam para o carinho, do carinho para a paixão. As conversas pelo telefone às vezes rondavam assuntos extremados, mas não aqueles das suas diferenças, e sim da urgência pelo encontro, da vontade cada vez maior do namoro de verdade, na pele.

Em uma madrugada, depois de adormecer embalada pelo namoro com Letícia, Selva acordou angustiada. As pernas formigavam, levantou-se e foi ao banheiro. Sentia uma pressão estranha passando pelos seus ombros, pescoço, se alojando na nuca. Espreguiçou, respirou fundo, percebeu que estava travando os dentes e procurou relaxar. Veio uma tristeza profunda. Tomou um copo d'água, conferiu o celular, sentou-se na sala. Pôs em dúvida o que estava construindo, a sua caminhada até ali, passando pela morte da mãe, do pai, a doença de Teófilo. Olhou à sua volta e sentiu falta de ter um lugar que fosse só seu. Porém, por mais que se esforçasse, não conseguia definir aonde, um espaço, nada. Percebeu que estava em um não lugar, pesado, escuro. Quis chorar, soluçou, nenhuma lágrima veio lhe acudir. Deitou-se na cama novamente, lembrou-se de respirar, abrir o peito que teimava em se fechar, contar os segundos, até ir diminuindo o tempo de cada respiração. Pôs a mão no plexo, fechou os olhos, sentiu o movimento. Enquanto contava, repetia: "vou dormir, vou dormir", tentando acalmar seus pensamentos, tapar toda a claridade. Mas uma luz branca, potente, aflita, teimava em entrar pelos cantos de sua cabeça, atrapalhando a escuridão e bagunçando a contagem de sua respiração. Levantou-se e foi ao banheiro novamente. Viu um livro aberto em cima da mesa, lembrou-se de suas tarefas do dia seguinte, tinha muito serviço e essa falta de sono iria atrapalhar tudo. Abriu uma janela, olhou o céu, estrelado, teve saudades de seu ranchinho, saudades do mangue, saudades de ter um sonho forte o suficiente para livrá-la dessa angústia. Esperou o sol nascer sentada na varanda. Com o olho pesado, percebeu a natureza tomar forma através da luz do sol que vinha trazer mais um dia. Foi trabalhar na horta, buscar esperança na terra bruta.

O zelador do prédio onde Luiz trabalhava telefonou para ele e pediu que fosse até lá. Não quis falar o motivo. Luiz estava cansado daquele emprego, pensou que seria até bom se o mandassem embora, assim conseguiria um dinheirinho e procuraria um trabalho melhor. Além disso, precisava ficar em casa, cuidar do tio, pelo menos até Socorro chegar e decidirem o que fazer com Teófilo. Certificou-se que poderia deixar Teófilo só por algum tempo, conversou com a vizinha de frente, sua amiga, para ficar de olho. Deixou a porta da rua destrancada e foi resolver a sua situação.

Teófilo sentia-se razoavelmente bem. Percebeu que a carga de oxigênio de seu tubo estava quase terminando, então foi buscar o reserva, puxando-o pela rodinha. Sentou-se e esperou o oxigênio terminar. Percebeu o ar faltando aos poucos, resolveu observar bem esse momento. Pensou que seria assim, aquele seu pulmão estragado, iria parar aos poucos. Sabia que Socorro estava lhe enrolando, quando lhe disse que o resultado do exame foi bom. Ué, então por que ele não tinha forças para mais nada? Por que tinha que se arrastar para ir até o banheiro? Quando o marcador do oxigênio chegou totalmente no vermelho, ele pensou: "Devo estar por aqui, agora, nesse vermelhão. A hora que desligar, morro". E trocou ligeiro de galão, antes que morresse de vez.

Quando Luiz chegou da rua, Teófilo perguntou o que o zelador do prédio queria. O sobrinho contou que havia sido mandado embora, mas estava muito feliz, porque agora poderia seguir os conselhos que Teófilo havia lhe dado, de fazer um curso e arrumar um emprego decente.

– Muito bem, filho. Assim é que se fala!

Pediu que Luiz se sentasse próximo a ele e foi dizendo, aos poucos, economizando o fôlego:

– Decerto vai arrumar coisa boa, você tem muito recurso.

Depois de um pequeno silêncio, pediu:

– Luiz, preciso da sua ajuda...

Respirou o mais fundo que pode e continuou:

– Você me revelou sua aflição, então te contei sobre seu pai, a amante e a vingança do marido... me custou muito te dizer isso... te falei também que encontrei o corpo dele, já morto, dentro da barraca na festa da Serra das Araras... Agora é minha vez de te pedir uma coisa.

– Claro, tio. O que quiser.

Teófilo segurou o braço de Luiz. Sua mão estava fria e sem força.

– Vocês estão me enrolando... Meu pulmão não aguenta mais nada... Ninguém vai me levar de volta pra Gameleira, que eu sei.

– Calma, tio, não é isso que o médico...

– Luiz, não quero morrer aqui, na sua mão... Você não sabe, Luiz, que você é meu... é meu... você é meu...

– Tio, calma, assim o senhor vai passar mal. Tenho fé em Deus que ainda vai melhorar, e eu mesmo vou levar o senhor pra casa.

– Ter fé em Deus, né? Só se for em Deus. Porque de resto, acabou-se. Olha, menino, presta atenção.

Luiz estava com os olhos cheios de lágrima. Ainda tinha esperança em ver o tio se levantar daquela cama e voltar para a Gameleira. Teófilo olhou bem para ele, balançou a cabeça e concluiu:

– Você não vai dar conta de me ajudar. Liga para a Selva.

– Conta de quê, tio?

– A menina tem coragem. Quero ir embora da sua casa. Acabou--se. Pensei muito em Flor, sua mãe. Maria Flor. Se tem alguém que eu quisesse ver agora, seria Maria Flor. Você e eu aqui, juntos, me deu saudades de sua mãe. Quem sabe um dia você ainda...

Soltou um pouco o cano de oxigênio de seu nariz e tentou respirar fundo, sem ele. Virou-se para Luiz, que tinha os olhos vermelhos, lhe encarando.

– A menina tem coragem. Liga agora para a Selva. Fala pra ela vir me buscar.

– Buscar?

– Sim. E que venha hoje mesmo. Ela tem o fusca. Manda a Selva vir agora, antes que Socorro chegue com o Tutico e inventem de me levar de novo pro hospital. Não entro mais lá, por misericórdia. Liga, Luiz! Liga pra ela. A Selva tem coragem, eu não vou durar muito...

Luiz busca o telefone, tenta não pensar em nada, só reagir ao pedido. Olha para o tio, acha que ele está com uma cor meio esverdeada. Pela primeira vez admite para si mesmo que Teófilo está por um fio. Sente que não vai conseguir mentir, encorajar, dizer que ele vai sair dessa, que tenha um pouco mais de paciência, nada. Então para à sua frente, com o telefone na mão e a cabeça baixa.

– Vai, meu filho. Liga de uma vez.

Sentiu-se derrotado, vencido pelo pulmão estragado. Agora tinha certeza que o tio estava morrendo, aquele tio de quem nestes últimos dias havia se aproximado de uma forma definitiva, nas longas conversas que tiveram no hospital e em sua casa. Teófilo queria a Selva, tinha algum plano em mente. Repetia que a menina era corajosa. Mas pra fazer o quê? Teófilo respirava com dificuldade, olhava agoniado para Luiz, enquanto ele ligava para Selva.

– Luiz! Que bom que você telefonou! Eu já ia te ligar. Como vai este velho chato?

– Oi, Sel. Ele... ele... mandou você vir.

– O que foi? Aconteceu alguma coisa?

– De carro, Sel. Vem hoje mesmo. De carro.

– Luiz! Claro que vou. Mas o que aconteceu. Posso falar com ele?

Luiz virou-se para Teófilo e perguntou:

– O senhor está conseguindo conversar?

Teófilo esticou o braço para pegar o telefone.

– Sel...

– Mestre, como o senhor está?

– Pode vir. Tô te aguardando, filha. Vem de carro.

E esticou o aparelho para Luiz. Selva gritava do outro lado:

– Seu Teófilo, o que está acontecendo? Alô, alô!

Luiz respondeu:

– Sel, o fôlego dele está muito curto. Vem logo, tá? Não esquece, ele mandou vir de carro.

Um alarme soa dentro de Selva. Como se sua seiva corresse muito ligeira, chegando a queimar suas veias, suar suas mãos. Liga no mesmo instante para Sérgio.

– Seu Sérgio, estou indo para Brasília. Seu Teófilo não está nada bem. Em relação ao sítio, pode ficar tranquilo, Pedro e Nivaldo dão conta de resolver tudo.

– Sim, Selva, claro. A sua presença junto ao mestre é fundamental. Por favor, me mantenha a par da saúde de seu Teófilo e mande a ele meu abraço.

Selva ajeita uma roupa na mochila. Pouca coisa. Faz um café bem forte e vai para o carro. Confere se está levando tudo. Ah, o carregador do celular! Ainda não se acostumou com isso. Volta para a casa, apanha o carregador, apaga a luz do quarto que esqueceu acesa. Dá a partida no fusca. Passa pela horta, chama Nivaldo e diz que vai viajar para Brasília. O caseiro repara que a voz de Selva está tremendo e imagina que a notícia não é boa. Escorado em sua enxada, levanta a mão e diz:

– Tá bom, Selva. Boa viagem e que Deus te acompanhe!

A horta está bonita. Selva abre a porteira do sítio, dirige pela terra até chegar na estrada. Para a direita era o rumo da Gameleira, para a esquerda, Brasília e Buritis. Letícia. Liga para ela.

– Lê, Luiz acabou de me ligar, seu Teófilo não está bem. Tô indo pra Brasília, agora. Ele me chamou.

– O que aconteceu?

– Não sei, mas pelo que pude perceber é algo muito urgente.

– Sel, pelo amor de Deus, vá, mas se cuide. Virou uma pandemia. Seu Teófilo está no hospital?

– Não, na casa do Luiz.

– Melhor. Hospital não é um bom lugar para se ficar nesses tempos. Avalie o que é melhor para ele. Se te chamou, deve ter um bom motivo. Precisando de qualquer coisa, me chama. Qualquer coisa. Eu amo o seu Teófilo. Traz ele pra cá, a gente cuida dele.

– Vou ver, Lê. Depois te falo.

– Selva, se cuida, se proteja. Eu tô aqui.

Vira o carro na direção de Brasília, a luz banhando a estrada está muito bonita. Selva avista um buritizal, um bitelo de um angico, uma sucupira. Abre bem o vidro, respira fundo, traz para junto de si o rosto de Luiz, Luduvina, Maria Flor, Letícia. Agradece ao sol sua luz de estrela maior, pensa na enormidade de assunto que brota nesse mundo tão semeado. Tudo que ela enxerga lhe faz lembrar Teófilo, seu mestre, diamante bruto do sertão.

Ouça a trilha sonora do capítulo 22. Respiro utilizando o QR Code ao lado.

23. Lins

Selva entra em Ceilândia no meio da tarde. Nunca tinha estado lá. Com o endereço de Luiz nas mãos, perguntando aqui e ali, chega ao seu destino. Pequenas casas, ruas estreitas, quase sem calçada. Estaciona em frente à porta de Luiz e pensa que não pode esmorecer, tem que ter coragem para enfrentar o que vier pela frente. Confere o endereço de Luiz: L 15, 22. Logo pensa: "Uma rua satélite de um bairro satélite dentro de uma cidade satélite". Até que a janela se abre, e Luiz vê o carro estacionado.

– Sel, é você?

O rosto de Luiz aparece entre as grades da janela, o sorriso franco, aberto, de quem via uma irmã. Ele corre para abrir a porta. Abraçam-se. Antes de entrar, Luiz avisa:

– O tio não está nada bem, ele vai te contar. O médico não deu esperança... E você conhece o velho, disse pra gente que não é homem de morrer dentro de hospital. Vem, Sel, vou coar um café pra nós.

Seu Teó está sentado na poltrona, respirando com a ajuda de um tubo de oxigênio. Sorri quando vê Selva:

– Chegou, minha filha. Já era tempo.

Ela beija a testa do mestre.

– Está falando que nem a velha Luduvina, quando fui lá pela primeira vez. Como o senhor está?

Teófilo esboça um sorriso quando se lembra da mãe de criação. Fala pausadamente, com o fôlego curto:

– Assim, assim. Tenho até muita queixa, mas não vou te aborrecer com nenhuma delas. Veio de carro, Selva?

– Sim. Uruana é até perto.

Virou-se para Luiz e falou, com a firmeza que conseguiu:

– Parece que acabou meu remédio. Você pode sair para comprar, filho?

Luiz vai até o banheiro, volta, mexe nos remédios em cima da cadeira e diz, com os olhos marejados:

– O senhor tem razão, está acabando... Deixa eu coar um café pra Selva primeiro.

– Sim, dê algo de comer pra Selva.

Selva agarra na mão do mestre. A casa de Luiz é uma coisa só, tudo misturado: cama, mesa, guarda-roupa, fogão e geladeira. Luiz fica de costas, preparando uma tapioca. Abre a janelinha em cima do fogão, pega um papel e assoa o nariz. Selva percebe que ele está chorando. Teófilo olha para ela, sem olhar de fato, com o pensamento longe. Enquanto Luiz finaliza a tapioca, ela dá uma vista geral na casa. Um colchão embaixo da cama, decerto onde Luiz está dormindo, uma cadeira com vários remédios em cima, um tubo de oxigênio no canto da parede, a poltrona onde o mestre está sentado, uma mesa, duas cadeiras, algumas prateleiras entre o fogão e a geladeira. Tudo muito bem-arrumado, de forma a conseguir andar ali dentro, sem esbarrar em nada. Selva compara com o tamanho da casa no sítio de Uruana e pensa: por que morar em um lugar tão pequeno? Por que morar na capital? Decerto o Luiz tem suas razões. Na entrada de Ceilândia, ela havia se surpreendido com o tanto de painel publicitário oferecendo celular, carro, fotos de shopping center e de escritório que empresta dinheiro para poder comprar tudo aquilo.

– Tio, vem tomar café. Sel, ajuda ele.

Prontamente Selva segura o braço do mestre e leva-o até a mesa. Ela conta sobre o serviço em Uruana, pergunta para Luiz se o tio havia lhe contado da sua viagem de avião, da cantoria na rádio, do sucesso na USP.

– Sim, mainha me contou. O tio nem ficou com medo, ficou?

A conversa seguiu tranquila, família reunida, ajustando os laços. Então Teófilo falou:

– Pronto. Luiz, agora você sai. Vai buscar o remédio na farmácia, antes que feche.

Selva levanta-se, tira a mesa, enquanto Luiz apanha sua carteira.

– Pode ir, Luiz, eu cuido desse velho fingido.

Ele sai. Dois minutos depois volta, diz que esqueceu alguma coisa, mexe em uma prateleira, outra, encosta uma cadeira na parede. Selva repara que de fato não está procurando nada. Então olha para os dois, dá um abraço no tio e diz:

– Fica com Deus... Bênção, tio Teófilo?

– Deus te abençoe. Vai logo.

Selva acha aquilo bonito e esquisito ao mesmo tempo...

Ficam os dois na casa, Selva e Teófilo. A TV ligada. Sem som. Olham as imagens com movimento de hospitais. Pessoas de máscaras. Ela não atina muito. O mestre está quieto, olhando. Passado um instante, Teó pergunta:

– Luiz já foi de vez? Olha pela janela.

Selva levanta-se, abre a janela e procura entre as grades.

– Tá virando a esquina.

– Vamos embora, Sel.

– Onde?

– Me ajuda.

O mestre levanta-se com dificuldade. Selva vai até ele.

– O que o senhor quer fazer, seu Teó? Me diga que te ajudo.

– Me leva até o banheiro e me deixa lá. Qualquer coisa, te chamo.

Teófilo abraça o ombro de Selva, caminha devagar. Entram no banheiro. Ele parece não se importar com a presença de Selva, ainda apoiado nela tira a calça e senta-se na privada. Selva vira ligeiro, sai e encosta a porta.

– Seu Teó, fique tranquilo. Estou aqui fora.

Passado um tempo, ele a chama. Está em pé, na pia, com a respiração curta.

– Vamos embora.

– Te levo até a cama?

– Não, eu me deito no carro.

– Seu Teó, fazer o que no carro? Venha se deitar um pouco, olha a sua respiração.

Teó se aborrece e agarra com força o braço dela. Uma força impossível em um homem doente nesse tanto.

– Vamos pro carro!

Selva se cala e vai na direção que Teófilo aponta. O mestre pega uma blusa em cima da cadeira.

– Não esquece sua bolsa, Sel. Me ajuda com o balão de oxigênio.

Caminham para a porta.

– Depois você volta e traz o outro balão, está ali no canto. Ah, pega também na cama a sacola com meus remédios.

Passam pela porta, descem devagar os dois degraus em frente da casa. Selva segura firme a cintura de Teófilo.

– Vem com cuidado.

Abre a porta do carro, coloca Teófilo no banco de trás e ajeita uma almofada que tinha ali em suas costas. Coloca ao lado o balão de oxigênio. O mestre sussurra:

– Vai buscar as coisas lá dentro. Depois é só bater a porta.

– Posso fechar, seu Teó? O senhor está com a chave?

– Não preciso mais. É só bater a porta.

– Luiz sabe que estamos saindo?

– O Luiz sabe e finge que não sabe. Desde que...

Selva vê que ele não aguenta mais conversar. Volta para dentro da casa, pega o balão de oxigênio reserva, a sacola com os remédios na cama e para no meio do cômodo com uma sensação familiar. A lembrança vem, ligeira, era a mesma sensação quando, muitos anos atrás, voltou à casa de seu pai depois de deixá-lo na clínica.

Bate a porta da casa de Luiz, coloca o balão no porta-malas, entra no carro e deixa a sacola de remédios no banco do passageiro. Olha para trás e vê que Teófilo já está respirando melhor. Então liga o carro e pergunta:

– E agora?

– Vai, Sel. Toca em frente. Se eu piorar, vão me jogar no hospital pra morrer. Socorro está vindo pra cá.

– O que eu faço?

– Sei lá, Sel! Me leva pra longe daqui!

Selva dá a partida. Vê que o mestre voltou a respirar com dificuldade. Segue, vê na pista as placas indicando muitas direções. Para em um posto, desce do carro e pede para encher o tanque. Passa uma rodovia em frente ao posto. Selva vê a estrada, generosa, pista aberta, com tantas possibilidades. Pensa que é uma planta que cria raiz em toda parte. Ela aprendeu a função da planta companheira, aquela que nasce e protege a que está ao lado. Sempre se admirou muito com esse tipo de planta e achava bonito ser uma delas. Teófilo acena para ela, Selva vai até a janela do carro, e ele diz:

– Se for pra escolher, eu quero ver Maria Flor.

– Flor?

– Sim.

– Em São Paulo?!?!

– Ué, onde mais, Selva? São Paulo, ué!

O frentista está olhando para ela, com o troco na mão. Selva agradece, entra no bar do posto e compra café, água, biscoitos. Pensa em Maria Flor. O mestre nunca foi de falar muito. Que seja, São Paulo!

Pergunta para o frentista qual a direção que ela deveria tomar para ir para São Paulo. Escuta atentamente as indicações e volta para o carro. Teófilo está cochilando. Dá a partida e segue, decidida. Logo em seguida, ele a chama:

– Filha, São Paulo guarda mais uma questão. Pra você.

– Questão?

– Não se destrói uma ponte por onde a gente passa. Seu pai, sua tia, sei lá mais quem, para ajustar seu caminho.

– Do que o senhor está falando?

Não teve nenhuma resposta. Teófilo dormia, ou só fechou os olhos e resolveu ficar quieto. Ela que encontrasse alguma importância no que havia dito. Seguiu dirigindo, matutando. Estrada, estrada, estrada. Só para quando o mestre pede. Um lanche, um xixi no posto. Teó percebe que o balão de oxigênio está no fim. Pede para trocar de balão e diz a Selva que procure um hospital. Precisa ter sempre a carga completa em um balão de reserva. Já de noite, entram em uma cidade e vão até o hospital. Teó entrega para Selva um documento com o diagnóstico e o receituário com todos os remédios. Ela chama um encarregado, mostra o documento, inventa uma viagem para tratamento em São Paulo, até que conseguem um novo balão.

Param num posto para abastecer. Selva está com sono, lembra que não dormiu direito a noite passada, por isso pensa em procurar um hotel. Acorda Teófilo, ele olha pela janela, vê o posto, tenta puxar o ar, aumenta a vazão de oxigênio.

– O senhor deve estar muito cansado... Vamos arrumar um hotel? Amanhã a gente segue.

– Você não tá aguentando, filha? Eu não tenho tempo.

A frase entrou rasgando dentro de Selva. Ela abre a carteira, paga a gasolina. Vê que o dinheiro está indo embora, ligeiro. Dinheiro... Na roça não gastava nada, e agora ele sumia. O mestre não tem tempo e se ampara em seu tempo. Boceja. O frentista vê a cara de cansaço de Selva e oferece um rebite.

– O que é isso?

– Tira o sono, um remédio. Tenho cartela de dois. Mas se não tem costume, toma só um e guarda o outro mais pra frente.

Ela paga e toma o rebite ali mesmo. Voltam para a estrada. Depois de meia hora, sente um brilho estranho no cérebro. Um brilho ruim. Parece que não vai dormir nunca mais. Concentra no barulho do balão do oxigênio e, pelo retrovisor, olha a cabeça do mestre que vez ou outra dá uma balançada de cochilo. Quando ele a chama, Selva tem que diminuir a velocidade, para poder escutar a voz fraca de Teófilo:

– Sel...

– Sim, diga.

– Nós somos diferentes em uma coisa.

– O que será?

– Eu tenho duas mães e um pai, e você tem uma mãe e dois pais...

Selva riu.

– Sim, dois pais chatos e teimosos, que me pegaram para Cristo. E me obrigam a fazer coisas que não têm o menor sentido.

Estrada, estrada. Selva diminui a velocidade, vira-se para trás e diz:

– Mas somos iguais em outra coisa.

Teófilo está olhando para ela.

– Sabe qual, mestre?

– Diga.

– Não temos filhos.

Estrada, estrada... Teófilo diz:

– Eu tenho.

Selva diminui, olha para trás, surpresa.

– O quê? Não escutei.

– Eu tenho filho.

Tirando de uma vez o pé do acelerador, Selva quase grita:

– O senhor tem filho??? Quem é, onde ele mora? Seu Teó, o senhor nunca me contou!

– O Luiz...

Estrada.

– Que Luiz?

– Ora...

– Mestre, o senhor tá dizendo que o Luiz... o nosso... o Luiz? Luiz próprio???

– Sim, meu filho. Feito na carne, com Maria Flor.

Estrada.

– Selva, anda com esse carro!

Os três nomes ficam girando na cabeça de Selva: Teófilo, Flor e Luiz. Misturam-se, ela vê seus rostos, seus corpos, as vezes que estavam juntos, lembra-se da forma como Luiz caminha. Quando se deu conta, estava com os olhos cheios de água. Olha pelo retrovisor, Teófilo está de olhos fechados. Chama:

– Mestre...

Mesmo sem conferir se Teófilo estava acordado, Selva desata a falar:

– Mas é bonito demais! Seu Teó... não sei julgar se isso pode ou não pode, mas vocês três juntos é lindo demais! Olhe...

E conta histórias de Luiz, um passeio de barco pelo Gameleira, a procura por mel de jataí no cerrado, os desenhos com a pedra toá, que acharam no leito do rio. Depois falou de Flor, ah, a Flor, a beleza sertaneja, o jeito como ela a havia acolhido em sua casa. Ria de felicidade, enquanto repetia:

– Ah, o Luiz, o Luiz-Luiz!

O rebite, mais a grande novidade, mais o tempo passando, Selva dirige até o amanhecer. Então param para tomar café em um bar de beira da estrada. Tevê ligada, reportagem em hospital, máscaras. Já estão no estado de São Paulo. O rebite desperta, mas atrapalha a cabeça do vivente. Voltam para a estrada e, em um entroncamento, Selva confunde as placas, pega uma pista sem ter certeza. Olha pra trás, o mestre dorme, mas parece que mantém sempre um olho quase aberto. Selva pensa na possibilidade de dormir com um só olho e descansar, enquanto deixaria o outro fixo na estrada. Tem a sensação que vive independente do seu corpo, está dormindo e acordada. Muito acordada! O brilho ruim no pensamento que não dorme. Vê novas placas, agora tem certeza, errou o caminho.

Nesse instante, o mestre tira o respirador e dá um grito. Impossível grito de alguém naquelas condições:

– Lins!!!

– O que foi, seu Teó?

– Aquela placa ali atrás, filha! Lins é aqui?

– Deixa eu ver...

Selva manobra o carro e volta, devagar, para enxergar bem a placa. A seta aponta para a esquerda, com o nome da cidade: Lins.

– Sim, seu Teófilo. Lins.

– Entra! Entra aqui, Sel. Lins!

Teófilo começa a chorar. Ela para o carro na entrada da cidade. Dá água para ele. Um remédio, outro, para que respire melhor.

– O que está acontecendo, seu Teó?

– Lins, meu pai, meu irmão, a fazenda. Lembra, Selva?!

Sim! Lins, a fazenda onde a família de Teófilo viveu naquele tempo muito antigo. A peste. Lins! O mestre está arfando. Selva pega a sacola de remédios, vê que está quase no fim. Dá uma dose maior para o mestre.

– Seu Teó, precisamos comprar remédio. Vou parar numa farmácia.

– Sim, minha filha...

Enquanto Selva procura a farmácia, Teófilo conta mais uma vez, agora falando baixinho, quase como se fosse uma reza sussurrada, a história toda, desde o começo: ele mais seus pais e irmãos em Lins, a febre amarela, a morte do pai, o irmão morto em suas mãos, a viagem deles, os irmãos largados para trás, a paixão pela irmã reencontrada.

– Lins – ele fala, puxando o ar com força.

Finalmente acham uma farmácia. Teófilo cutuca Selva e diz:

– Você vai precisar do seu dinheiro. Deixa eu ver a sacola.

Vê que tem uns poucos comprimidos. Olha para Selva, apontando a própria cabeça e diz, esboçando um sorriso:

– Já tem muito remédio aqui dentro da minha cachola. Para de gastar seu dinheiro com isso.

Pronto. Ela concordava (e muito) em relação a tantos medicamentos. Mas o mestre não resistiria daquela maneira, dentro de um carro... Continuam estacionados em frente à farmácia. Teófilo cutuca o ombro de Selva:

– Será que a gente acha o cemitério?

– Pra que isso, seu Teó?!

– Meu pai, meu irmão...

Selva sente um choro se aproximar, mas aguenta firme. Abre a porta do carro e desce.

– Espera um pouco.

Entra na farmácia e, enquanto confere o dinheiro, a atendente diz que a máscara ali dentro é obrigatória. O rebite atiça as ligações do seu cérebro, velozes: o vírus no ar, nas mãos, na saliva, o cuidado nenhum com a terra, com aquilo que nos sustenta, a pressa besta e o mundo que vem sendo inventado dentro das telas. Sim, precisava de uma máscara. Pede duas. Não tem cartão de banco, não tem conta, o dinheiro está no fim. Compra também duas garrafas de água e pergunta para o farmacêutico onde é o cemitério. É bem perto. Volta para o carro, andam dois quarteirões, e Selva estaciona bem em frente ao cemitério municipal.

Um funcionário os atende na entrada. Selva explica que procuravam um túmulo. O rapaz pede para acompanhá-los até a recepção. Segue na frente, enquanto Selva caminha devagar amparando o mestre. O moço pergunta o nome e sobrenome do finado, a data do óbito. Teófilo fala baixinho, o fôlego curto, Selva escuta e repassa a informação. O funcionário, já atrás de seu guichê, olha os dois passando pela porta e diz:

– Por favor, só podem entrar aqui com máscara. Senão devem aguardar do lado de fora, desculpem.

Selva pede uma cadeira e acomoda Teófilo perto da porta do escritório. Pergunta se ele está bem, o mestre acena que sim com a cabeça, e ela vai até o carro buscar as máscaras. Põe uma delas, mas, quando chega perto de Teófilo, tem absoluta certeza de que ele não conseguiria usar.

– Seu Teó, é melhor o senhor ficar sentado aqui fora.

Atrás do balcão, o moço abre algumas gavetas de arquivos. Selva se aproxima e confirma o nome do pai de Teófilo. Tempo passando. O funcionário, solícito, abre várias gavetas e não se conforma.

– Tem que estar em algum lugar. Ué, se foi enterrado aqui... Nós temos muito zelo com quem vai e com quem fica... A senhora sabe mais alguma informação do finado?

Um resto de rebite atuando na cabeça de Selva. Pensa, pensa. Olha para Teófilo, que está sem expressão alguma, parece que concentrado apenas em respirar. Pensa na história do mestre, a viagem, o nome da fazenda onde moraram ali, nada, não achava nada. Até que... pimba! Uma ideia!

– Moço, pera aí! O pai de seu Teófilo morreu na epidemia de febre amarela!

O funcionário bateu a mão na cabeça.

– Opa! Agora eu acho que sei... Um momento.

Busca em um armário outros arquivos empoeirados. Põe em cima da mesa. Abre as pastas, verifica os registros, e depois ajeita cuidadosamente uma pasta em cima da outra. Busca os anos da febre, os óbitos em ordem alfabética, corre o dedo, nome após nome. Então solta um grito de satisfação:

– Achei! Aqui! Ara se não ia encontrar...

Verifica o nome completo do pai e do filho. E, com um grande sorriso nos lábios, dá a informação exata para Selva:

– Senhora, é uma vala comum. Aleia 23, número 12. Pai e filho, juntos. Lado esquerdo, vala 2.

Selva pede que ele lhes mostre onde fica. O funcionário sai de trás do balcão, Selva vai até o mestre e pergunta:

– O moço encontrou! O senhor quer ir lá?

– Sim, claro!

Levanta-se com dificuldade, ajudado por Selva. Parecia mais leve, com novo ânimo. Com uma mão, Selva mistura-se ao mestre, com a outra, puxa o balão de oxigênio. O funcionário, andando na frente, desculpa-se com Selva por não poder ajudá-la a conduzir Teófilo – tem ordem para não encostar em ninguém nesses tempos. Caminham lentamente. Chegam a uma área no fundo do cemitério, o funcionário confere algumas placas, aponta para um pedaço de terra, ao lado de um muro caído e diz, orgulhoso:

– É aqui! Duzentos por cento de certeza! Vou deixá-los à vontade e voltar para o escritório. Pode chegar mais gente.

Selva agradece a gentileza e eficiência do homem. Teófilo diz, com a voz cansada:

– Moço, com licença, onde mesmo o senhor disse que eles estão enterrados?

O rapaz faz um gesto largo com a mão, como se abarcasse todo aquele canto do terreno baldio:

– Estão por aqui, senhor...

E volta para o escritório. Selva e Teófilo veem que não se trata de um túmulo, mas sim uma terra com mato em cima. Uma vala comum muito antiga. Teófilo aproxima-se, amparado por Selva, ajoelha e murmura:

– Meu pai... irmão...

Selva olha à sua volta, sabe que ele não vai aguentar ficar ajoelhado ali muito tempo. Então solta a mão dele e diz:

– Um segundo, seu Teó.

Rapidamente empilha alguns tijolos do muro caído perto de onde Teófilo estava ajoelhado. Levanta duas fileiras, bem próximas, mais ou menos firmes. Volta ligeiro até o mestre, ajuda-o a levantar-se e vai com ele até aquele banco improvisado de tijolos.

– Seu Teó, o senhor me espere aqui. Vou rapidinho até o carro buscar o outro balão de oxigênio, tá?

Ele segura Selva pelo braço, enxuga algumas lágrimas e sussurra:

– Sel, quase que nem lembro do rosto do Justino, meu irmãozinho, morto mais o pai.

Selva engole seco. Quando o mestre solta seu braço, ela corre até o carro. Tira o balão de oxigênio do porta-malas e se pergunta: "E agora, quando esse aqui também acabar?". Pensa em alguma forma de arrumar outro cilindro. Pega também os remédios que sobraram, as garrafas de água. Percebe que está tremendo, aflita em ter deixado Teófilo sentado nos tijolos, arfando. Anda o mais rápido que pode, carregando a sacola com as águas, os remédios e o oxigênio.

Encontra Teófilo sentado no mesmo lugar, imóvel. Rezando. Selva troca o balão. Teófilo afunda o olho na terra à sua frente. Selva dá o remédio para ele, a água. Teófilo bebe, devagar. Então vira-se para Selva, suspira e fala:

– Vai embora.

Ela se assusta.

– Seu Teó, o sol tá fritando a gente. Vamos almoçar, depois a gente volta.

Ele ajeita o respirador no nariz, balança a cabeça e continua:

– Você não escutou?

Silêncio. Sem virar o rosto, Teófilo repete, duro:

– Vai embora, Sel.

– Não vou.

Teófilo fala espaçado, tomando ar entre uma frase e outra:

– Será que você não entendeu? E ainda diz que é planta?! Selva... O tronco, filha. Meu tronco está morto, aqui mesmo, embaixo dessa terra... Sou galho seco, dependurado... Me deixa! Não quero mais te ver.

Selva olha para o mestre, sem entender esse tom de voz. E sem nenhuma vontade de obedecer.

– O senhor vai comigo. Vem que eu te ajudo.

Pega no braço de Teófilo. Com o que restou de suas forças, ele puxa seu braço de uma vez. Suspira fundo. Olha Selva com uma espécie de ódio. Por ela não compreender, pela desgraça acontecida em Lins, pelo que o espera, pela vida que vê pulsando com tanta força em sua amiga, pelo sentimento que tem de se livrar dela, para poder seguir.

– Será possível, Sel? Some da minha vida. Vai embora. Não quero te ver nunca mais!

– Seu Teó, pelo amor...

– Daqui pra frente você rompe sozinha.

Selva passa a mão na cabeça do mestre. Então se vira bruscamente e sai do cemitério. Entra no carro e arranca. O que o mestre falou batia violentamente nas paredes da sua cabeça. O rebite começou a quebrar o efeito, um sono invencível amolece aquelas paredes da cachola. Vê uma placa indicando a rodoviária. Para o carro e desce. Não aguenta mais dirigir, olha bem o lugar onde estacionou e pensa: "O carro está aqui, não vou me esquecer, não vou me esquecer". Acha que está ficando maluca, pois, olhando seu reflexo nos vidros externos da rodoviária, enxerga, caminhando ao seu lado, sua mãe, o pai, ela própria quase menina, Maria Preta, Luiz e Luduvina. Mas sabe que está sozinha. Entra no bar da rodoviária, pede um café. Então completa o pedido:

– Um café e uma pinga!

O atendente olha para ela, um pouco assustado. Selva sabe que é loucura aquela mistura, mas precisava fazer algo sem nenhum sentido. Bebe de uma vez, a pinga e o café, um em seguida do outro. Ajeita a mochila nas costas, a pinga enfrenta o olho querendo grudar de sono. Vai até o guichê e pede uma passagem para São Paulo.

– Se a senhora correr, plataforma quatro. Ligeiro! Dona, coloca a máscara. É obrigatório!

Corre, sonada, batendo com a mochila em algumas pessoas do caminho. Dá a passagem para o motorista. Entra e senta. Ufa! Os olhos ardem, busca sua garrafa de água na mochila, sente que pegou em outra coisa. Uma máscara. Confunde-se: "Ué, mas se eu coloquei a máscara lá no guichê, será possível?". Apalpa o rosto e vê que está de máscara. Sim, essa outra é a que havia comprado para Teófilo.

Pensa que decerto o mestre continua sentado naquele muro caído ao lado do túmulo abandonado, conversando com o pai, com o irmão tão pequeno que naquelas tardes da fazenda... Selva apaga e é sacudida na rodoviária pelo fiscal. Já em São Paulo.

Confusa, anda pelo terminal Tietê, olhando para os lados, procurando algum caminho. A ação do rebite com a cachaça e o café, mais as noites sem dormir, deixaram Selva sem direção. Ela olhava as pessoas apressadas, seguiu o rebanho. Na entrada do metrô, comprou uma passagem. Pegou a linha de sempre, quando vinha de Jundiaí para casa. Sua casa, qual casa? Não sabia, parecia que só suas pernas funcionavam. Nada mais tinha vontade própria. Fez uma baldeação na estação Sé, andando na manada desentendida, solta. Entra em outro trem, desce na estação Marechal Deodoro. Apegava-se aos nomes conhecidos das estações, seguia-os com todas as suas forças, precisava de algo que lhe desse um rumo, uma esperança de ter sua mente clara.

Enfim saiu para a calçada, em frente ao elevado do Minhocão. Uma barulheira medonha, os carros cruzando à sua volta, muitos, pessoas mascaradas, a fumaça presa, imóvel, embaixo do viaduto.

Sentiu um medo enorme de perder de vez a razão.

Ouça a trilha sonora do capítulo 23. Lins utilizando o QR Code ao lado.

24. A ponte

Selva percorre seu antigo caminho pelas ruas de São Paulo, de quando era uma menina arrojada e não ainda essa mulher desesperada que saiu do metrô e anda pela calçada velha conhecida. Uma referência, a calçada. Fala, em voz baixa:

– Preciso respirar, respirar. Estou chegando de Lins. Seu Teófilo. Deixei o mestre para morrer no cemitério de Lins. Morrer em cemitério, sem dar trabalho para ninguém. Isso é ensinamento que se dê?!

Imagina Teófilo respirando o último trago de ar, o derradeiro ato do pulmão enfraquecido, num cemitério, misturado com o pó do irmão e do pai, galho seco de uma árvore morta de febre amarela.

Chega em frente à sua antiga república, na rua Lopes Chaves. Lembra-se do caminho para a Faculdade, a calçada tantas vezes pisada em sua fome de querer sempre mais. Repara que a esquina de baixo é a mesma que aquele moço calmo a esperava. Poucas pessoas passam por ali, de máscara. Epidemia. Vai até um mercado, compra frutas, água e uma marmita. Há anos não usava dinheiro, só tem mais duas notas. Construíra uma vida à base de troca.

Conversa com a mulher do mercado, enquanto ela fecha a marmita. Pergunta se a covid já estava sendo tratada como pandemia. Ela responde que não sabe, mas se está escrito na reportagem, decerto que sim. A mulher lhe entrega as compras e pergunta:

– E o que a senhora acha? Nós vamos morrer desse negócio?

Selva respira fundo e diz:

– Não sei. Capaz. Fomos nós que procuramos esse vírus. É um movimento do ser humano fora dos desejos do planeta. Isso que dá. Isso que deu. E a senhora pode ter certeza, nesse momento em que um monte de gente vai pro hospital, tem uma meia dúzia de amaldiçoados que já estão encontrando formas para aproveitar o movimento e ganhar mais dinheiro em cima da miséria, mais poder. Enfim poderão realizar seu grande sonho: viver socado dentro de casa, dentro de condomínio, dentro de grade, dentro de segurança, dentro do quarto, respirando em um tubo de oxigênio feito o que o seu Teófilo decerto já abandonou no cemitério de Lins.

A moça está com os olhos arregalados. "A freguesa pirou", pensa, enquanto lhe dá algumas moedas de troco. Selva percebe que o que havia dito não fazia nenhum sentido para a moça, então pede desculpas e sai do mercado.

Está com fome. Pensa em ir para casa comer. A república na Lopes Chaves? Ora essa, isso faz muitos anos, dez anos? Ah, mas tem o sítio em Uruana, o apartamento de seu pai em Jundiaí, o barracão no sítio de Luduvina... Ah, suas plantas, as raízes, os cuidados... Luduvina, vai enterrar nós todos! Selva sorri. Volta para o mercado, pede para usar o banheiro. Lava seu rosto repetidas vezes, bate no rosto: "Acorda, Sel, acorda, Maria do Céu!". Molha o cabelo. Ainda sente a ação do rebite, horrível, ladrão de sono, carregando o vivente para um mundo sem parada. Sai do banheiro, pega suas coisas e agradece. Sorri para a caixa do mercado. Mas como está de máscara, não sabe se ela percebeu, muito menos se devolveu o sorriso.

Tem uma pequena praça, suja. Senta-se no banco vazio. Come a marmita, pensando no galho-teófilo do tronco-manoel. Dá as primeiras colheradas com pressa, faminta, até que para bruscamente e passa a comer muito devagar. E depois? E quando terminasse a marmita, o que ia fazer, para onde iria?

Joga a embalagem da marmita numa lixeira. O comércio está fechado, o movimento diminui, avista a marquise comprida de um prédio na esquina. Senta-se no chão, encosta na parede embaixo da marquise e dorme ali mesmo, na rua. No meio da noite, uma kombi estaciona à sua frente e uma moça, de olhos claros e sorriso encorajador, lhe dá uma coberta e um prato de comida. Na manhã seguinte, Selva acorda, pula uma grade e bebe água da torneira no quintal de uma casa. Volta para a praça suja, senta-se no banco. Come a marmita que a moça da kombi, de olhos claros, lhe deu. Um homem sai do mercado onde ela havia feito suas compras. Para na esquina. Olha para a praça, aperta os olhos e atravessa a rua. Selva, ajeitando o de-comer na marmita, não percebe a aproximação. Então escuta, ao seu lado:

– Selva?

O olhar daquele moço trazia a lembrança de um delicado e imenso carinho que tinha feito ela se sentir tão só, há muitos anos. Decerto em outra vida. No dia seguinte à festa na república, do amor em três, dividido com o poeta. Surpreso, ele abre um sorriso e lhe dá a mão. Ah, o moço de mão quente, doce e presente!

– Vamos pra casa, Sel.

Andam alguns quarteirões, entram em uma casa, o moço leva as compras para a cozinha e deixa no chão, em frente à pia. Selva diz:

– Empresta uma toalha e uma roupa? Posso tomar um banho?

Ele mostra o banheiro, separa uma bermuda e uma camiseta e deixa em cima da cama. Quando ela sai do banho, vê que o moço está na pia lavando tudo que comprou: lata de cerveja, cenoura, pacote de biscoitos, garrafa de azeite, até embalagem de detergente.

– Selva, tem café aí na mesa.

A cabeça ainda está atrapalhada. Tenta lembrar o nome do moço e não consegue. O moço... o moço de mão quente. Toma café, come o pão com prazer, crocante, fresquinho. Ele termina de lavar as coisas, senta-se em frente de Selva, olha bem, examina.

– Sel, você está bem?

Sono. Decerto o café potencializou a primeira coisa que viu pela frente: o sono.

– Sim.

Não lembra o que aconteceu depois, decerto dormiu ali mesmo, na cadeira da cozinha. Selva acordou no dia seguinte, deitada na cama de um quarto, que ela não fazia a menor ideia de quem nem onde.

Levanta-se, passa pela porta. Uma sala, uma cozinha, a porta aberta, alguém do lado de fora. Um homem que entra enxugando as mãos na calça.

– Selva! Oi, Sel.

Chega perto. Ela vai reconhecendo, aos poucos, o moço quieto e carinhoso. Trocam um abraço forte, e o moço a leva para o quintal. Sentam-se no chão. A cabeça de Selva começa a encaixar as peças, a memória. Por um momento, pensou que tinha morrido. Perguntou por seu Teófilo, o moço balançou a cabeça e disse:

– Quem é?

Ela percebeu que o moço não conhecia seu mestre.

– Desculpe.

– Sel, de onde você está vindo? O que estava fazendo ali na praça, comendo marmita? Você sabe que temos que ficar dentro de casa, né? Não podemos encostar em nada, nem chegar perto de ninguém!

Os olhos de Selva tranquilizam-se, o moço percebe, chega mais perto e segura sua mão. Ela sente confiança, mesmo que ainda estivesse confusa, sabe que gosta muito do moço de mão quente. E começam a contar trechos de suas vidas, frases curtas. Até chegar na última vez em que se viram. Então partem dali, com as histórias vividas nesse tempo não dividido entre eles, correndo tão diferente para cada um. Um tempo com nada em comum.

Selva se assusta com as notícias da pandemia. Conta a história de seu mestre no cemitério, desde a saída de Brasília, finalizando assim:

– Se as coisas estão acontecendo do jeito que você me contou, melhor então que o mestre morra de desejo próprio, não atacado à traição por vírus nenhum, ainda mais esse, envenenado pela ignorância...

O assunto foge. Ela percebe que não consegue manter um raciocínio longo. Conversam o dia inteiro, avançam para a noite. De mãos dadas, a linha da vida esticada de um e de outro lado. O moço, suave e amadurecido, sente que carrega o mesmo amor por aquela mulher. Encanta-se quando percebe, em alguns momentos, qualquer fagulha da intensidade de Selva. Vê que aos poucos ela vai se encontrando: come uma manga com um gosto admirável, levanta os braços, estica-se. Conforme seus sentidos voltam, Selva se transforma, e o moço repara nos traços fortes da mulher, sua boca rasgada, sua vitalidade extraordinária.

Ela volta à história do cemitério em Lins dizendo que, de uma certa forma, estava tranquila, foi o destino desejado por Teófilo. Diz para o moço que em Ilhéus descobriu como lidar com seu desejo de planta procurando o sol, atrás de brechas para fugir do escuro e buscar água. Contou também sobre o livro da capa preta, escondido em cima do guarda-roupa do homem de um braço só. O moço ia agarrando os pedaços da narrativa de Selva, ainda confusos, às vezes sem qualquer sentido. Emocionou-se quando ela lhe disse que, do lado de dentro, sua vida brotava como se fosse em um xaxim, no mangue, na carnaúba, na cura pelas plantas, para depois florescer no desejo retorcido das árvores do cerrado.

O moço contou pra Selva do seu casamento, dos filhos, da separação, da certeza que ela não tinha morrido e que ainda iriam se reencontrar. Mostrou sua casa, o pouco que tinha, a constatação que ele precisava possuir cada vez menos, falou das suas aulas de história, do amor pelos jovens, do cansaço dos velhos e de sua vigília na esquina depois que ela sumiu.

– Sel, fica comigo, pelo menos um pouco, está perigoso sair, os casos aumentam assustadoramente. Você está indo para algum lugar? Por que estava na rua daquele jeito?

Ela explica novamente sua viagem, mas agora com uma outra visão, não a de quem socorria o mestre, mas quem se jogava no desconhecido e aceitava até o rebite de um frentista num posto qualquer da rodovia. Diz que, se ele não se importar, gostaria sim de ficar mais um pouco por ali.

A casa do moço tinha quatro cômodos: quarto, sala, cozinha e banheiro. Nos fundos, em frente à porta da cozinha, tinha mais um quarto bem pequeno com banheiro e um pequeno quintal, com um varal e um canteiro. Ele quis deixar o quarto de dentro para Selva, mas ela olhou para o moço com desconfiança, disse que não, de forma nenhuma, e que iria instalar-se no quarto de fora. Ele levou algumas roupas para o quartinho, entregou à Selva, um pouco largas. Trouxe agulha, linha e tesoura. Ela se ajeitou.

O moço disse que, por motivo de segurança, eles deveriam fazer uma quarentena entre si. Usarem seus próprios copos e talheres, toalhas, então concluiu, envergonhado:

– É melhor nem nos tocarmos. A saliva também é muito perigosa...

Gostava da mão do moço, lhe dava segurança e a ajudava a recobrar os sentidos. Pensou que, se ficassem distantes, sentiria falta de pegar em sua mão. Paciência. E nem atinou com a referência à saliva.

Sempre que o moço chegava da rua, contava as notícias da pandemia. Desenhou um calendário e pregou na parede da cozinha, seria o tempo da quarentena entre eles. Olhava impaciente para o calendário. Seu desejo por Selva havia sido multiplicado pelo medo do vírus.

Selva começou a cuidar do pequeno jardim do quintal. Ele saía para fazer compras e dava aulas de seu quarto, através do computador. Depois de três dias, Selva sentiu-se bem melhor, então despencou uma grande preocupação em sua cabeça: a família de seu Teófilo, sem notícia alguma. Correu até seu quarto e vasculhou suas coisas, as roupas, a mochila. Sim, faltava algo ali: o celular, o bendito celular! Ora essa, só poderia ter largado dentro do fusca, em frente à rodoviária de Lins. Espera a aula do moço terminar, ansiosa, andando da sala para a cozinha, da cozinha para o quintal, do quintal para a sala. Finalmente ele aparece. Selva pergunta se pode usar o telefone.

– Claro, Sel!

Vai buscar seu telefone. A cabeça de Selva ainda tem uns buracos, os números lhe escapam. O moço a ajuda, pergunta algumas referências. O nome do povoado, algum bar, mercado. A pensão! Sim, a pensão de Socorro era a única na Gameleira. Ele descobre o telefone, liga e passa para Selva. Uma criança atende, Selva pergunta por Socorro. Dali a um instante:

– Alô.

– Dona Socorro, sou eu! Selva.

– Seeel! Querida, onde você está? E o mano? O Luiz disse da maluquice do Teófilo, nos contou que ele estava pra morrer, desenganado, e fez você sumir com ele de Brasília! O Teófilo... então...

Selva conta, da melhor forma possível, que não podia comprovar, mas tinha certeza que o seu Teófilo agora estava junto do pai dele. Enterrado no cemitério de Lins. Dá alguns detalhes da viagem, da teimosia de Teófilo e da certeza que ele teve em ficar junto ao pai e irmão. Socorro emociona-se, chora baixo, mas consegue manter a conversação, perguntando lá e cá alguns detalhes da viagem. Então pergunta novamente onde Selva está.

– Em São Paulo, na casa de um amigo. Estou acertando umas coisas aqui, mas já volto. Por favor, peça para Tonho avisar o seu Sérgio que assim que puder estarei em Uruana, cumprindo nosso acordo. Agradeça ao Luiz por todos os cuidados...

Começa a chorar e não consegue falar mais. Recorda-se do rosto de Luiz, assustado, saindo para ir à farmácia, empurrado por seu Teófilo. Lembra que Luiz é filho de Teófilo com Maria Flor. Chora muito, soluça. Socorro não larga o telefone.

– Sel, nós te amamos. – Chora. – Eu estou aqui. Quer ligar daqui a pouco?

Selva respira, lembra-se de respirar, responde que está bem. E pede:

– Por favor, dona Socorro, a senhora pode ligar para a Letícia, a veterinária, dizer que estou bem e que em breve dou notícias? O Tonho sabe o número dela.

– Claro, minha filha, eu ligo.

O moço traz um lenço e um copo d'água para Selva, que sorri agradecida, bebe a água e continua:

– Dona Socorro, e a vó Luduvina?

– Ah, aquela está do mesmo jeito. Mais forte que a gente, ainda ontem foi à horta de vocês e deu a maior bronca em todos que estavam por ali. Mudou plantas de lugar, corrigiu o cultivo, fez questão de andar entre as covas, apoiada na bengala e no braço de Dila.

– Dona Socorro, por favor, a senhora dá um abraço apertado na Dila, diga que eu...

Volta a chorar. Socorro ri e tranquiliza Selva, pergunta por seu celular, que todo mundo está cansado de ligar para ela. Trocam mais alguns assuntos, Selva recupera o fôlego e se despede.

– Em breve estarei por aí. Dona Socorro, prometo que na volta passo em Lins, para confirmar o que todos nós já temos certeza...

Desligam, já sem nenhum choro. O moço disse que ia ao mercado. Quando ele saiu, Selva examinou bem aquela casa, olhou pela janela, abriu a porta da rua, depois foi ao quintal e pensou: o que estou fazendo aqui? O moço voltou carregado. Selva ajudou a lavar tudo, cada um em um canto. Ele na pia da cozinha, ela no tanque, não podiam se aproximar. Ela ainda tinha dificuldades em entender o momento, a pandemia. O sentimento do moço rompia por outros cantos...

Olhava para a boca de Selva e confundia suas palavras com o desejo de beijá-la, amar, viver no desejo e na calma, dividir a velocidade de Selva com seu imenso carinho. O moço sentia uma fome incontrolável de entrega. Selva achou a compra que ele havia feito um pouco exagerada, depois se lembrou que na cidade ninguém produzia nada. No meio dos pacotes do mercado, tirou uma garrafa de vinho. Sentia-se bem, recuperada, perguntou se poderiam beber.

– Claro!

Ele apressa-se a abrir. Depois de dois copos, vendo transbordar a energia de Selva, finalmente voltando suas cores, sua agitação, o moço foi se aproximando. A necessidade de quarentena ainda em seus primeiros dias lhe escapava. Quando voltou a servir o copo de Selva, segurou em sua mão. Depois das compras lavadas, sentaram-se no quintal, vez ou outra a mão do moço segurava o braço de Selva e ficava cada vez mais quente. A cabeça do moço inclinou-se para beijá-la, mas o resto do corpo não obedeceu. Atordoado, levantou-se bruscamente, dizendo:

– Quarentena. Temos que respeitar a quarentena.

Selva seguiu sentada, observando. Encheu novamente sua taça de vinho e decidiu: vou embora.

Depois da janta, disse a ele sua decisão. Não precisaram conversar muito. Eles sabiam que seus caminhos não se misturariam por muito tempo. Encostada na janela aberta, respirando o ar da cidade, Selva disse:

– Lagoa.

– O que foi, Sel?

– Você. Você é uma lagoa, com as árvores generosas trazendo sombra, o reflexo do sol, os pingos da chuva caindo e rebatendo na água, sua mão sempre quente. Uma lagoa sem fundo...

Ele sente que seus braços tremem, senta-se em cima das mãos. Selva sai da janela, passa por ele, olha firme:

– Eu queria mesmo era te dar um longo abraço. Mas não vamos, né? Não consigo lembrar meu número de telefone, escreve num papel o seu. Eu venho te ver quando o mundo der jeito. Vou te levar para conhecer o sertão, o mundo de fora.

Vai para seu quarto. Ainda é cedo. As taças de vinho conduzem seu sonho para um lugar bom. Acorda com o dia ainda escuro. Escuta o cantar de uns galos e sorri: quem cria galo nessa cidade? Arruma sua mochila, abre a porta da cozinha sem fazer barulho. Come uma maçã. Em cima da mesa, ao lado de uma máscara e um tubo de álcool em gel, um bilhete com um número de telefone e os dizeres:

Sel, use sempre a máscara. Sempre! E limpe tudo que for pegar com esse álcool em gel. Lagoa... obrigado! Posso muito bem ser isso mesmo. Aqui está meu número, te espero para conhecer o sertão.

A porta do seu quarto está aberta, Selva tem a nítida impressão que ele está acordado. Guarda o bilhete e o tubo de álcool na mochila, põe a máscara, procura uma caneta e escreve.

Eu te amo.

Sai da casa com a impressão que estava adquirindo uma capacidade cada vez maior de revelar seus sentimentos para as pessoas que amava. Pensou que isso poderia ser um sinal do final dos tempos, de uma morte à vista. Fechou a porta lentamente e caminhou em direção ao metrô. O mesmo caminho para a rodoviária. Tinha uma certeza, voltaria para a Gameleira, mas precisava primeiro tratar de um assunto. Lembrava-se do que Teófilo havia dito, saindo de Brasília, que ela tinha uma questão para resolver em São Paulo: cuidar de uma ponte. O mestre era de poucas palavras. Chegando na rodoviária comprou uma passagem para Jundiaí, com o último dinheiro que tinha. A ponte para ser atravessada, nos dois sentidos: tia Vera.

Viagem curta, tranquila. Desce na rodoviária de Jundiaí, olha no relógio da estação: 7h45. Sai andando, conhece bem o caminho. É uma boa distância, mas não tem mais nenhum dinheiro. Nem pressa. A cabeça está boa, arejada, os rios tomando seus cursos, apesar do clima de medo e insegurança das pessoas que vê à sua volta, que também lhe atinge. Gosta muito de andar. Caminha ligeiro, lembrando-se dos lanches que tomava na casa de sua tia Vera, das divertidas conversas e provocações entre seu pai e ela. O amor parecia cada vez mais presente em seus pensamentos. Novamente ligou-o com o fim dos tempos. Ou desses tempos. Sentiu uma esperança, movida pelo prazer que estava sentindo em sua caminhada, que o vírus traria uma nova realidade, uma nova forma de convivência, um novo olhar que respeitasse o passado, a sabedoria dos mais antigos, a simplicidade da morte de seu mestre ao lado do pai: tronco, galho, tronco, galho, folha, fruto. Está em frente à casa de sua tia. Toca a campainha. Um moço aparece na janela.

– Pois não?

Ela fecha um pouco os olhos para enxergar bem. O rosto, o nariz, os olhos. Sim, seu primo!

– Adriano?

– Quem é vo... Sel???

O rapaz se vira para dentro, enquanto ela escuta o grito dele:

– Mãe, é a Selva! A Sel tá aqui fora!

Ele abre a porta, em um segundo. Abraçam-se no portão. Vera aparece.

– Espera! Agora já foi... Larga já um do outro! Selva! Filha... preciso muito te abraçar, mas não vou. Você pegou ônibus, entrou em rodoviária, teve com mais gente, usou toalha dos outros, dividiu copo, isso tudo, né?

– Sim, tia.

– Adriano, larga da sua prima! Selva, entra, vai tomar um banho, vou te arrumar outras roupas. Desculpe, mas trabalho em um hospital, além do que já não sou mais tão novinha. O vírus, o grupo de risco. Sel, benza Deus, como você está bonita!

– Tia... nossa, tá dando até um desespero agora... que saudades!

– Dá sua mochila. Precisa de alguma coisa aqui dentro? Não? Vou pôr tudo na máquina de lavar. Guarda com você sua carteira, decerto tá cheia de dinheiro...

Os três riem. Vera abre a porta do banheiro e aponta para dentro.

– Sel, já pro banho. Depois vem pra cozinha.

Vera consegue tirar dois dias de licença do hospital. Sua filha, Margarida, chega para o almoço. As primas fingem que se abraçam, de longe. Trocam exclamações surpresas, de muito carinho. Vera não deixa que ninguém se aproxime. Os assuntos são muitos e importantes. As vidas, os cursos das vidas, os acasos, escolhas, caminhos tomados, tristezas, recomeços, o sentimento da família reunida, a lembrança dos pais, choros, vontade de abraçar, de consolar, de dar força, não pode, não pode, cada um pega seu copo, ninguém serve ninguém. Às vezes as conversas desandam para desavenças, diferenças, modos diversos de criação e escolhas incompreensíveis. Tem um chuveiro no quintal, faz muito calor. Selva sentia que decerto era uma saudade tsunâmi que lhe esquentava ainda mais o corpo todo. Sua tia lhe empresta um biquíni, e Selva corre para o chuveiro todas as vezes em que não suportava mais o calor ou a vontade de abraçar a tia e os primos.

À noite, seus primos se despedem dizendo que a imagem da prima maluca sumida no mundo até que era divertida, mas preferiam ela por perto. Despedida sem nenhum abraço, nem um simples aperto de mão. Triste. Selva sente ódio de um vírus que em vez de vir apenas mudar de rumo o giro do planeta tão atrapalhado, ainda proíbe que as pessoas se toquem, se alimentem do que é mais fundamental para a fome do ser humano.

Tia e sobrinha na sala, frente a frente.

– Sel, e agora?

– Preciso voltar para a Gameleira, abandonei muita coisa nessa última viagem do mestre. Estamos com três hortas em andamento.

– Sim, as benditas plantas! E o coração? Como vai o coraçãozinho?

Selva ri. A mesma pergunta que a tia lhe fazia desde os tempos de menina. Ela sempre desconversou. Teve uma época que chegou a odiar essa pergunta. Agora não, sentiu uma vontade imensa de conversar, de declarar o que havia descoberto. Selva percebeu, comovida, a qualidade do amor que sentia pela tia. Então tomou fôlego e revelou:

– Estou apaixonada.

Contou de Letícia, das conversas, suas brigas intermináveis e da saudade que estava sentindo. Demoraram no assunto, abriram uma cerveja. Vera estica o copo para a sobrinha e pergunta.

– Selva, quer ir ao cemitério?

– Onde está o meu pai?

– Seu pai, sua mãe.

– Acho que não, tia... Chega de cemitério... Tô cansada desses meus dois pais com o desejo elefante de morrerem longe e sozinhos. Sei que vou encontrar o sinal deles na natureza, e não em um túmulo.

– E agora, o que você vai fazer?

– Vou pegar meu carrinho em Lins e voltar para casa, tenho que terminar a horta de Uruana. Aliás, meu celular deve estar dentro do carro. Te contei que agora tenho celular?

– Sel, celular descarregado e largado dentro de carro não presta pra nada...

Elas riem.

– Eu ainda me acostumo com isso... Mas tem uma coisa que queria te pedir, tia...

– Diga.

Muito envergonhada, falando baixo, Selva pede:

– Estou sem dinheiro nenhum. A senhora poderia me emprestar, para eu comprar uma passagem para Lins, e pagar a gasolina até Uruana de Minas? Logo eu te devolvo, ainda tenho a receber da horta.

Vera vai até a mesa, digita algo no computador, olha para a tela e diz:

– Lins é cinco horas daqui. Te levo lá. Não quero que pegue mais ônibus nenhum. Sel, tá muito perigoso, parece que você não tem noção. Você viu o tanto de gente que está morrendo? No mundo todo! Essa conversa de dinheiro, a gente deixa pro carro, fica tranquila. Vamos dormir, tô acabada, muita emoção hoje!

– Tia... Eu...

– Sel, juro que se não tivesse essa porcaria de covid, não sei o que faria primeiro com você. Ou te daria agora um abraço e um beijo do tamanho do mundo, ou uma surra bem dada por ter aprontado esse sumiço, largado tudo pra trás. Mesmo seu pai...

– Desculpa. Desculpa.

– Não. Seu pai era igual. Sem juízo, um pior que o outro. Tô aprendendo a me acostumar. Boa noite, querida!

– Vou tomar mais um chuveiro para conseguir aguentar essa vontade de te abraçar, tia. Te agradecer... Boa noite!

Na manhã seguinte, enquanto carrega o carro, Vera explica para Selva:

– Olha, presta bem atenção. Aqui tem uma bolsa térmica, com água, frutas e comida. Na sacola tem mais coisa para comer. Na mochila tem roupa de cama, toalha, álcool em gel, máscara e luvas. Você vai me prometer que de Lins até Brasília só vai parar uma vez, para dormir em algum hotel. Use esse lençol e essa toalha, depois enfie em um saco e lave na sua casa. Se for usar o banheiro, cuidado, não encoste em nada. Se puder fazer no mato, é melhor. Lave as mãos, passe álcool em gel em tudo que estiver à sua frente. Não entre em nenhum restaurante, aqui tem comida suficiente. Sel...

– O que foi, tia?

– Não ri, porra! Isso é muito sério. É sua vida!

– Desculpe... Mas estou rindo de emoção e gratidão.

– Ora essa. Vambora!

A viagem passou rapidamente. Aquela menina, sua sobrinha agitada, agora era uma mulher, com um objetivo de vida firmado, um trabalho que havia desenvolvido por sua conta e risco, e que havia descoberto um amor carinhoso e intenso. Como ela própria. Por sua vez, Selva viu que sua tia era um porto, que a acolhia, uma mulher admirável. A ponte, erguida em fundações firmes, livres. Falaram muito de Lúcio. E então passaram para os assuntos do dia a dia, o trabalho de Vera no hospital, as escolhas de seus primos, os amores, a luta pela sobrevivência.

No meio do caminho, fizeram uma parada no estacionamento de um posto. Lancharam ali mesmo, sem entrar no bar. Lavaram as mãos em um galão de água que Vera tinha levado. Antes de voltarem para a estrada, secando as mãos nas calças, a tia estica um envelope para a sobrinha.

– Não precisa abrir agora. Vou te explicar. Aposto e ganho que você não tem conta em banco.

– Não.

– Já imaginava isso, tem dinheiro aqui dentro. Depois que seu pai morreu, vendi o carro, aquele que você montou a cena de suicídio... Que coisa mais ridícula, hein?

Selva baixou a cabeça, sim, sabia que aquilo tinha sido muito ridículo.

– E tem o apartamento que era de nós dois, de seu pai e meu, onde ele morava. Agora está alugado, tem me ajudado muito nas despesas... Então é assim: nesse envelope está um pouco do valor do carro. Depois, como você não vai mais sumir... Não precisa mais, né?

– O quê?

– Sumir, Sel! Cê já sumiu uma vez. Agora chega! Conforme eu for acertando minha vida, te passo mais algum dinheiro.

– Tia, não! Não quero. Só preciso até chegar em casa! Tenho trabalho, surgiram novas propostas com os meninos da faculdade. Por falar em casa, falei pra você que o lugar que eu considero minha casa é um rancho onde a dona Luduvina guardava suas ferramentas, na roça?

– Benza Deus! Sel, presta atenção. Tenho muito orgulho de você... sua valentia. A forma como está conduzindo a sua vida, mesmo com esse abandono que me enraiveceu tanto. Mas você é forte, muito forte. Aceita o dinheiro, vai me fazer bem. Depois a gente vê. Vai ter depois, né? Quero conhecer a Letícia. Quero conhecer a Luduvina! Meu Deus, quando essa porcaria de covid passar, eu vou lá.

Conversa saborosa e amorosa, o tempo correu ligeiro. Viram a placa na estrada: Lins. Vera entrou, devagar. Selva vai mostrando:

– Aqui nessa farmácia, seu Teófilo me disse que não precisava mais de remédio, o cemitério é logo acima. Tia, vou te pedir outro favor...

– Diga.

– É que... pode ser que o moço aqui do cemitério me reconheça. Se aconteceu com o mestre o que já estou esperando, esse moço vai querer saber algo que não tenho como explicar. Pode até querer chamar a polícia... Tia, será que você entraria no cemitério e perguntaria para o funcionário da recepção se ele tem notícias de um velho que chegou aqui acompanhado de uma mulher, procurando onde estavam sepultadas as pessoas que morreram na peste?

– Já entendi, Sel.

– Sei lá, você poderia inventar algo, dizer que ficou sabendo de um velho doido que se arranchou nos túmulos dos empesteados... O funcionário aí é muito prestativo.

– É melhor você não ir mesmo. Pode deixar.

Vera estacionou, pôs a máscara e entrou no cemitério. Voltou logo depois com a informação.

– Sim. Seu mestre foi encontrado pelo jardineiro do cemitério, morto. Ficou por aqui mesmo... Enterrado como indigente. Quer a localização de onde o colocaram?

– Não. Vamos embora.

Selva não sentiu vontade de chorar. Só queria sair dali, andar, tocar para a frente, entrar em seu carro e desembarcar no mundo que havia criado. Seguem em direção à rodoviária. Até que Selva grita:

– Olha ele ali, tia!

– Quem?

– O fusca!

Estacionam atrás. Selva abre o carro. Encontra o celular no chão, bem em frente ao assento do motorista. Tenta ligar, mas está descarregado. Vera ri:

– Nossa, cê não deve ter a menor ideia de como lida com esse aparelho, né? Liga o carro, vamos carregar a bateria do celular. Quero saber seu número. Você tem WhatsApp?

– Que diabo é isso, tia?

– Ai, ai, ai. Liga o carro...

Vera põe o celular da sobrinha para carregar. Passam mais um momento juntas. Colocam as comidas e bebidas no fusca. O sol está a pino. A tia olha o celular já com alguma carga. Tecla o seu próprio número nele, espera tocar e desliga.

– Pronto, Sel. Agora já tenho o seu número. Você tem o meu. Então acho que... – Silêncio. – Queria te convidar para almoçar, Sel...

– Não dá, né, tia?

– Não. Tchau, filha.

Vera faz um pequeno gesto, miúdo, um desejo de seu corpo para o abraço. O suficiente para Selva atirar-se nos braços da tia. Soltam-se bruscamente, como se levassem um choque. O perigo do vírus confrontando o amor incondicional, o reencontro, as possibilidades de futuro em perigo, a insegurança e a força das duas mulheres. Cada uma entra em seu carro. Vera é a primeira a partir, dá uma buzinada e segue seu caminho de volta.

Selva ajeita suas coisas, pega um sanduíche e uma garrafa de água e põe ao seu lado. Vê o envelope na mochila. Abre. Algumas notas de dinheiro, bem mais do que ela precisaria para voltar. Balança a cabeça, discordando da generosidade da tia. Tem um bilhete junto, abre e lê a primeira frase: "Sel, Maria do Céu, minha amada Selva...".

O coração dispara, as palavras misturam-se no pedaço de papel. Fecha ligeiro o bilhete, não consegue ler mais nada. Sente um aperto na garganta, toma um grande gole de água. Abre o vidro do carro e dirige rumo à saída da cidade. O vento lhe faz bem. Chega a um entroncamento, respira fundo e toma o rumo de Brasília.

Conforme afasta-se de Lins, repara nas grandes fazendas, a lavoura de cana a perder de vista. Imagina o tempo de Teófilo menino, com as plantações de café. Enquanto desenrola o guardanapo de um sanduíche preparado pela tia, resmunga:

– Da febre amarela à covid, duas pestes. Com o mestre Teófilo atravessado de fora a fora dentro delas.

Ouça a trilha sonora do capítulo 24. A ponte utilizando o QR Code ao lado.

Epílogo

Selva para em um posto de gasolina para abastecer. O frentista vem em sua direção. De máscara. Ela põe a sua, rapidamente. Pergunta como ir até Brasília.

– Brasília? Dê-efe? Mas a senhora tá longe demais.

– Eu sei...

– Venha cá, vou mostrar no mapa.

Desce do carro e vai até o escritório do posto. Ali tem um grande mapa na parede. Selva aprende o caminho, as direções a tomar, pelo menos uma parte delas. Volta para o carro, o celular continua carregando. Come outro sanduíche enquanto dirige. Na sua cabeça, feito um jogo de dominó, alguns nomes se ajustam: João filho de Jonas, que só tem um braço, amigo de Teófilo, irmão de Socorro e Maria Flor, mãe de Luiz que é filho de verdade de dois irmãos e neto de criação de Luduvina, que viu a Gameleira queimar de longe, no sertão que ela ainda vai levar sua tia, mas só quando descobrirem a vacina para acabar com essa porcaria de vírus. Vacina... Acho que exagerei na briga com a Le...

Pois nesse exato momento, o celular tocou. Selva atendeu, espantada com a coincidência. Era Letícia.

– Sel! Por Deus, Sel!

– Espera, Lê. Já te ligo, deixa eu estacionar.

Para no acostamento, em uma grande reta, então retorna a ligação. Conversa agitada, de notícias e recomendações. Selva explica, falando e respondendo, tudo ao mesmo tempo.

– Estou indo para casa. Ainda no estado de São Paulo. Tive com minha tia. Foi uma maravilha. Trouxe comida e bebida. Sim, no carro. Não vou parar... O quê? Tá bom, não entro em hotel nenhum. Sono? Não quero mais tomar rebite... Sim, o mestre morreu, depois te conto. Porcaria, sim, uma bosta, não, não tomo nunca mais! Quando cansar, eu durmo... O quê? Tá bom, encosto em um posto policial na beira da estrada, ou procuro o corpo de bombeiros e durmo no pátio. Estou bem, tenho várias máscaras e muito álcool em gel, todo mundo me oferece álcool em gel. Não estou brincando. Sei que é grave. Aí na sua casa? Direto? Não posso, tenho que ir para Uruana de Minas, o trabalho, a horta. Seu Sérgio confiou em mim... Como assim, parou tudo? Eu também te amo. Vamos cuidar uma da outra! As plantas também têm vírus, os animais todos... Misericórdia... Aliás, Lê, dependemos de suas vacinas. Não, não estou querendo brigar, muito pelo contrário. Ao mesmo tempo que não aceito umas coisas, tenho que reconhecer quando... Alô! Lê, você está aí? Tá falhando a ligação. É melhor voltar para a estrada... Te amo!

Dirige sem parar, come e bebe dentro do carro. Com a noite avançando, sente-se muito cansada, então para no primeiro posto policial que encontra. Desce de máscara, pergunta se pode encostar o carro ao lado e descansar um pouco. O policial sinaliza onde ela deve estacionar. Selva baixa o banco do fusca ao máximo, fecha os olhos e dorme. O sono vem ligeiro, como se tivesse desligado a chave geral de seu corpo. Apaga tudo, de uma só vez. Então o celular toca. Ela acorda, assustada. É Socorro.

– Dona Socorro, um minuto só.

Levanta o banco do carro, se ajeita, derrama um pouco de água da garrafa no rosto, seca com a camisa. Sente-se preparada e dá a notícia: Teófilo está mesmo enterrado, junto ao pai e o irmão mais novo, no cemitério de Lins. Não choram. Conta que está na estrada, estacionada atrás do posto de polícia, descansando em segurança, voltando para Minas.

– Sim, dona Socorro, vou devagar. Dou notícias assim que chegar em Uruana. Meu celular estava descarregado, desculpe, por isso não liguei... Por favor, a senhora conta sobre o seu Teófilo para Cesário, Maria Flor, Luiz...

Selva abre o vidro do carro, deixa entrar o ar fresco da noite. Socorro lhe tranquiliza:

– Sel, todos nós já estávamos esperando. Por favor, não demore para vir aqui nos dar um abraço. Boa viagem. Vai com Deus!

Desligam. Selva deixa o telefone ao seu lado, abaixa novamente o banco, toma um gole de água e volta a dormir. Pesado. Toca o telefone, de novo! Selva se aborrece, diz um palavrão e desliga o celular. Resolve que só vai ligar o aparelho novamente quando estiver em Uruana, ou em Buritis, ou na Gameleira.

Dorme embalada pelo movimento dos carros cortando a estrada à noite e a conversa dos policiais pelo rádio. Acorda com um barulho firme, seco. Abre os olhos assustada e olha pela janela. Não vê nada de diferente, que pudesse ter causado esse som. Parecia o tranco de uma máquina quebrando, o barulho do dente de uma engrenagem que tivesse se partido. Vem à sua cabeça a imagem de um relógio, em que o tempo desandou. A máquina descontrolou. Olha de novo para fora, escuta os grilos e os sapos. Cochila um pouco mais, sonha que está em frente a uma grande engrenagem, observando atentamente seu movimento.

Então, no meio do sonho, alguém sussurra em seu ouvido:

– Ué, se nada parou, se foi só um dente que se foi, então o mundo vai girar em falso?

Acorda de uma vez. Sente vontade de mijar. Não quer ir até o posto policial, então anda em direção à mata, no fundo da estrada. Quase tropeça em um negócio no chão. Olha bem, uma jaca. Aquele barulho seco que a acordou, foi da jaca caindo de madura. O dente da engrenagem é uma jaca. Agacha-se atrás da jaqueira e avalia todo o caminho que aquele fruto fez, desde seus tempos de seiva, galho, folha, fruto, crescimento, até despencar daquele modo, dente quebrado de engrenagem, justo no meio de seu sonho. Bum! Seco e definitivo.

Volta para o carro, lava a mão e come uma cenoura. A tia pôs comida para um batalhão. Vê o celular no banco, desligado, sente-se aliviada. Parece que precisa haver um controle sobre tudo, saber onde cada um está naquele exato momento. Ninguém mais espera pelo encontro. Sente que com aquele aparelho não vai ser a Selva nunca mais, uma pessoa só, atirada no mundo.

Está bem desperta, descansada. Vai até o posto policial, agradece ao guarda e toca o barco. Estrada. Anda mais um bocado, já está no Goiás. As pessoas na beira da estrada sem máscara. Pensa em tomar um café. Mandaram não parar em lugar nenhum. Mas ela não resiste a um boteco, com linguiças penduradas e queijo anunciado. Estaciona, põe a máscara. Pede um café. O homem, sem máscara, traz a xícara. No instante em que ele se vira, Selva pega um lenço e passa álcool em gel na xícara. Bebe. Doce. Muito doce. Faz uma careta.

– Tá frio o café, dona?

– Não, senhor. Desculpe... Estou acostumada a tomar café sem açúcar.

– Vou passar um.

– Não precisa se incomodar!

– Não é incômodo. A senhora paga.

Toma uma dose grande de café. Agora adoçada só com o sabor do álcool em gel na borda da xícara... Queria que todos vissem como ela está se cuidando. Iriam se orgulhar dela. Até o seu Teófilo. Até o seu pai. O café age ligeiro, ela sente que não precisa mais de pai, os dois que ela teve a encaminharam muito bem, cada um do seu jeito. Precisa sim é saber se aquele barulho na mata, ao lado do posto policial, foi a jaca ou o dente quebrado. Para onde vai o mundo? Vai terminar, assim, e a gente vai se acabar em um lugar que nem café tem? Volta para o carro e segue. Decide que não vai parar mais, só para abastecer e se informar. Vê que já está próxima de Brasília, a capital federal, daquilo que se chamava Brasil, a terra da jaqueira, do pau-ferro, da cagaiteira, sibipiruna, do buriti, oiti, jacarandá. Vai ter isso ainda no planeta?

Sente-se cansada. Para em mais um boteco de estrada. Esse ela conhece, perto do entroncamento entre Buritis e Uruana. Pega um copo que sua tia pôs na mochila, pede para a mulher do bar colocar café ali dentro. Volta para o carro, passa álcool em volta do copo, onde a mulher encostou a mão para despejar o café. Sente-se mal com isso, parece que desconfia da pessoa, parece que todos são inimigos em potencial que podem te colocar em uma cama de hospital. Toma o café com calma. Doce. Ela bebe enquanto repete: "Amargoso, amargoso, amargoso"... Como se as palavras repetidas tivessem o poder de tirar o açúcar do café.

No entroncamento, deixa Buritis para trás e segue na direção de Uruana. O tempo está muito abafado. Conclui que o mundo não se termina em um dente quebrado de engrenagem. Não é uma jaca caindo de madura. É mais devagar, o mundo vai se acabar lentamente, no seu ritmo próprio de planeta. Aliás, vem se acabando desde o dia em que nasceu. Como diabos fazem estes cálculos de milhões de anos de existência? O tempo não se mede na horizontal. Tem que fazer uma cova, jogar a semente e esperar a mandioca brotar. Aí ele corre em sentido diferente, de dentro para fora. O tempo.

Assim que isso terminar, resolve que vai trazer o Luiz para morar perto dela, da família. Pra que viver daquele jeito, socado no meio de um monte de gente? Repara que ultimamente já escutou tantas vezes a frase "depois que isso terminar", que agora já estava até repetindo a mesma ladainha. Sabia que dizia isso sem muita fé, da mesma maneira que fazia a vênia para a bandeira dos Reis Magos, no giro de Folia, imitando os gestos do seu Teófilo. Percebe que ela não deve mais imitar ninguém. Por isso mesmo é que o mestre a mandou ir embora do cemitério. A vida era dela. Por isso que o pai só ficou tranquilo quando resolveu acreditar que ela estava em algum cantão da China, pés descalços, atendendo a população doente, que necessitasse de seus cuidados.

Doença... as plantas curam, desde a dona Maria Preta em Ilhéus, ela tem certeza desse caminho. Tem um acidente à sua frente, um carro virado na estrada, pessoas em volta, assustadas. Ela agradece a Deus por ter feito esta viagem toda sem qualquer problema. Como agradeceu a Deus, resolve também fazer a oração de São Cipriano. Força a cachola para lembrar as palavras certas. Elas vêm, naturalmente, enfileirando-se na ponta de sua língua. Selva diz, em voz alta, quase gritando, com a janela aberta, para o sertão escutar:

– Na proteção de São Cipriano eu entro, com a chave do senhor São Pedro eu me tranco, a São Cipriano eu me entrego, com as três palavras do Credo, Deus me fecha.

Um vento quente bate em seu rosto. Está perto, muito perto do sítio. Sente um cheiro forte, um cheiro bom e abafado! Escuta o estrondo de um trovão. Este bem mais forte que a jaca, decerto uma engrenagem mais importante se quebrou. Agora o mundo vai pro saco, de uma vez! Para o carro na beira da estrada, desce e olha na direção de onde vem o estrondo. Lá do rumo de Cabeceiras. Vê as nuvens formadas em tempestade. Multiplicam-se os trovões, como móveis empurrados no chão do céu. O cheiro de chuva domina. O mundo vai acabar em água, não em vírus, Selva pensa. Entra no carro, acelera, precisa chegar rápido no sítio.

Está cada vez mais abafado, sente a chuva muito próxima. Os trovões também estão abafados, como se gritassem com a boca para dentro de um travesseiro. Selva põe a mão fora da janela, esperando os pingos... e nada. Não é possível. Encosta novamente o carro, desce. Vê que a chuva está suspensa por um fio, parada no ar que nem beija-flor. Está muito úmido. O estrondo do trovão é úmido. Selva pensa: será que é assim o fim, uma chuva que não cai, uma tempestade que não se entrega? A camiseta está empapada de suor. Assusta-se com um clarão no céu, logo acima de sua cabeça:

– Uau!

Em seguida, a trovoada: "Truuuuum!".

O raio e o trovão. A luz e o som. Um redemoinho feroz vem do meio do pasto. Selva volta para o carro e arranca. Acelera. Não sabe se tem uma neblina de chuva nenhuma à sua frente, ou se são seus olhos que estão enevoados. Finalmente vê que está chegando ao sítio de Sérgio, em casa. Pensa que tem muitas casas para morar, mas nenhuma é sua. Talvez o rancho, sim, o rancho é como se fosse dela. Diminui a velocidade, está difícil de enxergar. Pronto, a porteira. Desce do carro para abrir, encolhe a cabeça para se proteger da chuva. Qual, não tem água!

Levanta a tranca da porteira. Passa com o carro, fecha a porteira. Estaciona ao lado da casa. Olha mais uma vez para o céu e aborrece-se com esse descontrole do mundo. "Isso não está certo", pensa. Apanha a chave da casa atrás do vaso, na fresta da cumeeira, abre a porta, uma rajada de vento vem para encharcá-la de umidade e calor. Entra. Sente o cheiro de casa. Então, de repente, o dia ficou escuro, apagou-se de uma vez. Tenta acender a luz, vê que estão sem força. Decerto é o fim do mundo. Um trovão mais forte. Selva resolve ir buscar suas coisas no carro. Vai até o fusca, pega a mochila e as sacolas da tia. Leva tudo para dentro, espalha as comidas pela mesa. Acende um candeeiro. Olha pela janela, parece que no rumo da cachoeira do Buritizinho se abre um caminho por cima das árvores, uma trilha de água suspensa, que vai dali até o céu. Água, muita água empoçada no céu. Decerto ela está resolvendo se vem ou não. A chuva, digo. O certo é que pode inundar a horta, prejudicar muita coisa nesse momento de agora, mas também é certo que beneficia a própria terra para um momento futuro. O futuro pode ser para dentro. Pede que o mundo não se acabe. Não aguenta mais de calor, entra no banheiro, tira sua roupa molhada de suor. Apanha uma toalha e vai para o chuveiro.

O temporal segue pendurado. Na Gameleira, os trabalhadores trancam-se em casa, junto às suas famílias, abandonando os iglus de fogo, totalmente apagados pelo descontrole. O carvão está esturricado, amontoado ao lado dos iglus. A reza de todos espalha-se pela vila da Gameleira, apavorando os poderosos.

Enquanto Luduvina ronca em seu quarto, Dila, Tonho e Esmeralda estão sentados em um canto da sala, silenciosos, olhando pela janela entreaberta o próximo passo da natureza. Então a velha grita, aflita:
— Dila! Ô Dila, vem cá, minha filha!
Dila corre para o quarto, ligeiro.
— A senhora está bem, vó?
— Abre essa janela. Por que está tudo fechado?
— Vai chover forte! É melhor deixar fechada.
Então Luduvina responde:
— Filha, é tempestade seca isso.
— O quê?
— Tempestade seca! Abre de uma vez.
Dila abre a janela para um mundo cada vez mais escuro e ameaçador.

Selva muda de ideia bruscamente. Nem encosta na torneira do chuveiro. Enrola a toalha em seu corpo e escancara a porta do banheiro. Parece muito aborrecida. Vai até o jardim da casa, anda alguns passos no meio da grama, até chegar junto ao grande pé de jatobá-do-cerrado. Olha para ele fixamente, solta a toalha no chão e abraça a árvore.

Luduvina levanta-se da cama e entra na sala. Para espanto de todos, sem apoiar-se em bengala nenhuma, a velha ensaia alguns passos de dança e canta um batuque:
— *Hoje é a primeira vez, que eu aqui venho cantar. Andorinha do coqueiro, sabiá do beira-mar.*

Misturada ao jatobá, Selva abre os galhos e grita, com todas as suas forças:

– Se é para despencar, tá esperando o quê, porra!?

Incrédulos, Dila, Tonho e Esmeralda observam a dança da velha:

– *Vou fazer uma gaiola, pra levar meu bem pra lá. Andorinha do coqueiro, sabiá do beira-mar.*

A janela da sala bate com estrondo. Tonho levanta-se para fechá--la, bem no instante em que um raio ilumina a dança de Luduvina. A velha anda até a porta e sai para o terreiro, decidida. Põe a mão na cintura, olha para o céu e diz:

– Cai logo de uma vez, porqueira!

Então a chuva vem, bruta. Água, purinha, dando uma nova chance de respiro. Mais uma, para inundar o pulmão cansado da nossa terra.

No sítio de Uruana, nua, Selva entrega-se à tempestade.

Ouça a trilha sonora do capítulo Epílogo utilizando o QR Code ao lado.

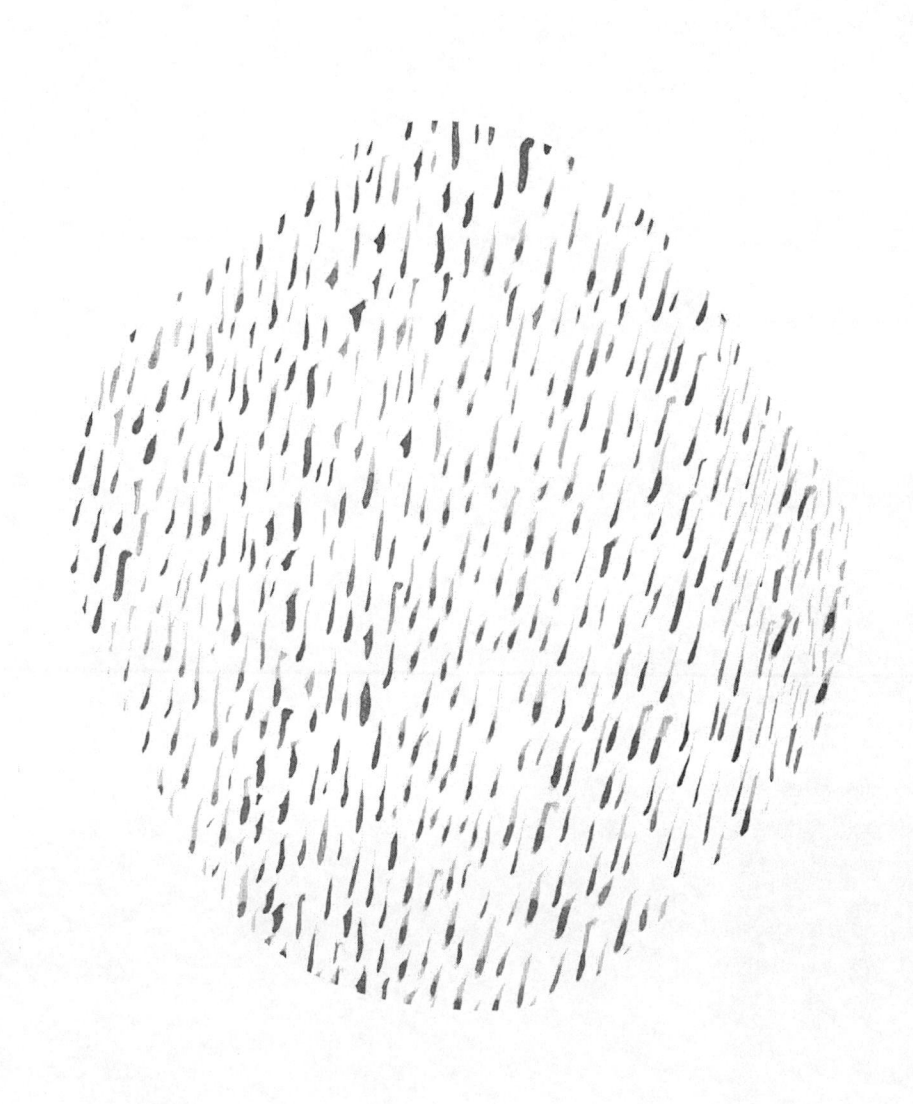

Ouça a trilha sonora completa de *Selva* utilizando o QR Code abaixo:

Capítulo 1 – *Juqueriquerê*
Oró (*CD São Gonçalo* – Paulo Freire)
Chianti (*CD Rio Abaixo* – Paulo Freire)
Redemoinho (*CD Redemoinho* – Paulo Freire)

Capítulo 2 – *As fugas*
Seca (*CD Rio Abaixo* – Paulo Freire)
Nuá (*CD Nuá* – Paulo Freire)
Gambeta (*CD Porva* – Paulo Freire)

Capítulo 3 – *O Homem de um braço só*
Bora lá (*CD Porva* – Paulo Freire)
Seguidilla (*CD Rio Abaixo* – Paulo Freire)
Fumacinha da manga (*CD Rio Abaixo* – Paulo Freire)

Capítulo 4 – *Teó*
Seu Teó (*CD Rio Abaixo* – Paulo Freire)
Receita de pacto (*CD Rio Abaixo* – Paulo Freire)
Fogoso (*CD Nuá* – Paulo Freire)

Capítulo 5 – *Maria Flor*
Ó Maninha (*CD Brincadeira de Viola* – Paulo Freire)
Segredo das veredas (*CD Nuá* – Paulo Freire)
Em riba do rastro (*CD Redemoinho* – Paulo Freire)

Capítulo 6 – *Candinha*
Violice (*CD Redemoinho* – Paulo Freire)
Moreninha vem cá (*CD Brincadeira de Viola* – Paulo Freire)
Bom Jesus da Lapa (*CD Vai Ouvindo* – Paulo Freire Trio)

Capítulo 7 – *Reencontro*
Conversa de lagartixa (*CD Porva* – Paulo Freire)
Teiú do jarau (*CD Nuá* – Paulo Freire)
Menino peão (*CD Rio Abaixo* – Paulo Freire)

Capítulo 8 – *O filho de Jonas*
Ai (*CD São Gonçalo* – Paulo Freire)
Peixe vivo (*CD Brincadeira de Viola* – Paulo Freire)
Gutão (*CD Redemoinho* – Paulo Freire)

Capítulo 9 – *Culpa*
Um socó só (*CD São Gonçalo* – Paulo Freire)
Quibungo e Medo Grande (*CD Nuá* – Paulo Freire)
Quatros do Urucuia (*CD Alto Grande* – Paulo Freire)

Capítulo 10 – *Gameleira*
Inhuma da taboca (*CD Rio Abaixo* – Paulo Freire)
Nhaninha (*CD Redemoinho* – Paulo Freire)
Ticutuco (*CD Porva* – Paulo Freire)

Capítulo 11 – *Lenha*
A veia (*CD Violinha Contadeira* – Paulo Freire)
Levada do lundu (*CD Porva* – Paulo Freire)
Vestido dessa moça (*CD Urucuia* – Manoel de Oliveira)

Capítulo 12 – *Vertentes e afluentes*
Carpi as horas na viola (*CD Redemoinho* – Paulo Freire)
Vagalume (*CD São Gonçalo* – Paulo Freire)
São Gonçalo (*CD São Gonçalo* – Paulo Freire)

Capítulo 13 – *O encontro*
Na lagoa que tem léu (*CD Brincadeira de Viola* – Paulo Freire)
De leve (*CD Porva* – Paulo Freire)
Essa menina (*CD Brincadeira de Viola* – Paulo Freire)

Capítulo 14 – *Tia, pai, avó*
Escravos de Jó (*CD Brincadeira de Vi*ola – Paulo Freire)
Quatro meses (*CD São Gonçalo* – Paulo Freire)
Balão vermelho (*CD Urucuia* – Manoel de Oliveira)

Capítulo 15 – *A justiça*
Mosquitão (*CD Rio Abaixo* – Paulo Freire)
Curupira (*CD Nuá* – Paulo Freire)
Suíte da lagartixa (Dando o bote) (*CD Rio Abaixo* – Paulo Freire)

Capítulo 16 – *Pena, escama, pelo*
Pica-pau teimoso (*CD Redemoinho* – Paulo Freire)
Arroz (*CD Ana Salvagni* – Ana Salvagni)
Chitãozinho e Xororó (*CD São Gonçalo* – Paulo Freire)

Capítulo 17 – *A horta de Luduvina*
Brincando no enfuzado (*CD Rio Abaixo* – Paulo Freire)
Manoelzão (*CD Alto Grande* – Paulo Freire)
Recordações (*CD Urucuia* – Manoel de Oliveira)

Capítulo 18 – *Mestre*
A corrida do sapo e o veado (*CD Urucuia* – Manoel de Oliveira)
Fieira (*CD Redemoinho* – Paulo Freire)
Tire-me daqui (*CD Redemoinho* – Paulo Freire)

Capítulo 19 – *Facho de fogo*
Folia do Urucuia (*CD Urucuia* – Manoel de Oliveira)
Cabeça voadora (*CD Nuá* – Paulo Freire)
Mão na jaca (*CD Porva* – Paulo Freire)

Capítulo 20 – *Na tábua da beirada*
Porva (*CD Porva* – Paulo Freire)
Alto Grande (*CD Alto Grande* – Paulo Freire)
Na tábua da beirada (*CD Redemoinho* – Paulo Freire)

Capítulo 21 – *Guerra*
Laurita (*CD Vai Ouvindo* – Paulo Freire Trio)
Antônio Conselheiro (*CD Vai Ouvindo* – Paulo Freire Trio)
Dona Júdica (*CD Rio Abaixo* – Paulo Freire)

Capítulo 22 – *Respiro*
Quieta (*CD Porva* – Paulo Freire)
Lagoa encantada (*CD Nuá* – Paulo Freire)
Rio abaixo (*CD Rio Abaixo* – Paulo Freire)

Capítulo 23 – *Lins*
Jurupari (*CD Mundos e Fundos* – Swami Júnior)
Buritizal (*CD Redemoinho* – Paulo Freire)
Serpente Emplumada (*CD Nuá* – Paulo Freire)

Capítulo 24 – *A ponte*
Cotia, sim (*CD Redemoinho* – Paulo Freire)
Round Midnight (*CD Vai Ouvindo* – Paulo Freire Trio)
Cunhado de lobisomem (*CD Nuá* – Paulo Freire)

Epílogo
Seca (*CD Vai Ouvindo* – Paulo Freire Trio)
A dança dos tangarás (*CD Nuá* – Paulo Freire)

Este livro foi publicado no Inverno de 2021.

Foi impresso em papel off-white 80g/m2 e duplex 250g/m^2,
utilizando fontes Sentinel Book e Futura pela gráfica Alvolaser.